—上外文库—

本书获中央高校基本科研业务费专项资助

本书为国家社科基金项目"当代美国少数族裔小说中的负情感与情感共同体研究"（项目编号：20BWW061）结项成果

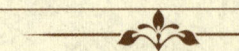

上外文库

当代美国少数族裔小说中的
负情感与情感共同体

汪小玲　等著

商务印书馆
The Commercial Press

图书在版编目（CIP）数据

当代美国少数族裔小说中的负情感与情感共同体 / 汪小玲等著. —北京：商务印书馆，2024. —（上外文库）. —ISBN 978-7-100-24408-4

Ⅰ. I712.074

中国国家版本馆CIP数据核字第2024AD4964号

权利保留，侵权必究。

当代美国少数族裔小说中的负情感与情感共同体
汪小玲　等著

商　务　印　书　馆　出　版
（北京王府井大街36号　邮政编码100710）
商　务　印　书　馆　发　行
北京盛通印刷股份有限公司印刷
ISBN 978-7-100-24408-4

2024年11月第1版　　　开本 670×970　1/16
2024年11月第1次印刷　　印张 23½
定价：120.00元

总　序
献礼上海外国语大学75周年校庆

　　光阴荏苒，岁月积淀，栉风沐雨，历久弥坚。在中华人民共和国75周年华诞之际，与共和国同成长的上海外国语大学迎来了75周年校庆。值此佳际，上外隆重推出"上外文库"系列丛书，将众多优秀上外学人的思想瑰宝精心编撰、结集成册，力求呈现一批原创性、系统性、标志性的研究成果，深耕学术之壤，凝聚智慧之光。

　　参天之木，必有其根；怀山之水，必有其源。回望校史，上海外国语大学首任校长姜椿芳先生，以其"为党育人、为国育才"的教育理念，为新中国外语教育事业铸就了一座不朽的丰碑。在上海俄文专科学校（上海外国语大学前身）开学典礼上，他深情嘱托学子："我们的学校不是一般的学校，而是一所革命学校。为什么叫'革命学校'？因为这所学校的学习目的非常明确，那就是满足国家的当前建设需要，让我们国家的人民能过上更加美好的生活。"为此，"语文工作队"响应国家号召，奔赴朝鲜战场；"翻译国家队"领受党中央使命，远赴北京翻译马列著作；"参军毕业生"听从祖国召唤，紧急驰援中印边境……一代又一代上外人秉承报国理念，肩负时代使命，前赴后继，勇往直前。这些红色基因持续照亮着上外人前行的道路，激励着上外人不懈奋斗，再续新篇。

　　播火传薪，夙兴外学；多科并进，协调发展。历经75载风雨洗礼，上外不仅积淀了深厚的学术底蕴，更见证了新中国外语教育事业的崛起与腾飞。初创之际，上外以俄语教育为主轴，为国家培养了众多急需的外语人才，成为新中国外交事业的坚实后盾。至20世纪50年代中期，上外逐渐羽翼丰满，由单一的俄语教育发展为多语种并存的外语学院。英语、法语、德语等多个专业语种的开设，不仅丰富了学校的学科体系，更为国家输送了大批精通多国语言的外交和经贸人才。乘着改革开放的春风，上外审时度势，率先转型为多科性外国语大学，以外国语言文学为龙头，文、教、经、管、法等多学科协调发展，一举打造成为培养国家急需外语人才的新高地。新世纪伊始，上外再次扬帆起航，以"高水平国际化多科性外国语大学"为目标，锐意进取，开拓创新，在学术研究、国际交流与合作等方面取得了显著成果，逐渐发展成为国别区域全球知识领域特色鲜明的世界一流外国语大学。

格高志远，学贯中外；笃学尚行，创新领航。习近平总书记在党的二十大报告中强调："着力造就拔尖创新人才，聚天下英才而用之。"新时代新征程，高校必须想国家之所想、急国家之所急、应国家之所需，更好把为党育人、为国育才落到实处。上外以实际行动探索出了一系列特色鲜明的外国语大学人才培养方案。"多语种+"卓越国际化人才培养目标，"课程育人、田野育人、智库育人"的三三制、三结合区域国别人才强化培养模式，"三进"思政育人体系，"高校+媒体"协同育人合作新模式等，都是上外在积极探索培养国际化、专业化人才道路上的重要举措，更是给党和国家交上了一份新时代外语人才培养的"上外答卷"。"上外文库"系列丛书为上外的学术道统建设、"双一流"建设提供了新思路，也为上外统一思想、凝心聚力注入了强大动力。

浦江碧水，化育文脉；七五春秋，弦歌不辍。"上外文库"系列丛书的问世，将更加有力记录上外学人辉煌的学术成就，也将激励着全体上外人锐意进取，勇攀学术高峰，为推动构建具有深厚中国底蕴、独特中国视角、鲜明时代特色的哲学社会科学大厦，持续注入更为雄厚的智识与动能！

目录

导　言　当代美国少数族裔文学的负情感……………………………1

第一章　当代美国本土裔小说中的负情感问题与情感共同体建构……35

　　第一节　《日诞之地》中印第安青年的错置感与族裔共同体
　　　　　　重塑 / 39

　　第二节　《圆屋》中的印第安恼怒与正义共同体书写 / 57

　　第三节　《战舞》中城市印第安人的羞耻与跨种族共同体
　　　　　　想象 / 75

　　本章结语 / 91

第二章　当代美国非裔小说中的负情感问题与情感共同体书写………95

　　第一节　《地下铁道》中美国黑奴少女的忧郁 / 105

　　第二节　《爵士乐》中美国城市新黑人的孤独 / 118

　　第三节　《唱吧！未安葬的魂灵》中黑人女性的恼怒 / 129

　　第四节　《天赋寓言》中的恐惧 / 141

　　本章结语 / 155

第三章　当代美国犹太小说中的负情感问题与情感共同体建构……157

　　第一节　《美国牧歌》中的自恨与犹太社区共同体　/　163

　　第二节　《解剖课》中的厌恶、共情与犹太共同体　/　174

　　第三节　《天使莱文》中的偏执与犹太-黑人共同体　/　184

　　第四节　《但以理书》中的偏执与犹太-白人共同体　/　202

　　本章结语　/　221

第四章　当代美国拉美裔小说中的负情感问题与情感共同体书写·223

　　第一节　《曼波王们演奏情歌》中古巴裔的怀旧　/　229

　　第二节　《芒果街上的小屋》中拉美裔女性的孤独　/　252

　　第三节　《奥斯卡·瓦奥短暂而奇妙的一生》中的偏执　/　263

　　本章结语　/　277

第五章　当代美国亚裔小说中的负情感问题与情感共同体书写……279

　　第一节　《食肉之年》中日裔的厌恶　/　285

　　第二节　《无声告白》中华裔的羞耻　/　298

　　第三节　《同情者》中越南移民的傀化　/　310

　　第四节　《疾病解说者》中印度裔的孤独　/　324

　　本章结语　/　337

结　语……339

参考文献……343

后　记……367

导　言　当代美国少数族裔文学的负情感

本书尝试从情感视角切入当代美国少数族裔小说，梳理少数族裔小说中的负情感碎片，勾勒文学文本中的负情感问题，揭示这些作品中美国少数族裔的政治困境，考察美国少数族裔作家对美国种族现状的揭露、对官方族裔政策和历史话语的解构与颠覆，归纳少数族裔文学推动多元文化下的族裔融合、文化协商和阶级平等的能动性，直至建构情感共同体的情感力量，从而彰显文学情感书写的政治介入作用。

当代美国少数族裔小说中充满了负情感书写，为开展美国文学的情感研究提供了丰富的文本空间。负情感亦称"丑陋情感"，指那些微弱、压抑且令人焦躁不安的消极情绪，通常蕴含丰富的历史积淀、文化隐喻和政治指涉。负情感具有独特的情感纹理、审美判断和政治指向，是当前美国政治、历史与文学文化研究的交叉点，引起了学界越来越多的关注。美国文化政治学者倪诏雁（Sianne Ngai，1971—　）的著作《负情感》（*Ugly Feelings*，2005）以美国现当代文化现象和文学作品为依托，通过剖析当代文学作品中的负情感美学，折射出美国边缘人群的生存境遇，在文学文化研究领域引发了广泛关注。倪诏雁将负情感置于美国特定时期的文化政治背景下审视，视负情感为解释主体政治困境的符号，凸显了负情感对晚期资本主义社会的诊断作用。倪诏雁认为，情感能够影响主体的行动力，而主体的行动力决定了其政治存在，因此情感在一定程度上参与了主体的政治建构。①

当代美国少数族裔小说是开展负情感研究的理想文本。首先，以负情感为特质的文学书写在当代美国少数族裔文学作品中表现尤为突出。许多具有少数族裔背景的当代作家，如非裔作家莫里森（Toni Morrison，1931—2019）、犹太裔作家菲利普·罗斯（Philip Roth，1933—2018）、印第安裔作家莫马迪（N. Scott Momaday，1934—2024），都注重在作品中再现美国社会弱势群体的生存状态及情感体验。其次，那些历史背景深刻、政治隐喻鲜明的美国少数族裔文学作品在国内外备受学术界和普通读者的追捧，其中许多作品先后摘得美国文学三大奖（普利策奖、美国国家图书奖以及国际笔会/福克纳文学奖），这些作品构成了当代美国文学研究中不同于主流叙述的"另类史料"。再次，借助虚构人物之间相似或者相关的情感体验，美国少数族裔作家们为来自不同族裔、不同宗教背景、不同阶级和性别的个体或群体提供了共享的情感通道，在文学文本中想象跨越个体边界、性别藩篱、种族界限和阶级差异的"情感共同体"，彰显了负情感的能动性。最后，倪迢雁的《负情感》采用了大量美国现当代族裔文本作为例证，如《看不见的人》(*Invisible Man*)和《流沙》(*Quicksand*)，关注少数族裔人物的负情感体验，探查族裔人物的政治困境，分析负情感对族裔人物产生的消极或积极影响，该书的文本选择体现了负情感研究与美国少数族裔文学文本的高度契合。可以说，当代美国少数族裔小说为开展负情感研究提供了理想的文本空间。

本书选取民权运动以来具有代表性的美国少数族裔小说，探查本土裔、非裔、犹太裔、拉美裔与亚裔小说中的负情感问题，透过这些作品中的负情感现象，诊断少数族裔个体或群体负情感体验背后的政

---

① Sianne Ngai, *Ugly Feelings*, Cambridge, Massachusetts: Harvard University Press, 2005, p.2.

治困境，揭示作家们以共通的情感为基础想象情感共同体的文学尝试。依据所选少数族裔小说文本中的情感问题，本书丰富了倪迢雁所归纳的负情感类型，完善了负情感的文本分析机制。首先，在文学作品中，族裔人物的负情感体验产生于他们遭遇的政治困境，如族裔文化失守、代际联系破裂、种族和性别歧视、极端族裔政策等。在这些政治困境中，族裔人物处于被凝视、被歧视、被贬损、被践踏的境地，严重缺乏文化自信，失去了追求平等和爱的权利，产生了不同程度的负情感体验。其次，文学作品中的负情感问题揭示出美国族裔政治中深层次的结构性矛盾，如同化主义与隔离主义、多元文化与单边文化、民主制度与帝国想象、自由平等与种族歧视等，彰显了情感的政治诊断性。正是这些结构性矛盾形塑并且维持了族裔人物的政治困境。由于共同的政治困境和情感体验，文学作品中的族裔人物之间常常形成情感共鸣，以共通的情感体验为通道构筑起跨越族裔界限、阶级差异、性别藩篱的"情感共同体"。

本书包括七个部分，导言部分综述国内外文学情感研究的趋势，概述美国少数族裔文学作品中的负情感问题和情感共同体类型，交代各章节的主要内容和观点。第一章到第五章分开论述，每章聚焦一个美国少数族裔分支，分析该族裔文学文本中的负情感问题和情感共同体书写。最后，结语部分归纳当代美国少数族裔小说中的情感共同体类型。

一、文学情感研究概述

文学批评的"情感转向"始于 20 世纪 90 年代以来"情感研究"在心理学、社会学、政治学、哲学等诸多领域的兴起。美国哈佛大学、斯坦福大学、普林斯顿大学等高校共同倡导"当代文学与文化中的情感科学研究"，以情感理论为支撑，聚焦当代美国文学与文化的情感问题，关注文学艺术对社会问题和政治意识形态的能动反映，引领了近年来文学的情感政治研究，形成了典型的跨学科的文学研究范式。2015年，美国现代语言协会会刊 *PMLA* 在第5期中推出了情感研究的专题，从历史、诗学、文化、心理学、社会学、政治学等多学科视角深入阐述了情感研究在当代社会的价值，彰显了当前情感研究的跨学科范式。

国内外文学情感研究的成果大致可以分为三类。一、情感理论研究，旨在探讨情感的本质，分析情感的运作机制，建构系统的、跨学科的情感研究体系。二、文学艺术作品的情感批评，注重分析文学、艺术和影视作品中情感的审美功能和政治隐喻，揭示特定历史时期的社会结构对文学创作的渗透，以及文学情感书写对社会观念的能动反映。三、在前两类研究基础上，负情感美学和政治研究发展起来，它以文学中的负情感书写为研究对象，考察晚期资本主义阶段弱势群体的政治困境及情感动能。

（一）情感理论研究

情感理论研究视情感和情感的文学表达为特定阶段社会文化的产物，因此关注情感书写与历史文化、意识形态和社会机构的联结，梳理情感概念史，分析文学情感在不同社会或不同时期的特征。情感理论研究由人文学科倡导的"情感理论"（Affect Theory）和自然科学关注的"情感科学"（Affect Science）两大路径构成。[①]

"情感理论"以哲学、心理学、社会学、语言学、历史学、政治学等人文学科为基础，主张情感是社会力量与文化背景塑造的产物，指向以意识形态批判为目标的情感政治研究，应用到文学研究

[①] Patrick Colm Hogan, "Affect Studies and Literary Criticism", 2016, pp.1-3. Printed from *Oxford Research Encyclopedia of Literature*, New York: Oxford University Press USA, 2019.

中，形成了文学的文化政治批评。其理论来源包括英国文化研究者和西方马克思主义者如雷蒙·威廉斯、葛兰西、詹姆逊、阿多诺等，后结构主义心理分析学家如拉康，历史后结构主义者如福柯，语言后结构主义者如德里达，以及法国后现代主义哲学家德勒兹和瓜塔里等。这类研究是当前国内外文学情感研究的主流，特别是在探讨后现代社会、种族、性别、阶级问题这些领域。代表性的研究成果包括：特拉达（Rei Terada）的著作《理论的感受："主体死亡"后的情感》（Feeling in Theory: Emotions after the "Death of the Subject"，2001），雷迪（William Reddy）的著作《情感研究指南：情感史框架》（The Navigation of Feeling: A Framework for the History of Emotions，2004），费舍尔（Philip Fisher）的著作《热烈的激情》（The Vehement Passions，2002），艾哈迈德（Sara Ahmed，1969—   ）的著作《情感的文化政治》（The Cultural Politics of Emotions，2004），纳斯鲍姆（Martha Nussbaum，1947—   ）的著作《政治情感：爱对于正义为何重要？》（Political Emotions: Why Love Matters for Justice，2013），倪迢雁的著作《我们的审美范畴：滑稽、可爱、趣味》（Our Aesthetic Categories: Zany, Cute, Interesting，2012）等。

"情感科学"依循神经生物学学科的发展，在认知科学、神经科学等自然科学的理论、方法及结论的基础上，探讨情感对个体的内在信息处理系统的影响及"情感—信息—行动"之间的互动关系，视情感为人的心理感受或生物系统发出的信号。情感科学的主要研究方法是将情感片段切分为不同的要素，如情绪的诱发条件、情绪的表达、准备行动、情绪的调试、认知调整、现象学基调，以及读者的阅读感受等。情感科学研究应用到文学研究领域，形成了以切分和解析文学作品的情感片段为特征的情感叙事学研究。代表性研究成果有：霍根（Patrick Colm Hogan）的著作《情感叙事学：故事的情感结构》

(*Affective Narratology: the Emotional Structure of Stories*，2011）和《关于情感，文学教会我们什么？》(*What Literature Teaches Us About Emotion*，2011）等。

  国内情感理论的研究成果主要围绕着国外情感理论的评介、概念辨析和著作翻译。2020年，《外国文学》杂志以"情感与文学"为题组织专题研讨会，并且组织了"文化研究：情感与文学"专栏，刊发了5篇高质量的文学情感研究论文，引领了国内的文学情感研究。无独有偶，2022年，《华东师范大学学报》（哲学社会科学版）也组织了"文学与情感"专栏，刊发了3篇情感理论类的文章。在当前的研究成果中，以译介德勒兹、布赖恩·马苏米（Brian Massumi，1956——　）等国外学者情动理论[①]的文章居多，如汪民安的《何谓情动？》(2017)，刘芊玥的《情动理论的谱系》(2018)和《后人类中的情动》(2021)，段似膺的《"情感的消逝"与詹姆逊的"情动"观》(2018)，金雯的《情感是什么？》(2020)和《情动与情感：文学情感研究及其方法》(2022)，葛跃的《德勒兹的情动理论与生成文学》(2021)以及郜乐凡介绍负情感理论的文章《情动层面的晚期现代性诊断：倪迢雁的负面情感美学》(2022)等。就专著来说，刘芊玥于2022年底出版的《情动理论与性别批评》详细梳理了当代国外情动理论的哲学源流（斯宾诺莎和德勒兹），较为全面地讨论了马苏米的后人类情动理论、塞奇维克的女性主义情动理论、贝兰特的国民情感理论、格罗斯伯格的流行文化的情动批评，是当前国内较为全面地引介与分析国外情动理论的著述。金雯的著作《情感时代：18世纪西方启蒙思想与现代小说的兴起》(2024)关注启蒙时代思想著作中的情感话题和18世纪英国小说

[①] 目前，国内外国文学研究学者们普遍将斯宾诺莎和德勒兹著作中的affect概念译为"情动"，将emotion译为"情绪"。实际上，即便在国外学界，对于affect和emotion这两个概念的区别与联系，学者们也始终没有达成一致意见。本书讨论的情感，既包括感受（feeling），也包括情绪（emotion）和情动（affect）。

体裁兴起与发展的内在联系,尤其注重启蒙时代的情感哲学对于西方现代主体性观念的塑造,是目前国内英语文学情感批评的重要著述。近年来,在国内组织的外国文学类学术会议中,以情感研究为题的论文日渐增多,在各类人文社科的立项名单中,以情感为题的条目也逐渐显现,可以说国内的文学情感研究正在形成一定的热度。

（二）文学作品的情感研究

随着情感研究在社会学、心理学、政治学等领域的蓬勃发展,文学领域在20世纪末也迎来了"情感转向"。学者们开始采用跨学科视角,借鉴最新的情感理论分析文学文本,考察文学情感的审美功能和政治隐喻,揭示特定社会结构对文学情感的渗透或文学情感对社会观念的能动再现,形成了一股强劲的情感批评趋势。

学者们分析特定历史时期的"情感结构"或特定文学流派中的情感书写,揭示文学作品中蕴含的情感美学。不同的文学流派对情感的认知和书写不尽相同,但是某些特定的文学流派,如18世纪末到19世纪初的浪漫主义文学和感伤主义文学,由于大量使用情感词汇,备受情感研究者的关注。此外,国际莎士比亚研究领域在21世纪先后出版了四部分析莎剧情感的学术著作,引领了当前文学复兴时期文学的情感研究。这几部著作是帕斯特尔（G. K. Paster）的《身体的幽默化:情感与莎士比亚舞台》(Humoring the Body: Emotions and the Shakespearean Stage, 2004), 穆拉尼（S. Mullaney）的《莎士比亚时代情感的重构》(The Reformation of Emotions in the Age of Shakespeare, 2015), 论文集《莎士比亚与情感》(Shakespeare and Emotions, 2015) 和《哈姆雷特与情感》(Hamlet and Emotions, 2019)。此外,亨德勒（Glenn Hendler）的著作《公共情感:19世纪美国文学中的情感结构》(Public Sentiments: Structures of Feeling in Nineteenth-Century American Literature, 2001) 探讨了美国19世纪文学,尤其是超验主义作品中的情感结构；弗莱利（Jonathan Flatley）的著作《情感地图：忧郁与现代主义政治》（*Affective Mapping: Melancholia and the Politics of Modernism*，2008）考察了现代主义文学与忧郁情感的生成和运作之间的关联。

另外，学者们注重挖掘文学情感的美学特质和政治隐喻。文学作品的审美情感涉及读者对于作品的情感反应。特定的文学情感书写可以激发读者的同情乃至共情，召唤读者的情感反应，从而实现文学的审美甚至政治功能。罗宾逊（Jenefer Robinson）的著作《深于理性：情感在文学、音乐和艺术中的作用》（*Deeper Than Reason: Emotion and Its Role in Literature, Music, and Art*，2005）从情感和理性对比的视角分析了文学情感书写对读者的召唤作用；苏珊娜·肯（Suzanne Keen）的著作《移情与小说》（*Empathy and the Novel*，2007）从作者、读者和文本三个维度分析了小说这一独特文体的移情作用的实现过程。

学者们还针对文学作品开展情感叙事研究。他们将情感视为有认知意义的能动实体，把文学作品视为不同情感相互叠加的效果，通过对"作者—隐含作者—文本叙事结构—故事情节—作者的读者—真实读者"这一情感链条的切分和探查，揭示情感对于故事结构和叙述模式的构成性作用。霍根的三部学术著作，《心灵及其故事：叙事的共相与人类情感》（*The Mind and Its Stories: Narrative Universals and Human Emotion*，2003）、《关于情感，文学教会了我们什么？》和《情感叙事学：故事的情感结构》，是21世纪情感叙事学研究的范例，开情感叙事研究之先河。霍根将情感系统视为身体诸种系统中至关重要的部分，从情感认知视角研究文学中的情感现象，强调故事结构从根本上由情感系统塑造和引导，而故事的独特之处就在于它是认知科学下情感系统的产物。

近年来，国内的外国文学研究者也逐渐开展文学作品的情感批评，分析文学作品的叙事结构对情感表达的意义、分析叙事结构和情节对读者审美情感的影响。代表性的研究成果有王斯秧的著作《司汤达的情感哲学与小说诗学》（2021），金雯的文章《18世纪西方启蒙思想中的道德情感与审美情感》（2021）和《情感史与跨越边界的文学研究》（2018）等。此外，就美国少数族裔文学而言，学者们侧重于小说中人物的危机意识、异化处境、焦虑心理、创伤叙事及精神创伤研究等，通常将情感视为族裔政治困境和社会转型过程中的产物。代表性的文章有荆兴梅的《从中世纪到文艺复兴：〈玫瑰之名〉中的转型焦虑》（2023）和《莫里森笔下城市新黑人的转型焦虑》（2019），高晓玲的《腻烦与现代性——兼论19世纪英国文学中的现代情感体验》（2022）、《诗性真理：转型焦虑在19世纪英国文学中的表征》（2018）和《近代英国中产阶级的出现与身份焦虑》（2017）等。

（三）负情感审美与政治研究

随着情感理论研究和文学情感批评的开展，负情感审美与政治研究开始崭露头角。负情感研究结合了"情感科学"和"情感理论"，认为情感既来自生理层面的内生因素，即身体的生物性要素，也受生存的外源要素，即社会文化和政治环境的影响，因此负情感是连接美学和政治的纽带。与经典的宏大政治情感相比，倪迢雁在2005年提出的"负情感"是一系列相对细微、压抑、不安的消极情感，蕴含着自我诊断与社会救治的张力，在美国政治文化语境下反映边缘人群的生存状态，为文学的负情感政治研究提供了参照。

负情感理论探讨负情感在当代政治、经济和文化现象中的生成和运作，揭示情感主体的政治困境。学者们大量采用文学文本和各类艺术作品作为研究对象或佐证材料，开辟了应用负情感研究文学艺术作品的路径。米勒（William Ian Miller，1946—   ）的著作《厌恶的剖析》（*The Anatomy of Disgust*，1997）较为全面地剖析了厌恶情感在

20世纪哲学话语和文学作品中的表征及其运作机制。纳斯鲍姆的著作《逃避人性：厌恶、羞耻和法律》（*Hiding from Humanity: Disgust, Shame and the Law*，2004）考察了厌恶和羞耻两类情感在当代美国政治生活和法律审判中所起的矛盾性作用。负情感研究聚焦文本中的情感现象，探查引发个体/群体负情感体验的历史、文化和政治因素，揭示文学文本对社会政治的能动反映。倪迢雁从美国现当代文学中的族裔文学、女性文学和后现代文学中揭示负情感的美学特征和意识形态内涵，并创造性地指出负情感具有社会诊断性和政治能动性。戈尔利（J. Gourley）的著作《托马斯·品钦与唐·德里罗作品中的恐怖主义与时间性》（*Terrorism and Temporality in the Works of Thomas Pynchon and Don DeLillo*，2013）探讨了后现代小说作品中的恐怖情感。库尔特·勒温（Kurt Lewin，1890—1947）的文章《犹太人的自恨》（"Self-hatred among Jews"，1941）分析了犹太裔文学文本当中的自恨情结对于犹太移民自我认同的消极和积极作用。卡普兰（Brett Ashley Kaplan）的著作《犹太焦虑与菲利普·罗斯的小说》（*Jewish Anxiety and the Novels of Philip Roth*，2015）考察了菲利普·罗斯小说中的犹太人物的焦虑情感。

  国内的负情感美学和政治研究还处在起步阶段，代表性的研究成果有陈杰的专著《美国犹太文学的孤独与创伤研究》（2017），许婷芳的博士学位论文《乔纳森·弗兰岑地方小说中的后工业"不适感"》（2019）等。

  综上所述，国外文学情感研究已形成跨学科研究，产生了新的文学学术理念和批评范式。国内还处于情感理论的引介阶段，对文学作品中的情感问题，包括当代美国少数族裔文学中的负情感研究亟待深入。同时，结合当代美国少数族裔小说研究的发展脉络来看，20世纪80年代以前，西方学者主要以人类学—形式主义路径分析少数族裔文本，将文学作品视为人类学研究的注脚，考察其中不同于西方白人社会的族群特征和美学形式；20世纪90年代以来，具有少数族裔背景的学者开始引领族裔文学的批评潮流（如印第安民族主义、黑人文学批评理论等），倡导后殖民主义范式，重视文本中的族裔性（如印第安性、黑人性、犹太性等）书写和族裔文化的复兴，开辟了不同于人类学—形式主义的文化民族主义路径；21世纪以来，少数族裔文学批评出现了以文化政治为主导的跨学科转向，超越了西方学者人类学—形式主义和少数族裔学者的文化民族主义路径。因此，文学的情感研究契合了当下族裔文学研究的跨学科范式，以情感研究带动文学、历史、政治研究的多维互动，助推当代美国少数族裔文学研究的创新发展。

二、当代美国少数族裔小说中的负情感问题

自20世纪60年代民权运动以来，美国弱势群体对社会政治现状的不满越演越烈，个体和群体层面的负情感表达日渐明显，这在种族问题中尤为突出。从负情感的生成来看，负情感主体往往处于难以解决的政治困境或社会冲突中，无法以适当的方式表达情感，产生了情感压抑或不安情绪。情感作为主体对外界环境刺激的反应，是外界刺激和内在感受相互作用的结果，情感产生的领域属于"作为经验的世界与作为现象的世界"[①]的结合。分析美国少数族裔作品中族裔人物的负情感体验，考察这些负情感的生成过程，可以揭示族裔个体／群体遭遇的政治困境。这里仅以部分当代美国少数族裔小说为素材，聚焦作品中族裔人物的负情感体验，采集负情感碎片，拼贴具有族裔特质的负情感图谱，概述负情感书写的美学特质和政治隐喻。

---

① Robert C. Solomon, *Not Passion's Slave: Emotions and Choice*, New York: Oxford University Press, 2003, p.128.

（一）美国印第安政策下的本土裔负情感问题

在当代美国本土裔小说中，印第安人的负情感体验与美国的印第安政策紧密相关。在19世纪30年代，美国联邦政府和各州政府开始强行迁徙印第安部落，迫使许多印第安人踏上"流泪之路"，造成了大量印第安人倒在迁徙途中，引发了印第安人的绝望和无助感。南北战争之后，美国军方以残酷的军事手段镇压印第安人的军事联盟，大肆屠杀手无寸铁的印第安人，诱发了印第安人的恐慌和仇恨。19世纪70年代至20世纪30年代，美国政府从政治、经济、文化等多方面着手强制同化印第安人，造成印第安人的文化凋零和传统没落，由此带来精神上的无家可归之感。20世纪50年代，印第安终止政策和重新安置计划取消了许多印第安部落的特殊政治地位，削减了给予印第安部落的经济援助，强行将许多印第安青年迁出保留地并安置在大城市中，导致那些与家园失去联系又无法融入城市生活的印第安人漂泊无依。在部落主权被剥夺、土地资源被瓜分、传统文化被取缔的同化政策下，历经大屠杀、家园沦丧和文化遗失的印第安人表现出难以愈合的心理创伤和情感挣扎。这些情感淤积在印第安部落的记忆中，呈现在当代美国印第安作家的笔下。

莫马迪的小说《日诞之地》（*House Made of Dawn*，1968）刻画了20世纪50年代印第安终止政策和重新安置计划下，印第安青年普遍存在的孤独、异化与自恨体验。终止政策取缔了印第安人的政治特殊性，重新安置计划将大批印第安青年安置到城市中，造成个体与传统文化和部落土地的疏离，引发了印第安人的孤独与异化感。身处洛杉矶的印第安青年无法融入主流社会和城市生活，难以抵挡主流社会对印第安人的刻板偏见，产生了对自身文化的自卑和自恨。然而，负情感体验促使小说中的三位印第安青年重新反思个人与部落所面临的文化和政治困境，在此基础上，或选择回归保留地或选择留在城市，但是都以讲述部落传统故事的方式，抵抗主流文化的侵蚀。在这个意义上,不论是留在城市还是返回保留地,印第安青年都在为部落的未来探索出路。

厄德里克(Louise Erdrich,1954—)的小说《圆屋》(*The Round House*,2012)讲述了一桩白人种族主义者对印第安女性的暴力袭击案件,揭示了不公正的司法制度给受害者家庭和社区造成的心理创伤。20世纪80年代,美国右翼势力抬头,引发民权运动以来最严重的种族歧视,表现为白人针对印第安妇女的暴力事件频发。然而,在联邦印第安法律制度下,受害者家人申诉无门、正义难寻,表现出一种不充分的、微弱的、对象模糊的愤怒形式,即恼怒情感。受害者家庭和社区产生恼怒情感的根本原因在于一方面印第安人不得不在联邦印第安法律体制之内寻求正义,另一方面现行的法律体制不能保障印第安人的合法权益。恼怒情感展现了印第安人尴尬的法律处境,促使他们积极寻求解构不公正的法律制度的方案。

阿莱克西(Sherman Alexie,1966—)的短篇故事集《战舞》(*War Dances*,2009)书写了当代印第安人融入城市生活过程中的羞耻体验,折射出他们在新的社会环境下面临的新问题。在21世纪初,在主流媒体的话语宰制下,城市印第安人的身份被扭曲;在白人主导的医疗技术和医学话语的凝视下,城市印第安病人的身体显得不健康;在美国政治生活中,城市印第安人的声音被掩盖,反映出城市印第安人在当代政治生活中被边缘化、被沉默化的尴尬处境。

当代美国本土裔小说中的负情感问题反映了在美国不同时期的印第安政策下,印第安传统文化的失落和个体/族群的政治困境。引发负情感体验的印第安政策的根本性矛盾在于,它一方面承认印第安人是具备合法公民身份的美国人,另一方面把印第安人和部落排斥在政治体制、法律制度和主流文化之外。正是在美国印第安政策的矛盾性中,印第安人的情感体验被撕扯着。

（二）美国废奴历史进程中的非裔负情感问题

美国历史在一定程度上是一部非裔美国人的苦难史和废奴的斗争史。从 15 世纪到 19 世纪，罪恶的三角贸易将大批黑人买卖到北美填补种植园的劳动力空缺。惨无人道的奴隶制度为南方种植园经济的快速发展提供了根本动力。种族隔离制度对非裔的歧视与压迫，保障了主流社会白人的权力优势和文化心理的优越感。民权运动以来，官方和民间普遍回避、无视甚至掩盖种族话题，试图将种族伤疤永远遮盖。然而，"黑命攸关运动"（the Black Lives Matter Movement）表明种族问题依然困扰着美国社会。

在怀特黑德（Colson Whitehead，1969— ）的小说《地下铁道》（*Underground Railroad*，2016）中，黑人的恐惧和焦虑折射出美国的奴隶制度对黑人身体和心灵的双重毒害。美国内战前后，南方州种植园的黑人奴隶通过"地下铁道"逃亡到北方的自由州或者加拿大，寻求人身和心灵的自由与解放。由于惧怕被抓捕和惩罚、担忧逃亡之后生活的不确定性，恐惧和焦虑成为萦绕逃亡黑人的主要情感。即便顺利逃出，这些逃奴也无法摆脱种植园经历和奴隶制的情感困扰。小说书写了逃奴间的相互帮助、白人同情者对逃奴的援助等情节，凸显了负情感的政治力量。

托尼·莫里森的《宠儿》（*Beloved*，1987）描写了一对黑人母女在奴隶制度压迫之下产生的极端偏执。逃亡到自由州的黑人母亲为了不使亲生女儿再次沦为奴隶，在偏执情感的刺激下，果断采取杀婴行为，由此她备受社区友邻的排斥和仇视。被杀害的婴儿在 18 年后以鬼魂的形式重返家庭，不顾一切地索取母爱，摧毁了母亲稳定的生活。母亲的杀婴行为和"宠儿"的复仇行为都表征着偏执情感，折射出美国内战前后非裔女性遭受的种族和性别的双重压迫。在亲情崩溃和生存绝境中，塞丝及其女儿奋起反抗种族主义和性别歧视，试图修复破裂的母女关系，以挑战奴隶制度的政治压迫。

杰丝米妮·瓦德(Jesmyn Ward, 1977—)的小说《唱吧！未安葬的魂灵》(*Sing, Unburied, Sing*, 2017)刻画了 21 世纪非裔母亲的恼怒。在遭受种族和性别歧视的双重打击后，非裔母亲并未采取极端报复行动，而是将怒火倾泻在儿子身上，实现了情感对象的转移和情感程度的弱化，进而颠覆种族和性别话语对非裔女性的双重规训。小说还通过南方州非裔普遍的恼怒情感，揭示出非裔长期被美国官方弃置的现状。进入 21 世纪，美国的种族问题似乎不再严峻，然而遭受卡特里娜飓风侵袭的南方非裔人群的正当权益，却始终没有得到联邦政府和州政府的关注。生活在社会底层的非裔人群在美国的政治话语中遭到"弃置"，恼怒因此成为 21 世纪南方非裔的情感表征。

当代美国非裔小说中的负情感现象反映了非裔在美国各历史阶段遭遇的生存困境，刻画了非裔奴隶和当代非裔女性的情感遭遇，揭示了种族问题和性别政治对于非裔负情感的形塑作用。负情感也促使非裔主体反思其政治处境，思考非裔美国人建立互信、走出困境的可能。

(三)反犹主义背景下的犹太裔负情感问题

犹太幸存者的记忆和幸存者二代对集体记忆的传承是美国犹太裔文学的永恒主题之一。纳粹针对犹太人的大屠杀和种族清洗给犹太民族带来永久创伤，而阿多诺的"奥斯维辛之后再无诗歌"预言了言说与再现大屠杀记忆的困境。在当代美国犹太裔小说中，不论是亲历大屠杀的幸存者还是未亲历大屠杀的美国犹太人，都体验着由大屠杀创伤记忆和美国内外的反犹主义情绪引发的负情感。

幸存者对大屠杀记忆的反抗与排斥，揭示了大屠杀对犹太民族心理创伤及负情感的形塑。图像小说《鼠族》(*Maus*, 1986)取材自 20 世纪 30 年代作者阿特·斯皮格曼(Art Spiegelman, 1948—)的父母在波兰的战前生活和集中营经历。小说借用猫、猪和老鼠等动物形象来象征和讽刺纳粹分子、波兰警察和无助的犹太人，处处折射出大屠杀给幸存者（沉浸在大屠杀回忆中难以自拔的父亲）造成无法愈合的心理创伤，使其时刻处于歇斯底里的情绪中，产生病态心理和行为。相比之下，出生在美国的幸存者二代由于无法深刻体会父辈的心理创伤，从而排斥和反抗大屠杀记忆，由此产生了愧疚感，揭露出大屠杀记忆传承问题为犹太幸存者家庭造成的情感裂痕。

在小说中，生活在美国的犹太人拒绝与犹太幸存者取得联系，折射出以美国为首的西方国家对大屠杀事件普遍采取的冷漠态度。"二战"后，美英等西方国家对犹太民族性灾难视而不见，拒绝国际犹太幸存者的援助请求。部分美国犹太人也因此对幸存者同胞采取了漠视和势利的态度，甚至以自身的犹太性为耻。在小说《贝拉罗萨暗道》(The Bellarosa Connection, 1989) 中，美国犹太人比利·罗斯帮助了犹太幸存者冯斯坦，但拒绝与后者取得进一步的"联系"（connection）。小说借比利·罗斯之口，道出以美国总统、英国首相为代表的西方国家对犹太民族灾难的漠视以及西方政客的虚假宣传和花言巧语对犹太幸存者的欺骗。小说中美国犹太人的羞耻感，揭露出官方政治对大屠杀事件的虚假宣传。

尽管美国的反犹主义从未公开化和制度化，但犹太人的负面形象在美国社会普遍存在，反犹情绪以微妙方式反复显现，触发了美国犹太人对反犹主义者的愤怒。在小说《反美阴谋》(The Plot Against America, 2004) 中，菲利普·罗斯通过虚构政治选举，将20世纪美国主流社会潜藏的反犹主义情绪放大了，揭露了在美国社会中发生的类似于奥斯维辛的事实。即便已经成为合法的美国公民，美国犹太人依然是官方和民间反犹主义文化的排斥对象，因此他们普遍体验着日渐强烈的愤怒，而愤怒情感反过来激发了他们对反犹主义的反思和对大屠杀记忆的传承。

当代美国犹太裔小说中的负情感书写见证了西方国家对大屠杀事

件的冷漠态度，以及这种态度对幸存者大屠杀记忆的阐释和传承产生的消极影响。负情感的社会诊断性促使美国犹太人在政治逆境中反思大屠杀记忆传承问题，揭露官方和民间的反犹主义，从而加强族裔内部代际之间的情感交流。

（四）移民与流散背景下的拉美裔负情感问题

当代美国拉美裔文学由墨西哥裔、古巴裔、多米尼加裔等多个分支构成。在这些族裔文学作品中，族裔主体的流散经历丰富，身份政治问题突出，负面情感体验浓厚，引发族裔主体负情感体验的众多因素都与政治博弈和阴谋论有着若隐若现的关系。

小说《守护者》(*The Guardians*，2007）讲述了20世纪20年代发生在美墨边境上的一起凶杀案以及由此引发的墨西哥裔美国人对墨西哥非法移民的恐惧。在19世纪中叶，美国通过战争和缔约等多种形式获得墨西哥的大片土地和许多人口，此后美墨边境长时间属于不设防状态。新墨西哥州、得克萨斯州、加利福尼亚州和墨西哥接壤，边境两侧的人有着割不断的血缘关系和文化联系。因此，常有墨西哥人在墨西哥裔美国人的帮助下，穿越边境偷渡美国。在小说中，墨西哥裔非法移民被怀疑为凶杀案嫌疑人，导致边境一侧的墨西哥裔美国人对于边境另一侧的墨西哥非法移民产生了恐惧和排斥。边界两侧的墨西哥人，因为一桩凶杀案开始相互猜忌甚至相互仇恨。

半自传体小说《在哈瓦那等待风雪：古巴男孩的告白》(*Waiting for Snow in Havana: Confessions of a Cuban Boy*，2003）以20世纪60年代美国政府出台的"彼得·潘计划"为背景，讲述了远离母国、远离亲人、被迫流亡美国的古巴男孩的痛苦。古巴革命胜利后，卡斯特罗政府宣布将所有美国人的私营企业收归国有，导致大批在古巴的美国人及亲美的前政府高官、矿主和种植园主逃往美国避难。古巴国内的反对派散播谣言说卡斯特罗政府要把国内反对派的孩子遣送到军营或者苏联劳动营中,导致人心惶惶。在 1960 到 1962 年之间,美国联邦调查局发动"彼得·潘计划",先后将 14048 名古巴儿童空运到美国。① 这些"彼得·潘儿童",被迫远离了亲人和祖国,承受着文化隔阂和种族歧视的双重打击,成为古美两国政治博弈的牺牲品。

小说《奥斯卡·瓦奥短暂而奇妙的一生》(*The Brief Wondrous Life of Oscar Wao*, 2007)讲述了两代多米尼加移民出于偏执做出的不同选择:第一代移民为了逃避特鲁希略家族统治的政治迫害,选择流亡美国;而第二代移民奥斯卡为追寻美好的爱情和梦想,离开美国返回多米尼加。在小说中,主人公奥斯卡生长在美国,但是极度缺乏归属感和安全感,为了寻找归属感和梦寐以求的爱情,他返回多米尼加,最终却付出了生命的代价。奥斯卡一家的悲惨命运折射出多米尼加移民的生存困境。

当代美国拉美裔小说中的负情感问题反映了政治博弈和阴谋论带给拉美移民的心理创伤。美墨边境的凶杀案,引起了墨西哥裔美国人对墨西哥移民的恐惧。作为古美政治博弈的牺牲品,古巴裔儿童普遍承受着远离亲人、远离祖国的流亡痛苦。多米尼加两代移民出于偏执情感做出了截然相反的流动选择,但都备受政治迫害。

(五)迁徙与亚裔负情感问题

当代亚美文学指由华裔、越南裔、菲律宾裔、日裔等多个不同的亚洲移民群体书写的文学作品。在不同的历史阶段,亚洲人出于多重原因离开移民美国,以期在新的土地上开启崭新的生活,然而美国主流社会对亚洲移民的种族排斥和对少数族裔的歧视使得亚洲移民的梦想难以实现,初代亚洲移民由此产生了诸如愤怒、羞耻等负面的情感。出于种族、经济和性别等多种原因,移民二代在美国国内的迁徙

---

① 李保杰:《当代美国拉美裔文学研究》,济南:山东大学出版社,2014 年,第 89 页。

过程中也遭到主流社会的歧视和排斥，这些问题引发了移民二代对自身族裔身份和文化的认同缺失，甚至导致家庭内部的情感撕裂。

小说《美国在心中》(America is in the Heart，1946)书写了菲律宾移民"美国梦"的破灭及其情感纠结(entanglement)。"二战"后，美国宣传的"自由民主"幻象吸引了大批菲律宾人移民美国，但是美国国内的种族歧视使菲律宾移民的"美国梦"变成了"美国噩梦"。移民对美国爱恨交加，既对理想中的美国充满希望，又对现实遭遇倍感愤怒。他们在情感上尴尬纠结，在行动上进退维谷。这种纠结情感揭露了美国对菲律宾等国家的殖民政策和美国国内的种族歧视，促使情感主体相互联合，想象一种去殖民化的、民族平等的理想家园。

小说《同情者》(The Sympathizer，2015)刻画了美越战争后被迫移民美国的南越间谍的傀化情感(animatedness)。在美军大批撤出越南战场后，包括大量军方间谍在内的南越军人被迫迁徙美国。这些军方间谍身处美国社会底层、备受种族歧视，既受南越政府的政治操控，又受美国种族政策的打压，产生了强烈的傀化情感。在政治傀化中，南越间谍构成的移民集体，没有成为间谍政治的傀儡和种族政策的牺牲品，反而利用自己的身份，同情南越同胞和北越同志、美国白人社会中的弱势群体和其他少数族群，尝试建构跨族裔人群间的"共情"。

小说《无声告白》(Everything I Never Told You，2014)书写了华裔移民二代对自身文化和族裔身份的羞耻情感。美国的文化同化、种族政策宣传以及民间的种族歧视，使移民二代产生了自卑心理，萌生出族裔羞耻，甚至努力要"白化"自己的族裔特征，引发了家庭内部的情感撕裂。羞耻促使华裔主体不断调试情感和身份，反抗来自主流社会和官方政治的种族歧视，促进华裔内部的团结，寻求白人对华裔的同情与尊重。

美国的种族歧视看似被政治正确话语取缔了，实际上却以新面目在跨国资本流动中延续着。这种转变反映在小说《食肉之年》(*My Year of Meats*, 1998)中。20世纪80年代，日本经济崛起，带动跨太平洋资本流动，而资本视有色种族、女性和底层阶级为厌恶的贱斥体。日裔电视编导负责制作向日本人推销美国牛肉的饮食节目，然而该节目甄选女嘉宾的标准却是白人中产阶级女性，有色种族的女性被排斥在外。厌恶赋予日裔主体摆脱资本束缚的情感力量，驱动着日裔识破跨国资本针对亚裔的虚假宣传及其背后的种族话语，唤醒主流社会对女性、族裔、底层阶级等弱势群体生命权力的敬畏。

当代美国亚裔小说中的负情感问题反映了亚裔的迁徙困境，揭示出美国的自由民主理念背后种族话语的运作。负情感揭示了族裔主体遭遇的政治不平等，推动族裔主体反思美国族裔政策，促使族裔主体觉醒族裔意识，引起白人对亚裔遭遇的同情。因此负情感体验存在打破族裔界限、建构跨种族情感共同体的可能。

综上所述，当代美国少数族裔小说中的人物普遍存在着诸如恐惧、仇恨、羞耻、自恨、恼怒、焦虑、偏执等负情感体验。这些负情感体验与特定族群在特定的历史时期所遭遇的社会冲突和政治困境有着千丝万缕的联系。美国印第安政策对部落主权的剥夺、对部落土地的剥削、对印第安文化的同化和取缔，形塑了印第安人的情感挣扎。在美国历史进程中，非裔美国人或被当作非人化的奴隶遭受残酷的压榨，或被当作完全不存在的人群而弃置。大屠杀记忆的传承和反犹主义的阴魂不散构成了犹太裔美国人挥之不去的心理创伤。身处移民和流散背景中的拉美裔不仅在政治博弈中难以置身，还要时刻应对阴谋论的威胁，其身份认同随之成为棘手的问题。在迁徙政治中，亚裔不论是作为跨国境的外来移民，还是作为国内流动的亚美人，都承受着种族话语的压制和歧视。不难发现，不同的少数族裔在不同的社会政治语境中产生了或相似或相通的负情感体验。文学作品中的负情感主体并非总是逆来顺受，情感主体常常认知到族裔的政治困境，或觉醒了族裔意识，或反思族裔的未来，或采取行动尝试改变现状。在这个意义上，负情感不仅具有认知作用，还具有推动主体开展行动的力量。

三、当代美国少数族裔小说中负情感现象的政治诊断

在当代美国少数族裔小说中，族裔主体的负情感体验由直接的社会冲突和政治困境引发，然而负情感在运作过程中同样揭示出形成这些表面的冲突和困境的深层结构性问题，彰显负情感的诊断力。作为主体困境的解释符号，负情感不仅反映出主体所处的尴尬境地，也披露出这些尴尬境地背后的社会结构和意识形态方面的矛盾。在当代美国少数族裔小说中，族裔主体在不同的历史阶段面临着相似的政治困境，因而产生了或相似或相通的情感体验。这里以这些相似的负情感体验为切入点，截取五条美国少数族裔小说支流中的情感碎片，在不同的少数族裔面临的相似政治困境这个横截面上，简述美国少数族裔小说中负情感的诊断性，揭示这些负情感问题背后的结构性矛盾。

（一）初代移民的负情感诊断

首先，在当代美国少数族裔小说中，第一代移民普遍体验着诸如愤怒、仇恨、恐惧、憎恨这类强烈的具有明确对象的负情感。这类情感折射出美国社会对于自身种族纯粹性的意识形态幻想。犹太裔小说《鼠族》中犹太幸存者对大屠杀记忆的强烈反抗和排斥，表明初代犹太移民想要融入美国社会，必须选择性地遗忘犹太民族的集体灾难和大屠杀记忆。在亚裔小说《美国在心中》里，菲律宾移民的极端纠结和进退维谷，揭示了初代移民想要成为美国人、实现"美国梦"的美好愿望，在美国这个表面上自由民主实际上处处透着种族歧视的国度无法实现。此外，华裔小说中也存在大量与《排华法案》相关的情感问题。跨越国境的初代移民渴望成为美国人，但由于美国主流社会的

种族歧视和排斥，往往进退失据。印第安裔和非裔这两支在美国国内迁徙的族群也同样面临着类似的种族问题和情感体验。19 世纪，印第安人在大迁徙时期、设置保留地时期以及全面同化政策时期，经历了种族灭绝式的大屠杀和土地沦丧，对于主流社会的白人产生了仇恨、恐惧、愤怒等剧烈情感。美国本土裔作家西尔科（Leslie Marmon Silko，1948— ）的小说《死者年鉴》（*Almanac of the Dead*，1991）书写了五百年来印第安人和白人殖民定居者之间的冲突和碰撞，刻画了印第安人数个世纪的情感挣扎。美国内战前后，黑人奴隶从南方蓄奴州向北方自由州以及加拿大逃逸，在逃逸的过程中体验着深刻的恐惧情感。初代移民有的被主流社会甚至官方势力排斥和压榨，有的被美国军方镇压和屠杀，有的被长期奴役或隔离。

初代移民或怀揣着对美国生活的美好想象，或为躲避母国的政治迫害和种族灭绝政策，大多渴望被美国主流社会接纳，渴望在美国获得物质的成功、生命财产的安全、文化和政治上的平等、宗教精神上的自由。然而，当他们踏上美国国境，他们怀揣的"美国梦"便在严苛的移民政策和种族主义面前演化为"美国噩梦"。这些初代移民面临的政治困境背后的深层次结构性矛盾是深藏于美国信念中的种族纯粹性幻想，即美国公民主体由单纯的盎格鲁-撒克逊殖民者及其后裔构成。然而种族纯粹性的想象与美国本质上是移民国家的现实之间存在不可调和的矛盾。当代美国少数族裔小说中的初代移民，通常因为无法融入美国社会而穷困潦倒，不仅没能实现美国梦，反而使自己和家人处于被边缘化、被歧视的境地，因此常怀着对母国的念想，在负情感体验中坚守着自己的传统文化。

（二）移民/族裔二代的负情感诊断

与初代移民相比，美国当代少数族裔小说中的移民二代或者三代人物常常表现出自我怀疑、自我否定和自我卑贱的负情感类型，表现为自恨、自卑、自我厌恶、羞耻、愧疚等指向自我、家庭和族裔文化的情感。犹太裔小说《美国牧歌》(American Pastoral, 1997)中的"瑞典佬"利沃夫对犹太文化有着浓烈的自恨情结，他努力使自己白化，从穿着、言谈、娶妻等多方面使得自己与主流的美国白人(WASP)并无二致。亚裔小说《无声告白》中的华裔移民二代在主流社会的同化教育中，在白人的凝视目光中，开始痛恨自己的肤色和传统文化，产生了种族自卑。在小说《日诞之地》中，在大城市工作的印第安青年，处于主流社会机构（工厂、安置办）的凝视下，对族裔文化传统产生了羞耻和自恨，因此部分印第安人试图通过歧视甚至暴力伤害最具印第安性的阿韦尔，以此宣泄种族羞耻感。非裔小说《看不见的人》中的叙述者最初因为南方黑人穷困潦倒而极度羡慕上流社会的白人，甚至以结交白人为荣，一定程度上表现了对黑人文化的自恨与自卑。拉美裔移民较为特殊，由于他们大多采取社区聚居模式，拉美裔二代和三代移民承受的文化同化并不明显，在很大程度上延续着传统文化，然而即便如此，出生在美国土地上的拉美裔二代，仍然不自觉地受到主流文化的同化，例如在小说《芒果街上的小屋》(The House on Mango Street, 1984)中，新出生的婴儿学会的第一个单词是从电视上学来的英语，而非西班牙语。

　　这些负情感诊断出美国主流社会对少数族裔的强制同化，以及这种同化背后的单一"美国信念"构想和多元文化现实之间的矛盾。一方面，美国主流社会和官方强制的文化同化政策或同化教育，使得移民第二代逐渐遗忘了族裔的传统文化甚至以族裔文化为耻；另一方面，第一代移民事业上的失败和对母国文化的怀旧，使第二代移民更加鄙视自身的族裔文化，形成对家庭和族裔传统的不认同。移民二代处在双重意识或双重身份的矛盾冲突中。孩子对于族裔传统的自恨和自卑，与父辈对于族裔传统的坚守，形成了鲜明的对比，这进一步引起了少数族裔家庭内部的情感撕裂。这种情感撕裂反映在族裔文学作品中，表现为代际关系的破裂及修复，在犹太裔作品中常常是父子

(或父女）关系紧张，在亚裔作品中经常是母女关系的冲突，在印第安裔作品中常常是祖孙关系的撕裂和恢复，而在非裔作品中往往是母子关系或母女关系的紧张。这些针对族裔家庭传统的负情感不仅表明移民二代在双重身份或双重意识之间的分裂状态，也促使少数族裔个体和家庭反思族裔传统、觉醒族裔意识，在个人与家庭的和解过程中实现对强制性的文化同化政策的抵抗。此外，以强制英语教育为主的文化同化在一定程度上培养了一大批熟练使用双语的族裔作家，使他们能够用英语叙述，在更大的范围内进行历史重述，引发情感共鸣，抵抗主流社会的文化霸权。

(三)"白化"少数族裔的负情感诊断

在当代美国少数族裔小说中，即便是那些经过了主流社会的文化同化，成为正式的美国公民，已经跻身中产阶级即所谓的"白化"的移民后代，也随时可能产生诸如恼怒、焦虑、偏执、愧化、孤独等负情感。非裔群体中的"黑皮白心"，印第安人中的"苹果人"（红皮白心），亚裔群体中的"香蕉人"（黄皮白心），这些所谓的"种族背叛者"往往也是族裔群体中率先融入主流社会、取得世俗成功的少数族裔个体。这些成功融入美国主流社会的少数族裔个体既无法被主流社会完全接纳，又因为疏离了自身的族裔传统不被族裔群体所接纳，同时他们还期望以自身的经济能力帮助传统的族裔社区改善生存环境，因此他们的情感体验更为复杂。

这类负情感的共同特点是没有明确的情感对象，情感强度较为微弱，情感的运行机制不稳定。《反美阴谋》中虚构的总统选举以及美国官方的反犹主义表明，不论是在小说虚构的 20 世纪 40 年代，还是菲利普·罗斯创作该小说的 20 世纪 90 年代，美国官方和民间都存在着若隐若现的反犹情绪。在《圆屋》中，印第安女性杰拉尔丁的家庭属于典型的中产之家，丈夫是部落法官，妻子是部落政府工作人员，但是白人种族主义者针对印第安女性的暴力案以及后续的审理过程表明，即便是这样的家庭，也无法通过正当的法律手段维护他们的合法利益。《唱吧！未安葬的魂灵》中的非裔家庭被美国官方弃置，经受了卡特里娜飓风的袭击却没有任何社会福利机构提供经济援助；在非裔母亲带着孩子北上寻夫的过程中，又不断遭到警察等官方代表的检查和询问。上述三个例子都表明，已经实现了美国化的犹太裔、非裔、印第安裔依旧无法被美国主流接纳，依然是种族歧视的承受者。

这类负情感诊断出少数族裔在美国政治生活中的尴尬境地。一方面，少数族裔被纳入了美国政治体制之中；另一方面，在当前的政治体制之内，他们却又处于边缘位置，他们的合法利益或被忽视，或被打压，或被弃置，随时可能成为主流社会的牺牲品。在这种矛盾的政治地位中，少数族裔的情感反应耐人寻味。《反美阴谋》中的美国犹太人对反犹主义感到极为愤怒，但是却并没有发生暴力反抗。《圆屋》中的杰拉尔丁对暴力事件的恐惧和对司法不公的极端愤怒，最初转化为对丈夫和儿子身体接触的过度敏感，然后转化为恼怒情感，表现出情感对象和强度的转化。《唱吧！未安葬的魂灵》中的非裔母亲，在被主流社会弃置，被警察拦截盘问的情况下，不但没有奋起反抗，反而最终将怒火发泄到了儿子头上。这类难以捉摸的情感反应在一定程度上挑战了主流社会对少数族裔的情感预期。《反美阴谋》中的犹太人、《圆屋》中的杰拉尔丁、《唱吧！未安葬的魂灵》中的非裔母亲，都没有采取极端暴力的反抗手段，而是选择转移情感对象、弱化情感强度，并且寻求在美国政治体制内部解构这种政治压迫的可能。

（四）少数族裔女性的负情感诊断

在当代美国族裔小说中，少数族裔女性普遍承受着种族和性别的双重压迫，因此也体验着不同于族裔男性的双重负情感。这类双重的情感体验揭示出种族主义和父权制叠加之下族裔女性的生存困境。在小说《紫颜色》(*The Color Purple*，1982)中，20世纪20年代南方州的非裔女性受到非裔父亲所代表的父权的直接压迫，但是这种父权背后同样可以观察到种族压迫的阴影。在《圆屋》中，以杰拉尔丁和索尼娅为代表的印第安女性，不仅遭受了白人种族主义者的暴力，还在一定程度上经受着家庭暴力（尤其是索尼娅）。在《芒果街上的小屋》中，女性叙述者不仅见证着当地主流社会白人对拉美裔社区的排斥和歧视，也讲述了拉美裔内部男性对女性的控制。这些作品中的族裔女性承受着种族-性别的双重压迫，因此也展现出了矛盾的双重负情感体验。非裔女性、拉美裔女性、印第安裔女性面临着不同形式的、不同程度的种族和性别的双重压迫，因此她们的情感反应不仅具有反种族歧视的意义，也折射出她们反父权制的情感策略。《紫颜色》中非裔女性之间相互帮助以摆脱象征着双重压迫的父亲形象；《圆屋》中的印第安女性之间也存在类似的关系，她们在相互的关怀中、在对家人和社区的关爱中，走出暴力带来的心理阴影；《芒果街上的小屋》中的叙述者找不到能够与她携手共进的拉美裔女性，因此她选择长大后离开拉美裔社区，但离开是为了最终返回并改变社区的现状。

自20世纪60年代民权运动以来，许多少数族裔女性作家、女性知识分子异军突起、大放异彩，声势丝毫不亚于任何男性作家群体。非裔女作家如托尼·莫里森、艾丽丝·沃克（Alice Walker，1944—　），拉美裔女作家如安扎杜尔（Gloria Anzaldúa，1942—2004）和希斯内罗斯（Sandra Cisneros，1954—　），印第安裔女作家如葆拉·冈恩·艾伦（Paula Gunn Allen，1939—2008）等，这些族裔女性作家在作品中探讨族裔女性的生存问题和情感特性，为少数族裔文学增色不少，引领着当代少数族裔文学中的女性批评，例如，艾丽丝·沃克在非裔女性意识和西方女性主义理论的基础上提出的"妇女主义"，墨西哥裔女作家们针对"奇卡诺文学"提出了"奇卡纳文学"（在西班牙语中奇卡诺[Chicano]表示男性，奇卡纳[Chicana]表示女性），印第安裔女性主义者葆拉·冈恩·艾伦等人提出了"土著女性主义"理念，这些新的带有少数族裔女性特征的批评术语正在引导着当代的少数族裔文学批评，也引领着少数族裔女性展开反父权制和反种族主义的双重斗争。

综上所述，美国当代少数族裔小说中的负情感书写具有社会诊断性，不仅揭示出族裔个体/群体遭遇的种族问题、性别问题、虚假政治宣传、极端政策等政治困境，还诊断出美国政治、经济、文化各个方面存在的结构性矛盾。例如，作为一个由多种族构成的移民国家，主流的美国人构想的理想国家是以单一种族为核心的；作为一个由多元文化构成的社会，美国社会始终坚持对移民的文化同化政策；作为一个自诩民主自由平等的政体，在美国政治体制中几乎少有少数族裔的位置。这不免令人想起政治哲学家亨廷顿（Samuel P. Huntington, 1927—2008）在20个世纪末对所谓的"盎格鲁-新教文化产物"和"美国信念"的固执坚守，这些信念包括："英语；基督教；宗教义务；英式法治理念，统治者责任理念和个人权利理念；对天主教持异议的新教的价值观，包括个人主义，工作道德，以及相信人有能力、有义务努力创建尘世天堂，即'山巅之城'。"①总之，当代美国少数族裔小说中的负情感书写揭示了少数族裔生存环境的恶劣，促使族裔主体反思少数族裔的处境，呼唤改善族裔生存现状。

四、当代美国少数族裔小说中的情感共同体书写

在上述两个部分的基础上，本部分梳理当代美国少数族裔小说中的情感共同体类型，并归纳其基本特征，论述负情感作为跨族裔共同体想象的基础、实现族裔个体/群体政治困境突围的积极作用。负情

---

① ［美］塞缪尔·亨廷顿：《我们是谁？美国国家特性面临的挑战》，程克雄译，北京：新华出版社，2005年，第2页。

感不仅在其生成和运作中诊断出族裔主体所处的直接政治困境以及形塑那些困境的深层结构性矛盾，还可以作为族裔主体的抵抗策略，作为沟通不同个体、不同族群的情感基础。"情感塑造了人们体验世界和互动的方式。它们给人们的精神现实和思想信念带来真实感。情绪会抑制或瓦解人们的个人和群体认同感。它们有助于激发行动和不行动，通常是无意识或先入为主的反应方式。"[①]负情感的能动性主要体现在族裔主体借助负情感实现自我认知、回归族裔传统、搭建情感共同体，从而尝试摆脱族裔困境的过程中。

有关共同体的学术讨论一般都会涉及共同体成员之间情感的沟通和交流。德国社会学家滕尼斯（Ferdinand Tönnies，1855—1936）在《共同体与社会》（*Gemeinschaft und Gesellschaft*，1881）中提出了血缘共同体、地缘共同体和宗教共同体三类有机的共同体形式[②]，这三类共同体都以相似的甚至相同的生活经历和情感体验为基础。英国文化唯物主义者雷蒙·威廉斯在《关键词：文化与社会的词汇》（*Keywords: A Vocabulary of Culture and Society*，1976）中考察了共同体概念的流变，将英语单词 community 追溯到"意指具有关系与情感所组成的共同体"的拉丁语词根 *communitatem*。[③]历史学家本尼迪克特·安德森（Benedict Anderson，1936—2015）在《想象的共同体：民族主义的起源与散布》（*Imagined Communities: Reflections on the Origin and Spread of Nationalism*，1983）一书中将民族定义为"一种想象的共同体"，在这种共同体中，成员心中都有着"相互联结的

---

① Paula Ioanide, *The Emotional Politics of Racism: How Feelings Trump Facts in an Era of Color Blindness*, Stanford: Stanford University Press, 2015, p.2.
② [德]斐迪南·滕尼斯：《共同体与社会》，林荣远译，北京：商务印书馆，1999年，第65页。
③ [英]雷蒙·威廉斯：《关键词：文化与社会的词汇》，刘建基译，北京：生活·读书·新知三联书店，2005年，第79页。

意象"①，也即相似的生活经历和情感特质。即使那些在学理上解构共同体的哲学家也间接论及情感之于共同体的重要性。在为《无用的共通体》(*The Inoperative Community*，1985—1986)中文版撰写的序言中，法国哲学家让-吕克·南希(Jean-Luc Nancy，1940—2021)在讨论"共通体(共同体)"这一概念时，也论及"触感""接触""污染""可感性""情绪"与"激情"这类情感词汇。②具有传染性和流通性的情感在不同的个体之间流动，打通了个体之间、族裔之间的交流通道。

关于"情感共同体"概念，学术探讨不在少数，但目前还没有就这一概念的内涵与外延达成初步的共识。情感史学家芭芭拉·罗森宛恩(Barbara H. Rosenwein)认为情感共同体指这样的群体，"生活在其中的人们共同遵循相同的情感表达规范，共同重视——或轻视——相同的或者相关的情感"，同时存在的情感共同体可能不止一个，它们可能随着时代变迁而发生改变，"有些情感共同体显现出来，主宰了我们的情感，但随后重要性却降低了。其他的情感共同体几乎完全隐藏在我们面前，尽管我们可以想象它们存在，甚至可以看到它们对某些群体有更明显的影响"。③另一位情感史学家威廉·雷迪也提出了类似的"情感政体"概念，指"一套规范性的情感和官方仪式与行动，以及宣讲和灌输这些规范性的情感及仪式的衔情话语。它是任何稳定政权(政体)的一个必要基础"④。不难看出，罗森宛恩和雷迪提出的情感共同体概念都强调了生活在一个特定共同体中的人对于特定的情感

---

① [美]本尼迪克特·安德森：《想象的共同体：民族主义的起源与散布》，吴叡人译，上海：上海人民出版社，2005年，第6页。
② [法]让-吕克·南希：《无用的共通体》，郭建玲、张建华、夏可君译，郑州：河南大学出版社，2016年，第10—11页。
③ Barbara H. Rosenwein, *Emotional Communities in the Early Middle Ages*, Cornell: Cornell University Press, 2006, p.2.
④ [英]威廉·雷迪：《感情研究指南：情感史的框架》，周娜译，上海：华东师范大学出版社，2020年，第171页。

表达规范的遵守和特定的情感价值的重视。这种情感共同体的存在需要一个必备的前提条件，即已经存在一整套完备的情感文化和情感价值规范，可以供所有成员认同和遵守，并且对那些不准备遵守的成员进行惩罚，对遵守的成员给予奖励。换言之，两位情感史学家所描述的情感共同体是业已存在的共同体的一个侧面。

此外，一些社会学家和政治学家提出了另外一种情感共同体形式，即基于情感体验的相似性形塑的新的共同体。社会学家兰德尔·柯林斯（Randall Collins，1941— ）在著作《互动仪式链》（*Interaction Ritual Chains*，2004）中，借鉴法国社会学家涂尔干的思想，提出了以群体仪式培育群体情感，从而形塑共同体感觉的情感社会学思路——"互动仪式的核心是一个过程，在该过程中参与者发展出共同的关注焦点，并彼此相应感受到对方身体的微观节奏与情感"①。柯林斯强调，通过多次群体的互动仪式过程，我们可以培养出情感共同体的基本要素：

  1. 群体团结，一种成员身份的感觉。

  2. 个体的情感能量［EE］：一种采取行动时自信、兴高采烈、有力量、满腔热忱与主动进取的感觉。

  3. 代表群体的符号：标志或其他的代表物（形象化图标、文字、姿势），使成员感到自己与集体相关；这些是涂尔干说的"神圣物"。充满集体团结感的人格外尊重符号，并会捍卫符号以免其受到局外人的轻视，甚至内部成员的背弃。

  4. 道德感：维护群体中的正义感，尊重群体符号，防止受到违背者的侵害。与此相伴随的是由于违背了群体团结及其符

---

① ［美］兰德尔·柯林斯：《互动仪式链》，林聚任、王鹏、宋丽君译，北京：商务印书馆，2019年，第78页。

号标志所带来的道德罪恶或不得体的感觉。①

政治学者艾玛·哈奇森（Emma Hutchison）在著作《世界政治中的情感共同体：创伤后的集体情感》(*Affective Communities in World Politics: Collective Emotions after Trauma*, 2016)中指出，对创伤的再现（包括文学再现）具有建构情感通道，联结个体纽带，建构情感共同体的意义。如果说创伤是个体的、私密的、单独的情感体验，那么对于创伤的再现或者表征（文学、艺术、影视）则将创伤经验从私人领域带到了公共领域，使之具备了集体意义，从而可以建构起情感共同体。在这一共同体中，创伤经验得以叙述和交流，个人的情感体验上升为集体的情感体验。创伤事件可以进一步产生新的"情感文化"，重新塑造民族的或者跨国的共同体认同。② 显然，柯林斯和哈奇森所提出的情感共同体以相似或者相通的情感体验作为形塑共同体感觉的纽带。本书所讨论的情感共同体也受到了这两位学者的影响。

尽管不同族裔之间存在着完全不同的文化背景，但是基于情感体验和政治困境的相关性，不同族裔之间对于共同体的文化想象也存在共通的可能。J. 希利斯·米勒（J. Hillis Miller，1928—2021）在《小说中的共同体》(*Communities in Fiction*, 2015)和《共同体的焚毁：奥斯维辛前后的小说》(*The Conflagration of Community: Fiction before and after Auschwitz*, 2011)两部著作中分析了现当代小说作品中的共同体想象，展现了来自不同族裔、不同国度的人由于相似情感而想象类似的共同体的现象。米勒认为莫里森的《宠儿》至少刻画了四种共同体：美国南北战争时期由南北对峙构成的联邦共同体，由美国南方白人奴隶主和黑人奴隶的共生关系构成的南方共同体，由美国

---

① ［美］兰德尔·柯林斯：《互动仪式链》，林聚任、王鹏、宋丽君译，第 80—81 页。
② Emma Hutchison, *Affective Communities in World Politics: Collective Emotions after Trauma*, Cambridge: Cambridge University Press, 2016, pp.3-4.

南方黑人奴隶内部构成的共同体，以及每个黑人家庭构成的小型共同体。①

借鉴米勒对《宠儿》中共同体的解读，当代美国少数族裔小说中的共同体至少可以分为以下三类：首先，单个族裔内部的共同体，包括族裔个体与自身的关系、与家庭成员和其他族裔成员的关系；其次，少数族裔之间的共同体，包括个体和个体之间的关系以及族群和族群之间的关系；最后，少数族裔与主流美国人之间的共同体，以及作为移民共同体的整个美国。

在当代美国少数族裔小说中，族裔内部的情感共同体最为普遍，也最能体现共同体成员之间的情感相似性。族裔内部成员间往往具有共同的文化基础、相似的负情感体验，面临着相同的政治困境，因此比较容易形成自我认同程度较高的共同体。不过，在当代美国少数族裔小说中，族裔内部情感共同体的建构常常是以个体对自身、对家庭、对族裔文化传统的不认同和传统共同体的崩解开始的。第一代移民因为政治和宗教迫害、大屠杀、经济需求等各种原因而选择移民美国，移民行为本身即是对此前的生存环境的逃避或不认同。移民二代经历了美国主流社会的文化同化，也对自身、对家庭和族裔文化产生了自卑、自恨、羞耻等自我否定的情感。因此，族裔内部情感共同体的建构从族裔个体与自身的和解开始，扩展到个体与家庭的关系和解，再到与族裔文化的和解。犹太裔小说《鼠族》中儿子的愧疚感推动了父子关系和解的可能，而家庭关系缓和的前提必然是父亲和儿子各自首先与自己和解。另一部犹太裔小说《暗道》中的羞耻感拷问着美国犹太人对于犹太大屠杀幸存者的冷漠态度，也召唤双方展开对话、建构新的族裔共同体。印第安裔小说《圆屋》中的少年乔在外祖父讲述的故事中重新了解了部落文化，在调查暴力案件中实现了对家

---

① [美]J. 希利斯·米勒：《共同体的焚毁：奥斯维辛前后的小说》，陈旭译，南京大学出版社，2019年，第312—314页。

庭的回归和对族裔身份的认同。不难看出，在美国当代少数族裔小说中，由个体到家庭再到族裔的共同体建构过程，是以相似的情感体验和共同的政治困境作为基础的，而个体对族裔共同体的情感认同往往需要修复破裂的代际关系。

在当代美国少数族裔小说中，少数族裔间的情感共同体书写也总是由相似的负情感体验开始的。各个族裔之间虽然在文化上差别较大，但是作为备受主流社会排挤和压迫的外来移民，他们在政治遭遇、族裔文化失守、家庭纽带断裂等方面具有超越异质性的共同特征。例如，《日诞之地》中来自三个印第安部落的青年体验着孤独和异化感，在洛杉矶的地下教堂中形成了基于宗教文化的泛印第安共同体。虽然他们都被主流社会视为印第安人，但是却来自说着不同语言、传承着不同的文化故事的部落。在形成类似的泛印第安共同体的过程中，负情感体验起到了沟通桥梁的作用。类似地，拉美裔也是由不同的分支（墨西哥裔、古巴裔、多米尼加裔、波多黎各裔等）构成的，原本也属于不同的族群。但在《芒果街上的小屋》中，来自不同族群的拉美裔聚居在同一个社区中，逐渐形成了类似的情感共同体，勾连这些不同族群的纽带恰恰是诸如失落和孤独这类负情感体验。此外，不同族裔之间不仅情感相通，而且也是同呼吸、共命运的，黑人的民权运动不仅促进了黑人权利的改善，同时也促进了其他族裔权利的改善。正如文章前面所述，犹太裔、非裔、亚裔、拉美裔和印第安裔之间面临着相同的结构性矛盾，因此具有共同的奋斗目标和政治利益。少数族裔在城市中频繁地接触和碰撞，交流着相似或相同的负情感体验，也在建构着新的群体认同。不论是印第安裔、拉美裔还是亚裔，这些说法都是想象出来的跨越族裔的新身份，也预示着跨族裔共同体的可能。

在当代美国少数族裔作家笔下，为了改善少数族裔个体／群体的生存环境，不仅同一少数族裔内部和不同少数族裔之间的情感共同体是必要的，少数族裔与主流社会的白人之间的共同体也是必不可少的。在美国当代少数族裔小说中，白人同情者主动帮助处于困境中的少数族裔的案例比比皆是。例如，《日诞之地》中帮助印第安人阿韦尔的白人女性安杰拉和米莉，《圆屋》中帮助受害者杰拉尔丁走出心理阴影的白人女性琳达，《地下铁道》中协助黑人奴隶逃离种植园的白人等。在历次美国族裔政策改革中，在历次少数族裔维权的游行示威中，也多能看到白人同情者的身影。少数族裔个体／群体与主流社会中的弱势群体白人具有相似的社会地位和情感体验，因此较容易地相互理解和相互体谅。少数族裔与占统治地位的白人也具有无法忽视的内在联系。就美国整体而言，所有的族裔都是整个移民共同体的一部分，如果不能处理好整体与部分，以及部分与部分的关系，那么美国这个"想象的共同体"本身也就不可能继续存在。在亨廷顿对美国特性的构想中，只强调了盎格鲁-清教文化的重要性，忽视了其他族裔文化对于形塑美国多元文化现状的意义，因此他想象的民族共同体并不具备广泛的包容性，也无法为多元文化之间的政治承认和平等对话提供有效的方案。相对而言，当代美国少数族裔小说中的情感共同体愿景则比亨廷顿的单一民族、文化和宗教的共同体更具有包容性，也更具现实意义。

当代美国少数族裔小说中的情感共同体书写具有重要意义。就族裔个体而言，负情感促使族裔个体反思和重新认识自身的族裔文化，同时也尊重其他不同的文化，最终在共同体之中引向多元文化的和谐共生。就族裔政治而言，负情感诊断政治困境，推动主流社会和少数族裔一道，摆脱种族主义政治的困扰，走向民主和平等、多个族裔相互依存的局面。文学的情感共同体书写，搭建了不同族裔之间交流与协商的情感平台，催发反凝视、反歧视的力量，呼唤共情，推动少数族裔内部的团结与抗争、多族裔社区的协作与融合。情感共同体有助于提升族裔文化自信，促进跨族裔情感互动，承载着共同命运下的人类相互依存、和谐发展的政治抱负和社会理想。

— 第一章 —

当代美国本土裔小说中的负情感问题与情感共同体建构

美国本土裔作家莫马迪凭借小说《日诞之地》成功斩获1969年普利策小说奖，将美国本土裔文学带入广大读者的视野中，拉开了美国本土裔文艺复兴的大幕。自此，当代美国本土裔文学涌现出一大批优秀的作家：莫马迪、莱斯利·西尔科、詹姆斯·韦尔奇（James Welch）、杰拉德·维兹诺（Gerald Vizenor）、乔伊·哈乔（Joy Harjo）、琳达·霍根（Linda Hogan）、谢尔曼·阿莱克西、路易斯·厄德里克、路易斯·欧文斯（Louis Owens）等。他们常以文学书写介入现实政治，以文学创作为载体，展现印第安人在美国种族政策下的悲惨境遇和情感问题，引发读者的情感共鸣，推动美国社会正视种族政治的弊端，改善族裔生存状况，助推族裔平等和社会正义。在当代美国本土裔小说中，负情感书写不仅具有消极性，还具有包括诊断性和联结作用在内的情感动能。

当代美国本土裔文学的创作和发展与美国历史上的印第安政策有着密切关联，反映了印第安部落在现实中的主权、身份、土地和文化等方面面临的政治困境。从19世纪上半叶到21世纪初，美国印第安政策先后经历了四个主要阶段：武力征服阶段（19世纪30至80年代），全面同化阶段（19世纪80年代至20世纪30年代），终止政策及重新安置计划（20世纪50至70年代），部落自决阶段（20世纪70年代以后）。在一系列的印第安政策的压迫和剥削之下，印第安人曾经遭到残酷屠杀，印第安土地被掠夺，印第安文化被取缔，直到20世纪70年代红种人权力运动以后，美国印第安政策才做出方向上的调整。在这些具有殖民主义色彩的政策之下，美国本土裔作家们开始以英语创作文学作品，记录个人和部落遭受的悲惨境遇，抵抗主流社会的文化同化，传承部落的传统文化。

在当代美国本土裔小说中，负情感弥漫在印第安个人、家庭和社区中，甚至跨越了代际和地域差异。这些负情感既是印第安人对数个世纪以来欧洲殖民者或美国联邦和各州政府压迫性种族政策的被动反应，同时也具备情感动能，深刻揭示了美国种族政策的结构性问题，促使印第安个体与群体，乃至其他族裔之间形成情感共鸣、搭建情感通道，形塑情感共同体。本章旨在分析三部当代美国本土裔小说中的负情感问题，考察生成情感问题的政治困境，关注负情感在形塑族裔认同和跨族裔认同中的作用，揭示当代美国本土裔作家对情感共同体的想象。

在20世纪50年代，美国国会相继通过印第安终止政策和重新安置计划，试图终止印第安部落的特殊政治地位，将大批印第安青年迁出保留地、安置在城市中，结果导致保留地和城市中的印第安人生产与生活方式、文化信仰与精神生活的剧烈动荡，造成整整一代人夹在两个世界、两种文化、两重身份之间，普遍感到无所适从的错置感。本章第一节聚焦《日诞之地》中印第安青年的错置感，探讨归家主题的情感维度，考察作者以共同的错置经历和共通的情感为基础重构族裔共同体的文学尝试。莫马迪对印第安青年错置感的书写，揭露了美国印第安政策的内部殖民性，重塑族裔共同体，助推20世纪70年代的红种人权力运动，彰显了文学的政治介入功能。

尽管20世纪70年代的红种人权力运动迫使美国印第安政策转向，以立法的方式保障保留地的文化和政治自治，但是直至21世纪，针对印第安人的法律不公依然带有浓厚的殖民主义特征，给印第安个体和社区造成持久的法律困境，引发了印第安受害者及其家人的恼怒情感。20世纪80年代末，白人种族主义者针对印第安女性的暴力事件频发，由于联邦印第安法律一系列针对保留地法官、警察和部落委员会的权利限制，导致印第安人自己的立法、执法和司法机构无权起诉和管辖相关的跨暴力案，不能将白人强奸犯绳之以法，将印第安妇女置于申诉无门、愈加受害的境地。本章第二节分析厄德里克的小说《圆屋》中印第安受害者的恼怒情感，考察恼怒背后的法律困境和印第安政策的殖民性质，揭示厄德里克对于正义共同体的文学想象。

20世纪下半叶以来，越来越多的印第安人离开保留地定居大城市。根据统计，截止到21世纪初，在美国的印第安人和阿拉斯加土著人口中，接近七成散居在城镇中。从保留地到城市，印第安人面临着崭新的生活环境和生活方式，与其他族裔的接触日渐频繁，也承受着来自主流文化的权力凝视。在此过程中，许多本土裔作家的创作焦点也逐渐从保留地转向城市印第安人，书写他们在融入主流社会过程中遭遇的文化阻碍及其情感问题。本章第三节分析阿莱克西短篇小说集《战舞》中城市印第安人的羞耻感，考察种族羞耻背后的政治困境，揭示阿莱克西借助去族裔化的书写方式想象跨种族共同体的文学尝试。

第一节
《日诞之地》中印第安青年的错置感与族裔共同体重塑

美国本土裔作家莫马迪的小说《日诞之地》书写了印第安青年的归家之旅，开启当代美国本土裔小说的归家范式，斩获了1969年普利策小说奖,拉开了美国本土裔文艺复兴的帷幕,有力地呼应了20世纪70年代红种人权力运动。在20世纪50年代,美国国会相继通过终止政策和重新安置计划,试图终止印第安部落的特殊政治地位,将大批印第安青年迁出保留地,安置在城市中。《日诞之地》中赫梅斯普韦布洛的青年阿韦尔被安置到洛杉矶,因为无法融入城市生活最终返回保留地,在离家和归家的过程中,他都体验着深刻的错置感。

学者们普遍认为阿韦尔的精神异化源于他被迫离开了保留地和传统文化,同时无法融入城市生活和主流文化,在两个世界和两种文化的缝隙中,他体验着身体、精神和情感的苦痛,因此只有重建与部落土地和文化的纽带才能实现治愈。《日诞之地》是"关于精神与心理疾病及其治愈过程的小说"[1],阿韦尔因为离开熟悉的土地,失去了归属感。疏离了部落土地、文化和历史,阿韦尔既无法"在城镇化和科技化的社会"中安身,也无法"在他祖先熟悉的自然世界"[2]中安身,产生了时间和空间的双重错置感。陷入精神困境的阿韦尔只有"通过重建和土地的情感联结"才能"实现自我救赎"。[3]学者们还强调部落故事和仪式的治愈功能,突出了归家主题的文化维度。"在这些地理景观中长大的土著人,如果不能活在故事中,就不能成为真正的自己;如果这些故事与土地分离或割裂,他们就无法生活。"[4]小说中充满了生命力量的故事、歌曲和祷词,"道出了纳瓦霍人、普韦布洛人和基

---

[1] Chadwick Allen, "N. Scott Momaday: Becoming the Bear", in J. Porter and K. M. Roemer, eds., *The Cambridge Companion to Native American Literature*, New York: Cambridge University Press, 2005, p.210.

[2] Phillis Toy, "Racing Homeward: Myth and Ritual in *Home Made of Dawn*", *Études Anglaises*, vol.51, no.1 (1998), p.30.

[3] 郑佳:《〈日诞之地〉中的地理景观:人文主义地理学视角》,《外国文学评论》2016年第3期,第159页。

[4] Arnold Krupat and M. A. Elliott, "American Indian Fiction and Anticolonial Resistance", in Eric Cheyfitz, ed., *The Columbia Guide to American Indian Literatures of the United States Since 1945*, New York: Columbia University Press, 2006, p.132.

奥瓦人对自然世界不断产生治愈能力的信念"①。也有学者提出，莫马迪想象了"融合时代现实与文化传统的第三都市空间"，为"历史转折中的印第安人"② 寻求生存之道，从而赋予归家主题新的内涵。可见，学者们考察归家主题的空间和文化维度，将阿韦尔的错置感视为一种亟待治愈的疾病。

在现有研究基础上，本节聚焦《日诞之地》中印第安青年的错置感，探讨归家主题的情感维度，考察作者以共通的错置感为基础重塑族裔共同体的文学愿景。首先，通过考察错置感的表征，本节指出错置是印第安终止政策导致的非家之感，表现在身份、文化和语言三个方面。其次，本节分析错置感的代际流动，揭示美国印第安政策的内部殖民逻辑及其对传统部落共同体的拆解。在此基础上，本节认为，错置感不仅在祖孙之间形成情感纽带，联结了部落共同体，还在城镇印第安人之间形成情感共鸣，形塑泛印第安共同体。通过书写错置感，莫马迪批判了美国印第安政策的殖民性，想象了族裔共同体的重塑，助推20世纪70年代的红种人权力运动，彰显了文学的介入功能。

一、印第安青年错置感的表征

错置（displacement）也译作"移置""错位""位移"，是后殖民文学研究中的重要概念之一。"对地方（place）与移置的关注，是后殖民文学的一个主要特征，也是后殖民特殊的身份危机所在。后殖民文学关注自我与地方关系中的有效身份认同和恢复。"③ 错置通常指从熟悉

---

① Andrew Wiget, *Handbook of Native American Literature*, New York: Routledge, 2012, p.465.
② 张龙海、陈建君：《真实与想象的第三空间——论莫马迪〈日诞之地〉中的归家》，《当代外国文学》2019年第4期，第50页。
③ ［澳］比尔·阿什克洛夫、加雷斯·格里菲思、海伦·蒂芬：《逆写帝国：后殖民的理论与实践》，任一鸣译，北京：北京大学出版社，2014年，第8页。

的环境迁移到陌生的环境而产生的一种流离失所的状态,是一种由殖民入侵、移民、流放、奴役或监禁等活动导致的跨地域、跨国界和跨文化的移动。对早期美洲印第安人而言,殖民入侵是导致家园沦丧和强制迁徙的根本原因。"自欧洲人殖民伊始,土著人的土地便被剥夺,他们通常被迫迁移到耕地较少的保留地或军事管理区。尽管心理和文化的错置也会影响那些自愿或被迫迁徙殖民地的欧洲人,但是这种错置主要是对土著人的破坏性的侵夺。"① 在错置中,早期印第安人普遍产生了非家之感(unhomeliness)。错置不仅是地理上的位移,还是情感维度上的错位。华裔作家严歌苓将移民的错置状态理解为地理、心理和情感等多个方面的"无所归属"或"错位归属",强调了错置的情感维度。② 后殖民理论家霍米·巴巴(Homi Bhabha,1949—)在《文化的定位》(The Location of Culture,1994)中也从文化、语言、身份认同、地理范围、心理和情感多个维度讨论离散者的错置状态。③ 对历史上被驱离家园的印第安人来说,错置更是一种因家园沦丧而流离失所的感觉。"在错置中,土著人远离了祖居的土地,被重新安置在保留地或军事管理区,其家庭、社会与文化随之破碎,引起土著人的精神病态。"④ 综上所述,错置既指从熟悉环境被迫迁移到陌生环境的非家状态,也指由这种迁移而导致的非家之感,既是一种客观的状态描述又是一种主观的情感体验。

在 20 世纪 50 年代,美国政府出台了"印第安终止政策"和"重新安置计划",将大批印第安青年迁往洛杉矶等大城市安置,引发了印第安青年的错置感。美国国会 1953 年颁布的"国会第 108 号共同

---

① Bill Ashcroft, Gareth Griffiths and Helen Tiffin, *Postcolonial Studies: The Key Concepts*, Oxon: Routledge, 2013, p.87.
② [美]严歌苓:《花儿与少年》,北京:昆仑出版社,2004 年,第 195 页。
③ Homi Bhabha, *The Location of Culture*, London and New York: Routledge, 1994.
④ Bill Ashcroft, Gareth Griffiths and Helen Tiffin, *Postcolonial Studies: The Key Concepts*, p.87.

决议案"也被称为"终止政策",旨在结束国会和政府对印第安部落的监管、保护、经济救助和优惠服务,终止印第安部落的特殊政治地位。在此背景下,一系列"重新安置计划"出台,向保留地青年人提供一定的经济支持和职业培训,吸引他们迁往芝加哥和洛杉矶等中心城市。美国主流社会认为终止政策是"解放印第安人""给印第安人自由",坚信印第安人有能力也有意愿融入主流文化和城市生活。然而在印第安学者德洛里亚看来,终止政策对印第安部落的破坏丝毫不亚于19世纪中叶美国军队对印第安人的屠杀:"实际上,在现代征服战争中,终止政策被当作对付印第安人的武器。"[1] 截至1970年终止政策被废,许多部落失去了主权地位和大片土地。不仅如此,离开保留地的青年人丧失了安全感,"他失去了部落身份,必须凭借其他条件生活在世界上,这些条件对他而言是陌生的"[2]。被安置的印第安青年由于身份、文化和语言上的差异,难以融入城市社会,产生了错置感。

《日诞之地》中,在"二战"战场上精神受创的阿韦尔返回保留地,后因杀人罪服刑七年,出狱后被安置到洛杉矶,难以适应城市生活的他最后返回了保留地。对应阿韦尔"归家—离家—归家"的行动轨迹,莫马迪采取了四章结构并在标题中突出了地理位移,形成了"瓦拉托瓦村—洛杉矶—洛杉矶—瓦拉托瓦村"的闭环结构,表征着阿韦尔从精神错置到治愈的整个过程。值得注意的是,阿韦尔第一次离家参与战争的经历导致了他的精神错乱,但是第一次归家,他的精神错乱尚未得到治愈,又因为杀人和重新安置计划长期离家,这使他的错置感更加深刻。在莫马迪看来,阿韦尔那一代印第安青年经历了

---

[1] Vine Deloria, Jr., *Custer Died for Your Sins: An Indian Manifesto*, Norman: the University of Oklahoma Press, 1988, p.76.

[2] D. Fiorentino and N. Scott Momaday, "The American Indian Writer as a Cultural Broker: An Interview with N. Scott Momaday", *Studies in American Indian Literatures*, vol.8, no.4 (1996), p.70.

战场的身心创痛之后又被强行安置到城市中,所以他们"被连根拔起了……在精神上迷失了方向"①。在终止政策的背景下,阿韦尔所代表的印第安青年的错置感主要表现在身份、文化和语言等方面。

离开保留地的阿韦尔切断了与土地的联系,失去了部落身份,产生了身份错置感。在部落文化中,土地是构成身份的核心要素,一旦失去了和土地的联系也就丧失了身份,失去了自己的根。小说这样描写失去地方感和身份归属的阿韦尔:"他不知自己身处何地。很久以前,他曾在世界的中心,知道自己身处何方。后来,他迷失了方向,游荡到世界的尽头。而今,他竟然在虚空的边缘,头晕目眩。"②在作者莫马迪看来,"一旦他(阿韦尔)离开了保留地,就将身份抛在身后了,他那代人经常经历这种事情"③。阿韦尔第一次准备离家时,内心忐忑不安,"他走得很快,头也不回,孤独和恐惧萦绕在心头。……他很想弄清是怎么回事,弄明白那意味着什么。当他想起该回头看看家乡的土地时,已经太迟了"(27)。彼时的阿韦尔不明白失去和土地的联系就会陷入无序和混乱中。由于失去地方感,从战场回到家乡的阿韦尔对于部落生活显得手足无措,"他在原地站了许久,什么也没想,一动不动;只有眼睛在扫视着什么东西……什么东西"(30)。此外,阿韦尔被安置到洛杉矶的陌生环境之后,对身份的迷茫更加深切。第二章开篇,小说以被浪潮裹挟到沙滩上任人捡拾的小银汉鱼来比喻阿韦尔的处境,"它们在月光下蠕动。它们是地球上最弱小的生

---

① D. Fiorentino and N. Scott Momaday, "The American Indian Writer as a Cultural Broker: An Interview with N. Scott Momaday", *Studies in American Indian Literatures*, vol.8, no.4 (1996), p.64.

② [美]纳瓦雷·斯科特·莫马迪:《日诞之地》,张廷佺译,南京:译林出版社,2013年,第126页。本节中,出自同一著作的引文,将随文标出引文出处页码,不再另注。

③ D. Fiorentino and N. Scott Momaday, "The American Indian Writer as a Cultural Broker: An Interview with N. Scott Momaday", *Studies in American Indian Literatures*, vol.8, no.4 (1996), p.70.

物、渔夫、情侣和过路人把它们顺手捡走"(106)。在洛杉矶,阿韦尔不断被执法人员监视和警告,不适应加班加点的工厂生活节奏,城市生活于他而言毫无意义。可以说,离开保留地的阿韦尔失去了部落身份,同时又无法在城市中寻找到新的身份归属。

不仅如此,阿韦尔疏离了部落文化,同时又无法成功地融入主流文化,在两种文化的缝隙中体验着文化错置感。在印第安学者德洛里亚(Vine Deloria Jr., 1933—2005)看来,部落文化和主流文化之间的差异是两种哲学观念的差异,部落文化是向心的、循环的,而主流文化是线性的、发展的,两种文化的关系就像圆和切线一样,"切线与圆周接触的点是印第安人和其他群体可以共享的问题和观念"[①]。在《日诞之地》中,文化冲突场景的描写俯拾皆是,造成了阿韦尔等人的文化错置感。在战场上,阿韦尔面对敌方坦克跳起印第安战舞,这一举动在白人战友看来是疯狂的。奥尔京神父以为自己可以弥合两种文化的缝隙,然而他既无法使印第安人相信他的布道,也无法使白人陪审团理解部落文化中杀死白化人的隐含意义。回到保留地,阿韦尔无法融入部落文化生活,他参与骑马斗鸡仪式,丑态百出:"轮到阿韦尔了。他畏首畏尾的,表现太差了。"(51)在洛杉矶,阿韦尔聚居在阴暗逼仄的贫民窟中,游离于主流文化之外,是城市中的局外人。来自纳瓦霍部落的贝纳利这样描述他无法理解的城市:"商店里亮灯了,橱窗里的商品亮闪闪的,琳琅满目。一切都那么干净、明亮、焕然一新","那些站在角落里卖报纸的老人总会冲你大声吆喝,不过你听不懂他们在说什么。反正我听不懂"。(171)印第安人要在城市生存下去,必须融入主流文化,然而要融入必须改变:"你必须忘记以前的生活方式、你的成长经历以及一切。有时,那很难,可你别无选择。可我觉得他并不想改变,或者不知该如何改变。"(181)疏离了部

[①] Vine Deloria Jr., *We Talk, You Listen: New Tribes, New Turf*, New York: Delta, 1972, p.13.

落文化而又无法融入主流文化的印第安青年因此产生了文化错置感。

此外，疏离部落文化的阿韦尔无法用语言进行自我表达和情感交流，陷入了语言上的错置。在小说中，阿韦尔自始至终处于失语状态，在战场上，他无法向战友解释战舞的意义；在保留地，他不能用语言和外祖父沟通想法；在法庭上，他无法解释杀死白化人的动机；在洛杉矶，面对其他部落的印第安人，他沉默寡言；在工厂，不论工头如何催促，他总沉默相对。他的失语现象不仅是战后应激反应，还是语言错置的体现。[1]"地方经验与表述这种经验的语言之间的差距，构成了后殖民文本经典而普遍的特征。这种差距产生于以下情形，即当自己的语言不足以描述一个新地方时，或自己的语言系统被奴隶制摧毁了，或自己的语言被殖民权力语言的优势所强行取代。"[2]阿韦尔的语言能力不足以描述他两次离家带来的错置经历，更无法应对如此之多的陌生情景和陌生人，他无法使用任何一种语言来表达自我，因此他只得以沉默作为回应。"如果还能说家乡话，哪怕发出一丁点毫无实际意义的声音……他也能再次感到自己的存在。可他像哑了似的。"(73)在印第安文化中，语言表达和讲故事具有神圣性和创造性，"只有通过语言，人才能表达他与地方的关系。事实上，只有通过话语的分享或仪式，象征性的景观才能存在。因此，塔瓦歌手、纳瓦霍唱诵者和基奥瓦语者通过他们的故事和歌曲保存了他们的社区。没有它们就没有社区"[3]。人一旦失去了语言能力，也就无法在语言中确认自身的存在；对于部落而言，语言沟通和讲故事更是凝聚部落人心、

---

[1] 在小说中，莫马迪赋予赫梅斯普韦布洛人多种语言能力，除了英语和西班牙语之外，部落中的人还可以说若干种传统的部落语言，如塔诺语、梅蒂语，然而阿韦尔自始至终几乎没有真正地"说"任何一种语言。

[2] ［澳］比尔·阿什克洛夫、加雷斯·格里菲斯、海伦·蒂芬：《逆写帝国：后殖民的理论与实践》，任一鸣译，第9页。

[3] Lawrence J. Evers, "Words and Place: A Reading of *House Made of Dawn*", *Western American Literature*, vol.11, no.4 (1977), p.299.

保存部落文化的重要方式。处于失语中的阿韦尔无法用语言来确证自己的身份,也无法通过语言参与部落文化,更无法借语言来实现情感交流。

综上所述,在终止政策和重新安置计划下,阿韦尔那一代印第安青年体验着身份、文化和语言上的错置感,他们处于两种身份、两种文化、两个世界的缝隙之间,既无法回归到部落的身份、文化和语言世界,也不能顺利融入主流社会中。值得注意的是,在小说中,错置感不仅是阿韦尔个人的情感体验,还是他那一代印第安青年普遍存在的情感体验,在来自不同部落的青年之中流动。此外,小说中印第安部落的错置体验不是在 20 世纪 50 年代才出现的,类似的错置经历早在 19 世纪就已然出现,因此错置感还跨越了代际,在印第安社区中流动,揭示出印第安社区被错置的历史。

二、印第安错置感的跨代际流动

在《日诞之地》中,印第安青年的错置感以两种相互关联的方式在印第安社区中流动:其一,在单个部落内部,错置感通过祖孙关系实现了历时性的代际传递;其二,来自不同印第安部落的青年同时被安置到城市中,体验着相似的情感,错置感作为共通的情感实现了共时性的跨部落流动。错置感的两种流动方式共同揭示出印第安部落在美国被迫迁徙的悲惨历史以及美国印第安政策中一以贯之的殖民逻辑。

美国印第安人的错置历史是一系列美国印第安政策的产物。简要梳理美国印第安政策的历史,不难看出,在这一系列政策背后始终存在着种族隔离主义和社会同化主义的影子。在 19 世纪 30 年代至 50 年代,为了抢占印第安部落的土地,美国政府强行将诸多印第安部落迁往西南部土地狭窄贫瘠的保留地,并在周边驻军,不允许印第安人离开，因此最初的保留地类似于集中营。在此阶段，美国国会将部落界定为"国内附属民族"，自诩为诸多部落的"监护人"。美国内战后，军队开始镇压和屠杀敢于反抗的印第安军事联盟，直至 19 世纪 80 年代最后一支印第安武装投降。自 19 世纪 80 年代至 20 世纪 30 年代，美国政府对印第安人在政治、经济和文化上实施全面的同化政策，其中尤其以印第安寄宿制学校和剥夺印第安部落土地的《道斯法案》最为臭名昭著。20 世纪 50 年代至 70 年代，终止政策和重新安置计划将部分印第安人从保留地迁往城市中心，使他们疏离了部落的土地、文化和语言。可以说，一系列美国的印第安政策目的都是剥夺印第安部落的土地、消灭印第安文化、取缔印第安人的语言，带有浓厚的殖民色彩。在印第安文化中，个人的存在是一种"主体间性存在"，个人必须融入部落社会关系、传承部落历史、与部落的土地建立情感联系，才能实现个人和集体的共同存在。然而经过上百年的隔离主义政策与同化主义政策的更迭，印第安个体和部落在身份、文化和语言上的联系越来越弱。

　　印第安人错置感的历时性流动，形成了印第安人跨越代际的情感创伤，诊断出美国印第安政策背后的殖民主义特征，即联邦既承认印第安人的公民身份，同时又将其排斥在社会秩序的边缘。在《日诞之地》中，祖孙之间通过讲故事的方式传承部落记忆、传递部落知识、建构部落文化身份，如阿韦尔自幼跟随外祖父学习传统的捕猎技能、了解部落周围的地理环境、传承部落的历史记忆；在城市中生活困顿的贝纳利心心念念外祖父教给他的纳瓦霍祈祷词"日诞之地"，以抚慰受伤的心灵；而来自基奥瓦部落的托萨马则一遍一遍地重复奶奶讲述的部落迁徙的故事，重走祖先的迁徙之旅，以此确认自己的部落身份。美国印第安人在历史上有两次刻骨铭心的错置经历，第一次是 19 世纪 30 年代到 50 年代大迁徙政策和保留地制度的广泛确立，第二次是 20 世纪 50 年代的印第安终止政策以及重新安置计划。前者使得大批印第安部落被迫离开世代居住或游牧的地区，迁徙到土地荒芜的陌生地带；后者使得大批印第安青年被迫离开保留地，移居到陌生的城市。两次政策性的强制迁徙都导致大批印第安人与曾经的部落土地和家园失去了情感联系，疏离了部落的传统文化，失去了界定部落身份的社会关系。"在殖民地上，土著或原始文化如果没有被彻底消灭，通常会被移置，即迁离他们的领地。充其量，他们经历着隐喻性的错位，被置于一种等级秩序中，为了殖民文化的价值和实践，他们的文化被弃置、制度和价值被忽视。"[1] 每一次政策性的迁徙都将印第安人进一步纳入以白人清教徒为主导的政治、文化和经济秩序之中，但同时也进一步将他们在该体系中边缘化，从而加深了印第安人的集体错置感。

在《日诞之地》中，阿韦尔即使身在保留地依然体验着错置感，揭示出保留地矛盾的双重属性。对他而言，瓦拉托瓦村既是部落生存的家园，又是殖民权力界定的空间，是家又非家。白人女性安杰拉居住的房子孤零零地矗立在保留地的边缘位置，原是美国军队监视保留地内印第安人的军事堡垒。"原先划定白种人和红种人之间的边界是为了确定双方攻击对方的责任，因此，19世纪中期的保留地常常具有集中营的性质，即把印第安人赶到他们以前占有但已日益受到白人移民控制的土地上去。"[2] 历史上印第安人被驱赶出故土，被迫进入土壤贫瘠的保留地，因此保留地最初是一座巨大的集中营。后来保留地逐渐成为印第安人的家园，然而这种家园观念直到20世纪70年代才成形。在红种人权力运动时期，由于印第安人在城市中普遍备受排斥、无法融入城市生活，保留地作为家园的重要性凸显出来。"在近

---

[1] Bill Ashcroft, Gareth Griffiths and Helen Tiffin, *Postcolonial Studies: The Key Concepts*, p.86.
[2] ［美］威尔科姆·E.沃什伯恩：《美国印第安人》，陆毅译，北京：商务印书馆，1997年，第222页。

代,保留地已取得作为家园的地位,即已成为印第安人永久的可靠基地,他们可以到外面白人的世界碰碰运气,但始终知道他们可以回到保留地的家。这种对保留地的新观念只是到了60年代和70年代才完全形成。"① 在保留地由集中营向家园转变的过程中,它逐渐成为温馨的家园,是维持部落身份、实践部落文化和延续部落生存的重要场所,但它的殖民色彩始终是存在的。对于贝纳利而言,纳瓦霍保留地既是充满温馨的家园又是荒芜贫瘠、毫无希望的土地。"只要熟悉了环境,适应了一切,你就想弄明白过去在老家你过的是怎样的日子。你知道,在老家什么也没有,只有那片土地,可那土地荒凉贫瘠,毫无生气。这儿呢,什么都有,应有尽有。"(222)保留地矛盾的双重属性是生成印第安人历史错置感的根本原因,在其中,印第安部落既在美国政治、经济和文化体制之内,又被排斥在边缘位置。

在终止政策下,来自诸多部落的印第安青年被安置到城市秩序之中,同时又被排斥在主流社会之外,因此错置感是印第安青年之间共享的情感体验。在德洛里亚看来,终止政策同样充满了殖民色彩,"终止政策让印第安人感到心寒,因为国会在未经印第安人同意、未听取印第安人意见的情况下,单方面决定消除部落的特殊地位和权利"②。在《日诞之地》中,城市对于印第安青年而言同样充满矛盾的双重性。对印第安青年来说,洛杉矶既是希望之地,也是失望之城。一方面,他们离开保留地,前往大城市中寻找就业机会,期待着幸福生活,把城市作为寻找出路的希望之地。另一方面,他们远离了熟悉的地方,进入陌生的城市环境,被排斥在边缘位置,不为主流社会接纳。贝纳利是这样渴望融入城市:"那真是个宜居的好地方。只要熟

---

① [美]威尔科姆·E.沃什伯恩:《美国印第安人》,陆毅译,第222页。
② Eric Cheyfitz, "The (Post)Colonial Construction of Indian Country: U.S. American Indian Literatures and Federal Indian Law", in Eric Cheyfitz, ed., *The Columbia Guide to American Indian Literatures of the United States Since 1945*, p.42.

悉了那儿的环境，你就会知道那儿热闹，有好多事可以做，有好多东西可以看。只要熟悉了环境，适应了一切，你就想弄明白过去在老家你过的是怎样的日子。"（221）然而《日诞之地》中印第安青年的城市生活却并不理想：他们白天在工厂上班，生产任务繁重但薪水不高；傍晚一起在小酒吧喝酒取乐，多数印第安人借钱度日；夜半返回廉价出租屋，半路经常遭遇抢劫。"虽然他们居住在偌大的城市中，却被束缚在其中一片狭小的范围内，与外界缺乏接触和互动。从这个意义上讲，他们都是城市中的局外人，生活在空洞而无意义的环境之中。"① 阿韦尔的错置感是如此严重，以至于他既无法融入主流社会，也无法融入城市印第安人的群体。

在美国印第安政策的殖民逻辑下，印第安部落和个人被强行纳入政治、经济和文化秩序中，同时又被排斥在秩序的边缘位置，因此错置不仅是20世纪50年代印第安青年普遍感受到的情感，还是多数印第安部落在历史上早已体验过的集体情感。在印第安政策之下，对于印第安人而言，保留地既是曾经的种族集中营也是当前部落生存的家园，而城市既是未来族裔生存的希望之地又是当下个体备受排斥的失望之地。

三、错置感与族裔共同体重塑

错置感并不是固定在某个人物或者群体身上，而是在不同的个体和群体之间流动，并且在流动的过程中形成了情感联系，联结起不同的个体和群体，形塑新的身份认同和共同体意识。"情感并不寓居于对象或者符号中，而是作为对象和符号的流通效果存在……作为一种

---

① 郑佳：《〈日诞之地〉中的地理景观：人文主义地理学视角》，《外国文学评论》2016年第3期，第162页。

流通效果，有些符号在运动中增加了情感价值：它们流通得越快，就越富有情感，看上去越'饱含'情感"①，在流动中，情感将不同的人群联结起来。

《日诞之地》中，错置感在阿韦尔和外祖父这对祖孙之间流动，联结了断裂的情感纽带，重塑了失落的部落共同体；错置感还在城市印第安青年之间流动，联结了泛印第安联盟，形塑了泛印第安身份，建构了新的共同体；此外，错置感在小说中刻画的部分白人当中流动，构成了印第安人和白人之间的情感纽带。在印第安青年离家和归家的过程中，传统的印第安身份和部落共同体得以发展和更新，彰显了印第安传统文化强劲的生命力，抵抗着印第安终止政策的侵蚀。

在《日诞之地》中，错置感通过祖孙之间讲故事的形式实现了代际情感纽带的联结，促使印第安青年回归部落共同体重塑部落身份。莫马迪笔下的三个印第安青年（阿韦尔、贝纳利和托萨马）都传承了祖辈的记忆，联结了代际之间的情感纽带，在故事中重塑了部落身份，实现了情感上的归家。阿韦尔在外祖父濒死之际聆听了他的故事，之后便不再感到失落、迷茫和绝望，而是以印第安传统和天主教传统两种方式安葬祖父，并积极参与到部落的冬日奔跑祈雨仪式当中。类似地，贝纳利和托萨马虽然置身城市中，但是贝纳利总是回忆外祖父的故事，哼唱着纳瓦霍部落的祷词《日诞之地》，托萨马则不断回忆祖母讲述的基奥瓦部落迁徙的故事并且重走祖先的迁徙之旅，以重塑部落身份。显然，在《日诞之地》中，归家的第一层含义是重建与部落的情感联系，重塑部落身份。尽管经历了长期的强制同化政策，但是印第安部落的文化始终顽强生存。莫马迪这样描述印第安文化传统的坚韧性：

---

① Sara Ahmed, "Affective Economies", *Social Text*, vol.22, no.2 (2004), p.120.

镇上的人几乎无欲无求。他们不期待什么现代文明，从没改变过自身的基本生活方式。小镇的入侵者花了很长时间才征服他们；四百年来，他们被强行皈依基督教，但他们仍坚持用塔诺语向古老的天地神灵祈祷，依然有什么吃什么，有什么用什么，一如既往；他们有自尊，有鉴别力。征服者总是居高临下地教他们要这样，要那样，可他们觉得那是多此一举。虽然他们改用了敌人的名字，学会了敌人的举止，但内心深处依然坚守着自己的观念。他们抵制、战胜了征服者，笑到最后。（72—73）

部落传统的延续为城市印第安青年在精神上维持部落身份、为阿韦尔回归部落共同体提供了物质和文化基础。在印第安文化中，部落身份的构成要素包括社会关系、部落历史和地方感，个体只有在和他人的关系中，尊重集体共同的历史，建立与土地的情感联系才能完整。这种由共享的社会关系、历史记忆和地方感构成的"主体间性的自我"赋予了部落身份，定义了部落存在。①

《日诞之地》中城市印第安青年共通的错置感联结了跨部落的泛印第安联盟，建构新的印第安性，促使印第安青年想象新的共同体形式。因为生活困顿、精神迷茫，小说中的印第安人普遍感到无所归属，唯有在泛印第安联盟中才能够暂缓孤独，找到归属感。托萨马主持的地下教堂是泛印第安宗教的宗教仪式举行的场所。在他举行的佩奥特仙人掌祷告仪式中，来自不同部落的印第安人共同参与，大声向着各自部落的"大神"祷告，一起为印第安人的悲惨经历哀告和哭泣，形塑了泛印第安人的共同体。此外，城市印第安青年们在山顶聚会，

---

① William Bevis, "Native American Novels: Homing In", in A. Robert Lee, ed., *Native American Writing Vol I*, Oxon: Routledge, 2011, p.111.

唱着各自部落的歌谣、跳着各自部落的舞蹈，围绕着火焰发泄情感，构成了一幅泛印第安娱乐场面。在现实中，被安置到大城市中的印第安青年的确形成了这样的泛部落同盟：

> 在明尼阿波利斯、丹佛和旧金山等城市中心，年轻的印第安人聚集在一起，想象不受美国政府控制的集体的未来。因此，城镇中的错置有助于在印第安人中创造一种惊人的新形式的政治活动：青春的、城市的、跨部落的红种人权力运动准备动用各种精神的、物质的和智性的武器来对抗帝国主义世界。①

此外，城市印第安人和返回保留地的印第安人之间形成了情感联系，搭建了保留地与城市印第安人的情感联盟。留在城市的纳瓦霍人贝纳利和返回保留地的普韦布洛人阿韦尔有一个"计划"，约定在不久的将来，他们将前往共同的家园，一起饮酒游乐。两人想象中的共同家园是超越了部落界限的泛印第安家园。在莫马迪创作《日诞之地》的20世纪60年代，城市印第安人的确跨越了部落边界，在红种人权力运动中形成了泛印第安联盟，共同抵抗着异化的生活方式。

> 他们与农村和保留地的部落社区疏离了，开始互相寻找，越过部落界线，聚集在印第安城市中心。在这些地方机构中培养了一种新的"印第安性"，同时，像美洲印第安人全国代表大会和更加激进的全国印第安人青年理事会这样的全国性组织促进了土著人的团结，以采取共同的政治行动。②

---

① Sean Kicummah Teuton, *Red Land, Red Power: Grounding Knowledge in the American Indian Novel*, Durham and London: Duke University Press, 2008, pp.2-3.
② Jace Weaver, *That the People Might Live: Native American Literatures and Native American Community*, New York: Oxford University Press, 1997, p.122.

此外,《日诞之地》中部分置身保留地的白人体验着和城市印第安人类似的错置感,为实现印第安人和白人之间相互理解提供了情感基础。白人神父奥尔京和白人女性安杰拉虽然身在保留地,但是却无法适应保留地的气候,无法理解保留地人与土地和景观的精神联系,更无法理解和参与保留地印第安人的文化仪式,如同那些置身城市中的印第安人一样,体验着非家之感。莫马迪以外来的小动物比喻这些殖民定居者及其后代:

> 那些后来才过来的动物,比如用来驮运物品或做买卖的牲畜,马和羊、狗和猫,都是外来户……它们没有见识,没有本能,与这片原始的土地格格不入。它们底气不足,来去匆匆。虽然生在这儿,死在这儿,但死后不会留下任何痕迹,仿佛不曾来过似的。它们的尸骨会被风刮走,叫声不会在雨水和小河里回响;鸟儿扑腾翅膀,野生动物的黑色身影早晚从树林穿过,树枝折弯后又弹回来,而那些外来动物的声音早就烟消云散了。(71—72)

对于殖民定居者及其后代而言,土地环境是陌生的,土著人的文化仪式和生活经验超出了他们所能理解的范畴,超出了他们语言的表达能力,因此他们在陌生文化中成了局外人。"那些'母语'无疑是英国英语的人(意思是生来就说英语的人)也同样会产生疏离感,当他们在实践中发现词汇、分类,和语符不足以或不适合描述本土生物群、自然界和地理状况,或新国土上的文化实践时,就会产生疏离感。"① 阿韦尔在保留地上和白人女性安杰拉的性关系是基于共通的错

---

① [澳]比尔·阿什克洛夫、加雷斯·格里菲斯、海伦·蒂芬:《逆写帝国:后殖民的理论与实践》,任一鸣译,第9页。

置感形成的情感共鸣，阿韦尔在城市中与白人女性米莉的恋情同样也是基于相互之间的错置感。在小说末尾，阿韦尔请求神父奥尔京为外祖父主持葬礼，以印第安传统仪式和天主教仪式相结合的方式下葬死者，奥尔京神父连声高喊了5次"我理解了！"（257），表明阿韦尔和神父之间形成了某种情感上的共鸣。

在小说的"引子"和结尾中，阿韦尔都在冬日的晨曦中奔跑在家乡的土地上，参与长跑祈雨仪式。"他开始追赶。他在奔跑，身体疼得快散架了，可他仍在跑。他在奔跑。奔跑本身、大地和初露的晨曦是他奔跑的理由，此外什么理由都不需要。"（258）在此，阿韦尔不再迷茫、无助和绝望，他重建了与土地的情感联系，实现了个人的精神治愈。在外祖父的故事中，他重构了部落身份，回归了部落共同体；在与贝纳利等人的情感联系中，他参与了泛印第安共同体的想象；在与白人的情感共鸣中，阿韦尔得以在两种文化之间生存。

综上所述，作为共同的情感体验，印第安青年的错置感促使青年重建与土地的情感联系，重拾失落的部落身份，回归部落共同体，还在城市印第安人之间搭建情感通道，形塑新的族裔共同体。此外，白人定居者及其后代在印第安文化中同样体验着错置感，为印白两种文化之间的相互理解提供了情感纽带。终止政策不仅没有取缔印第安文化、取消印第安保留地、全面同化印第安人，反而促使印第安人重拾文化自信、重归部落共同体，同时努力建构泛印第安共同体，来自不同部落的印第安人携手共同抵抗殖民政策的侵蚀。

小结

莫马迪的小说《日诞之地》书写了终止政策下印第安青年的错置感，回溯了印第安族裔在殖民过程中遭遇的错置历史，通过错置感的横向情感共鸣和纵向情感联结，重构了以部落和泛印第安为特征的新的共同体，通过在精神和行动上重构与部落文化的情感纽带，消解了主流社会对印第安人的殖民同化，彰显出印第安文化的坚韧与印第安作家的文化抵抗策略。莫马迪的负情感书写还推动了美国官方改革印第安政策，立法保护印第安人自治，具有干预现实政治的积极意义。莫马迪对印第安青年错置感的书写，引起广大读者对于印第安人和部落的情感共鸣，有力地呼应了20世纪70年代的红种人权力运动。莫马迪以《日诞之地》的出版和获奖为契机，呼吁美国公众正视印第安人的文化传统，推动美国主流大学开设印第安研究中心，敦促美国官方在1970年废除终止政策和重新安置计划，以立法的形式保护印第安保留地的自治权，助推了红种人权力运动。

第二节
《圆屋》中的印第安恼怒与正义共同体书写 ①

尽管20世纪70年代的红种人权力运动迫使美国官方改革印第安政策，立法保障保留地的文化和政治自治，但是直至21世纪，针对印第安人的联邦印第安法律体系依然带有浓厚的殖民主义特征，给印第安个体和社区造成持久的法律困境，引发了印第安受害者及其家人的恼怒情感。20世纪80年代末，美国种族主义甚嚣尘上，白人种族主义者针对印第安女性的暴力事件频发，由于联邦印第安法律一系列针对部落法官、警察和部落委员会的权力限制，导致印第安人的立

---

① 本节内容曾发表于《解放军外国语学院学报》2023年第5期，原题为《论〈圆屋〉中的情感政治及联邦印第安法律的去殖民化》，本书收录时略作修改。

法、执法和司法机构无权起诉和管辖相关的跨暴力案件,不能将白人罪犯绳之以法,使印第安妇女及其家人申诉无门。在美国本土裔作家厄德里克的小说《圆屋》中,幸存的印第安妇女杰拉尔丁及其丈夫部落法官库茨和儿子乔(未来的联邦检察官)都对暴力事件和联邦印第安法律表现出愤怒情感。

在《圆屋》中,联邦印第安法律的问题和人物的愤怒情感难分难解,暴力案件及其法律困境撕扯着印第安人的情感体验,而人物的情感挣扎拷问着法律制度的弊病。学者们或探讨小说的法律主题,或深挖法律制度的历史背景,或分析呈现法律问题的叙事策略,或关注小说推动法律改革的现实意义,但较少探讨法律与情感的复杂关系。萨普(Julie Tharp)从三个角度探讨小说的法律主题:概述限制部落法庭权限的法律文件和司法实践,挖掘印第安人法律困境的历史背景;探讨呈现法律困境的叙事效果;关注小说对《反女性暴力法案》(Violence Against Women Act)新修正案的推动。[1] 萨普为后来的研究开辟了方向:挖掘小说中涉及的法律背景,如库鲁普(Seema Kurup)在梳理联邦印第安法律的形成历史之后,指出作者希望以印第安传统中的修复正义替代西方的惩罚正义和暴力复仇[2];分析法律问题和叙事策略,如卡斯托耳(Laura Castor)以孪生叙事(Twins Narrative)类比了联邦印第安法律体系和传统的印第安法律精神[3];关注小说对于现实政治的介入,如鲍尔斯(Maggie Bowers)在美国印第安文学激进

---

[1] Julie Tharp, "Erdrich's Crusade: Sexual Violence in *The Round House*", *Studies in American Indian Literatures*, vol.26, no.3 (2014), pp.25-40.

[2] Seema Kurup, "From Revenge to Restorative Justice in Louise Erdrich's *The Plague of Doves*, *The Round House*, and *LaRose*", in K. Wiggins, ed., *American Revenge Narratives*, New York: Palgrave Macmillan, 2018, pp.99-117.

[3] Laura Castor, "Louise Erdrich's *The Round House*: Restorative Justice in a Coming of Age Thriller", *Nordlit*, vol.40 (2018), pp.31-49.

主义背景下评析《圆屋》中的暴力事件，指出小说的出版实际上推动了美国2013年《反女性暴力法案》的出台①。在美国法律体系与传统部落法则的对立视角中，学者们认为缓解印第安人的法律困境必须恢复传统部落法则或借鉴它的精神修正现行法律。然而，法律困境引发印第安个体怎样的情感挣扎？情感体验拷问法律制度哪些弊端？这些问题还有待探讨。

当代情感研究关注文化政治对情感的形塑作用和情感书写对社会政治的能动反映。倪迢雁的《负情感》依托美国现当代文学作品归纳了包括恼怒（irritation）在内的多种负情感类型，视负情感为"美学与政治的中介"和"解释困境"的符号，指出负情感体验能诊断"形式的、意识形态的、社会历史的"困境。② 当代情感研究强调情感既不是心灵的产物也不是外部世界的产物，而是二者共同作用的结果。政治学者所罗门（Robert C. Solomon，1942—2007）指出，情感领域既不是内在心灵也不是外部世界，而是"作为经验的世界与作为现象的世界"③ 的结合。文化政治学者艾哈迈德不满足传统心理学和社会学将情感视为主体所属物并把情感生发模型简单地还原为"由内而外"或"由外而内"的做法，因此主张情感产生于各种身体和物体（个体的、具体的、集体的、想象的）间的接触（contact）。④ 本节首先透过小说中弥漫的恼怒情感来考察联邦印第安法律制度的弊病，然后探讨恼怒如何诊断法律的内部殖民特征，进而论述恼怒的印第安主体如何在寻求法律去殖民化的过程中形成正义共同体。

---

① Maggie Bowers, "Literary Activism and Violence against Native North American Women", *Wasafiri*, vol.32, no.2 (2017), pp.48–53.
② Sianne Ngai, *Ugly Feelings*, p.3.
③ Robert C. Solomon, *Not Passion's Slave: Emotions and Choice*, p.128.
④ Sara Ahmed, *The Cultural Politics of Emotion*, Edinburgh: Edinburgh University Press, 2004, pp.8–10.

一、印第安恼怒：法律困境的产物

联邦印第安法律在立法、执法和司法各个环节上为印第安人设置了重重限制，引发了受害者及其家庭和社区的恼怒情感。恼怒源自拉丁语 irritatio(n.)，原指生理的兴奋与刺激作用，在现代词典中包含身体感觉（身体部位酸痛、粗糙或发炎的状态）、心理体验（被激怒、烦躁或不耐烦的感觉）和外部环境（诱发恼怒的事物或行为）三层含义。① 恼怒在心理—身体—外部层面运作，阈限不稳定。亚里士多德从诱发因素、表达方式、持续时间等方面将恼怒主体描述为"被不适当的事物激怒，以不适当的方式发怒且持续时间过长"②。在亚氏定义基础上，《负情感》将恼怒描述为"明显微弱或不充分的愤怒形式"和"轻微的、低强度的负情感"。③ 恼怒看似是低强度的消极情感，实则是缺乏明确对象、易受外界刺激的持续不悦情绪。恼怒的基本特征是情感模糊性（affective illegibility），包括诱发因素和对象不明、表达方式不足或过度等。

《圆屋》中暴力事件直接引发包括恐惧、愤怒在内的诸种强烈情感，但后续调查审理中弥漫的情感符合恼怒的情感特征。暴力幸存者，印第安妇女杰拉尔丁在短暂歇斯底里后陷入了长期的情感麻木，对袭击者身份保持沉默，以不充分的形式表达愤怒，对家人爱抚感到极度敏感，以过度的形式表达对肢体接触的恐惧。她对案件审判结果

---

① 《韦氏词典》网页版 https://www.merriam-webster.com/dictionary/irritation?src=search-dict-hed，《麦克米兰词典》网页版 https://www.macmillandictionary.com/dictionary/british/irritation，《剑桥学术词典》网页版 https://dictionary.cambridge.org/dictionary/english/irritation，对于恼怒的定义都包含心理感受、身体状态和事物或行为三层含义。(网址访问时间：2024年10月31日)

② Aristotle, *Nicomachean Ethics, 2nd edition*, trans. Terence Irwin, Indianapolis: Hackett, 1999, p.61.

③ Sianne Ngai, *Ugly Feelings*, pp.35, 174.

毫不关心,但罪犯的任何消息都牵动着她情感剧烈的波动,这种精力和情感的不匹配令人困惑。受害者丈夫、部落法官库茨对于暴力事件感到无以复加的愤怒,却极力克制情感的表达限度:"某种情绪在他体内升腾,但他控制住了,吐了口气……"①他主观上积极推动案件调查进展,但法律在客观上为他设置了重重障碍,案件情况总拉扯着他的情感,而他在心理和行为上的克制常常经由语气变化凸显出来:"他简直像是在说悄悄话,正是这种温柔、亲切让我恐惧。"(12)受害者的儿子、十三岁的部落少年乔的情感对象随着案件进展情况发生了多次转换:不明袭击者、警察、袭击者、美国印第安法律,他对案件的调查行为也常因少年人的好奇心而分神。此外,小说采用间接受害者乔而不是直接受害者杰拉尔丁作为叙述者,讲述案件的调查和审理过程及其影响而非描述暴力现场,在某种程度上避免了强烈情感的直接表达,为小说定下了恼怒基调。

在小说中,恼怒源自印第安个体和部落与法律制度的不平等接触:受害者不得不在法律制度内寻求正义,然而法律的弊病阻碍了正义的实现。诱发印第安人恼怒的法律困境包括了一系列针对印第安问题的立法、执法和司法。

首先,法律无视印第安人权引发了暴力幸存者的恼怒。两种不平等的接触牵动着杰拉尔丁的情感波动:她遭到种族主义者的暴力,在强迫的身体接触中处于劣势;她的基本人权得不到法律保障,在不平等的体制中正义难寻。尽管美国在20世纪20年代授予所有印第安人公民身份,但实际上他们只是二等公民。遭受暴力的土著女性得不到及时的医疗救助和心理辅导,反映了印第安女性和白人女性不具备同等的法律地位。在杰拉尔丁被送进医院后,白人孕妇的种族态度揭

---

① [美]路易斯·厄德里克:《圆屋》,张廷佺、秦方云译,上海:上海译文出版社,2019年,第11页。本节中,出自同一著作的引文,将随文标出引文出处页码,不再另注。

示出"隔离但平等"口号下"隔离但不平等"的事实。以《重罪法案》（Major Crimes Act，1885）和《280号公法》（Public Law 280，1953）为代表的法律文件剥夺了部落主权，降低了印第安人的政治地位。《重罪法案》侵犯了部落的司法自治，将重大案件的管辖权收归联邦法院。《280号公法》将保留地刑事案件管辖权移交州法院，降低部落法律地位。在此前提下，土著女性的法律地位堪忧，袭击者拉克那句"印第安妇女在法律上根本就没什么地位"（163）道出了她们的尴尬境地。在《反女性暴力法案》2013年新修正案将土著女性纳入保护对象以前，没有一部专门保障她们人权的法律。因此大多暴力幸存者遭到暴力袭击后不选择上诉，因为上诉难有结果反而徒增二次心理伤害。

其次，执法者在调查暴力案件中常采取双重标准，引发了印第安人的恼怒。乔的情感对象迅速从袭击者转向警察等执法者，因为执法者不重视暴力事件，在勘察中遗漏重要线索导致案件陷入僵局。乔找到许多被警察漏掉的"证据"后怒斥道："他们没找到那个汽油罐。他们也没有发现冷藏箱，他们更没看到那堆衣服。"（69）根据规定，联邦警察有调查起诉非土著罪犯在保留地所犯罪行的专属管辖权、调查起诉土著罪犯在任何地域所犯罪行的管辖权；在适用《280号公法》的州，州警察有调查起诉非土著罪犯在保留地所犯罪行的专属管辖权、调查起诉土著罪犯在州内所犯罪行的管辖权；部落警察有权调查起诉土著罪犯、无权调查起诉非土著罪犯。[①] 在相关规定中，部落警察的权力受到最大限度的压制。各级警察的管辖权由罪犯的身份和案发地点确定，小说中的罪犯是白人，案发地介于部落地产、州地产和私人地产之间，因此部落警察无权调查、想管不能管，而州和联邦警察有权管但不愿管。显然，联邦和州警察在调查暴力案件过程中选择性执法导致案件进展缓慢。在现实生活中，联邦和州警察的执法不公

[①] *Maze of Injustice*, New York: Amnesty International, 2007, p.31.

导致许多针对土著女性的暴力案件无果而终。

最后,"迷宫"一般的司法规定引发了部落法官库茨的恼怒。库茨的恼怒情感与两种不公正的司法规定相关。一、他的管辖权受法律严格限制使他无权审理该案。以《重罪法案》、《280 号公法》、《印第安民权法案》(Indian Civil Rights Act, 1968)以及"奥利芬特案"(Oliphant v. Suquamish, 1978)为代表的法律文件和司法实践从不同层面限制部落法官的权力:他无权审理发生在保留地的重大犯罪案件、无权判决非土著人的刑事犯罪。只有发生在保留地、罪犯为土著的非重大刑事案件才属库茨管辖。用儿子乔的话说:"你一点权力都没有……一丁点都没有!你什么都做不了!"(233)二、司法管辖规定过于繁杂、难以解释和实践,在联邦、州和部落三级法院之间形成了"司法迷宫",使它们无法对此类案件做出及时且适当的反应。确定案件管辖权需要经过三个步骤:确定案发地是否在保留地、是否适用《280 号公法》;确认罪犯的族裔身份;确定罪行是否属重大刑事犯罪。① 小说中,罪犯拉克就因为自己是白人、作案地点不明确逃脱了法律制裁。在现实中,针对印第安女性的暴力案件常因司法主体不明不了了之。

《圆屋》中印第安人的恼怒情感是法律困境的直接产物。联邦印第安法律名义上为印第安人服务,实际上,在立法上不承认印第安人权、在执法和司法实践上限制部落警察和法官的权限并做出复杂的管辖权规定,损害了印第安个体和部落的权利。具有讽刺意味的是,暴力案件还不得不在该法律制度内调查、起诉和审理。面对法律"迷宫",受害者难以通过常规途径实现正义,无法充分表达情感。法律

---

① Jasmine Owens, "'Historic' in a Bad Way: How the Tribal Law and Order Act Continues the American Tradition of Providing Inadequate Protection to American Indian and Alaska Native Rape Victims", *Journal of Criminal Law and Criminology*, vol.102, no.2 (2012), p.509.

不公助长潜在罪犯的侥幸心理，加剧了印第安女性的生存危机。根据调查报告《不正义之迷宫》(Maze of Injustice, 2007) 的数据，接近三分之一土著女性遭受过至少一次性侵犯，概率是白人女性的 2.5 倍，其中八成罪犯是白人，绝大多数未被起诉或审理。法律"迷宫"诱发印第安个体和集体恼怒，给印第安社区造成持久负面影响。

二、联邦印第安法律的内部殖民性

社会政治因素促动情感的生发，而情感体验折射出主体的政治困境。恼怒情感虽然没有恐惧等古典情感那般强烈，但是具备诊断社会问题的批判力，能够揭示"社会历史的、意识形态的矛盾"[①]。情感类型取决于接触的形式，而情感意义（消极或积极）取决于此前接触的历史，"情感展示了历史的延续方式……展示殖民主义、奴隶制和暴力历史对当下生活和世界的塑造"[②]。在美国印第安法律的宰制下，印第安人负情感体验代代相传，构成从殖民时代以来的情感记忆。"印第安后代承受着历史上无法排遣的悲痛……对他们祖先的遭遇普遍感到痛苦。"[③]情感体验在不同世代流通，当类似事件再次发生，储存的情感记忆便被唤醒。法律不公形塑了印第安人对暴力行为的情感反应，而恼怒的情感记忆折射出法律制度的内部殖民特征。

作为殖民政策的工具，美国印第安法律带有明显的内部殖民特征。美国本土裔文学评论家韦弗（Jace Weaver）将内部殖民主义引入美国本土裔文学批评中，"在内部殖民中，原住民人口被大量的殖

---

① Sianne Ngai, *Ugly Feelings*, p.12.

② Sara Ahmed, *The Cultural Politics of Emotion*, p.202.

③ Maria Heart and Lemyra M. DeBruyn, "The American Indian Holocaust: Healing Historical Unresolved Grief", *American Indian and Alaska Native Mental Health Research*, vol.8, no.2 (1998), p.68.

民者群体吞没，经过数代人之后，殖民者不再返回宗主国。因此殖民地和宗主国的地理空间范围相同"，殖民者及其后代不再返回宗主国。① "对美国原住民的占领从未结束，殖民统治的外衣仍然存在。"②殖民者的印第安政策包括同化主义和隔离主义两种模式：同化主义源自信仰天主教的西班牙殖民者，视土著为野蛮人，强迫他们劳动，致力于以西方文明和天主教同化他们；隔离主义来自清教信仰的英国殖民者，视土著为野蛮人，驱赶他们并占领其土地，将他们排斥在殖民地政体、法律和社会之外。③ 两种模式都否认印第安文明、侵夺印第安土地、屠杀印第安居民，构成了内部殖民的基础。内部殖民渗透在美国印第安法律中，美国法律干预印第安事务、剥夺部落管辖权的意图是坚定且彻底的；但美国在保留地执行法律的决心是模糊的，法律面前并非人人平等。内部殖民还体现在保留地边界的划分上：为侵占部落土地，保留地边界划分异常清晰；为免除白人罪犯的法律责任，保留地边界极为复杂。作为内部殖民的产物和工具，美国印第安法律是殖民法律和压迫部落法则长期渗透的结果。印第安人与法律的不平等接触历史从殖民时代延续下来，形塑了他们对暴力和法律困境的情感记忆和情感反应。

首先，恼怒揭露出联邦印第安司法问题背后的内部殖民意识。土著女性尴尬的法律地位是内部殖民的体现：法律授予她们公民身份并承诺保护她们的合法权益（同化主义）；然而"隔离但不平等"的事实表明法律的承诺遥不可及（隔离主义）。在小说中，阿琪、杰拉尔丁、

---

① Jace Weaver, *That the People Might Live: Native American Literatures and Native American Community*, p.10.
② Seema Kurup, *Understanding Louise Erdrich*, South Carolina: the University of South Carolina Press, 2016, p.7.
③ Deborah A. Rosen, *American Indians and State Law: Sovereignty, Race, and Citizenship, 1790–1880*, Lincoln: University of Nebraska Press, 2007, pp.2–8.

索尼娅和梅拉这些生活在不同时代的印第安女性都遭受暴力和司法不公，但她们大多以恼怒回应，表明情感记忆在不同世代流通，法律困境某种程度上塑造了她们对暴力的情感反应。殖民活动开始以前，印第安女性在家庭和部落中有较高地位，极少发生暴力事件。印第安法律学者们普遍认为，内部殖民政策和殖民文化的渗透导致了有目的、有组织的暴力事件频发，改变了传统印第安男／女社会角色，甚至造成频繁的家庭暴力：针对印第安女性的暴力"不仅是殖民主义的隐喻，也是殖民主义的组成部分"①；在土著社区中，"种族暴力过去是，现在依然是殖民主义的工具"②。在小说里，种族主义者拉克对杰拉尔丁和梅拉施暴前，精心策划、选择作案地点、研究法律漏洞，在施暴后企图烧毁她们的身体以销毁证据。暴力事件既是个人行为也是国家政策，在1972至1976年间数千名土著女性在不知情的情况下被强行绝育。"殖民者针对土著女性的种族暴力目的之一是断绝她们的生育能力。"③这是生命权力以国家治理为名义实施的种族灭绝，"在国家按照生命权力的模式运转之后，国家杀人的职能就只能由种族主义来保证"④。根据作者厄德里克2013年发表的文章，2012年，甚至仍然有美国国会议员以"合法强奸"为理由阻挠将土著女性纳入《反女性暴力法案》保护范围⑤，说明内部殖民意识依然左右着立法程序。

其次，恼怒还折射出联邦印第安司法实践的内部殖民历史。《印

---

① Sarah Deer, "Decolonizing Rape Law: A Native Feminist Synthesis of Safety and Sovereignty", *Wicazo Sa Review*, vol.24, no.2 (2009), p.150.
② Andrea Smith, *Conquest: Sexual Violence and American Indian Genocide*, North Carolina: Duke University Press, 2015, p.2.
③ Andrea Smith, *Conquest: Sexual Violence and American Indian Genocide*, p.4.
④ ［法］福柯：《必须保卫社会》，钱翰译，上海：上海人民出版社，2018年，第195页。
⑤ Louise Erdrich, "Rape on the Reservation", *The New York Times*, 26 February (2013). https://www.nytimes.com/2013/02/27/opinion/native-americans-and-the-violence-against-women-act.html，访问时间：2019年12月31日。

第安民权法案》要求部落按照宪法"提供程序性和实质性的正当程序、陪审团审判及美国法院保障的其他宪法权利",却限定了部落对刑事被告的惩罚权限。① 殖民时代以来的司法案例限制了部落法官的权力,也规训了他们对暴力案件的情感反应。库茨家世代从事律师或法官,因此部落主权丧失的过程以及司法实践的殖民历史扎根于库茨家的情感记忆中。恼怒的库茨向儿子讲述剥夺部落司法权限的具体案例,揭示了司法实践中的内部殖民意识,为读者"提供了解部落法律历史及其复杂性的途径"②。19世纪30年代的"马歇尔三案"(Marshall Trilogy)奠定了美国印第安法律的轮廓并"支配了美国本土裔生活的方方面面"③,其中"约翰逊案"(Johnson v. McIntosh,1823)杜撰"发现说"和"野蛮说"④,剥夺部落土地所有权,为征服和强购部落土地提供法律武器;"切罗基案"(Cherokee Nation v. Georgia,1831)将部落政治地位降格为"国内附属民族";"伍斯特案"(Worcester v. Georgia,1832)强调了国会对印第安事务的专属管辖权。"马歇尔三案"从主权、地权、管辖权诸多方面侵蚀部落的权力,在将印第安部落纳入美国政体的同时又赋予部落尴尬的政治地位。库茨还提及延续殖民意识的其他案例,如"四十三加仑案"(United States v. Forty-three Gallons of Whiskey,1876)、"独狼案"(Lone Wolf v. Hitchcock,1903)和"奥利芬特案"(Oliphant v. Suquamish Indian Tribe,1978),这些司法实

---

① Jasmine Owens, "'Historic' in a Bad Way: How the Tribal Law and Order Act Continues the American Tradition of Providing Inadequate Protection to American Indian and Alaska Native Rape Victims", *Journal of Criminal Law and Criminology*, vol.102, no.2 (2012), p.507.
② Julie Tharp, "Erdrich's Crusade: Sexual Violence in *The Round House*", *Studies in American Indian Literatures*, vol.26, no.3 (2014), p.29.
③ Sabine N. Meyer, "The Marshall Trilogy and Its Legacies", in Deborah L. Madsen, ed., *The Routledge Companion to Native American Literature*, New York: Routledge, 2016, p.123.
④ "发现说"否认土著人对土地的所有权,只承认他们的土地居住权,强调殖民者发现的土地都归发现者所有。"野蛮说"将土著视为未开化的野蛮人,认为他们对土地利用率不高,否认他们的土地所有权。

践无疑都延续了联邦印第安司法体系的内部殖民特征。美国司法判决以判例法为主,前代法官的"判决理由"对后世类似案件有约束力,故而"三案"处理印第安问题的殖民意识支配着此后的司法判决,左右了部落法官对暴力案件的情感反应。

再次,印第安少年的恼怒和复仇行为背后是联邦执法不公的殖民历史。乔不满警察不作为,决心自己调查真相,随着调查深入,他发现另外两位遭受暴力执法的部落少年,牵引出执法不公的历史。三位少年年龄相仿、遭遇相似,表明执法不公从殖民时代延续到 20 世纪末,在部落少年中形成了特定情感记忆。生活在殖民时代的少年纳纳普什被逼枪杀自己的母亲阿琪,而判定阿琪变为"温迪戈"(印第安人传说中吃人的怪物)的司法程序违背了传统的部落法律原则,既没有集体决策也没有对她进行救治,说明当时部落法则已受殖民文化渗透。另一位少年"圣迹"在 20 世纪初在未经正当司法审判的前提下被种族主义者无辜绞死,表明长期以来印第安人的执法实践中毫无程序正义可言。"隔离但不平等"的内部殖民逻辑同样存在于美国刑事司法体系对印第安少年犯的区别对待中。司法体系按照成年罪犯标准量刑美国土著少年犯,相比于白人少年犯,"他们的监禁期相对较长,获得减刑或其他促进改过自新项目的机会相对有限",在联邦体制下,针对土著罪犯,尤其是未成年人的惩罚,"比州法律规定的发生在非保留地上的犯罪还要严厉"。[1] 乔在"圣迹"墓前幡然醒悟,意识到执法程序中延续的内部殖民意识。印第安少年遭受粗暴执法和司法对待的历史形塑了他们对此类事件的恼怒反应,同时也激发以乔为代表的"下一代"采取行动。乔的复仇行为意味着执法不公必将引发更多的暴力,预示着法律改革的必要性。

---

[1] Troy A. Eid and Carrie Covington Doyle, "Separate but Unequal: the Federal Criminal Justice System in Indian Country", *University of Colorado Law Review*, vol.81, no.4 (2010), pp.1071, 1096.

恼怒情感在印第安社区中跨越时代和代际，勾连起数个世纪以来印第安人的法律困境，揭示出始终延续在美国联邦印第安法律规定中的内部殖民主义，即联邦法律体系既将印第安人和部落纳入联邦宪法的保护范围，同时又将印第安人和部落排斥在法律体系的边缘位置。在小说中，作者书写了众多生活在不同时代，却同样遭遇暴力又申诉无门的印第安妇女，揭示出从殖民时代以来暴力事件的殖民性；联邦和各州的警察历来在执法过程中采取双标，针对印第安少年的惩罚和打击要远比白人少年犯严重，在小说中，纳纳普什、"圣迹"和乔这三位生活在不同时代的印第安少年的遭际揭露出联邦法律执法过程中的殖民性；此外，库茨法官向儿子乔讲述部落法庭司法权限的历史和美国最高法院针对印第安人的司法实践，揭示出联邦法律在司法上的殖民性。总之，恼怒揭示出联邦印第安法律在立法、执法和司法上的内部殖民性。民权运动后，美国印第安政策的殖民特征逐渐缓和，开始恢复部落的自治权和宗教自由权，但是作为内部殖民工具的法律制度还没有根本变化，成了"令人尴尬的时代错误"[①]。

三、恼怒策略与正义共同体的想象

在暴力中，种族主义者制定情感评价标准，而种族主体是被观察、被审视的情感机器。亚氏陈述情感反应的诱发因素、对象、表达方式和契机、持续时间的适当性："那些因适当的事情、对适当的人、以适当的方式、在适当的时候、持续适当的时间发怒的人是受称赞的。"[②] 种族情感的预设是"对暴力有适当的情感反应……种族主体能

[①] Kevin K. Washburn, "Federal Criminal Law and Tribal Self-Determination", *North Carolina Law Review*, vol.84, no.3 (2006), p.780.

[②] Aristotle, *Nicomachean Ethics, 2nd edition*, trans. Terence Irwin, p.61.

清晰、毫不含糊、立即做出适当的反应"①。种族主义者将种族化的身体作为情感生发场所，以适当性标准规训种族主义的情感反应。

在小说中，种族主义者拉克不断测试库茨家的情感底线，他威胁受害者保持沉默，"我不会被抓的……我一直在研究法律。我的法律知识不比法官少……但我是不会被抓的"（163），"但你要敢说一句话……我就把她们两个都杀了"（164）；他在逃脱法律制裁后多次公开出现在保留地，探测库茨家的情感反应，他的情感试验在库茨失控对他大打出手时最明显，"拉克好像在笑。……好像我们打他反而让他兴奋"（252）。可见，以暴抑暴的方式暗合了种族情感预设，无法平息印第安人的恼怒。

恼怒的情感模糊特征赋予了主体抵抗情感规训的政治动能。主体被当作"情感填充器"，被期待以适当情感回应暴力，而恼怒恰是不充分的情感反应。② 恼怒有助于打破种族情感预设：对引发强烈情感的事物表现出超出预期的冷静；对该发怒的对象不发怒，对不该发怒的对象大发雷霆；情感表达在心理—身体—动作间位移；情感持续时间过长或过短。恼怒不是单纯消极的情感压抑，因为主体各有情感目的：杰拉尔丁旨在保护梅拉及其女儿的生命安全；库茨希望扩展部落法庭的权限、恢复在"原始界限"内起诉所有罪犯的权力；乔想要为母亲伸张正义。"情感的目的性要求情感得到满足，不同的情感带有不同的目的和行动策略。"③ 美国印第安法律是殖民文化对部落文化、殖民法律对部落法则长期渗透和压迫的产物，如同殖民地与宗主国在地理边界上相同，两种法律体系在保留地也难分难解。因此只能从美国印第安法律制度内部进行去殖民化（decolonization），而无法从外

---

① Sianne Ngai, *Ugly Feelings*, p.188.
② Ibid., p.195.
③ Robert C. Solomon, *Not Passion's Slave: Emotions and Choice*, p.124.

部进行反殖民化（anti-colonialism）。小说中恼怒主体的情感策略为实现美国印第安法律的去殖民化，建构寻求正义的共同体提供了思考。

首先，暴力幸存者的恼怒隐喻着土著女性主义（Indigenous Feminisms）作为一种去殖民化路径。针对土著女性的暴力事件本质上是殖民问题而非性别歧视，父权制是殖民文化渗透到土著文化中的，因此土著女性面临的核心问题是殖民主义而非父权制，她们的首要政治目的是去殖民化。杰拉尔丁对袭击者身份保持沉默、对家人抚摸极度敏感，该发怒处不发怒、不该发怒处暴怒；她对应愤怒谴责的法律"迷宫"表现得过于冷漠，对梅拉及其女儿的生命安全特别关注。她对司法结果反应冷淡，对部落成员的生命安全、土著女性身体和心理创伤的修复、重建家庭成员的信任、登记新部落成员身份延续部落生存给予充分情感关注。她的恼怒策略延续部落生存，打破种族情感预期，也粉碎了种族灭绝的企图。土著女性具有受害者／保护者的双重角色，作为女性承受种族和法律暴力，作为母亲养育和延续家庭／部落的未来。"土著女性主义意味着通过反映和促进个人和部落自治的社区实践和行动，共同承担培育和发展土著社区的责任。土著女权主义的基本原则包括尊重、关系、互惠和责任，以此作为实现去殖民化的手段，并维护自决与主权。"[①] 美国本土裔学者迪尔倡导以"女性中心裁决模式"取代美国法律制度[②]，就是借土著女性主义理念去殖民化的体现。受土著女性主义运动影响，许多女性开始担任部落领袖：1985 年成为切诺基部落酋长的曼其乐（Wilma Mankiller）、2004 年成为拉科塔奥格拉拉部落首领的火雷（Cecilia Fire Thunder）等，标志着

[①] Leah Sneider, "Indigenous Feminisms", in Deborah L. Madsen, ed., *The Routledge Companion to Native American Literature*, p.96.

[②] Sarah Deer, "Decolonizing Rape Law: A Native Feminist Synthesis of Safety and Sovereignty", *Wicazo Sa Review*, vol.24, no.2 (2009), p.153.

部落女性地位的缓步改善。恼怒促使主体将女性地位的改善和部落主权的恢复结合起来尝试法律的去殖民化。

其次,部落法官的恼怒策略对司法实践的去殖民化、寻求司法正义具有现实意义。库茨处境极为尴尬:他遵守法律规定就无权审理暴力案件;他不遵守法律规定、越权管辖,他有限的权力将被剥夺。部落法官"必须做无可指责的决定……他们受严密监视,必须捍卫来之不易的管辖权"①。库茨虽然严格遵守法律规定行使管辖权但并未成为殖民法律的傀儡,而是利用有限管辖权主持正义。他两次判定拉克家败诉、打压种族主义者,维护部落的合法利益。在被告声称部落法庭没有"属人管辖权"和"事务管辖权"的温兰德超市案中,他巧妙地以配套设施位于部落托管地、主要客户是部落成员为依据实施管辖权。(50)"这就是我和许多其他部落法官试图做出的判决——切实可靠,不打马虎眼的判决。……我们正尽力为我们的主权打下坚实基础……"(237)他预料到袭击者可能逍遥法外,情感通过语气变化显现,"那种情绪在他体内又开始积聚,眼看就要爆发……那尖细温柔的声音着实吓了我一跳"(12);袭击者被无罪释放,他的恼怒同时占据语言、表情和动作,"爸爸的语速很快,脸都扭曲了。他用手遮住脸,像要把眼睛、鼻子、嘴巴抹掉一样"(215)。作为联邦法律和部落法则结合的产物,库茨熟知两种法律体系,在美国印第安法律体制内融入传统部落精神,从内部拆解法律的殖民意识,寻求去殖民化的方案。库茨在无法审判拉克的情况下,以温迪戈原则解释乔枪杀拉克的合法性,表明他早已将部落精神融入司法实践中。《圆屋》出版后有一位女性部落法官在给作者的信中谈到她对部落司法权的珍视,肯定

---

① Louise Erdrich, "Rape on the Reservation", *The New York Times*, 26 February (2013). https://www.nytimes.com/2013/02/27/opinion/native-americans-and-the-violence-against-women-act.html, 访问时间:2019 年 12 月 31 日。

了库茨的情感策略。①

最后，印第安少年的恼怒暗示了借鉴部落传统实现法律的去殖民。乔的复仇行为符合部落温迪戈法律精神，为解构执法程序的殖民性提供了方向。温迪戈的确认原则包括"(a)集体且公开；(b)由部落长者、医务人员和温迪戈的家庭成员决定；(c)遵循合法且有效的程序"②。许多人物在不同场合将种族主义者拉克视为温迪戈，暗合了上述法律原则：穆夏姆讲述约翰逊的故事暗示有"白人温迪戈"；琳达认为拉克是吃人的幽灵；杰拉尔丁和库茨认定拉克是温迪戈。此外，小说中众人处置拉克的方式遵从了部落传统。对待温迪戈的措施包括"(a)治愈；(b)监督；(c)隔离；(d)使丧失能力……(e)处死"③。琳达为救治拉克捐献肾脏；多伊等人规劝拉克；部落政府要求拉克不得随意进保留地；在所有措施都失效的前提下，乔才策划枪杀拉克。借鉴传统部落法律精神不是回到殖民以前的部落体系。小说中宗教场所"圆屋"破败不堪、部落长者穆夏姆去世，都表明不可能回到前殖民时代。此外，恼怒促进了乔的成长：在库茨的耐心引导下，乔深刻认识到部落法律困境的殖民本质；在外祖父和父亲讲述的部落传说中，乔对部落文化有了认同感；了解了母亲和索尼娅等女性遭受的暴力，他改善了对女性的暧昧态度。乔的情感成熟在某种程度上反抗着种族情感的规训和殖民文化的渗透。长大后乔子承父业，从法律

---

① Stephanie Woodard, "Louise Erdrich's New Novel Is a Gripping Mystery and a Powerful Indictment of the Tribal Justice System", 24 December 2012. https://ictnews.org/archive/louise-erdrichs-new-novel-is-a-gripping-mystery-and-a-powerful-indictment-of-the-tribal-justice-system, 访问时间：2019 年 12 月 31 日。

② Hadley Louise Friedland, *The Wetiko (Windigo) Legal Principles: Responding to Harmful People in Cree, Anishinabek and Saulteaux Societies*, Ottawa: the University of Alberta, 2009, p.83.

③ Ibid., p.95.

内部寻求解构殖民性的方案，表明法律的去殖民化任重道远。

恼怒激发印第安人的政治行动力，反抗美国印第安法律的殖民意识，寻求法律的去殖民化策略。在《圆屋》中，库茨法官在联邦司法体系内部引入传统的部落法律精神，以部落精神解释具体的法律条文，尝试司法判决的去殖民化；以杰拉尔丁为代表的印第安妇女借鉴传统的土著女性主义精神，重视受害者情感创伤的治愈和情感纽带的重建，追求修复性的正义而非惩罚性的正义，从而重新界定法律之于印第安人生活的意义；暴力复仇未能抚平受害者及其家人内心的创伤，促使乔重新思考法律的内在殖民性，尝试以部落传统中的"温迪戈正义"弥补现有法律的缺陷。三者追求法律去殖民化的策略表面上各异，但实质上都是借鉴传统的印第安法律精神修正联邦印第安法律，因此形成了追求法律正义的共同体。

《圆屋》揭示印第安人的法律困境和情感挣扎，拷问联邦印第安法律的弊病，迫使官方承认被长期忽视的针对印第安女性的暴力和法律不公的事实。不公正的法律在处理暴力事件中存在无视印第安人权、执法不公和司法管辖漏洞等问题，导致印第安受害者及其家庭的恼怒。恼怒体验在数代印第安人记忆中流通，诊断出联邦印第安法律绵延至今的内部殖民意识。作为应对法律不公的情感策略，恼怒联结起印第安受害者及其家庭和社区，促使他们从传统部落文化中汲取去殖民化的养分，在此意义上，恼怒策略建构了追求法律正义的共同体。

小结

《圆屋》中印第安妇女遭遇的暴力案件及联邦印第安法律的问题推动了 2013 年《反女性暴力法案》的出台（该法案第一次将土著女性以及 LGBTQ 等少数群体纳入保护范围），因此小说中的情感书写具有现实意义。厄德里克在 2012 年《圆屋》获美国国家图书奖后,积极参加各类公开活动,讲述印第安妇女遭遇的暴力事件,批判联邦印第安法律的不公正,在《纽约客》撰文《发生在保留地上的强奸》重复强调此类案件的严重性。厄德里克关切土著女性生存困境,与暴力幸存者有强烈情感共鸣,多次在访谈中提及法律制度的负面影响,尝试激发读者的情感共鸣。她的文学书写和政治活动,有效地感动了美国的大众读者,引起了他们的共情,号召他们为改善美国印第安女性的生存困境奔走呼号,促进了美国社会的正义与公平。

第三节
《战舞》中城市印第安人的羞耻与跨种族共同体想象[①]

20 世纪下半叶以来,越来越多的印第安人离开保留地定居大城市,根据统计,截止到 21 世纪初,在美国的印第安人和阿拉斯加土著人口中,接近七成散居在城镇中。从保留地到城市,印第安人面临着崭新的生活环境和生活方式,与其他族裔的接触日渐频繁,也承受着来自主流文化的权力凝视。许多本土裔作家的创作焦点也逐渐从保留地转向城市印第安人,书写他们在融入主流社会过程中遭遇的文化阻碍及其情感问题。美国本土裔作家阿莱克西在短篇小说集《战舞》中书写了城市印第安人的羞耻感(shame),展现了印第安个体在融入城市生活过程中遭遇的多种困境,想象了跨种族共同体的形成。

[①] 本节内容曾发表于《西安外国语大学学报》2021 年第 4 期,原题为《论〈战舞〉中当代城市印第安人的羞耻》,本书收录时略作修改。

本节从情感社会学视角切入，聚焦《战舞》中城市印第安人的羞耻感，揭示主流社会的权力凝视对印第安人羞耻体验的形塑，羞耻感在印第安人和其他族裔之间的流动，以及阿莱克西对于跨种族共同体的想象。情感社会学强调情感作为主体对外部环境刺激的反应，在很大程度上是文化塑造的，因为"人们的感受是文化社会化以及参与社会结构所导致的条件化的结果。当文化意识形态、信念规范与社会结构紧密联系时，它们就界定了什么被体验为情感，以及这些被文化定义的情感应如何表达"①。本节分析《战舞》中三个代表性短篇中的羞耻，首先透过羞耻的自我否定性，考察《破窗而入》("Breaking and Entering")中主流媒体对印第安身份的扭曲，其次通过羞耻的社会建构性，揭示《战舞》("War Dances")中现代医学对印第安族裔身体的技术宰制，再次借助羞耻的双重逻辑，探查《参议员之子》("The Senator's Son")中印第安人的缺席，最后指出羞耻及其背后的政治困境不仅是城市印第安人的遭遇，同时也是其他少数族裔的遭遇，因此相似的情感诉求得以在不同种族之间形成情感共鸣，为想象跨种族共同体提供情感纽带。

一、从愧疚到羞耻：主流媒体对印第安身份的扭曲

在首个短篇《破窗而入》中，城市印第安人的族裔身份和情感遭到了主流媒体的话语扭曲。叙述者兼主人公、斯波坎部落成员乔治·威尔逊居住在西雅图的黑人聚居区，从事影视编辑工作。由于过度自卫，威尔逊不慎将入室偷窃电影光盘的黑人少年击打致死，引发了内心道德上的愧疚（guilt），然而在主流媒体的话语再现下，威尔

---

① [美]乔纳森·特纳、简·斯戴兹：《情感社会学》，孙俊才、文军译，上海：上海人民出版社，2007年，第2页。

逊的道德愧疚演化为羞耻，引发了自我认同危机。从愧疚向羞耻的转变，折射出印第安人在融入城市生活中遭遇的来自主流媒体的权力凝视。

根据《新牛津英汉双解大词典》的定义，羞耻有三层含义："一种由于意识到错误或愚蠢的行为而引起的屈辱或苦恼的痛苦感觉"；一种"失去尊重或尊敬或名誉受损"的状态；一些"让人失去尊重或荣誉的人、行为或情况"。① 作为一种感觉，羞耻具有自我否定性，是一种"自我批评""自我谴责和自我卑贱"②。在羞耻中，一种"不好的感觉"被归咎于主体自身，而不是引起这种感觉的某个物体或者他人，"当我们承认自己是羞耻的，自我认同包含了一种不同的关系，即承认自己有错。在羞耻中，比我的行为更危险的是：一种'坏的感觉'转移到我身上，让我觉得自己是'坏'的，或我被认为是'坏'的"③。在羞耻中，主体的身体和性格方面的缺陷暴露出来，引起主体对自身的否定和痛苦感觉。

值得注意的是，羞耻和愧疚虽然都是自我否定性的情感，但是二者在情感对象、效价和后果上既有联系又有差异。在对象上，二者都是自我否定的情感，羞耻否定主体自身，愧疚否定主体的行为；羞耻主体关注"我是这件事的原因"，愧疚主体关注"引发这件让人避恐不及的事件的原因很糟糕"④；羞耻的陈述是"你是个有缺陷的人"，愧疚的陈述是"你做了不好的事"⑤。在效价上，二者都是重要的社会情感，但愧疚比羞耻违背了更高级的社会规范，"羞耻违反了伦理方面的规

---

① 《新牛津英汉双解大词典》第 2 版，上海：上海外语教育出版社，2013 年，第 2018 页。
② Robert C. Solomon, *True to Our Feelings*, Oxford: Oxford University Press, 2007, p.90.
③ Sara Ahmed, *The Cultural Politics of Emotion*, p.105.
④ ［美］阿莉·拉塞尔·霍克希尔德：《心灵的整饰：人类情感的商业化》，成伯清、淡卫军、王佳鹏译，上海：上海三联书店，2020 年，第 280 页。
⑤ Martha C. Nussbaum, *Hiding from Humanity: Disgust, Shame and Law*, New Jersey: Princeton University Press, 2004, p.230.

范(社会风俗习惯,如背叛自己同伴),而愧疚违反了更高层次的社会基本道德规范(如上帝或法律)"①。在情感反应上,对愧疚的反应比对羞耻的反应更加不可预测、更剧烈、更具对抗性。从愧疚转向羞耻,情感对象从主体的行为转向了主体自身。

故事中的威尔逊起初因过失杀人在道德上倍感愧疚。法律判定误杀属正当防卫,判他无罪(not guilt),但他对误杀事件以及法院的判决表现出道德上的不认同。"我在法律上无辜,那是无疑的,但是我在道德上无辜吗?"②愧疚涉及三层维度:(1)法律上因违反法律规定被司法机关判处有罪;(2)主体的行为导致不好的结果,属因果关系的愧疚;(3)道德层面的自我责备。③法律层面的罪恶是社会对自我的强制评判;因果关系的愧疚是行为或境遇本身的属性;道德层面的愧疚属主体对自我的否定评价。威尔逊的愧疚显然包括(2)和(3)两层含义。威尔逊通过一系列虚拟语气表达对误杀事件的不认同。"我本可以——应该——让他顺利逃脱,但他停下来转向我";"再一次,我本该下定决心避免冲突并让开道路。但我没有";"如果球拍是便宜的木材质,也许就会在接触时碎裂并使力道减弱"。(10—11)威尔逊责备黑人少年的盗窃行为,将主要责任归咎于他。"这个好孩子为什么闯入我家?为什么他决定偷窃?他为什么做出那些让他送了命的坏决定?"(12)他还通过条件假设句来重申过失杀人属正当防卫。"但是他闯入了我的房子。他打碎了我的窗子并且偷窃我的光盘,如果我不在家的话,可能偷走我的电脑和电视和放映机以及其他房子里值钱的东西。"(16)在此,威尔逊的情感是愧疚而非羞耻,因为他虽然对

---

① Robert C. Solomon, *True to Our Feelings*, p.97.
② Sherman Alexie, *War Dances*, New York: Grove Press, 2009, pp.12–13. 本节中,出自同一著作的引文,将随文标出引文出处页码,不再另注。
③ Robert C. Solomon, *True to Our Feelings*, p.92.

误杀行为表示遗憾，但并不认为自身有缺陷。

随后，威尔逊的愧疚在主流媒体的话语扭曲下演变为羞耻。主流媒体将事件再现为白人种族主义者对黑人少年的暴力。主流媒体以二元对立视角看待问题，不惜歪曲事实也要区分施害者和受害者，以迎合种族话语的政治正确。"一些聪明的制片人——和他的编辑——切入我的镜头，一个有棒球拍的白人，以自由人的身份走出警察局。"新闻报道如此有感染力，使威尔逊在电视上"看上去苍白又愧疚"（13）。威尔逊道德上的愧疚，在媒体的再现中只是"看上去"愧疚，原本真实的情感不再真实。他愧疚的表征——面色苍白——成为媒体将他再现为白人的依据，原本真实的族裔身份也不再真实。威尔逊不堪忍受媒体对其身份的扭曲，向媒体强调自己的印第安身份，结果他的坦白行为再次被媒体利用，加剧了公众对他的负面道德评价。最后，连威尔逊的白人妻子也开始怀疑他因为脾气失控导致了过失杀人，将媒体和公众对威尔逊的评价内化为他对自己的不认同。可见，威尔逊的愧疚感在主流媒体的扭曲下逐步演变为羞耻。

媒体对暴力问题的错误再现，扭曲了威尔逊的真实情感，剥夺了他的族裔身份，形塑他的情感反应。主体对自我的评价通常受文化和社会结构影响，对自我的认知与判断受主流话语左右。媒体报道暴力事件的政治正确几乎成为一种语言专制，迎合了大众对暴力问题的潜在预期，更为严重的是，这种思维定势以罔顾事实为基础。面对媒体的刻意扭曲，威尔逊不甘心扮演强行指派的白人身份，选择公开身份反抗媒体话语，强调印第安人和黑人一样都是美国历史上的受害者。"你想进行一场痛苦竞赛吗？你想参与大屠杀奥林匹克比赛？谁的悲惨历史更具广度、深度和长度呢？"（16）值得注意的是，在阿莱克西笔下，城市印第安人和黑人的族裔身份和真实情感同时被主流媒体加以利用。

"借用主流媒体的思维定势，然后再对这些定势进行深度剖析，从而引发读者的思考是阿莱克西擅长的手法。"[1] 阿莱克西曾在小说《印第安杀手》(Indian Killer, 1998)和《飞逃》(Flight, 2007)以及许多参与编辑的影视作品中,批判主流媒体塑造的印第安人的刻板印象。在《破窗而入》中,阿莱克西批判的不再是主流媒体塑造的虚假印第安形象,而是主流媒体对印第安人和黑人族裔身份的扭曲甚至抹杀。

二、疾病与羞耻:现代医学对印第安身体的技术宰制

阿莱克西出生时即患有脑积水,在六个月大的时候接受脑部手术,此后必须服用诸多带有强烈副作用的药物,才能稳定病情,因此阿莱克西对于疾病和健康有着切身的体会。在故事集同名的短篇《战舞》中,印第安身体遭遇了现代医学的权力凝视,产生了深切的羞耻感。在故事开篇,叙述者以旅行箱里的蟑螂尸体比喻离开保留地、置身城市的印第安人及其孤立无援的处境。"脱离了部落的蟑螂,还有谁比它更孤单?我开始自嘲,自己竟和一只死蟑螂感同身受。"(29)叙述者像阿莱克西一样来自斯波坎部落,定居在西雅图,自幼罹患脑积水,成年后病情复发引起右耳失聪,不得不经常接受现代医学的技术扫描和药物治疗,承受着身体和心理上的双重痛苦。叙述者的父亲因为长期酗酒身患糖尿病,在白人的医院中接受手术切掉病变的身体部位。身体疾病和心理痛苦折磨着这对印第安父子,而疾病的种族隐喻给族裔身体贴上了羞耻的标签。故事中疾病与羞耻的隐喻关系拷问着现代医学的科学性和有效性,呼唤着恢复传统印第安医疗知识和"健康主权"。

---

[1] 刘克东:《恐惧带来的思考——谢尔曼·阿莱克西的后 9·11 书写》,《当代外国文学》2012 年第 2 期,第 116 页。

羞耻不仅是由于自身缺陷可能暴露而导致的自我否定之感,还是一种社会文化的建构物。政治哲学家纳斯鲍姆认为存在两种羞耻类型。原始羞耻(primitive shame)和人类的自恋情结紧密相关,产生于婴儿出现自我意识的阶段,是根本性的、基础性的羞耻,是人类对自身无法实现的理想状态的情感反应,是"我们后来对残疾人和有缺陷的人感到的更具体的羞耻的基础"[①]。与之相对的,社会羞耻(social shame)是文化建构的产物,"羞耻是学习任何特定的社会规范之前对缺陷的意识,尽管在以后的生活中,它会随着社会学习而发生变化"[②]。在《战舞》中,城市印第安人的疾病暴露出身体缺陷,在白人主导的医学话语下,这种身体缺陷被贴上种族标签,产生强烈的种族羞耻感。对印第安病人而言,暴露身体缺陷只是导致了原始羞耻,但在白人主导的医学话语中,原始羞耻演变为隐喻印第安群体劣根性的文化羞耻。

在《战舞》中,疾病首先暴露了印第安病人身体的缺陷,引发了原始羞耻。印第安父亲长期酗酒罹患糖尿病,经过外科手术切掉了病变的右脚和左脚脚趾。他躺在病床上,身体缺陷暴露在医护人员的视野中,病床周围"那里没有隐私,甚至连一层薄薄的窗帘都没有"(31)。叙述者观察到,病床的设计方便了医院监视和窥探病人的隐私,"我猜这会让护士们更容易监控手术后的病人,但我父亲仍然被暴露在……白色走廊的白色床单上,白色灯光照射着他"(31)。叙述者自幼患有脑积水,脑部经多次手术,他感觉自己的脑袋被无数双手触摸过,"有超过上百次手术,每个手术师十根手指,每次手术有两到三位手术师,这意味着脑积水患者的脑袋被三千多根手指触摸过"(42)。成年后脑积水复发导致叙述者右耳失聪,不得不前往医院进

---

① Martha C. Nussbaum, *Hiding from Humanity: Disgust, Shame and Law*, p.183.
② Ibid., p.185.

行多种身体检查，其中核磁共振成像（MRI）最为频繁。故事中 MRI 先后出现 12 次，足见叙述者身体暴露次数之多。尽管如此，医生仍旧无法确认引发右耳失聪的病灶，更无法缓解叙述者的身体痛苦，却对叙述者说道："你脑袋里有异常（irregularities）。"（51）"只要某种特别的疾病被当作邪恶的、不可克服的坏事而不是仅仅被当作疾病来对待，那大多数癌症患者一旦获悉自己所患之病，就会感到在道德上低人一头。"①病人身体缺陷被社会隐喻加以利用，变成病人心理和道德上的缺陷。糖尿病暴露出父亲的酗酒成瘾的不良习惯，导致他身体被切除，而身体的残缺成为羞耻的标签。

疾病的种族隐喻加剧了城市印第安病人的文化羞耻。在白人与印第安人的交往和冲突中，掌握现代医学话语的白人给族裔身体贴上疾病标签，使疾病成为印第安身体"不正常"的代名词，进而借助社会达尔文主义，为特定的种族灭绝政策提供医学依据。主流社会对某些特定群体的负面评价逐渐内化为这些群体对自身的评价和羞耻感觉。"事实上，社会普遍选择某些群体和个人来羞辱，把他们划为'不正常的'，并要求他们对自己的行为和身份感到羞耻……社会行为告诉他们，在'正常人'的注视下，他们应该脸红。"②"正常人"的注视使"不正常的人"感到羞耻，即外在的社会规范内化为自我评价的标准。"不正常的人"要么身体上有"缺陷和残疾，也包括肥胖、丑陋、笨拙、缺乏运动技能、缺乏一些理想的第二性征"的人，要么是生活方式上的少数派。③在"正常人"凝视之下，主流社会的行为规范被强加给那些在生理上或文化上的弱势群体，后者随着这些规范的内化，体验到强烈的羞耻。

---

① ［美］苏珊·桑塔格：《疾病的隐喻》，程巍译，上海：上海译文出版社，2003 年，第 41 页。
② Martha C. Nussbaum, *Hiding from Humanity: Disgust, Shame and Law*, p.174.
③ Ibid., p.217.

历史上，印第安人由于与其他大陆相对孤立，对于欧洲人熟悉的疾病往往缺乏免疫力，容易感染天花病毒导致大量死亡，而白人传教士和殖民者曾经利用这类病毒以达到屠杀印第安人、夺取印第安土地的目的。"具体来说，在1492年哥伦布的重大发现之前，新大陆没有天花、霍乱、疟疾、黄热病、肺结核和性病梅毒等流行病。接触发生后，流行病夺走了数百万没有免疫力的美洲原住民的生命。"① 在现代生活中，由于印第安男性大量酗酒，糖尿病已然取代了天花，成为与印第安人紧密相关的疾病，成为烙印在印第安患者身体上的羞耻标签。

> 在美国所有主要人口群体中，印第安人的健康水平最低，患病率最高……结核病的发病率比全国平均水平高出4倍以上。类似统计显示，链球菌感染的发病率为平均水平的10倍，脑膜炎发病率高出20倍，痢疾则高出100倍。……糖尿病几乎是一场瘟疫。②

因患病率过高，印第安身体在医学话语下呈现为"不正常"，成为必须被监视、被控制甚至被消除的身体。医学话语挑选出"不正常的人"，通过强加给印第安身体的羞耻标签，在他们内心产生心理和文化的羞耻。现代医学以不良生活习性甚至种族劣性解释印第安人居高不下的患病率，从而掩盖了历史上导致印第安人健康问题的殖民掠夺和种族灭绝政策。

---

① Hsinya Huang, "Disease, Empire, and (Alter)Native Medicine in Louise Erdrich's *Tracks* and Winona LaDuke's *Last Standing Woman*", *Concentric: Literary and Cultural Studies*, vol.30, no.1 (2004), p.42.

② Sarah Wyman, "Telling Identities: Sherman Alexie's *War Dances*", *American Indian Quarterly*, vol.38, no.2 (2014), p.254.

此外，历史上的殖民掠夺导致传统印第安医疗知识和"健康主权"丧失。历史上，殖民者一方面妖魔化传统印第安医疗知识，污蔑它不具科学性甚至取缔它；另一方面又大肆盗取印第安医疗知识，将其变为殖民者的医药专利。传统印第安医疗知识就这样被"那些不仅掠夺他们的土地还篡夺他们文化遗产的殖民权力"占有了，导致印第安"健康主权"——"行使部落主权，以保护和促进健康，并提供健康实践和服务"——的丧失。[①]通过现代医学的名义治疗（控制）印第安身体，殖民者实现了对印第安健康主权的剥夺。以糖尿病而言，殖民者到来之前，印第安人很少患糖尿病，正是在和殖民者不断碰撞的过程中，以糖尿病为代表的疾病大量出现在印第安部落中，患病人数增长速度远超其他族裔。"自从被发现以来，疾病一直是白—红冲突的纽带。在医学是白人（国家）当局和红色（部落）人民之间接触和冲突的关键场所的疾病叙述中，欧洲殖民霸权和医学、帝国主义和疾病之间的联系是明确的。"[②]在传统印第安医疗知识被取缔和窃取后，印第安身体不可避免地被置于现代医学的权力凝视下。恢复印第安人的健康主权，从现代医学（白人）那里取回诊断和治疗疾病的权力，才能去除贴在印第安身体上的羞耻标签。

此外，阿莱克西借助故事中印第安父子的疾病质疑了现代医学诊断和治疗技术的科学性和有效性。叙述者自小患脑积水，根据当时的医学诊断，"我本应死亡。显然，我没有。我本应患有严重的精神障碍。我只有轻微的脑部创伤。我本应患有癫痫性发作"（41）。连用三个"本应（supposed）"，表明叙述者奇迹般地存活挑战了现代医学诊

[①] Hsinya Huang, "(Alter)Native Medicine and Health Sovereignty: Disease and Healing in Contemporary Native American Writings", in Deborah L. Madsen, ed., *The Routledge Companion to Native American Literature*, p.249.

[②] Ibid., p.257.

断的准确性。现代医学以外科手术切除病变的身体部位的做法，在叙述者看来，并非是治病救人而是切割身体。相反，传统印第安医疗方法通过草药和祈祷来实现身体的修复。

两种医学传统和医疗手段的对比，呼唤着恢复那些已经远去的印第安医疗传统。在《战舞》中，医生多次检查和扫描仍然无法确诊，叙述者于是独自在医学词典和医学网站上查询相关定义，进行自我诊断。《韦氏词典》将脑积水定义为"颅内脑脊液量的异常增加，伴随着脑室的扩张、颅骨尤其是前额的增大以及大脑的萎缩"，而叙述者自己将脑积水定义为"在我六个月大的时候差点杀死我的肥胖的帝国主义妖怪"（41）。对医生来说，要依据不同的病变位置和医学原理来定义不同的疾病，而对于病人来说，疾病是自己的身体感觉，这二者之间存在明显的差异。现代医学将人体视为一架孤立的可以拆卸和维修的机器，将疾病（disease）看作身体某些部位功能的紊乱；土著医疗体系将人体和自然视为和谐的整体，将病痛（illness）视为人的精神紊乱。"肉体的疾病只是精神上更深层次的不和谐的投影。它是和谐的丧失，是一种内心世界的不平衡，表现为身体或心理上的疾病。美洲原住民认为所有生物都处于一个相互联系的网络中。虽然平衡和和谐是宇宙的基本法则，但土著人会因为违反这一精神法则（禁忌）而患病（感觉）。"① 现代医学以 MRI 扫描确诊和手术切除病变部位，不关注病人的情感问题；土著医学主张恢复人与自然的精神和谐，关怀病人的情感世界。

城市印第安人的身体承受着现代医学的权力凝视，而后者与种族话语结合起来，加剧了他们的身体和心理的羞耻体验。作者透过故事

---

① Hsinya Huang, "(Alter)Native Medicine and Health Sovereignty Disease and Healing in Contemporary Native American Writings", in Deborah L. Madsen, ed., *The Routledge Companion to Native American Literature*, p.241.

中羞耻的社会性，反思现代医学诊断的准确性和治疗的有效性，呼唤恢复传统印第安健康主权，以摆脱族裔身体被检查、被审视和被定义的局面。需要指出的是，疾病和健康问题是所有少数族裔和弱势群体共同面临的问题。像其他散居在城市贫民窟中的少数族裔一样，这些印第安人大多过着穷困潦倒的生活，缺乏必要的生活和生产资料，尤其缺乏充足的医疗资源。2008年，新当选的美国总统奥巴马宣布了医疗健康体系改革方案，试图提高 LGBTQ 人群的医疗水平和享有医疗资源的机会。在此背景下，阿莱克西恢复传统印第安医疗知识的主张既是对印第安文化的复兴也是对少数族裔健康问题的关怀。

三、羞耻政治与缺席的印第安人

短篇《参议员之子》折射出在美国政治生活中被同化和掩盖起来的印第安问题。不同于前两个短篇，在《参议员之子》中印第安人物彻底缺席了，不再处于权力凝视下，但是与印第安人相关的羞耻政治却显现出来，揭示了美国政治承诺的失败，表达了阿莱克西对印第安人的政治诉求被同化甚至被掩盖的隐忧。

故事中三个白人的政治立场趋同，都是共和党、右翼民粹主义者，都体验着由政治理想失败引发的羞耻。羞耻"作为一种痛苦的情感，是对某种无法达到理想状态的感觉做出的反应。……在羞耻中，人感到匮乏，缺乏某种值得欲求的完整性或完美性"①。叙述者的理想因殴打同性恋彻底破产，作为"好学生"，他聚众斗殴；作为"好儿子"，他的行为危及父亲的政治生涯；作为"好朋友"，他两次因仇视同性恋而施暴杰里米。杰里米的同性恋取向与共和党、右翼分子的政

---

① Martha C. Nussbaum, *Hiding from Humanity: Disgust, Shame and Law*, p.174.

治立场间的矛盾难以调和。叙述者父亲公开批评和诅咒那些"9·11"事件中的恐怖分子,但私下里却遵从天主教信仰为那些丧生的恐怖分子祈祷,展现了政治立场和宗教信仰间的撕裂。三个人物都处在公共政治立场和私人道德信仰或性别取向两种对立价值的撕裂中。私人信念和政治立场的不可调和,使原本认为自己能实现政治理想的他们在羞耻中感到一种匮乏和缺陷。

羞耻具有暴露与掩饰的双重逻辑。从词源学上看,羞耻源于印欧语系动词"to cover",是"寻找遮蔽"或"掩护自己"的冲动,但想遮蔽和被掩护的欲望是以掩护失败为前提的,"一方面,羞耻掩盖了已经暴露的东西……另一方面,羞耻暴露了已被掩盖的东西(它使之曝光)。羞耻揭露已被掩盖的事物,要求我们重新掩盖(re-cover)它,这种重新掩盖是从羞耻中恢复(recover)"[1]。羞耻主体政治理想的失败总是已然暴露出来,且越是掩饰越是暴露得彻底。在无法实现的理想面前,羞耻主体有种"处于焦点上的感觉",因为"在羞耻中,我们不安地处于我们自己关注的中心。我们感到所有目光……集中于我们,我们无法逃脱。事实上,即使无人在场,我们仍然会为自己感到羞耻,因为存在其他人'抓住'我们或者已看到我们的可能"[2]。

在故事中,个人的羞耻被上升到家庭的羞耻、党派的羞耻、国家的羞耻,而后被掩盖起来。同性恋者杰里米选择原谅暴力伤害他的叙述者并不是单纯的心地善良,还因为政治权衡要求他牺牲自己作为同性恋的权利。"当数百万穆斯林妇女连脚踝还不能露不出来之时,我不能为同性恋婚姻这样愚蠢又琐碎的事情竞选。"(102)杰里米试图掩饰他的性别立场和政治立场的裂隙,强调性取向只是不涉及政治的生理问题,然而这显然不符合政治生活现实。叙述者的父亲为了维持自

---

[1] Sara Ahmed, *The Cultural Politics of Emotion*, p.104.
[2] Robert. C. Solomon, *True to Our Feelings*, p.90.

己的政治前途，不惜掩盖事实、颠倒黑白，他的逻辑如下：儿子向警方坦白自己的暴力行径，会危及父亲的政治前途，进而危及华盛顿州、共和党乃至整个美国的政治事业，因此为了父亲的政治命运、共和党乃至美国的政治事业，儿子必须说谎掩饰自己的暴力罪行。这和艾哈迈德在分析澳大利亚对土著人的殖民政策时提出的"民族羞耻"类似。民族羞耻形塑了澳大利亚的民族共同体，同时以集体羞耻的形式掩饰了殖民者个人曾经犯下的罪恶。

> 只要个人已属于这个国家，只要他们已宣誓效忠国家，并服从国家召唤，他们就会受到"民族羞耻"的庇护。"我们的"羞耻是"我的"羞耻，因为"我"已和"他们"在一起，因为"我"能说出"我们的"。把不正义的事实投射到过去，将个人羞耻描绘成集体羞耻，让它不再影响现在的个人，即使它像斗篷或皮肤那样包围和覆盖着这些个人。①

以集体羞耻掩饰个人罪恶的话语在美国政治生活中屡见不鲜。故事中叙述者对杰里米犯下的仇恨暴力、叙述者父亲在恐怖暴力事件中的政治谎言，都被党派政治和国家事业这类堂而皇之的理由掩饰起来。个人羞耻被集体羞耻所掩饰，个人的错误被集体的错误所容纳。

在阿莱克西以往作品中，多以印第安人物为叙述者，解构主流社会长期以来对印第安人的刻板印象，重新塑造印第安形象。但在这篇故事中作者一反常态，在他书写的美国政治生活缩影中，没有涉及印第安字眼，也没有刻画印第安人物。一种合理的解释是，21世纪以来作者尝试超越种族和国家之上的世界主义叙事，其创作"变得越

---

① Sara Ahmed, *The Cultural Politics of Emotion*, p.102.

来越不以印第安为中心"①。有学者注意到,"族裔性不再是他笔下人物生活的主导力量。他们首先是人,然后才是印第安人"②。但是作者曾经多次强调印第安作家为印第安人发声的政治角色,认为"我们有责任说实话。我们不仅仅是作家。我们是讲故事的人。我们是发言人。我们是文化大使。我们是政客。我们是激进分子"③。因此,《参议员之子》中印第安人的缺席不仅是世界主义视角的尝试,还有更深层次的隐含意义。

一方面,当代政治生活中,印第安人面临着和故事中的人物相似的羞耻体验,即公开的政治立场和私人领域的撕裂。正如阿莱克西在访谈中所说:

> 你真的分不清保留地印第安人和小农场小镇白人之间的政治差别。这是一种非常保守的心态:支持拥枪,支持军队,支持生命权,支持死刑。因此,印第安人以奇怪的方式过着极其保守的生活,有着令人难以置信的保守价值观,但他们投票给民主党人,因为民主党人试图帮助我们。我们过着充满讽刺和矛盾的生活。④

导致《参议员之子》中白人羞耻的政治立场对私人生活态度的撕裂,同样发生在当代印第安人身上。"充满讽刺和矛盾的生活"指印第安人在私人生活上持保守主义态度,但在公开的政治立场上持有截然

---

① 转引自邱清:《谢尔曼·阿莱克西〈飞逸〉中的反暴力书写》,《社会科学》2016 年第 11 期,第 191 页。

② Loree Westron, "War Dances (review)", *Western American Literature*, vol.45, no.1 (2010), pp.82-83.

③ Qtd. Sarah Wyman, "Telling Identities: Sherman Alexie's *War Dances*", *American Indian Quarterly*, vol.38, no.2 (2014), p.252.

④ Ibid., p.246.

相反的进步主义态度。

另一方面，城市印第安人的缺席揭示了他们在当代美国政治生活中被掩盖、被弃置的尴尬处境。集体羞耻对个人羞耻的掩饰，也发生在当代印第安人的政治生活中，表现为印第安人的政治诉求被更具普遍意义的社会问题同化或取代。近四个多世纪，北美的白人定居殖民者及其后代始终面临着印第安问题，即在经济上如何有效地获取印第安人的资源，尤其是土地，在文化上如何同化印第安人，在政治上如何高效地控制印第安部落。[①]印第安问题在历史上为印第安人带来长期的剥削、压迫和痛苦。民权运动后，政策制定者关注保留地贫困和健康问题、城市印第安人的教育、经济发展这些与传统印第安问题密切相关的议题。然而，随着越来越多的印第安人进入城市生活，渐渐成为普通意义上的公民，印第安问题逐渐被掩饰甚至遗忘了。印第安学者小德洛里亚坦言，"因为种族与文化差异而在一百年前被可笑地贴上'问题'标签的印第安人'问题'，最后看起来已经发展演变为社会问题"[②]。随着生活方式、文化教育等多方面的长期同化，印第安问题不再具有政治特殊性，被那些更具普世意义的社会问题取代甚至掩饰了。这种掩饰遮蔽了印第安人在历史上承受的痛苦和羞耻，把印第安人遭受的殖民苦难封存到遥远的过去或吸纳到集体羞耻中。

故事标题"参议员之子"使读者联想起美国直到21世纪初才出现首位印第安裔参议员，标志着印第安人真正开始在当代政治生活中发声。虽然在《参议员之子》中印第安人物缺席，但作者通过刻画羞耻，反映出当代城市印第安人在政治生活中被弃置的处境，间接表达了对印第安问题被其他政治议题同化和取代，甚至被遗忘的隐忧。

---

① Stephen Cornell, *The Return of the Native: American Indian Political Resurgence*, New York: Oxford University Press, 1988, pp.6−7.

② 转引自王坚：《美国印第安人政策史论》，天津：天津人民出版社，2018年，第150—151页。

小结

短篇小说集《战舞》刻画了当代印第安人融入城市生活过程中的羞耻体验，折射出他们在新的社会环境下面临的新问题。从愧疚到羞耻的转变展示了主流媒体对印第安身份的扭曲；身体疾病带来的羞耻体验反映出现代医学对印第安身体的权力凝视，呼唤着复兴传统的印第安医药知识和健康主权；印第安人在美国政治生活中的缺席既掩盖又暴露了印第安问题，反映出城市印第安人在当代政治生活中被边缘化、被沉默化的尴尬处境。通过书写羞耻，这些故事强调了当代城市印第安人"拒绝被定义、被编辑、被沉默化"的强烈欲望。[①] 标题"战舞"的意义就在于城市印第安人反抗来自主流媒体、现代医学和政治权力的凝视。需要指出的是，《战舞》中导致城市印第安人羞耻的媒体话语、医疗健康和政治失语等问题，同样是其他少数族裔乃至底层白人面临的问题，在此意义上，他们存在类似的政治困境和情感诉求，容易形成情感共鸣。阿莱克西21世纪以来倡导的去族裔化的世界主义书写，正是以情感为纽带想象跨种族共同体的尝试。

本章结语

在当代美国本土裔小说中，印第安人的负情感是对美国印第安政策的情感反应。这些现实中的情感经由作家的文学演绎，成为小说中弥漫的情感问题。在《日诞之地》中，印第安终止政策和重新安置计

---

① Sarah Wyman, "Telling Identities: Sherman Alexie's *War Dances*", *American Indian Quarterly*, vol.38, no.2 (2014), p.238.

划导致了印第安青年与传统部落文化生活的疏离，引起了强烈的错置感；在《圆屋》中，联邦印第安法律的不公造成暴力中的印第安受害者及其家人正义难寻，产生明显的恼怒情感；在《战舞》中，主流媒体对族裔身份的歪曲、白人医学话语对印第安身体的宰制和美国政治话语中印第安人的缺席，展现了印第安人在融入城市生活中遭遇的主流社会的权力凝视，引发了城市印第安人的羞耻感。当代美国本土裔作家的负情感书写，展现了印第安个体和社区在一系列美国印第安政策下的情感问题及政治困境。

在当代美国本土裔作家笔下，负情感在印第安人的家庭、社区或部落中流动或传递，诊断出一系列美国印第安政策中一以贯之的殖民主义逻辑，彰显了负情感的政治诊断作用。在《日诞之地》中，错置感在阿韦尔祖孙之间和赫梅斯普韦布洛的历史与当下之间传递，揭示出印第安人自殖民时代以来家园沦丧的历史过程；在《圆屋》中，有关暴力的恼怒情感在不同时期的印第安受害者之间流动、有关法律不公的恼怒反应在历任印第安法官/律师之间传递，诊断出联邦印第安法律的内部殖民逻辑；在短篇故事《战舞》中，羞耻感的代际传递则暴露出自殖民时代以来印第安人健康主权沦丧的历史。可见，借助负情感的流动性，美国本土裔作家们批判了美国印第安政策中始终存在的殖民色彩。负情感的流动及其诊断作用表明，情感不仅是印第安人在一系列殖民政策下的被动感受，还具有不可忽视的能动性。

在这些小说中，负情感具有联结作用，在印第安家庭、社区、部落之间，在部落与其他族裔之间，引发情感共鸣，打通情感通道，建构基于情感的共同体意识，从而抵抗特定的美国印第安政策的压迫。在《日诞之地》中，错置感在单一部落之内的代际传递重新联结了个体与部落之间断裂的情感纽带、重塑了部落共同体，在不同部落的印第安青年之间的流动则联结了泛印第安共同体，以此抵制印第安终止政策和重新安置计划对印第安文化的侵蚀。在《圆屋》中，对于法律不公的恼怒在印第安受害者家人之间、社区之间流动，形塑了追求法律正义的族裔共同体，修复受害者的身心创伤，抵抗联邦印第安法律的宰制。在《战舞》中，主流媒体的权力话语、现代医学的技术宰制和政治舞台上的缺席是生活在城市中的少数族裔和边缘群体共同面对的困境，与之相关的羞耻感则是少数族裔之间共享的情感纽带，预示着跨种族共同体的可能。美国本土裔作家的负情感书写打动了广大读者群体，有效地组织了公共情感，引起了社会公众对印第安人情感问题的共情，推动了美国印第安政策的改革和修正，具有介入现实的政治意义。

— 第二章 —

当代美国非裔小说中的负情感问题与情感共同体书写

目前，在美国的人口结构中，非裔约占总人口的13%，是继拉美裔之后美国的第二大少数族裔。同其他少数族裔一样，非裔身为美国公民，非但没有享受到与白人同等的权利，反而被长期排斥在主流社会之外；与其他少数族裔不同的是，他们是美国历史上唯一被强掳至北美新大陆继而遭受奴役的群体。纵观自美国奴隶制时期以来的几百年间，虽然非裔为美国的经济进步、文化繁荣和社会发展做出了巨大的贡献，但他们一直只是美国社会的下等公民，备受资本主义和种族主义的双重压迫，所以负情感强烈。不公的社会待遇、困顿的生活境遇、无权的政治状态、他者的文化身份，激发了非裔强烈的抗争意识，促使他们积极探索改变自身命运的道路。由于非裔遭遇的是群体奴役和歧视而非个体差别对待，加上受到黑非洲文化传统中集体主义观念的影响，因此非裔追求的是整个族群的解放和权益。同样的不利处境、一致的政治需求和共同的文化传统使得非裔群体高度重视情感共同体的构建和发展，也为他们建立理解信任、团结合作的情感共同体奠定坚实的基础。

作为非裔群体的一员，非裔文学家在创作中牢记自己的民族身份和民族担当，因此他们的作品极为关注非裔的情感状态，思索建构情感共同体的可能。从美国奴隶制时期（1619—1865）到南北战争后到民权运动期间（1865—1968）再到民权运动后（1969—　）的不同历史阶段中,非裔的社会状况在发生变化,非裔文学家对不同时期非裔负情感问题的呈现和情感共同体的书写也有所不同。他们的作品反映出,非裔群体集中罹患的负情感随着历史的演进从"忧郁"(melancholy)转为"孤独"(loneliness)再变为"恼怒"(irritation)最后化为"恐惧"(fear),与此同时,非裔身上凸显的负情感中所蕴藏的正面能量促使他们在争取自由和平等的进程中,不断推进情感共同体的广度和深度。

第一阶段 美国奴隶制时期(1619—1865)

1619年,第一批非洲黑人被运到北美殖民地充当契约奴。1641年,奴隶制正式在北美各殖民地合法化。此后的两百多年间,黑人丧失人身自由和基本权利,沦为奴隶主的财产和劳动工具,过着做牛做马、妻离子散的悲惨生活。由于文化和信仰上的差异,白人将黑人奴隶视作野蛮、愚昧和危险的异类,要求他们必须接受白人的严加看管和严厉训诫。奴隶制在美国扎根并得到迅速发展的同时,废奴运动的热潮也一浪高过一浪。彼时投身废奴运动的大部分是白人开明进步人士,也有小部分获得自由的黑人。

早在奴隶制正式合法化后的第四年,就有人在马萨诸塞殖民地呼吁结束奴隶制。位于宾夕法尼亚殖民地的贵格派教会崇尚人人平等,全力支持废奴运动。美国国父如本杰明·富兰克林(Benjamin Franklin)、托马斯·潘恩(Thomas Paine)、托马斯·杰斐逊(Thomas Jefferson)、亚历山大·汉密尔顿(Alexander Hamilton)等也都极力声讨奴隶制的罪恶。从北美殖民地时期到19世纪初是早期废奴运动时期,废奴倡导者通过散发废奴小册子和建立地方性反奴隶制团体来抨击奴隶制度、谴责奴隶贸易、提倡改善黑人生活待遇并将其逐步释放,但早期白人废奴者大都认为,由于黑人种族劣于白人种族且无法融入白人社会中，故不能贸然将该制度废除，否则会引发剧烈的社会动荡和族裔纷争，因此早期白人废奴主义者同时也持种族隔离主义思想。

如果说早期废奴运动坚持以和缓、渐进方式来解决奴隶制问题，那19世纪30年代以来的中晚期废奴运动则旗帜鲜明地提出要立即解放奴隶、废除奴隶制，因为奴隶制既有悖于上帝面前众生平等的宗教原则，也与美国的政治理想和国家制度扞格不入。1831年，废奴运动领导人威廉·劳埃德·加里森（William Lloyd Garrison）创办《解放者》（The Liberator）周刊，开辟了首个废奴主义者的舆论阵地。1833年，第一个全国性的废奴组织美国反奴隶制协会在费城成立，废奴运动在全国呈燎原之势，向奴隶制发起攻势。黑人废奴主义者在运动中发挥了尤为重要的作用，他们来到全国各地，结合自己的亲身经历发表废奴演说，出版逃奴自传，在民众中引起极大的反响，提高了人们的废奴意识。同时，1836年国会众议院通过的"钳口律"（gag rule）①和1850年通过的联邦《逃奴法案》（The Fugitive Slave Act）②如同废奴道路上的两块巨石，为废奴事业制造了巨大的障碍。在恶劣的司法环境下，废奴主义者一方面采取法律手段来合法营救逃奴，如北部多个自由州制定的"人身自由法"（personal liberty laws）；另一方面借助地下铁道（underground railroad）等隐蔽方式和非法途径来援助黑奴逃离南方奴隶主种植园。

美国文坛青年才俊科尔森·怀特黑德的新奴隶叙事小说《地下铁道》便是以美国废奴运动中营救逃奴的秘密地下铁道为原型，聚焦于19世纪上半叶废奴运动风起云涌的美国社会，讲述了黑奴少女科拉

---

① 该法律规定将与废奴有关的请愿书和议案搁置。
② 该法律彻底剥夺逃奴的基本权利，规定联邦政府为奴隶主追捕逃奴提供全方面的支持，必要时还可要求路人协助抓捕逃奴。

经由地下铁道寻找自由的九死一生的经历，深刻地揭露奴隶制的残暴以及黑人对于自由的不懈追求。小说中刻画了为忧郁情感所裹挟的黑人群体，因为对于世代为奴的黑人来说，他们的一生都在"失去"(loss)中度过，奴隶主的剥削和奴隶制话语体系的禁锢导致他们失去家园、失去亲人、失去自我、失去自由甚至失去生命，进而沉浸在失去的悲伤中，形成忧郁情感。忧郁虽然会使黑人陷入无法接受、难以忘却失去的悲伤中，但也会促使身处深重压迫下的黑奴化悲痛为力量，建构与外界的情感纽带，保护自己与族人的安危与利益，从而不用再经受更多失去的苦痛。此外，小说中科拉同逝去的祖母和离去的母亲的精神对话、与黑人姐妹间的情感支持和黑人男性间的情感和解，以及白人废奴主义者冒着生命危险帮助科拉出逃并照顾生病的科拉，暗示了这一时期可能建立的情感共同体模式是族裔内性别间平等互助、代际间想象中的对话与跨族裔间初步沟通合作的情感共同体。

第二阶段　南北战争后到民权运动期间（1865—1968）

美国内战后，美国国会相继通过联邦宪法第十三、十四和十五修正案，不仅在法律层面上废除了奴隶制，还赋予黑人自由权、公民权、选举权。但是随着南方重建的失败，南方白人保守势力卷土重来。白人一方面制定地方法律如通过《黑人法典》(Black Codes)来限制黑人的人身自由，并实行人头税、"祖父条款"、文化知识考试等重新剥夺了黑人的选举权，使得联邦宪法第十四和十五修正案形同虚设，另一方面运用恐吓、威胁、毒打和私刑等暴力手段迫使黑人主动放弃投票权，导致黑人政治力量日渐式微。不仅如此，由于美国政府未向刚获得解放、身无长物的黑人提供基本生活保障和生产资料，这些没有任何经济基础的黑人不得不返回种植园变相地成为农奴，接受种植园主的无情盘剥，依旧生活在困窘之中。更为严重的是，南方各州在19世纪后半叶纷纷制定种族隔离法律，禁止黑人在公共场所进入白人地界，禁止黑白种族通婚，种族歧视浪潮甚嚣尘上。

面对南方猖獗的种族主义势力和窘迫的生活境遇，黑人失望至极却又无可奈何。当他们了解到工业化和城市化进程中的北方生活条件极为优越，生活设施更为先进，就业机会更加充足，便将北方视为希望之地，纷纷逃离南方农村地区，移居纽约、芝加哥、费城、底特律、匹兹堡这样的北方城市，成为城市新黑人。黑人的大规模迁徙使得种族冲突和种族歧视现象在19世纪末20世纪初的北方城市不断增多，白人至上的种族主义思潮也日益突出，北方多地相继出台种族隔离法律。险恶的外部环境将黑人逼入狭小局促的生存空间，聚集在与白人世界隔绝的黑人聚集区（ghetto），被永久地孤立。纽约黑人聚集区哈莱姆（Harlem）是这一时期种族歧视的典型产物。一方面，聚集区中住房拥挤，疾病肆虐，犯罪丛生，就业机会有限，黑人内部（如新老黑人居民，北方与南方黑人，中产与底层黑人）矛盾加剧。另一方面，黑人主要的社会机构如黑人教会、民权组织、兄弟会、商会入驻其间，为黑人提供各类经济和精神支持，帮助黑人走出困境。于是，当时有一部分黑人知识精英云集于此，掀起了哈莱姆文艺复兴运动，试图重振黑人民族精神、重新唤起黑人民族自豪感。

诺贝尔文学奖得主托妮·莫里森的代表作之一《爵士乐》（*Jazz*，1992）描绘了20世纪初哈莱姆黑人聚居区中城市新黑人的社会生活和情感状况。在她的笔下，孤独的情感笼罩在黑人聚居区，因为愈演愈烈的种族隔离和种族歧视以及城市化对黑人集体主义传统的残害迫使城市新黑人长期压抑真实感情，采取自我封闭和主动远离社会的方式来自我保护，久而久之，黑人之间的联系和交流被切断，失去了群体间理解、信任和合作的基础。但是这种自我孤立并不能打败种族主义,反而只会让人在郁郁寡欢、各自为政中为种族主义所戕害。一旦这样的悲剧发生,就会激发周边孤独的人们思考悲剧的原因和对策。《爵士乐》开头提到的黑人情人间的枪杀悲剧充分体现了美国社会的种族主义和城市化对人性的异化扭曲和对黑人文化传统的蚕食侵吞。也正是这个悲剧触动了黑人男女主人公,令他们走出封闭的自我,去了解自己的伴侣,去走近自己的邻居,去寻求黑人社区大家庭的帮助。作品中所展现的这一时期理想的情感共同体形式是从纵向维度开展族裔内代际间想象和现实中的对话,在横向维度建立族裔内社区支持网络,进而弥合族裔内分化和嫌隙的相互理解、彼此支持的情感共同体。

第三阶段　民权运动后(1969—　)

20世纪60年代,非裔掀起声势浩大、影响深远的民权运动。民权运动一方面推动国会先后通过《民权法案》(the Civil Rights Act of 1964)、《选举权法案》(the Voting Rights Act of 1965)和《公平住房法》(the Fair Housing Act of 1968),从法律层面结束了持续近一个世纪的种族隔离制度,为非裔公民权的获得和扩展奠定了法律基石;另一方面,也促进联邦政府兴起平权运动(Affirmative Action)和采取多元文化政策(multiculturalism),改变少数族裔和弱势群体受歧视的不公正局面以维护整个社会的稳定和繁荣。在非裔和社会进步人士的共同努力下,非裔群体的生存境遇部分地得到了改善,尤其是对那些已达一定收入水平、拥有良好教育经历和职业技能的非裔来说,这一时期的利好政策为他们打开了迈入非裔中产阶级的大门。与此同时,非裔参政热情高涨,担任公职的数量和级别不断提高,就业面也得到拓宽。

但对于大多数身处社会底层的非裔，情况并未得到显著改观。特别是从20世纪80年代后，随着后工业社会发展和全球化进程加速，加上美国右翼保守主义势力的上台，非裔的生存状况每况愈下，内部阶级分化严重。大批原本从事劳动力密集行业工作的非裔男性失业并难以再就业，因此酗酒吸毒，甚至加入团伙犯罪，最终不是锒铛入狱，就是遭遇枪支和警察暴力。由于非裔男性失业率、死亡率和判刑率高，且非裔女性教育程度低，接受的性教育和节育知识有限，因此非裔女性未婚先孕成为单身母亲的现象突出。而非裔青少年从小目睹家庭的贫困和破裂，缺乏健全的家庭氛围，暴露在毒品交易、暴力犯罪的危险环境中，易遭侵害也易受影响进行效仿。虽然在当前的美国社会，公开的种族歧视和公然的种族隔离已经销声匿迹，但是奴隶制的阴魂——系统性种族主义（systemic racism）却渗透到美国的制度肌体中，以不易察觉的微侵犯形式出现，导致非裔争取平等道阻且长。近年来，对非裔的暴力侵害，尤其是白人警察对非裔民众的暴力执法，屡屡发生，引发了席卷全国的"黑命攸关"运动。

两度摘得美国国家图书奖桂冠的美国非裔青年女作家杰丝米妮·瓦德在其获奖作品《唱吧！未安葬的魂灵》中将目光投向系统性种族主义下的美国非裔，塑造了一位遭受严重精神创伤、罹患负情感的黑人单身母亲莱奥妮。被恼怒这一负感情裹挟的莱奥妮在生活琐事上动辄怒不可遏，却在事关种族主义和社会正义等原则问题上丧失了应有的愤怒。恼怒不单是黑人个体在"美国的困境"（即美国社会一方面尊崇并倡导道德和理性，另一方面又非道德且不理性地对待黑人）中遭到非道德和不公正对待的情感流露，还是黑人族群对美国社会"应然"和"实然"状态巨大反差的情感回响，更是促进黑人重获主体意识、增进族裔内外沟通理解的情感动力。因为恼怒不仅可以促进主体不断冲破现有权力结构的规训和束缚，还能够唤醒"美国的困境"中被客体化、他者化身体的敏锐知觉，进而超越该困境下产生的负情感，最终获得主体意识的重构。此外，恼怒还是一种另类的沟通方式，从某种程度上架起群体间的沟通桥梁，促进恼怒者与族裔内外群体的沟通和理解，缓解"美国的困境"对整个社会造成的负面影响。作品中母子之间、父女之间、祖孙之间的真诚交流和平等对话，以及非裔和白人之间的跨族裔结合和携手并进，呈现出作者对于情感共同体的畅想，那是一个族裔内代际深度沟通与跨族裔间深层融合的情感共同体。

如果说瓦德的作品关注当下，那么非裔女性科幻作家奥克塔维娅·巴特勒（Octavia Butler，1947—2006）则放眼未来。巴特勒问鼎星云奖最佳小说奖的作品《天赋寓言》（*Parable of the Talents*，1998）勾勒出2032年美国社会的情感底色——恐惧，揭开了看似富足强盛、自诩自由民主的国家的真实面目。小说中非裔这样的弱势群体和美国政府这样的强势群体均流露出不安感和脆弱无力感，暴露出嵌入美国经济和政治秩序结构中的系统暴力直接威胁个体和群体生存，也反向激发了个人主体性的重获和集体凝聚力的爆发。可以说，巴特勒洞隐烛微，在20世纪90年代就前瞻地预见了美国政府对社会问题坐视不理、放任不管的恶果，以警示性的寓言小说唤起人们的警醒和行动。同时，她的小说也给出了最为宏伟、立体和大胆的情感共同体构想：在非裔遭遇的族裔困境升级为人类面临的世界性问题时，共同的恐惧感促使人们建立跨越阶层、种族、性别、国界的情感共同体，携手消解系统暴力，走向和谐共生。

接下来，我们将具体考察美国非裔文学家对上述三个历史阶段中非裔群体负情感问题的呈现和情感共同体构建的思考，细细体会这两个层面的历史嬗变以及导致这些嬗变的社会动因和嬗变折射出的深层内涵。

第一节 《地下铁道》中美国黑奴少女的忧郁

黑人在美国奴隶制时期沦为奴隶主的财产和工具，过着凄惨的生活。这一状况激起身处水深火热中的广大黑人的强烈反抗和秉持道德良知的部分白人开明进步人士的激烈反对，促使他们纷纷投身美国废奴主义运动。共同的废奴目标凝聚了黑人族裔内部和黑白跨族裔之间的情感力量，促成对抗美国奴隶制的情感共同体的形成。美国不乏探查和记录这一时期情感共同体的非裔文学家，科尔森·怀特黑德就是其中一员。作为当代最具影响力和代表性的非裔美国[①]作家之一，怀特黑德的创作题材广泛且风格多变，其扛鼎之作《地下铁道》自问世以来，先后斩获美国国家图书奖与普利策小说奖双料殊荣。小说主要讲述了19世纪中期黑奴少女科拉，通过具象化的地下铁道[②]，由南向北逃亡的故事。时任美国总统奥巴马称赞该小说让我们忆起发生在几代人间的奴隶买卖之痛，不仅在于这本书将其公之于众，还在于它改变着我们的思想和心灵。可以说，充满时空错置与戏剧张力的叙事揭示了奴隶制历史的残暴，同时也引发了人们对当代美国黑人命运的反思。怀特黑德本人在采访中则强调，小说关注的是科拉的情感与思考的成长。[③]怀特黑德借由对科拉为代表的黑人忧郁的描述，以此来透视南北战争之前黑人奴隶的处境以及当代非裔美国人地位。[④]本节将

[①] Black 和 African American 是目前对美国黑人种族的两种最为普遍的称谓。本节同时使用了"美国黑人"和"非裔美国人"两种称谓，没有做更细致的区分。
[②] 地下铁道这一术语最早见于1853年《纽约时报》，原喻指废奴主义者建立的帮助黑奴从南方蓄奴州逃往北方自由州或加拿大的虚拟的交通网络。而科尔森·怀特黑德在小说《地下铁道》中将虚拟的"地下铁道"具象化为穿梭于地下，南北贯穿的真实的铁道路线。
[③] 刘露：《当下语境中的历史书写：〈地下铁道〉与新奴隶叙述》，《广东外语外贸大学学报》2019年第4期，第92页。
[④] Eva Tettenborn, *Empowering the Past: Mourning and Melancholia in Twentieth-Century African American Literature*, Ph. D. diss., Binghamton University, 2002.

追寻《地下铁道》主人公科拉的忧郁情感的运行轨迹，结合南北战争前奴隶逃亡与废奴运动的历史语境考察该情感产生的动因，进而探索忧郁在修复个体创伤与推动族裔融合过程中独特的作用与价值。

一、科拉的忧郁

从词源上来说，"忧郁"源自古希腊语 melankholia，由 melannos 和 khole 组合而成，本意为黑胆汁。人类对该概念的认识经历了一个从主观到科学的漫长探索过程。现代以降，随着现代医学和天文学说的不断发展，人类对忧郁的认知突破了前现代的"体液说""星相说"等。1917 年弗洛伊德（Sigmund Freud，1856—1939）发表论文《哀悼与忧郁》("Mourning and Melancholia")，从精神分析乃至哲学理论的角度分析了哀悼与忧郁这组二元对立的情感状态，开启了对"忧郁"概念的现代阐释先河。弗洛伊德认为，忧郁是自我对失去（loss）的一种持久的挚爱[1]，自我拒绝接受失去，最后是以"逝者"自居试图挽留"原初的"爱欲对象。尔后，巴特勒（Judith Butler，1956— ）在精神分析学的基础之上，试图从性别规范、异性恋霸权等方面分析同性恋者与异性恋者身上隐藏的精神忧郁，"着力挖掘忧郁概念的社会向度，将其导向社会政治批评"[2]。巴特勒对忧郁的探讨，强调的是情感世界的社会属性以及其中包含的反抗潜能。[3] 此外，普林斯顿大学教授郑安玲（Anne Anlin Cheng）将种族纳入忧郁主题的探讨中，关注少数族裔的悲伤与失去。她认为种族忧郁不仅是一种症候式的情感

---

[1] 何磊：《西方文论关键词：忧郁》，《外国文学》2017 年第 1 期，第 82 页。
[2] 同上，第 84 页。
[3] 何磊：《欲望·身份·生命：朱迪斯·巴特勒的主体之旅》，北京外国语大学博士学位论文，2013 年，第 47 页。

描述，同时也为分析悲伤在种族主体性形成中的建构性作用提供了一种重要的框架。①

总体而言，忧郁概念已经超出了病理学与精神分析的范畴，发展成诠释人类生存与发展状态的重要手段，以及探寻永恒真理、概念和适应环境、克服生存危机的途径。②作为一种源自"失去"的情感，忧郁主体无法接受，也无法忘却客体的失去，无以排遣失去的哀伤，从而通过自我疏离、自我贬低，甚至是自我谴责等方式来表达情感压抑，也由此影响了主体的自我建构。在怀特黑德的《地下铁道》中，对于黑奴少女科拉而言，祖辈的悲惨经历、亲人的失去、理想的破灭都成为科拉心头难以释怀的情感重负，从而使科拉的情感表现出典型的忧郁属性。

首先，科拉的忧郁是不断经历"失去"的黑人祖辈忧郁的延续。科拉的外婆阿贾里一生中充满了失去：她失去了父母，后来又先后失去了自己的三任丈夫和五个孩子中的四个。面对"一个接一个"的失去，阿贾里的脸上不断地"新添木然"。③虽然阿贾里早已离世，但是，外婆的忧郁"跨越代际萦绕"(transgenerational haunting)④在科拉心头，挥之不去，对科拉情感世界与人生走向产生潜移默化的影响。所以，当黑人青年西泽第一次去找科拉谈论北逃之事的时候，"外婆的话声声入耳，于是她说了不"，因为"逃离种植园的地界，就是逃离基本的生存原则：毫无可能"(9)，显然逃离对于科拉意味着失去

---

① Anne Anlin Cheng, *The Melancholy of Race: Psychoanalysis, Assimilation, and Hidden Grief*, Oxford: Oxford University Press, 2001, p.xi.
② 左广明:《伊恩·麦克尤恩的忧郁》，武汉大学硕士学位论文，2018 年，第 i 页。
③ [美]科尔森·怀特黑德:《地下铁道》，康慨译，上海：上海人民出版社，2017 年，第 7 页。本节中，出自同一著作的引文，将随文标出引文出处页码，不再另注。
④ Margo Natalie Crawford, "The Twenty-First-Century Black Studies Turn to Melancholy", *American Literary History*, vol.29, no.3 (2017), p.802.

与祖辈的联系，所以她认为自己只能默默忍受，在无望中孤独地死去。此外，虽然小说中没有过多描述科拉与外婆之间的情感互动，但是阿贾里所承载的非裔创伤以及由此引发忧郁的代际传递作为一种无言的存在，始终缠绕在科拉心头。即使蜷缩在马丁家狭窄的阁楼，科拉仿佛置身于运奴船的船舱，反复梦到自己在海上，被困在底舱，跟"几百俘虏在恐惧中哭号"（203）。作为自奴隶贸易以来生活在南方种植园的第三代非裔女性，科拉继承了由外婆延续而来的家庭忧郁，从小就体会到作为黑人的无奈，对生活倍感沮丧无望。

其次，在母亲梅布尔消失后，科拉沉溺在失去的哀怨中不能自拔，对周遭环境产生强烈的疏离。母亲梅布尔的不辞而别给科拉带来了巨大的情感创伤，隔断了科拉与这个世界最后的情感纽带，将她彻底丢进了情感荒漠之中。在"科拉的震惊当中，世界退化成了晦涩的印象"（17）。被抛弃的哀怨与对生活的无能为力让小小年纪的科拉变得疏离与沉默。她不与他人为伴，不沉醉于虚幻的自由与疯狂，她不断"打消松开自我束缚的念头"（34）。或许只有将自我囚禁在孤独之中，才能抱有最后一丝安全。对于科拉而言，失去母亲并不是一个可以限定在某一个时间上的单一事件，而是一种笼罩着科拉童年的无法控制、无处不在的情感体验。科拉怨恨母亲的抛弃，她无法理解梅布尔把她丢在人间地狱的举动，她试图从记忆中抹掉妈妈，但是同时她无法遏制对母亲的思念，"那些念想老是从旁边、从底下、透过裂缝，从她已经打了封条的地方悄悄地挤进来。比如说，想妈妈"（110）。所以，之后的逃亡之路虽坎坷艰辛，但科拉从未停止打听母亲的下落，她一直渴望与母亲重逢。这种对失去客体的爱恨交织，是忧郁主体挽留所爱之人的绝望策略。

最后，失落的自由理想让科拉陷入深度的忧郁。弗洛伊德指出，忧郁不仅是失去心爱之人或物，也指心中理想的幻灭。[1]小说中，怀特黑德为科拉的北逃之路建构了三个理想的幻觉乌托邦：南卡罗来纳的虚假和平共处、北卡罗来纳的方寸阁楼以及印第安纳和谐的农场。这些空间都承载了科拉对自由和美好生活的渴望。在南卡，她像一个自由的妇女那样走过人行道。"没有人追捕她，没有人凌辱她。"(99)在北卡逼仄斗室，她遐想自由后的美好生活：窗明几净的家、忠诚的丈夫、可爱的儿女，使她可以暂时忘却伤痛。而印第安纳的瓦尔丁农场更是神奇的存在，她感受到爱与希望。但是无论是短暂的安宁，还是幻觉的乌托邦都不过是黄粱一梦，归于幻灭。小说接近尾声之时乌托邦农场被大火毁于一旦，科拉再次失去所爱。自由理想的不断幻灭加深了科拉的绝望与无助，她不知道"过去有多苦，走了多远的路，才能把它留在身后"(304)。虽然，过去的伤痛难以消逝，但是浅尝了自由滋味之后，科拉更无法忘怀自由的美好，所以小说结尾，死里逃生的科拉再次背负着叠加的新旧忧郁，继续未知的旅程，从而使小说的忧郁叙事形成一种类环形结构。

综上，科拉的生命中不断遭遇失去——死去的外婆、失去的母亲、失落的理想。种种失去叠加在到科拉身上，形成科拉的忧郁自我，折射出奴隶制背景下非裔群体的忧郁表征。

二、非裔忧郁的缘由

忧郁不仅是存在于科拉身上的个体情感现象，更是属于非裔群体的集体情感。科拉的忧郁揭示了她在失去家人与自由后的情感特质，折射出奴隶制背景下整个非裔的生存境遇。总体来说，在奴隶制体

---

[1] [奥]弗洛伊德：《哀悼与忧郁症》，马元龙译，汪民安编：《生产》(第8辑)，南京：江苏人民出版社，2013年，第3页。

系下，非裔悲惨的历史境遇与客体化命运是导致忧郁情感滋生的重要原因。

首先，历史上，黑人的被迫迁徙以及随之而来的失去家园、亲人和自由，是导致非裔美国人群体忧郁的起因。从奴隶贸易时期开始，无数的黑人被迫远离非洲故土和亲人，踏上充满失去的血泪之旅。有研究指出，仅仅是从被贩卖，横渡大西洋，最后到达美洲前，每五个被贩卖的奴隶中最多只有一个能活着到达美洲。① 中间航道的惨烈、奴隶制的暴力与如影随形的失去之恐惧使美国黑人世世代代背负着未能治愈的种族悲伤，也使得整个非裔种族与忧郁情感有着天然的联系。在小说中，科拉的外婆阿贾里是奴隶贸易的幸存者，她作为个体承载了非洲黑人被迫迁徙的悲惨命运。在巨大利益的驱使之下，欧洲的殖民者和奴隶贩子在非洲大陆以买卖、拐骗以及绑架等方式肆意掠夺黑人，迫使他们远离故土，造成无数黑人的忧郁之殇。小说开篇提到，白人突袭队在阿贾里的村庄中"先绑走了男人，又在一个月明之夜返回村庄，掳去妇女小孩，两个两个地上了镣子，一路步行，押往海边"(3)。然而在被运至美洲种植园之前，这些被掠夺的黑人已经失去了太多。阿贾里的父亲因为跟不上长途跋涉的步伐，"奴隶贩子便拿起大棒敲他的脑壳，又把他的尸首丢在路边"(3)。此外，运奴船上极其恶劣的环境，以及对故土与家人的思念，致使大量的黑人在旅程中丧命。阿贾里一次次以拒绝进食或者投海尝试结束自己的性命，因为"底舱有毒的空气，幽闭的昏暗，还有那些和她拴在一起的奴隶发出的尖叫，都在图谋把阿贾里逼向疯狂"(4)。

如果说被动的颠沛流离带来的情感压抑是非裔忧郁的一大源头，奴隶制体系则直接剥夺了黑人的主体性，加重了美国黑人的忧郁情

---

① 吴秉真：《非洲奴隶贸易四百年始末》，《世界历史》1984年第4期，第87页。

感。奴隶制剥夺了黑人的尊严,让黑人彻底沦为沉默的客体,承受着巨大的失去之痛,进而加深了忧郁情感。哈特曼(Saidiya Hartman,1961—)指出,"奴隶制意在摧毁黑人奴隶的主体性,使他们沦为白人权力和压迫下单纯的客体"①。首先,奴隶贸易直接造成了黑人被客体化的悲剧。在大西洋贸易的各个环节中,黑人作为一种商品会经过多次转手,按照价值进行变卖与交易。例如,阿贾里被多次易主,像货物一样任由挑选与买卖,"来自海岸各地的商人和掮客聚集在查尔斯顿,检查货物的眼睛、关节和脊柱","他捏她的乳房,查验她是不是已经进入花季,金属触碰到她的皮肤,她感觉到冰凉。她被烫上了火印……然后人家把她和当天其他采购所得拴在一起"。(5)显然,阿贾里作为货物完全失去了作为人的尊严。其次,美国南方种植园经济剥夺了美国黑人的主体性,使他们深陷失去的痛苦和忧郁。19世纪中期,奴隶制种植园经济迅猛发展,当黑人历尽种种磨难来到北美种植园后,他们成为奴隶主的私有财产,奴隶存在的意义在于为奴隶主创造更多的经济价值,而奴隶主有权任意处置黑人,黑人的生命、家庭等珍视之物随时都会丧失。譬如,黑人青年西泽与父母亲被转手卖到不同的种植园中,忍受着与家人的离别所带来的痛苦,他时常想象着"父亲在佛罗里达的地狱里砍甘蔗,伏身大锅,蒸着肉身的躯壳……母亲背着麻布,跟不上进度,九尾鞭正在撕烂她脊背上的皮肉",他似乎看到了父亲母亲的下场,至此"他在这个世界上都已是孤身一人"(262),成为一个客体、一个任人宰割的黑人奴隶。更有甚者,奴隶制还极大地破坏了黑人的相互联系,造成了黑人内部的竞争、对抗与分裂,使得黑人中更为弱势的群体尤其黑人女性更加举步维艰。科拉的母亲为了保护年幼的女儿科拉不得不忍受黑人工头

---

① Eva Tettenborn, *Empowering the Past: Mourning and Melancholia in Twentieth-Century African American Literature*, Ph. D. diss., Binghamton University, 2002, p.28.

的多次侵害；在母亲逃离后，年仅十岁的科拉不仅要承受着白人奴隶主的奴役，也面临着黑人同伴的各种欺凌：被驱逐到"伶仃屋"、被抢夺菜园、被其他黑奴强暴等等。事实上，黑人家庭也遭到了极大的破坏。在兰德尔种植园中，所有奴隶的婚事都是由奴隶主"亲自安排和批准，以确保男女般配和优生优育"（53）。黑人家庭的形成，也不过用于满足奴隶主扩充劳动力的需求。可见，奴隶制体系中的奴隶贸易、种植园经济以及家庭、性别关系的异化造成了黑人的主体性丧失，黑人成为绝对的他者，其身体与命运都被他人掌控，承受着巨大的失去之伤。

最后，为维护奴隶制度，白人奴隶主以各种方式或掩饰或压制黑人奴隶的情感诉求，剥夺他们哀悼的权利，使得黑人无法完成与失去记忆的分离，无法摆脱忧郁。兰德尔种植园主詹姆斯允许大家为老黑奴乔基举办一年两次的生日宴，这种看似恩赐之举其实质是白人奴隶主维系奴隶制的一种方式而已。奴隶主希望借由节日的氛围，粉饰黑人悲伤与不满，希望他们在纵情娱乐中忘却被压迫的命运。寿宴上虚假的欢快，可以"化解许多的愤懑"，使得黑人"沉迷于短暂自由的漩涡"。（33—34）另一方面，奴隶主用残暴的方式压制黑奴们情感的表达。在小黑奴切斯特面临残酷毒打的关键时刻，科拉扑上去保护了小男孩，最终使得她自己被奴隶主打得皮开肉绽。随后切斯特又经历了多次暴打，小小年纪的切斯特明白作为奴隶的生存之道，他"再没跟科拉说过一个字"（42）。黑人被剥夺了生而为人的情感表达，从而失去了情感通道，无法释放愈积愈深的忧郁情感。

总体而言，黑人作为奴隶被迫迁移的历史造就了非裔无法摆脱的忧郁，在奴隶制体系的多重压迫之下，黑人进一步被建构成没有情感的"物"或"商品"，因而忧郁成为这一时期非裔群体中普遍存在的一种情感特质。

三、忧郁之力与情感共同体的建立

忧郁情感是日常存在的一部分,也是一种生存的策略。"这种防御策略可以帮助重构身份以及与逝者一道参与各种以他们的名义或者以生者的名义发起的斗争。"[①]换句话说,忧郁蕴含着一种积极的力量,因为在与失去客体的不断的爱恨交织之中,非裔挑战了奴隶制的话语逻辑的基础,即黑人的客体化,同时也不断打破自我隔离的状态,积极建构与外界的情感纽带,探寻族裔生存与发展的路径。

首先,忧郁促成了忧郁主体和失去客体之间的另类沟通,使得那些被官方历史忽视与遗忘的客体得以在重新记忆中"重生",同时也推动忧郁主体科拉重构与祖辈的情感联系,收获前行的力量。作为从西非贩卖到南方种植园的第一代黑人女性,外婆凭借着"她的不屈,她的毅力"(330)为自己在种族、性别与阶级的压迫下赢得方寸的自留地。虽然种植园历经风雨变幻,"但是阿贾里的地依旧留在中心位置,纹丝不动,像个桩子一样,深深地扎下了根"(16)。阿贾里在残酷的现实中不断探索生存的原则,用自己的方式守护家人,而科拉认为外婆的幽灵给她和母亲提供了庇护。小说中极具冲击力的一个场景是瘦小的科拉挥舞着斧头,击碎其他黑奴对外婆留下的菜地的觊觎,因为科拉记得"外婆曾经警告,谁敢在她的地盘上胡来,她一准给那家伙开瓢儿"(22)。这种穿越时空的场景再现,展现了祖孙两代之间的血脉相承,让我们得以感受到非裔女性在困境之下的坚守。虽然科拉怨恨母亲的不辞而别,但是深埋于心间的对母亲的爱与思念,使得她形成了对母亲的一种忧郁式认同。这种认同首先表现在对母亲留下的小菜地的守护,因为忧郁主体往往将对失去客体的认同投射到外在

[①] David L. Eng and Shinhee Han, "A Dialogue on Racial Melancholia", in David L. Eng and David Kazanjian, eds., *Loss: The Politics of Mourning*, Los Angeles: University of California Press, 2003, p.363.

之物。① 科拉悉心照料小菜园，菜园的存在仿佛证明时间未曾流逝，母亲未曾远去；而科拉一次次为这方小小土地而战的勇气彰显了对母亲抗争精神的承继，她不再被动接受命运安排。② 艾丽斯·沃克指出，花园（garden）不仅仅是实实在在的花园，"也是后代黑人女性精神和心灵能够得以慰藉的家园"③。这块菜地从阿贾里到梅布尔，最后传给科拉，是联结家族的纽带，代表着非裔精神的延续。此外，母亲置之死地而后生的出逃行为一开始就在年幼的科拉心里深埋一颗反抗的种子。正如弗洛伊德所言，执念使得主体不自觉地吸纳了部分客体到自我身上，并且以失去客体自居。④ 所以，当面临生命威胁时，科拉最终同意了西泽逃亡的邀请，"这一次发声的是她母亲"（9）。从某种意义上，她用自己的逃亡之致敬母亲的"传奇"，延续母女亲情。总而言之，在科拉对外婆和母亲的忧郁式执念中，几代非裔女性的忧郁故事重新被讲述、被铭记、被哀悼，她们跳出失去客体的静默，成为科拉重构主体性的重要力量。

其次，忧郁促使科拉意识到她与非裔同胞共同的生存困境，促使她回归黑人群体。⑤ 非裔群体命运休戚相关，只有团结互助，才能最终获得真正的救赎。这种种族内部的共情与互助也使得非裔情感共同体的雏形得以显现。故事开始，科拉在充满恶意的世界中孤独前行，

---

① Nicholas Abraham and Maria Torok, "Mourning *or* Melancholia: Introjection *versus* Incorporation", in Nicholas T. Rand, ed., *The Shell and the Kernel: Renewals of Psychoanalysis*, Vol. I, Chicago: The University of Chicago Press, 1994, p.125.

② Patrycja Antoszek, "The Neo-Gothic Imaginary and the Rhetoric of Loss in Colson Whitehead's *The Underground Railroad*", *Polish Journal for American Studies*, no.13 (Autumn 2019), p.275.

③ 孙丙堂、杨锐：《艾丽丝·沃克作品中黑人女性美学表述探析——以〈寻找我们母亲的花园〉为例》，《安徽理工大学学报》（社会科学版）2016 年第 6 期，第 61 页。

④ 何磊：《西方文论关键词：忧郁》，《外国文学》2017 年第 1 期，第 83 页。

⑤ 刘亚舟：《非裔美国作家科尔森·怀特海德〈地下铁道〉中科拉的身份分析》，武汉理工大学硕士学位论文，2019 年，第 III 页。

成为一个沉浸于忧郁之中的流亡者。但是,在与伶仃屋其他非裔女性的共情与互助中,她逐渐感受到久违的温暖。被放逐于伶仃屋的女性皆被失去的忧伤所裹挟,但深处困顿之中的她们依旧对举目无亲的科拉伸出了援手。在科拉遭到黑人男性的暴力伤害后,她们为科拉做了缝合;当科拉被白人奴隶主鞭打后,她们"用盐水和泥敷剂打理她皮开肉绽的身体,并确保她吃下东西"(44)。这一切使得原本孤独又敏感的科拉感受到关爱与守护,逐渐敞开了封闭的心扉,所以在她决定与西泽逃亡后,她跟伶仃屋的女人做了无声的道别,还将自己所有的家什都留给了她们。可以说,生活的困苦与情感的重负让这些悲惨的非裔女性情感相依,让她们在黑暗的深渊中发现并紧紧抓住点滴的光亮与温暖。伶仃屋原本代表着失去的忧伤,但黑人女性之间守望相助使其凝聚为一种姐妹情谊的象征,为那些饱受生活摧残的黑人女性"提供了某种形式的保护"(61),让她们不受争斗和密谋的伤害。除此之外,科拉还开始与黑人男性实现情感和解,勇敢建立与异性的亲密关系。可以说,种族主义和父权制的合谋使得黑人男性变得丑恶,把他们异化成种族主义的帮凶,对黑人女性施于诸多的身心暴力。例如,黑人工人布莱克强势霸占科拉的菜地,尔后科拉又遭受了南半区两个黑人男性的性侵,使得她一度反感与惧怕与黑人男性有任何亲密的接触,认为"有些时候,有色人的同胞同样会把你生吞活剥"(61)。即使后来科拉与一起逃亡的伙伴黑人青年西泽之间渐生情愫,她也一直不敢正视自己的情感。然而,当西泽被捕后,科拉无法遏制对他的思念。失去西泽的忧伤使科拉感受到爱的珍贵,从而使她更珍视自由民黑人罗亚尔的爱,学着与他分享曾经失去的悲伤与愤怒,"这是科拉第一次学会释放情感以及谈论创伤"①。简言之,在忧郁情感的驱使

---

① Teresa Belled Pérez, *Abuse, Sexuality and Trauma in the Antebellum South: An Intersectional Approach to Colson Whitehead's The Underground Railroad*, Universidad de Zaragoza, FFYL, 2020, p.25.

下，科拉逐渐地打破内心隔阂，重拾爱的能力，并且在反思自我中之间修复与非裔同胞的关系。

最后，忧郁促使黑人和白人在携手中增进彼此的了解，在情感联动中践行族裔融合的尝试。科拉和西泽逃亡计划得以落实部分归功于诸多白人废奴主义者的帮助，然而，浸淫在种族主义的暴力之中，科拉一开始无法信任对他们施予援手的白人。首先，白人店主弗莱彻痛恨奴隶制，冒着被判死刑的风险护送西泽和科拉去地下道，但是科拉一开始就对于弗莱彻的能力与善意表现出明显的怀疑："他帮助过多少奴隶？""怎么知道他不是在骗我们"（60）；弗莱彻离开谷仓站时拥抱科拉，科拉"禁不住往后躲了一下"（74）。这种下意识地躲避可以看作一种情感上的拒绝。后来在南卡罗来纳州，五金店老板萨姆因为紧急关头转移科拉而失去了自己的店铺，科拉开始感受到白人废奴主义者的无私奉献，也开始表达对萨姆的感激之情，当他们在印第安纳农场再次重逢时，科拉"主动紧紧地把他抱住，直到他求她松手。他们相拥而泣"（300）。到达北卡后，科拉藏身于马丁家狭窄闷热的斗室，她感受到这对白人夫妻战战兢兢之下的深刻恐惧，她对马丁说道："你生来就是那样吗，像个奴隶。"（189）19世纪上半叶，伴随着废奴运动兴起的是种族极权主义，"抓捕或者举报逃奴成为一种基本的社会共识和伦理规范"[①]。巡逻队肆意进入任何人的家门，寻找罪名，以公共安全的名义，做一番没有目标的抽查。"人们检举商业上的对手，陈年的世仇……孩子告发自己的父亲。"（187）不仅是黑奴，那些怀有善意的白人也暴露在巨大的审查与被处死的恐惧之中，同样成为暴力的受害者。失去自由的悲哀与对暴力来临的恐惧，使得黑人与白人都沦为"黑暗里的幽灵"（203）。别具象征意味的是，在经历了

---

① 庞好农：《从〈地下铁道〉探析怀特黑德笔下恶的内核与演绎》，《安徽师范大学学报》（社会科学版）2018年第5期，第143页。

这种情感的巨大转变后，科拉大病一场，当她醒来时，她发现自己躺在白人妇女埃塞尔柔软的床上。埃塞尔悉心照料生病的科拉，为她朗读《圣经》和历书上的文字。她开始享受与埃塞尔共处一室，"她喜欢这个女人的陪伴，埃塞尔走的时候，她皱起了眉头"（206）。这种跨越种族的情感上的互动促使科拉真正放下内心的戒备，绘制出族裔融合的最原初的图景。

概言之，虽然科拉被裹挟在失去家人、失去自由梦想的忧郁之中，但是却也在缅怀失去和哀悼挚爱的过程中，不断走出自我的忧伤与封闭，寻找与祖辈、与黑人同胞、与白人的情感联系，建构黑人族裔内部的爱与守护的情感共同体，探索开展跨族裔间的沟通与合作的可能。

小结

在《地下铁道》中，科尔森·怀特黑德以主人公科拉的忧郁情感为主线，叙说非裔遭受的失去之痛和忧郁之伤，折射出奴隶制背景下美国黑奴的生存境遇和联合抗争。非裔的忧郁情感在推进超越代际、性别与族裔的情感共同体建构中发挥着重要的作用。然而，需要指出的是，虽然"怀特对种族融合的态度是积极的、明确的"[①]，但是并非所有的忧郁叙述都必须在缅怀失去中走向绝对的圆融。本节所探讨的《地下铁道》并没有为读者呈现传统意义上的圆满结局，而是为读者留下一个充满可能性的阐释空间。科拉的逃亡最终结果走向何方，她是否能够最终收获自由，这些问题怀特黑德并没有给出一个确切答案，因为沉湎于过去也不意味着种族伤害可以被彻底忘怀，或者

---

① 史鹏路：《历史重构与现代隐喻：怀特黑德的〈地下铁道〉》，《外国文学评论》2020年第2期，第238页。

创伤可以被完全修复。但是，回望与正视过去，是正确认识当下，开启未来的必经之路。正如怀特黑德所言，虽然系统性种族歧视依旧存在，"但是，你必须保持希望"①。正是保有对未来的希望，非裔文学家们才始终不渝地关注本族裔负情感问题的产生和注重情感共同体的搭建。美国奴隶制时期结束后，非裔群体的代表性负情感类型和情感共同体构成有了新的变化，这些变化也自然而然在非裔文学作品得到了新的呈现。

第二节 《爵士乐》中美国城市新黑人的孤独

作为美国文学的良心和非裔文学的翘楚，诺贝尔文学奖得主托妮·莫里森在小说《爵士乐》中对20世纪初城市化进程中非裔群体集中出现的新的负情感问题和非裔共同体的新形态做了深入思考。在小说中，19世纪末20世纪初从美国南方乡村移居至北方城市的黑人特雷斯夫妇，因为北方种族隔离甚嚣尘上，不得不蜗居在纽约逼仄的黑人聚居区中，陷入了孤独状态。为了排遣孤独，丈夫乔与年轻黑人女子多卡丝发生婚外恋，又因其情感背叛将其射杀。最终这场枪杀悲剧引起特雷斯夫妇及黑人聚居区里黑人民众的深刻反思，促使他们携手走出孤独的囹圄。本节结合20世纪20年代美国城市化历史语境，挖掘城市黑人的孤独情感表征，探讨孤独情感的社会历史成因及其正面力量。

---

① 程千千:《怀特黑德：始终书写美国种族史，但现实让我精疲力尽》，2020年6月23日，https://www.thepaper.cn/newsDetail_forward_7961686，访问时间：2022年8月19日。

一、城市新黑人的孤独

孤独（loneliness）指一种主体因离群索居或缺乏社交而生成的情感[1]，主要表现为主体缺乏人际沟通且长期压抑真实感情，随之产生而来的疏远和寂寞感[2]，在工业化时代和城市化背景中，孤独是一种主体所感受到的自我与他人的疏离感[3]。总体来说，孤独在《爵士乐》中，以乔和维奥莱特夫妇为代表的城市新黑人在北方都市里体验着浓厚的孤独感。在族裔内部，城市新黑人缺乏夫妻间、邻居间和不同代际间的情感交流，长年压制内心的真实感受。

首先，在纽约大都市打拼的乔和维奥莱特夫妻两人虽然都有强烈的情感需求，却很少同对方进行亲密接触和情感交流，在城市生活中抑制自己的感情表达，于是彼此在感情上渐行渐远，也愈发感到寥落。步入中年的乔胃口逐渐变得清淡，维奥莱特多年来烹饪的油腻食物已不再适合他的胃口，而维奥莱特给别人做头发后自己身上留下的烫发味道更是令乔极为恶心，因此乔逐渐对妻子避而远之。可是，希望吃到可口饭菜并与妻子亲昵的乔并没有将这些情感需求告诉妻子，而是将自己对妻子的情感期待转移到少女多卡丝身上。随着时间流逝，乔再也找不回身在南方家园和维奥莱特"一起开怀大笑"[4]的感觉，也难以回想起两人相恋、结婚、一起在城市里打拼的场景，只感到日益空洞无聊。维奥莱特的情感状态同乔相差无几。在许多夜晚，百无聊赖的维奥莱特总是"抱着个布娃娃睡觉"（136）。她曾主动找乔

---

[1] "Loneliness", *Oxford English Dictionary*, March 2022. https://www.oed.com/view/Entry/109969?redirectedFrom=loneliness#eid，访问时间：2022年4月22日。

[2] Fay Bound Alberti, *A Biography of Loneliness: The History of an Emotion*, Oxford: Oxford University Press, 2019, p.5.

[3] Fay Bound Alberti, *A Biography of Loneliness: The History of an Emotion*, pp.8, 30–31.

[4] ［美］托妮·莫里森：《爵士乐》，潘岳、雷格译，海口：南海出版公司，2013年，第37页。本节中，出自同一著作的引文，将随文标出引文页码，不再另注。

交流内心想法，但乔总是不耐烦地逃避话题。乔的冷淡态度让维奥莱特心灰意冷，她选择抑制自己的情绪，一方面同丈夫刻意保持距离、减少交流，另一方面将自己对亲密关系的渴求转移在鹦鹉身上，导致两人关系进一步恶化，最终形同陌路。

其次，夫妻二人与邻居们的交际大多围绕生意展开，多年来从未交流过城市生活的感触和体会，因此缺乏家庭之外的情感对话。在大城市里，乔成了一名并不热衷于推销的销售员，他"从不跟任何人太接近"，也"不能跟任何人说话"，而是沉默着陪伴着顾客，悄悄地让商品"兜售自己"。（128—129）维奥莱特是位接待了无数邻里顾客的理发师，但她的顾客"不理会她做些什么"（12），也不和她攀谈，于是她只好专心给顾客洗头发、做头发，借用工作排解心中的寂寞。乔和维奥莱特的邻居大多是城市化进程中从南方州迁移到北方的农民，来到城市后相互之间缺乏有效的情感沟通，非必要情况绝不交流，以免泄露以前的身份和经历被他人耻笑。在这种情况下，乔和维奥莱特都无法与邻居们自然和谐地交流，只能默默将自身感受埋在心里，与他人冷眼遥遥相望。

最后，不同代际的城市新黑人之间存在沟通障碍，满腹的心酸委屈无法通过平等共情的对话传递给对方，不得不独自承受感伤。多卡丝的姨妈爱丽丝在抚养多卡丝时以保护为名对其实行父权规训，而二九年华的多卡丝"抗拒着姨妈的保护和约束"（62）。观念上的冲突使得两代人始终无法真正理解对方，只好各自压抑自我，孤单地承受内心的苦痛。由此可见，在城市新黑人的家庭和社区中，城市新黑人彼此间的接触和交流极度匮乏，他们都长时间抑制自己的实际感受，沉浸在孤独情感中。

在族裔外部，蜗居在黑人聚居区一隅的城市新黑人始终处于主流社会的边缘地带，他们与白人的接触和联系更为稀少，缺乏与白人沟通情感的机会，由此更加感到伶仃寂寥。为了"逃避贫困和暴力"

(33),乔带着发财和平等的美梦来到城市奋斗多年,然而在白人眼里他的笑容仍然带有乡下人的痕迹,与城市格格不入。生性好斗的维奥莱特在城市中和白人房东斗智斗勇、和白人女性抢占座位,在白人看来表现怪异,令其避之唯恐不及。于是,夫妻二人从美梦中醒来,意识到这里的日子既不美妙也不好过,油然而生对城市的失望之情并将其压在心底,识趣地关上了与白人世界交流的心门。这样的生活和情感境遇让他们虽然身处喧闹繁华的大城市,却体会着一种"在一座方圆十五英里空无一人的森林里,或是一片除了活鱼饵做伴什么都没有的河岸上,都不可能想象出来的孤独"(136)。与他们一样,多卡丝的监护人爱丽丝在城市中也极少和白人接触或交流,因为白人把她视作祸患和瘟疫的源头而远远避开,甚至还要用纸巾擦拭她触碰过的地方。在这种情况下,爱丽丝不再愿意和白人产生任何交集,因为她感到大城市里安全地带极为稀少,那些白人聚集的繁华地带让她感到格外害怕。爱丽丝一方面在心底压抑着对白人的害怕感和愤怒感,另一方面又将对白人的警惕感化作对多卡丝的严格管教,教多卡丝"装聋充瞎",不允许多卡丝与"超过了十一岁的白人男孩"接触。(56)这样一来,多卡丝和白人男性可能接触的渠道被阻断。此外,多卡丝在学校还会遭到白人女同学的肤色歧视和排挤,失去了同白人女性接触的机会。长期与白人的隔绝让她的世界变得狭仄不堪,也让"她的全部生活都变得不能忍受了",但她不得不按捺自己的感情,忍受着这一切,幻想着躺在一个因为"光线微弱"而无法分辨肤色的地方。不难看出,希冀摆脱南方州种族歧视的城市新黑人来到北方的大都市后仍然被排斥在主流社会之外,他们鲜少有机会与其他族裔接触和交流,经年累月遏抑内心的失落与酸楚,难逃孤独感的侵袭。

由此可见,孤独是书中城市新黑人普遍流露的负面情感。在族裔内部,他们缺乏亲密接触和情感沟通,彼此逐渐疏远;在族裔外部,他们一直是主流社会的边缘群体,欠缺与白人沟通的机会与渠道。鲜有人际沟通的他们长期压抑情绪,备受孤独情感的折磨。城市新黑人之所以会在繁华喧闹的都市里感到异常的孤寂冷清,是因为这一情感囹圄的背后存在多重社会历史原因。

二、城市新黑人孤独的社会历史成因

深入美国社会和历史进行考察,我们会发现,在黑人族裔内部,南方集体主义传统的断裂,令城市新黑人在个人主义至上的城市生活中失去了黑人文化所推崇的集体主义,落入了只关注自我、漠视他人的狭隘格局中。这种生活方式的转变撕裂了黑人社群关系,制约了彼此的交往和沟通。同时,整个社会根深蒂固的种族主义为城市新黑人融入主流社会设置了重重阻碍,使得他们成为白人世界的隐形人和局外人,无法与族裔外界交流。特雷斯夫妇代表的城市新黑人北迁至纽约后,自身疏离了集体主义的文化传统,同时遭遇了城市中的种族歧视,这些因素严重影响了他们同族裔内外人们的接触和交流,致使他们滋生出孤独情感。

在黑人族群内部,南方集体主义传统的断裂导致城市新黑人失去了源自故土的情感枢纽和文化认同,同时城市中盛行的个人主义取代了黑人文化崇尚的集体主义,导致城市新黑人缺乏内在的凝聚动力,从而陷入个体的孤独之中。城市新黑人远离了南方家园代表的文化之根,失去了黑人集体主义的"生活与文化图景"[①]。黑人被北方城市的美好愿景诱惑,选择了背井离乡,渴望在北方实现自己的"美国梦"。[②]"丧心病狂的白人已经在家乡的每一条小路、每一个角

[①] 朱新福:《托尼·莫里森的族裔文化语境》,《外国文学研究》2004年第3期,第55页。
[②] 荆兴梅:《移民潮和城市化——莫里森〈爵士乐〉的文化诠释》,《英美文学研究论丛》2016年第1期,第217—218页。

落口吐白沫"(33),于是他们迫不及待地离开家乡,准备去向他们敞开怀抱的城市里"回报它的爱了"(32)。他们在驶向城市的火车上畅想未来的美好生活,满腔热忱地手舞足蹈,在"更强壮、更危险的自我"(34)的驱动下沉迷于欲望,很快就忘记了如何爱别人,也忘记了有着"布满鹅卵石的小溪"(35)、苹果树和日月星辰的家乡。可见,大城市的物质繁荣表面抚平了黑人创伤,却暗中通过资本异化了人性。[①]乔和维奥莱特被大城市蕴含的诱惑扭曲了自我,失去了基于故土回忆的文化认同和情感枢纽。

城市新黑人在推崇个人主义的城市生活中遗忘了黑人文化传统中的集体主义观念,导致黑人社群关系分化,这种分化进一步阻碍了族裔内部的交际互动。在 20 世纪初美国城市化进程中,美国经济焕发活力的同时,政治上却出现了惰性,"对公共福祉漠不关心或冷嘲热讽"[②],这种城市环境催生了只关注经济利益、漠视社会需求的个人主义风气。乔自诩为正派男士,却将婚姻中出现的问题全都归咎给维奥莱特,为了满足自己的情感需求有了婚外情。他还在维奥莱特主动交流时选择逃避,忽视妻子的情感需求,使得家庭关系降至冰点。维奥莱特本是位勤劳果敢的姑娘,却在城市里陷入了"黑暗的缝隙"(22)里,做出了偷窃别人孩子的疯狂举动。她采取了自私的手段来满足无法生育的自己对孩子的渴望,在事发后不仅没有感到羞愧,反而为了维护自我声誉而指责受害者。此外,受到个人主义影响的爱丽丝以监护人的身份管教多卡丝,甚至将多卡丝视作"自己的囚徒"(80),按照自己的意愿塑造多卡丝,却丝毫不在意多卡丝的感受和需求。不难发现,城市新黑人脱离了家乡和其代表的文化环境时,他们原本所推

---

① 郭昕:《"作为共同体的歌唱队":论莫里森〈爵士乐〉的古典叙事和都市生存策略》,《外国文学》2019 年第 4 期,第 44—45 页。

② Lawrence B. Glickman, "Rethinking Politics: Consumers and the Public Good during the 'Jazz Age'", *OAH Magazine of History*, vol.21, no.3 (2007), p.16.

崇和具有的集体主义精神为城市中泛滥的个人主义所吞噬，这种情况阻碍了他们的交往和沟通，造成族裔内部个体压抑，也撕裂了黑人社区关系，触发了城市新黑人的孤独情感。

在族裔群体外部，种族主义阻碍城市新黑人获得平等的权利，带来城市中的政治不公、经济剥削和文化歧视，造成黑人与主流社会之间出现不可逾越的鸿沟，进一步加剧了城市新黑人个体和群体层面的孤独情感。

首先，在城市化进程中，美国北方的大都市商业气息日渐浓厚，在经济腾飞的同时，社会公共服务却并没有起色，再加上北方城市中长期存在的种族歧视问题，城市新黑人难以获得政治方面的平等权益，在城市生活中始终处于被边缘化的位置上和孤立无援的精神状态中。作为城市新黑人，维奥莱特难以获得官方或者社会组织提供的职业培训和住房保障，因此她没有合法的营业执照和正规的理发店，尽管她的理发技术远比那些正规的理发师还要好，但是她的客源不断流失，理发获得的收入不断缩减。处于社会底层的城市新黑人的处境则更为糟糕，他们付不起昂贵的房租，只能住在秽臭的街道上，"被人违约辞退"（32）、随意撵走。在这种情况下，城市新黑人难以通过合法的职业技术谋生，这不免让那些怀揣发财梦、兴冲冲赶往城市的黑人灰心丧气，平添了他们在社会上的孤独无助感。

其次，在城市生活中，种族歧视导致的针对城市新黑人的差别定价，使得黑人难以在城市中享有平等的经济和政治权利，生活处境更加恶化。"商店把上城的牛肉价钱翻了倍，白人的肉价却稳住不动"（134），于是维奥莱特和乔在购买同样商品时不得不付翻倍的钱，但他们的工资又比白人少，这种不平等的经济地位以及没有经济保障的生活迫使他们远离主流社会，蜗居在城市的狭小角落里，更多地与本族群的同胞进行生意往来从而获得生存的物质资料。

最后，主流社会对于黑人传统文化的歧视使得城市新黑人的日常生活始终与城市主流人群处于割裂状态，加剧了黑人与主流社会的疏离感。主流文化认为黑人的音乐和舞蹈肮脏下作，"有害"且"令人难堪"(61)。然而，"黑人音乐是黑人文化价值、完整性和自主性的中心标志"①，更"是一种对自由表达的追求"②。主流社会对黑人文化艺术的贬低使得黑人放弃了对主流社会的最后一丝幻想，甘愿寂寞地生活在自己的世界中。这样看来，种族主义是造成城市新黑人与主流社会相分离，继而加重他们孤独感的又一要因。

在城市新黑人眼中，看似自由平等的北方城市是他们的希望所在，但城市美好的外表却是一触即破的幻影。黑人聚居区里的城市新黑人因远离南方故土而丧失了崇尚集体主义的文化传统，致使内部社群关系撕裂，难以在社区中寻求情感抚慰和帮助。他们生活在种族主义横行的城市之中，这里的政治不公、经济剥削和文化歧视加深了他们在城市中的疏离感，使他们本就颠沛流离的生活越发孤寂无助。于是，城市新黑人被逼入与主流社会分隔开来的黑人聚居区里，过着寂寥的局外人生活，普遍经受着孤独的困扰。

三、城市新黑人孤独的能动性

孤独是城市新黑人在美国城市化进程中丧失集体主义传统和遭遇种族主义压迫的情况下形成的消极情感，折射出19世纪末20世纪初由南方农村迁徙至北方城市的黑人群体的情感面貌。当主体感受到孤独时，他们不仅感到与他人的疏离和自我的落寞，还会通过释放情感、寻求情感价值的满足，从而走出孤独状态。这种情感的释放分为两步进行：第一，孤独者倾向于关注自我感受，不惜采取暴力的方式

---

① Paul Gilroy, *The Black Atlantic: Modernity and Double Consciousness*, Cambridge, Mass: Harvard University Press, 1993, p.90.
② 胡锦山：《二十世纪美国黑人城市史》，厦门：厦门大学出版社，2015年，第202页。

释放孤独导致的负面情绪[①]；第二，孤独者认识到改变现状、寻求融合的必要性，"开始与其他个体和群体建立关系"，在"不利的条件下"寻求新的情感联系[②]。在孤独情感的驱动下，《爵士乐》中的城市新黑人先通过非理性的行为释放了内心积累的负情感，继而意识到情感交流的重要性，在新的认识起点上共同迈入相互理解、彼此支持的情感共同体之中。

首先，孤独促进城市新黑人在不堪承受负情感之重时以粗暴的行为将之释放，随后认识到个体之间合作的必要性，为建立情感联系打下基石。在维奥莱特得知乔的婚外情并向乔询问多卡丝的情况时，乔顾左右而言他，这让维奥莱特感到不快。其后，维奥莱特变得越来越沉默，无法控制自己的行为，甚至会将一把刀丢在鹦鹉笼里。后来，维奥莱特的负面情绪不断积累，她会在街上做出突然坐下、捂眼打滚的异常行为，也曾试图偷走别人的孩子并发出疯狂的大笑。从古怪行为到偷窃孩子，维奥莱特对他人的攻击性逐渐变强，若说前者还是无伤大雅的个人举止，后者则必须有外界介入才能制止她的行为。然而，他人的冷眼旁观让维奥莱特的情绪上升到疯狂的极点：她闯入多卡丝的葬礼，企图用刀残害死者的尸体。维奥莱特的情绪爆发可以说是长期压抑的自我淋漓宣泄的体现。与此同时，乔也经历了从压抑到释放的过程。他先将婚姻中出现的沟通不畅的问题推到妻子身上，试图通过不道德的婚外恋来排解自己的孤独，沉浸在不切实际的爱恋幻想中。在多卡丝移情别恋后，他不得不面对自己的真实情感状态，于是他通过枪杀情人来释放内心积压的所有情感重负。负情感的集中宣泄打破了维奥莱特和乔原本极度压抑自我的状态，让他们获得瞬间的

[①] John T. Cacioppo, et al., "Evolutionary Mechanisms for Loneliness", *Cognition & Emotion*, vol.28, no.1 (2014), pp.10–11.

[②] Ibid., p.16.

快感和满足,但放空负情感后,两人无言相对,孤独依旧,乔整天不说话,维奥莱特对着多卡丝的照片发呆。接着,平复了情绪、恢复了理智的两人也开始反省自己和他人的关系。他们不约而同地回顾起一同从南方来北方闯荡的艰辛岁月,以及自己和伴侣在这一迁徙过程前后的变化,发现他们在物欲横流、种族主义嚣张的城市生活中迷失了本真的自我,也失去了曾帮助他们战胜重重困难的夫妻间的相濡以沫和理解支持。这也让他们了解到自身极端举动和夫妻关系紧张的源头,促使他们认识到单靠自我封闭和情感释放无法真正消解心中的孤独,而要"用你所剩的一切去爱"(118—119)。这样的新的认知推动他们打破夫妻关系的僵局和社会关系的局限,为改善城市新黑人的人际关系、建立情感共同体奠定基础。

其次,孤独推动城市新黑人在释放负情感并认识到个体合作的意义后,尝试在族裔内部构建纵向和横向的情感共同体,从而改变彼此疏离的现状,跳出孤独的圈囿。从纵向上看,不同年代的黑人女性开始对话,共同寻找城市新黑人自我拯救之路。释放了负面情绪之后,仍处在孤独中的维奥莱特与多卡丝好友费莉丝偶遇并惺惺相惜,她们自此经常进行面对面的交流,费莉丝不断宽慰维奥莱特,告诉维奥莱特乔始终深爱着她,而维奥莱特不仅请费莉丝吃饭,还要给她免费剪头发。这样的交流让维奥莱特获得巨大的精神鼓励,助其重新振作。此外,维奥莱特还在想象中抚慰心中的创伤记忆。譬如,母亲跳井自杀给她带来心理阴影,她会想象自己怀抱婴儿,用新生命的光芒照亮记忆中阴暗可怖的井底;她会在脑中和死去的多卡丝交谈,将自己原本对多卡丝怀有的愤怒化为友善。可见,不同代际的黑人女性在现实和虚拟的对话中握手言和,共同应对20世纪初美国城市化进程中城市新黑人所面临的情感危机和生存困境。从横向来看,孤独使得城市新黑人通过主动联系他人和交流彼此情感形成了基于理解和支持的新社区。在多卡丝死后,孤独情感下的维奥莱特多次登门拜访多卡丝的姨妈爱丽丝，她们都曾经被爱人背叛，也都饱受孤独之苦，有着共同语言的她们交流着过往生活经历，共同缅怀逝去的多卡丝，原本难以独自消化的悲伤和抑郁在开怀大笑中释然，两人成了好友。同时，孤独中的维奥莱特也积极修复夫妻感情，不再对乔视若不见、寡言相向，而是关心乔晚间是否会回家、有什么想吃的。宣泄了情绪后的乔也逐渐将寄托在多卡丝身上的情感转移到现实生活中。此时，依然停留在乔内心的孤独迫使他思考家庭内外的关系，走出令人窒息的情感困境。于是他找到新的工作，主动维护公寓楼附近的清洁卫生，同社区和社会重新建立积极联系。随着维奥莱特对乔态度的改善，乔也改变了对维奥莱特消极应付的态度，向妻子走近，两人开始了情感上的真诚交流和生活中的亲密接触，"互相讲述他们喜欢一遍遍听的那些个人的小故事"（238），一起在自然的风中和音乐中享受人生，还和朋友们一起享受闲暇时光。最为重要的是，维奥莱特和乔一起回忆和缅怀着作为"黑人家园和文化母体"[①]象征的南方故土，这种对精神家园的怀念和回归帮助他们加强个体与黑人文化的紧密联系，在精神层面上形塑黑人新社区。以上横向和纵向维度情感共同体的建立，增进了黑人个体间的联系，也增强了黑人对自己社区和文化的归属感，抵御城市化对黑人集体主义传统的侵蚀和种族主义对黑人的迫害。从这个角度来说，在孤独情感的驱动下，城市新黑人携手共建相互理解、彼此支持的情感共同体。

小结

综上，20世纪初的美国，黑人背井离乡来到北方都市，遭到城

[①] 荆兴梅：《移民潮和城市化——莫里森〈爵士乐〉的文化诠释》，《英美文学研究论丛》2016年第1期，第222页。

市化对黑人集体主义传统的残害和种族主义对黑人权益的蚕食,成为城市中寂寥无依的孤独原子。《爵士乐》聚焦这群城市新黑人的孤独情感,为世人展现了这一时期黑人的情感面貌和族裔困境,也让人们了解到孤独蕴藏的能动性。正是在孤独的驱动下,城市新黑人释放了负情感,意识到合作的重要性,最终采取积极的行动去构建相互理解、彼此支持的情感共同体,合力抵御城市化对人的情感异化和种族主义对人的情感隔离。虽然孤独有效地促进城市新黑人在城市化进程时期化解负情感,并从族裔内部纵向和横向两个维度组建情感共同体,可是到了民权运动之后,随着种族主义的日益系统化和隐蔽化,黑人的生存和精神境遇并未得到实质性的改善,其身上集中爆发的负情感问题和应对负情感问题的情感共同体形态在非裔文学家的书写中又有了新的转变。

第三节
《唱吧!未安葬的魂灵》中黑人女性的恼怒 [①]

出生于美国南部腹地小镇、两次问鼎美国国家图书奖桂冠的非裔青年女作家杰丝米妮·瓦德继承了南方黑人"为沉默的苦痛和仇恨呐喊,为邻人的友善和关爱发声" [②] 的文学传统,将自己在当代美国社会的种族体验融入作品创作之中,"重新想象并放大南方穷苦黑人的

[①] 本节内容曾发表于《外国语言与文化》2022 年第 2 期,原题为《恼怒的救赎:〈唱吧!未安葬的魂灵〉中美国黑人女性的恼怒情感》,本书收录时略作修改。

[②] Alice Walker, *In Search of Our Mothers' Gardens: Womanist Prose*, Orlando: Harcourt Brace Jovanovich, 1983, p.21.

生活和声音"①，在作品中有力地展现黑人在当代社会遭遇的负情感问题，并积极地寻求解决这一问题的情感共同体良方。她的最新折桂之作《唱吧！未安葬的魂灵》讲述了黑人女性莱奥妮带着一双混血儿女北上，接回刑满释放的白人爱人，途中遇到了一个黑人少年的游魂，游魂遗忘了自己的遇害经过，一直四处漂泊，尾随莱奥妮一家回到南方的家，了解了自己的毙命真相并最终安息。整个故事在混血儿子、黑人母亲、黑人游魂的叙述视角间不断切换，立体地呈现事件全景和人物全貌，是触摸民族伤痛和社会疮疤的悲歌，是寻找精神家园和生存意义的牧歌②，是抚慰精神创伤和情感之殇的灵歌。在美国的历史文化语境中，黑人女性无疑是弱势群体中的弱势群体，也自然是负情感的集中载体。那么，这类群体凸显的负感情有何症候、因何而来，又蕴蓄何种积极动能？本节将基于倪迢雁的负情感（ugly feelings）视角来探析小说中黑人女性罹患的恼怒（irritation）情感的表征和源头，并借助哲学家德勒兹的"生成-文学"（becoming-literature）思想来探寻恼怒的救赎功能。

一、"美国的困境"之下的黑人女性恼怒

恼怒是倪迢雁阐释的七种负情感之一，指一种有悖常理的不悦心境。③ 恼怒者遇到种族歧视等原则问题时表现得温和平静，没有上升为应有的愤怒；但在诸如房间味道难闻、食物不合胃口等琐事上瞬间

---

① National Book Foundation, "Judges Citation", 15 November 2017. https://www.nationalbook.org/books/sing-unburied-sing/，访问时间：2021年5月2日。

② 此处借用燕卜荪（William Empson）的牧歌（pastoral）概念，指以看似平常无奇的事来投射具有深远意义的普世性主题。See William Empson, *Some Versions of Pastoral*, New York: New Directions, 1974, p.11.

③ Sianne Ngai, *Ugly Feelings*, pp.174-179.

动怒，即刻产生明显的身体不适感（如肢体疼痛）。恼怒可归结为"在该发火的地方不发火，在没必要发火的地方大动肝火"①，并将感情诉诸身体感觉。恼怒的产生并非偶然，而是根植于自美国奴隶制时期以来形成的"美国的困境"②，即美国社会一方面尊崇并倡导道德和理性，另一方面又非道德且不理性地对待黑人。这种双重道德取向造成黑人沦为政治、经济、文化上的他者，久而久之滋生出恼怒情感。在瓦德笔下，黑人女性莱奥妮身上随处可见"美国的困境"中衍生的恼怒痕迹。

首先，在"美国的困境"之下，黑人的基本权利被剥夺，族裔身份遭歧视，这导致他们压抑感情、失去自尊，因此莱奥妮在关乎社会正义和人格尊严的问题上反应得冷静甚至大度，显示出"在该发火的地方不发火"③的恼怒特征。作品中，莱奥妮的挚爱胞兄吉文在年少时的狩猎比赛中惨遭白人对手枪杀，而凶手却在律师的帮助下，得以从轻发落。这映射出"美国的困境"所引致的"价值间关系中的社会难题"④，如个人自由和社会平等的悖论、普遍的理想信念与实际的群体利益的冲突。一旦这些价值间关系在具体实践中出现分歧对立，"美国的困境"里的道德偏向就令黑人比白人更可能失去生命权和自由权，也更不可能得到司法保护。如统计数字显示，黑人在种族冲突中被枪杀的比率是白人的 2.5 倍。⑤不仅如此，犯法的黑人不论成年与否、罪行轻重，都会被监禁，如小说中十二岁黑人少年就因偷了块

---

① Sianne Ngai, *Ugly Feelings*, pp.182-184.
② 诺贝尔奖获得者、瑞典社会学家默达尔（Gunnar Myrdal）在 1944 年发表了研究美国种族关系的著作《美国的困境：黑人问题和现代民主》(*An American Dilemma: The Negro Problem and Modern Democracy*)，提出"美国的困境"的概念，认为这一困境实际上指涉美国社会的道德困境。
③ Sianne Ngai, *Ugly Feelings*, p.182.
④ 陈映芳：《"种族问题"是种族的问题吗？》，《读书》2018 年第 11 期，第 66 页。
⑤ 钟声：《枪击案凸显美国种族问题困境》，《人民日报》2016 年 8 月 9 日第 3 版。

咸肉而被关押；相较而言，白人只有犯下杀人的重罪才可能坐牢，即便如此，他们仍能像杀害吉文的凶手那样花钱雇律师助其减刑。这种政治上的他者处境给黑人造成莫大伤害，不得不压抑真实情感来面对难以承受又无力改变的现实。正因如此，莱奥妮为恼怒情感所裹挟，回忆起哥哥的惨死，她没有对凶手严厉斥责，平静得仿佛只是个毫无干系的旁观者。此外，"美国的困境"还催生并固化了对黑人的歧视。早在1667年，美国法律就"将所有黑白两性关系产生的后代都法定为私生子"①，时至20世纪90年代，仍有33%的白人不赞成黑白通婚②，并"把混血儿的出生归因于黑女人道德观松懈"③。小说也提到，莱奥妮带着两个孩子同他们的白人爷爷奶奶相见时，遭到了对方的冷遇和谩骂，孩子爷爷频出"黑鬼婊子""滚他妈的皮肤"④等侮辱性言语。于是，对黑人文化身份的他者化锤击了黑人的自尊。由此，面对白人的诋毁，为恼怒情感所包围的莱奥妮毫无激烈的情感反响，只礼貌地说了句"很高兴见到你们"（203）便离开，在理应拍案时"化愤怒为祥和"。莱奥妮在涉及社会公正和个人尊严原则问题上的不以为意清晰地体现出"美国的困境"所触发的黑人女性的恼怒状态。

其次，在"美国的困境"之下，黑人生存和情感需求被漠视，这造成黑人缺乏基本生活保障和社会支持与关怀，导致他们在生活中爆发攻击性情绪，故而莱奥妮在与家人朋友的日常相处中总是愤怒难

---

① ［美］埃里克·方纳：《美国历史：理想与现实》，王希译，北京：商务印书馆，2017年，第138页。

② Adalberto Aguirre Jr. and Jonathan H. Turner, *American Ethnicity: The Dynamics and Consequences of Discrimination*, New York: McGraw-Hill Higher Education, 2001, p.67.

③ 吴新云：《身份的疆界：当代美国黑人女权主义思想透视》，北京：中国社会科学出版社，2007年，第190页。

④ ［美］杰丝米妮·瓦德：《唱吧! 未安葬的魂灵》，孙麟译，北京：中信出版集团，2021年，第200—201页。本节中，出自同一著作的引文，将随文标出引文出处页码，不再另注。

当，呈现出"在没必要发火的地方大动肝火"①的恼怒特质。莱奥妮家境贫困，以至于全家在严寒的天气中只能烧柴御寒。这在位列全球供暖率之首的美国并不常见，因为高达94%的美国居民采用天然气、电力、石油、液化气取暖②。此外，莱奥妮历经数次重大家庭变故，豆蔻年华之时兄长被杀，桃李年华之际爱人离去，而立之年母亲身患绝症无钱医治。对于莱奥妮家这样的贫困少数族裔单亲家庭，作品中并未提及任何社会公共服务的帮助。这恰恰喻指了现实生活中相应资源的缺失和社会关怀的不足。以上细节透露出，正是在"美国的困境"下，整个社会对黑人需求的漠然置之才会令黑人在遭遇生活困难和精神重创之时落入孤立无援的境地，滋生并淤积负情感，再在小事上集中爆发。这点上，最明显的莫过于恼怒情感下的莱奥妮对待两个孩子的暴虐态度。给三岁女儿洗澡时，莱奥妮会无缘无故对她发怒："我大把地揪起她的头发，用抹布推掉她脸上的污水、灰尘和眼泪，我很用力地推着，因为我太生气了。"(139)与十三岁儿子相处时，莱奥妮经常会"狠狠地抽"他，"巴掌渐渐重得像拳头"。(111)诚然，生活中不乏对儿女严格管教的"虎妈"，但她们并不似莱奥妮这般朝子女毫无理由地暴怒。恼怒中的莱奥妮对弱小孩童怒火连连，对成人也毫无二致。当莱奥妮好友抱怨莱奥妮女儿呕吐味道难闻时，莱奥妮旋即怒气冲天，"我想给她个耳光。我想冲她大吼"(93)。不难看出，莱奥妮在琐事上对亲朋的勃然大怒再次暴露了"美国的困境"所引发的黑人女性的恼怒状况。

可见，在"美国的困境"中，莱奥妮受到非道德和不公正的对待，其权利与尊严遭到践踏，基本生活没有保障，精神上孤独无助，最终

---

① Sianne Ngai, *Ugly Feelings*, p.184.

② Office of Energy Efficiency & Renewable Energy, "Home Heating Systems". https://www.energy.gov/energysaver/heat-and-cool/home-heating-systems，访问时间：2021年5月2日。

陷入恼怒的情感沼泽。质言之，黑人女性的恼怒源自也投射出"美国的困境"，是弱势群体对美国社会"应然"和"实然"状态巨大反差的情感回响。

二、恼怒与黑人女性主体的重构

不可否认，"美国的困境"是造成无数"莱奥妮"恼怒的根本原因。不过，恼怒虽属负情感，却并非一无是处，它具有诊视的功能兼具一定的治疗功效。恼怒的表征呼应其诊视功能。恼怒者常常面对原则问题显得冷静克制，对生活琐事反而容易怒不可遏，似乎麻木压抑且心胸狭隘。然而，进一步观察恼怒则可以帮助我们修正初步印象，洞察到恼怒实为弱势群体逼仄的生存状态和病态社会沉疴的镜像。更重要的是，恼怒在运行过程中并未停留于诊视阶段，而是继续产生出一系列救赎功能。

根据德勒兹针对弱势力量的生成文学思想[①]，"所有的生成都是一种生成-弱势"，"生成-难以感知者是生成的内在目的"[②]。具体来说，文学作品中主体通过逃逸的方式对居于统治状态的强势力量进行持续的弱势化创造，即不断地辖域、解域、再辖域和再解域，其中既包括解构强势力量对主体的规约，也包含超越实际可感知的世界，以新的感知方式和视角来建构新的生命连续体。由此可见，第一，恼怒外在

---

① 德勒兹发明了一系列术语来勾勒他的学术思想，"生成"（becoming）指不断创造差异存在的运动，"生成-难以感知者"（becoming-imperceptible）指超越可感知世界和领悟不可感知的生成，"辖域"（teritorialisation）指不同因素构成有边界的整体，"解域"（détteritorialisation）指对现存整体边界的突破和创造，"逃逸"（fuite）指绘制从封闭的权力结构中逃离的地图。参见［法］吉尔·德勒兹、菲利克斯·加塔利：《资本主义与精神分裂（卷2）：千高原》，姜宇辉译，上海：上海书店出版社，2010年。

② ［法］吉尔·德勒兹、菲利克斯·加塔利：《资本主义与精神分裂（卷2）：千高原》，姜宇辉译，第395、412页。

的微弱力度使恼怒者在原则问题上呈现出克制的态度，构成一种解域性的新型对抗策略。因为直接对抗会造成对抗双方"不断巩固自己领土的密度来增强自己的强度"①，要么激化问题使之陷入僵局，要么导致恼怒者纠结于原则问题做出极端举动，因而并不可取。譬如，瓦德曾谈及在学校遭遇白人同学种族主义挑衅的经历，当时那位同学对她开种族主义玩笑，试图诱使她情绪失控，但她洞悉了对方意图，所以表现得若无其事，未让对方得逞。②这可以被视作恼怒在"生成-弱势"上的一次成功实践。第二，恼怒内在的绵延性使恼怒者在新的社会场域中再辖域，即随机迁怒于各类生活琐事。第三，由于"人类精神世界发展的起点是感觉"③，也就是说，身体的感觉是人初始、本真的感觉，直抵人的心灵深处，故而迁怒于琐事后产生的身体不适感会激发恼怒者新的认识，再次解域。概言之，恼怒的一大救赎在于它不仅可以促进主体不断冲破现有权力结构的规训和束缚，还能够唤醒"美国的困境"中被客体化、他者化身体的敏锐知觉，进而超越该困境下产生的负情感，最终获得主体意识的重构。

在"美国的困境"之下，种种遭际和不公对待在莱奥妮的生活中接踵而至，于是莱奥妮在恼怒的作用下不断生成新的感知方式逃逸，创造出延异的生命流动。在兄长遇害、爱人离弃和爱人父母羞辱之时，莱奥妮为表面力度微弱的恼怒所辖域，不去同强势力量做正面碰撞或直接对抗，因此她没有哭天抢地、怨天尤人，也没有愤怒回击、拼命厮打，而是以吸毒和喝酒的方式来麻痹心中的悲伤和郁闷，在毒品和酒精产生的幻境中逃离现实的苦痛，并用"这个世界就是这副样

---

① 葛跃：《德勒兹生成文学思想研究》，合肥：安徽教育出版社，2014年，第204页。
② Emma Brockes, "Jesmyn Ward: 'I wanted to write about the people of the south'", *The Guardian*, 1 December 2011. https://www.theguardian.com/books/2011/dec/01/jesmyn-ward-national-book-award，访问时间：2021年5月2日。
③ 杨岚：《人类情感论》，天津：百花文艺出版社，2002年，第4页。

子"(100)的人生感悟来宽慰清醒时的自己去接受现实，从而获得暂时的解域。可是，这并不意味着莱奥妮的恼怒情感已经得到化解，在老母亲病逝、儿子对自己表达不满时，莱奥妮再次被恼怒辖域。她随即迁怒于死去的母亲和哥哥还有一旁的儿子，此时的她"眼睛里面，鼻子后面，喉咙下面燃起一团火"(263—264)，想去抽醒永远也醒不过来的母亲和活不过来的哥哥，并将所有的愤恨化为沉重的巴掌扇在儿子的小脸上，"打了一下，再一下"(264)。然而，打在孩子身上，也痛在她的身上，她敏锐地体察到"疼痛划开我的手掌，砰地钻进我的手指"，这种强烈的身体感觉帮助她连接到记忆里曾对孩子的温柔爱抚，也唤醒了她尘封已久的亲情意识和压抑多时的本真情感——"我想抱住他，用手掌摸摸他的头，就像他还乳臭未干时那样，我想告诉他，我们是一家人"(264)，这些全新的感知帮助她最终冲破了恼怒的包围，实现了再解域。可见，她从身体的疼痛中所感知的血浓于水、骨肉相连的亲情乃是超越自身负情感的关键因素，促使她获得了新的认知和主体意识。在作品结尾处，再解域后的莱奥妮已经开始重新思考自己的身份，她在考虑如何做个好母亲，又如何做个好女儿。主动发起对身份的探求和自我的重塑有力地反映出莱奥妮摆脱了恼怒的围困，步入了重构主体意识、重新塑造自我的轨道。

由上观之，恼怒能够推动黑人女性从"美国的困境"造成的他者状态中恢复身体的本真感知和感情的真实表达，进而重构自我主体意识，重塑自我身份。需要指出的是，虽然恼怒在莱奥妮身上发挥了一定的正面作用，但这并不意味着人只要恼怒，就会自然而然地生成新的积极感知。实际上，"生成-弱势"离不开主体原本坚毅的人生信念。黑人的社会处境磨炼出他们坚强不屈、乐观向上的性格，而莱奥妮继承了这些黑人的宝贵品质，历经苦难依然愿意相信"这个世界也许还是给渺小的人留点小幸运，有时还留有一点同情"(100)，正是这股信念的力量支撑她顺利开启了重构主体意识的新征程。

三、恼怒与族裔内外沟通理解

除了对恼怒者本人的直接疗效,恼怒另一救赎功能在于,它还从某种程度上架起群体间的沟通桥梁,促进恼怒者与族裔内外群体的沟通和理解,缓解"美国的困境"对整个社会造成的负面影响。根据"生成–难以感知者"的生成规律,生成不仅需要主体的绵延流动,还离不开"流之间的结合"①,也就是主体对外凝聚其他力量,生成流淌着异质性和多样性的新合力,共同对抗强势力量的控制。恼怒情感下的莱奥妮实现了与子女、父母和白人爱人的沟通理解,这鲜明地体现出恼怒实践了"生成–难以感知者"的这一规律,发挥出促进群体沟通的救赎功能。

从族裔内部来看,恼怒促使黑人代际间、同性间和异性间加深了解、增进对话,进而提供支持。莱奥妮的恼怒情感使得她经常对自己的子女动怒,以致于她的儿子平时看到她时会赶紧避让,以免遭到她的毒打,甚至对她产生误解,认为母亲讨厌自己。但是在儿子的记忆中,莱奥妮在他很小的时候温柔体贴,同他一起唱歌、看电视、玩秋千,在他害怕的时候抱住他、安慰他。所以,母亲如今的性情大变、粗暴凶狠让他颇为不解,他也很想找到这背后的原因。当儿子成长过程中亲身经历了白人警察的暴力执法和白人爷爷奶奶的歧视冷遇,并从长辈那里了解到黑人族群在"美国的困境"中的受难史后,他生成了新的内心和身体感觉,"我想我能理解莱奥妮。……我能感同身受。手发痒,脚想踢,胸口上下起伏。有种不安的感觉,越来越强烈。……有如空中朝我抛来的球"(271)。这是他第一次真正体会到莱奥妮的恼怒,同自己的母亲有了精神上的共鸣,进而消除了心中对

---

① [法]吉尔·德勒兹、菲利克斯·加塔利:《资本主义与精神分裂(卷2):千高原》,姜宇辉译,第223页。

莱奥妮的芥蒂，增进了母子间的感情。如果说莱奥妮的孩子是在有过一定的人生阅历后才理解自己的母亲，那么莱奥妮的母亲作为过来人早在莱奥妮出现恼怒情感不久便开始给予莱奥妮更多的包容和支持。莱奥妮的母亲发现莱奥妮遇到小事情"总爱激动"（46）、不再关心自己孩子等恼怒症状后，就洞悉了女儿内心的煎熬。同为黑人，她明白女儿被其白人爱人的父母歧视和排斥的难堪与痛苦；都是女性，她了解女儿在理想与现实、个人与家庭间的苦苦挣扎。因为女儿从小成绩优秀，"拿着多是 A、B 得分的成绩报告单回家"（42），也曾拥有"成为一名与众不同的女性"（46）的远大抱负，但未婚先孕、成为单身母亲的现实让她不得不高中辍学，留在乡村酒吧打工养家，如此矛盾复杂的心理才使得曾性情温和的女儿同以前判若两人。在这种情况下，莱奥尼的母亲一方面耐心倾听莱奥妮的想法，肯定莱奥妮的选择，还鼓励莱奥妮遵循自己内心的感受，"爱你想爱的人。做你想做的事"（46），以此疏导莱奥妮的负情感；另一方面，她"千方百计地想把事情做好"（227），对孙子们尽力弥补恼怒情感中的莱奥妮所无法给予的母爱，在孙辈们对莱奥妮产生误会时提醒他们"她是爱你的。她只是不知道该怎么表达"（228），以此疏通莱奥妮母子间的隔阂。虽然莱奥妮的父亲不如莱奥妮的母亲那般细腻温婉，但了解女儿、疼爱女儿的父亲同样在莱奥妮陷入恼怒情感后尽自己最大的努力去帮助女儿。出现恼怒情感的莱奥妮不再用心照顾孩子，反而给孩子的身体和心灵造成伤害，这让莱奥妮的父亲气得"想扇她，可还是忍住了"（15），转而同莱奥妮的母亲一起代替莱奥妮照顾两个孩子，并且在莱奥妮与子女发生激烈冲突时予以及时制止与调解。可以看到，恼怒情感引起黑人族裔内部的重视和反思，增加族群内部代际之间、同性之间、异性之间的关心、理解和支持。

从族裔之间来看，恼怒触动了部分白人的良知，推动跨族裔的携手合作。以莱奥妮的白人爱人迈克尔为例。迈克尔曾经屈从父母之命，在儿子十岁、女儿快要出生的时候，离开了莱奥妮，搬回自己的白人父母家。在他搬走前夕，莱奥妮的恼怒情感爆发。挺着大肚子的她"揪起迈克尔的衣领把他拽了起来，响亮又实在地给了他一巴掌"，然后"声嘶力竭地喊着，气急败坏地喘着"。(9)但这并没有引发迈克尔的敌对和怨恨，反而让迈克尔意识到自己行为的不义，为此愧疚万分。他恋恋不舍地离开了莱奥妮，并向莱奥妮保证"我会回来的"(9—10)，而他之后也确实兑现了自己的承诺，回到了莱奥妮的身边，并带着莱奥妮和他们的孩子去和他的父母相认，努力让自己父母接受这段跨族裔的结合。接下来，当迈克尔的父母拒绝接受这段关系、恶意贬斥莱奥妮和他们的孩子时，莱奥妮的恼怒情感再次爆发，她以礼貌忍让的方式来回应迈克尔父母的羞辱。于是，父母的咄咄逼人、不近人情同莱奥妮的忍让大度、珍惜亲情形成鲜明对比，这让迈克尔彻底认清父母固守白人至上思想、无视亲情的面目，继而融入莱奥妮的黑人大家庭中，坚定地与莱奥妮并肩前行。这样看来，恼怒情感同样可以引发其他族裔的思想震动，带来族裔之间的融合。

综上，从一定程度上而言，恼怒又成为一种另类的沟通方式，引起恼怒者周边群体的关注和省思，最终达到族裔内部和族裔之间的共情和理解，有效缓解了"美国的困境"所造成的族裔内情感疏离和族裔间冲突对立。

小结

从负情感理论的视角来看，美国黑人女性莱奥妮的恼怒不单是黑人个体在"美国的困境"中遭到非道德和不公正对待的情感流露，还是黑人族群对美国社会"应然"和"实然"状态巨大反差的情感回响，更是促进黑人重获主体意识、增进族裔内外沟通理解的情感动力。一言以蔽之，恼怒源于"美国的困境"，它既是该困境的镜像，也是该困境的救赎。与此同时，我们更应清醒地认识到，恼怒也许可以在部分人身上发挥一定的正面效用，却远非解决问题的终极之道。

要真正解决"美国的困境"带来的种种问题，首先需要明确黑人问题的本原。不难发现，处于社会底层的黑人身上交织着多种身份，如单身母亲、低收入劳动者、低文化程度者等，这些身份与种族和阶级因素合力将黑人问题锁入恶性循环之中。该现象使得美国一些当权者、学者乃至普通民众将黑人问题的关注点由种族主义转移至阶级问题和结构性资源问题。对此，瓦德保持高度警惕。她明确表示，之所以选择奴隶制作为作品的旨归，是因为美国权力阶层总在否认奴隶制对现在的影响，声称种族主义已不复存在。[1] 从本质上来说，此举是对黑人问题要害的清醒认知和理性回归。

其次，针对"美国的困境"中各类纷繁复杂的价值关系，瓦德也在作品中进行过一定的探讨。她笔下的莱奥妮坚信白人爱人尊重她并爱她，所以才会奋不顾身地投入这段饱受歧视的跨种族爱情。这说明，尽管白人和黑人之间存在冲突和差异，依然存在相互理解的可能。正如政治哲学家以赛亚·伯林（Isaiah Berlin, 1909—1997）所言，虽然终极价值"并不都是可以公度"，但人类具有"最小量的、共享的道德基础"，可以获得某种最低限度的相互理解。[2] 在瓦德的眼中，莱奥妮和白人爱人携手并进的结局或许预示着美国的未来：在恪守普遍性行为规范的基础上，跨种族的结合和血脉终将推倒他者之墙，再造"新型归属感"[3]和新型情感共同体。可以说，瓦德聚焦于当代社会非裔普遍出现的恼怒负情感，构想出当代社会理想的情感共同

---

[1] "Jesmyn Ward: 'Black Girls are Silenced, Misunderstood and Underestimated'", *The Phil Lind Initiative*, 10 December 2019. https://lindinitiative.ubc.ca/2019/12/jesmyn-ward-black-girls-are-silenced-misunderstood-and-underestimated/，访问时间：2021年5月2日。

[2] ［英］以赛亚·伯林：《自由论》，胡传胜译，南京：译林出版社，2003年，第29、245页。

[3] Jesmyn Ward, "Cracking the Code", in Jesmyn Ward, ed., *The Fire, This Time: A New Generation Speaks about Race*, New York: Scribner, 2016, p.43.

体——族裔内代际深度沟通与跨族裔间深层融合的情感共同体。事实上，非裔文学家不仅深度思考当代社会的负情感问题和情感共同体，还对未来社会的负情感问题有着细致的观察和精准的捕捉，对情感共同体有着更为美好的憧憬和大胆的想象。

第四节 《天赋寓言》中的恐惧[①]

在对于未来社会负情感书写和情感共同体探索上，美国非裔科幻作家奥克塔维娅·巴特勒可谓一枝独秀、成就斐然。她既是美国首位因科幻小说而摘得麦克阿瑟天才奖桂冠的作家，也是第一位享誉世界、屡获科幻文学大奖的美国非裔女性科幻小说作者。她以非凡的想象力、敏锐的洞察力和深厚的共情力，写下针砭时弊、内涵深刻的寓言性作品，引起世人对"既关涉未来，也关乎当下和过去"[②]的社会问题的重视。巴特勒生前接受记者采访时曾明确表示，她"希望自己的作品可以让人们感受到黑人为了生存所承受的苦痛和恐惧"[③]。巴特勒问鼎星云奖最佳小说奖的《天赋寓言》淋漓尽致地展现了她的创作特色和写作志向。作品将故事的开始时间设定在2032年，此时的美国已沦为民不聊生的恶托邦——经济萧条、政治腐败、环境恶劣、道德

[①] 本节内容曾发表于《外语研究》2023年第4期，原题为《扼住暴力的喉咙：〈天赋寓言〉中的恐惧书写与美国的系统性暴力》，本书收录时略作修改。

[②] MacArthur Foundation, "About Octavia's Work", 1 January 2006. https://www.macfound.org/fellows/class-of-1995/octavia-butler，访问时间：2022年3月8日。

[③] Lisa See, "PW Interviews: Octavia E. Butler", in Conseula Francis, ed., *Conversations with Octavia Butler*, Jackson: University Press of Mississippi, 2010, p.40.

败坏,恶劣的生存环境给人们造成无所不在的恐惧感。主人公黑人女青年劳拉面对右翼极权迫害和灾害疾病肆虐,带领大家创建互助合作的"地球之种"社区,奋力维护地球物种的可持续生存,并将这种社区模式和使命传播至世界各地,最终实现了人类移居太空、驻扎宇宙的美好梦想。小说中人物的恐惧感从故事开始便弥漫于字里行间,不仅裹挟着劳拉这样的弱势群体,也同样笼罩在美国社会强势人群之中,成为不容忽视的情感底色,辐射出美国的社会弊端和人们对美好社会的想象。本节将立足《天赋寓言》中的恐惧书写,透过恐惧表象揭示美国社会的系统暴力,并从哲学家朱迪·史珂拉(Judith Shklar,1928—1992)的"恐惧自由主义"(liberalism of fear)视角论证恐惧的作用力与反作用力。

一、恐惧之象:弱势和强势群体的恐惧

美国恐怖、科幻与奇幻小说大师霍华德·洛夫克拉夫特(Howard P. Lovecraft,1890—1937)曾将"恐惧"列为"人类最原始、最强烈的情绪"①。根据《牛津英语大辞典》(*Oxford English Dictionary*),恐惧最早出现在《圣经·旧约》中,指"突然发生的可怕的事或危险"②。直到19世纪末,恐惧一直被西方哲学先贤和主流社会推崇为培育英勇无畏、舍身报国的高尚价值观的媒介,如亚里士多德在《尼各马可伦理学》中对恐惧做出高尚与卑贱之分,认为人们感到恐惧没有错,但是要在实现伟大目标时或崇高事业受挫时临危不惧。③ 然而,恐惧的内

---

① [挪威]拉斯·史文德森:《恐惧的哲学》,范晶晶译,北京:北京大学出版社,2010年,第32页。
② "Fear", *Oxford English Dictionary*, December 2021. https://www.oed.com/view/Entry/68773?rskey=3dju4H&result=1&isAdvanced=false#eid, 访问时间:2022年2月18日。
③ 转引自[英]弗兰克·菲雷迪:《恐惧:推动全球运转的隐藏力量》,吴万伟译,北京:北京联合出版社,2019年,第47页。

涵在 20 世纪上半叶出现了激烈的转变。随着世俗怀疑主义的增长和现代科学的发展，恐惧的道德属性和救赎功能消失殆尽，逐渐蜕化为一种对个人健康和社会进步不利的负情感和疾病症状，并成为心理学家和医学专家研究和治疗的重点。①20 世纪下半叶，将生存视为具有真正价值的生存第一主义观(survivalism)在美国社会大行其道，加重了人们的恐惧心理。20 世纪末，"恐惧文化"开始成为美国流行的日常生活用语，用来表达人们对不喜欢事物的不自在、不舒服、不安全感、无力感和受胁迫感。②与此同时，"恐惧政治"也频频进入大众视线，用于描述政治家有意识地操纵民众的恐惧感来实现其政治目的。在当前社会语境中，"恐惧"指人们因危险的不确定性(危险随时可能来袭、似乎存在却又无处得见)而产生的不安全感和对抵抗危险的脆弱无力感③，表现出对危险的怀疑和警备情绪，以及对自身能力的不信任。《天赋寓言》中充满了恐惧书写，无论是少数族裔、劳苦阶层和边缘人士的弱势群体，还是以美国权力机关为代表的强势群体，均展露出恐惧的情感特征。

从美国弱势群体的生存状况和情感体验来看，面对生存威胁和强权压迫，他们既提心吊胆又束手无策。小说中劳拉虽然在"地球之种"社区曾度过一段相对安定的家庭生活，但她经常做噩梦，梦见几年前家园被毁、家人遇害、自己逃命的惊魂一幕，从噩梦中惊醒的她"浑身汗湿，无法再次入眠"④。由于整个社会处于一片混乱，烧杀劫掠、绑架勒索的暴力犯罪时有发生，再加上劳拉邻居家遭遇了入室抢

---

① ［英］弗兰克·菲雷迪：《恐惧：推动全球运转的隐藏力量》，吴万伟译，第 64—70 页。
② 同上，第 5 页。
③ ［波兰］齐格蒙特·鲍曼：《流动的恐惧》，谷蕾、杨超、孙志明、袁飞译，南京：江苏人民出版社，2012 年，第 2、4 页。
④ ［美］奥克塔维娅·E. 巴特勒：《天赋寓言》，耿辉译，成都：天地出版社，2020 年，第 18 页。本节中，出自同一著作的引文，将随文标出引文出处页码，不再另注。

劫、满门被杀的灭顶之灾,这些可怕的事让劳拉意识到生命和家园岌岌可危,因而噩梦连连。危险近在眼前,但劳拉却感到无能为力,因为"我们斗不过杰瑞特总统。……杰瑞特总统甚至可以在毫不知情的情况下毁掉我们"(22)。这些暴力犯罪分子十字军恰恰就是强大的杰瑞特总统的拥趸,这更让劳拉对自身和同胞们的安全失去信心,加剧了她的恐惧。同样,劳拉同父异母的弟弟马库斯在日记中提到:"我小时候从没让人知道自己有多害怕未来,其实我看不见未来。……我的世界就是一个牢笼,我的一个兄弟敢于离开牢笼……外边的人抓住他,活生生割掉、烧光他身上所有的肉。"(123)他的内心独白展现了黑人男性对于个人生存和发展的惊恐、无奈和悲观,兄长被残害的尸体和凶险的社会环境吓得他失去了对抗危险的勇气,只能画地为牢。除了对生存威胁的恐惧,弱势群体也十分惧怕肆意践踏他们权利的强权。劳拉的女儿拉金刚出生三个多月就被十字军抢走,强行送给信奉右翼极端思想的家庭收养。平时,养父母不准拉金多说话,更不允许她思考和提问。更有甚者,养父会对其实施性骚扰,养母会对其大打出手。在这样的家庭中长大,拉金成年后不愿和任何人有些许的肢体接触,也不想和异性甚至家人保持亲密关系。尊奉右翼极端思想的养父母成为强权的象征,他们非但没有保护弱小的孩子,还冷热暴力相加,践踏了她的话语权、身体权乃至思考的权利,在孩子性格和情感形塑的关键时期扼杀了她的安全感。因此,长大后,拉金竭力避免与他人的身体和情感接触,缺乏安全感,害怕再次受到伤害。可见,在危在旦夕的生存环境中、在个人权利遭到严重损害的惶惶不安中,美国弱势群体,无论黑人女性、男性或者孩童,都无法逃离恐惧的牢笼。

从美国强势群体的角度来看,国家实力衰落,权力阶层深感力不从心,也表现出强烈的恐惧心理,充满了不安全感和无力感。小说中,杰瑞特当选为2032年美国总统,面对迫切希望恢复安定生活的美国民众，他不断发表煽动性演说，高喊"让美国再次伟大"（21），痛斥异教徒"是我国天然的毁灭者，是撒旦的倾慕者，他们诱惑我们的孩子……他们贩毒、放贷、偷窃、谋杀"（99），控诉已宣布独立的阿拉斯加是"叛徒为了私利想从合众国偷走广阔富饶的一部分，想把阿拉斯加的一切当作他们的私有财产"（175）。对不了解"异教徒"和"叛徒"的美国普通民众来说，这番论调不无道理；对民粹主义者而言，这些言辞更是让他们热血偾张。但实际上被杰瑞特极度妖魔化的"异教徒""是一顶包罗万象的帽子"，可以是"穆斯林、犹太人、印度教徒、佛教徒"，也可以是"摩门教徒、耶和华见证会会士，甚至是天主教徒"，还可以是"无神论者……或者生活宽裕的怪胎"。（20—21）连没有任何宗教信仰的无神论者都要被扣上异教徒的帽子，成为挞伐和戕害的对象，在巴特勒笔下，美国政府显然已经到了草木皆兵的程度，"宁可错杀一千，不可放过一个"。残忍滥杀暴露出政府治理的穷途末路，也激起了更大的民愤。阿拉斯加之所以会"叛变"，是因为它远离美国本土，一边受到美国政府的冷落和指手画脚，一边还要接受大量从美国本土涌来的难民，为美国政府的领导不力收拾烂摊子。阿拉斯加的自立门户不仅没有引起政府的反思，反而成为其发动战争的口实。劳拉的丈夫敏锐地发现美国政府发动战争的真正缘由——"表面上是为了抵抗邪恶的外国敌人，实际上常常是因为无能的国家领导者不知道还应该做些什么"（8）。因为"邪恶的东西令我们感到恐惧……而消灭邪恶则是一个道德问题"[①]，所以老谋深算的政客千方百计地"利用社会熟知的邪恶这种意识形态"[②]，来投机性地操纵人们的情感和行为。杰瑞特政权面对国内危机一筹莫展，于是嫁祸于国内邪恶的异教徒和危险的敌国，制造恐惧作为政治工具来转移公众

[①] ［波兰］齐格蒙特·鲍曼:《流动的恐惧》，谷蕾、杨超、孙志明、袁飞译，第60、62页。
[②] ［英］弗兰克·菲雷迪:《恐惧：推动全球运转的隐藏力量》，吴万伟译，第31页。

视线、转嫁政府责任。美国政府的政治伎俩暴露出美国衰退的国力和衰朽的政权，暴露出强势群体一样处于不可避免的恐惧状态。

由上观之，恐惧成为小说中各类人物的情感底色，无论是在生存线上苦苦挣扎、备受强权凌虐的弱势群体，还是居高临下、咄咄逼人的强势群体，都表现得惶恐不安却又心余力绌。巴特勒曾表示，她不会去写那些实际上并没发生的事。[①] 所以，小说中的恐惧书写实际上是对美国社会整体生存状况和情感面貌的投射，而这一消极情感会在看似富足强盛、自诩自由民主的美国如此泛滥，其中不乏深层的社会动因。归根结底，美国社会的系统暴力是导致小说中各方恐惧的决定性因素。

二、恐惧之源：美国社会的系统暴力

透过《天赋寓言》中的恐惧表象深入美国的社会根源，会发现弥漫在美国社会各个角落的系统暴力（systemic violence）[②]。系统暴力指的是社会结构和社会机构对人们造成持续的伤害，导致人们无法获取基本的生存需求[③]，具有系统性、暴力性和隐匿性的特征。"系统性"呈现出其内在于社会经济秩序和政治秩序架构的特点，"暴力性"体现在其借助社会经济和政治制度将一部分人排斥于同等权利的享有之

[①] Octavia E. Butler, "'Devil Girl from Mars': Why I Write Science Fiction", *MIT Media in Transition Project*, 4 October 1998. https://www.blackhistory.mit.edu/archive/transcript-devil-girl-mars-why-i-write-science-fiction-octavia-butler-1998，访问时间：2021年9月16日。

[②] 最早出现在1969年挪威社会学家约翰·加尔通（Johan Galtung, 1930—2024）发表的论文《暴力、和平与和平研究》（"Violence, Peace, and Peace Research"）中，采用"结构暴力"（structural violence）的说法，"该暴力嵌于社会结构中，表现为不平等权力，继而表现为不平等的人生机会"，简言之，这指的是一种社会不公正状况。See Johan Galtung, "Violence, Peace, and Peace Research", *Journal of Peace Research*, vol.6, no.3 (1969), pp.167−191.

[③] Vincenzo Ruggiero, *Visions of Political Violence*, New York: Routledge, 2019, p.11.

外①，又由于该暴力"内在于事物'正常'状态的暴力，就像物理学里的暗物质"②，因此还极具"隐匿性"，不易被察觉和发现。

一般来说，弱势群体更有可能被剥夺权利和生命，或被社会经济和政治制度强加了重重限制而无法改变现状③，是系统暴力最直接的受害者。首先，美国的经济和政治制度形成共谋，不择手段地侵吞弱势群体的劳动成果，剥夺他们的基本权利，对弱势群体构成系统性的压制和迫害。例如，社会中的经济和政治制度常常一同刻意忽略弱势群体的生存需求和生命权益，对其施加冷暴力。作品中提到，由于全球变暖，灾害性天气如洪水和飓风频发，疾病和传染病如伤风、流感、百日咳肆虐。对于普通人而言，医疗物资如破伤风膏药和抗病毒疫苗却"贵得离谱"（432）。与此同时，"没人保护童工"，"流浪者、病人和吃不饱饭的人也没有官方的救助"，大量"能够抵御病害、火烧和气候变化"的红杉树被政府卖给外国资本砍伐盈利。（25，96，69）这些情节均映射出整个社会奉行经济利益至上，罔顾弱势群体的需要，缺乏针对弱势群体的经济和政治保障制度。而这些制度上的缺失正透露出美国设计制度时的别有用心，使得系统暴力变得极为隐蔽。作品的创作和发表阶段正值克林顿政府的第二届任期，此时的美国新自由主义和新保守主义之势正猛，共和党人已把持众议院多数议席，其元老金里奇推行了大规模放松对经济、环境和劳工权益管制的改革，大幅缩减社会福利，竭力维护精英阶层权益，于是出现了"后里根时代资产阶级的无产阶级化"④。小说里无家可归或生活窘迫的人

---

① Vincenzo Ruggiero, *Visions of Political Violence*, p.12.
② ［斯洛文尼亚］斯拉沃热·齐泽克：《暴力：六个侧面的反思》，唐健、张嘉荣译，北京：中国法制出版社，2012年，第12页。
③ James Gilligan, *Violence: Reflections on a National Epidemic*, London: Jessica Kinsley Publishers, 2000, p.99.
④ ［波兰］齐格蒙特·鲍曼：《流动的恐惧》，谷蕾、杨超、孙志明、袁飞译，第174页。

们来自原本辛苦劳作且温饱自足的工薪阶层，经济萧条、社会动荡和遭遇天灾人祸之时，政府坐视不管，于是他们每况愈下，走投无路之时只能出卖自己的劳动力，与强势群体如资本家签订经济契约来讨生活。这时，经济和政治制度继续沆瀣一气，通过制定和实施偏袒强势群体利益的政策来褫夺弱势群体的基本权益。作品中谈到，本该保护劳资双方利益的经济契约"实际上只是另一种不付出或少付出就让人工作的方法"（42）。因为公司过度收取工人的食宿费用，发放仅能在公司商店消费的微薄的代用币薪水，造成工人一直劳动却始终入不敷出，而且工作时间越长、亏欠公司债务越多。人们一旦签订契约开始工作，就沦为永世不得翻身的债奴，最后如商品般被资本家自由买卖，成为"用完即弃的劳动力"（42）。故事里描述的债奴制度一方面影射了美国为了最大限度地榨取工人的剩余价值，在经济制度上做足了手脚，挖空心思对他们层层盘剥，使得"在资本主义社会，对工人的剩余劳动或未付酬劳动的榨取是隐而不现的"[①]；另一方面也揭露了资本主义社会生产资料的私有制迫使人们沦为获取利润的工具和任由交易的商品，"把人的尊严变成了交换价值"[②]，遑论人的身体自由权和生活保障权。除此之外，债奴如若拒绝工作便会被判刑入狱，若逃跑或身故则父债子还，自己的子女就会成为新的债奴。这意味着，这种与美国立国原则和法治精神大为相悖的债奴制度非但没有被禁止，反而得到国家法律的支持和庇护，进而以合法的身份长久地延续下去。可以说，债奴制度不仅暗示了黑人奴隶制在当代美国社会"转入地下发展"[③]的真实状况，更是暴露出"资产阶级用来束缚无产阶级的奴隶

[①] ［美］约翰·罗尔斯：《政治哲学史讲义》，杨通进、李丽丽、林航译，北京：中国社会科学出版社，2011年，第339页。

[②] ［德］卡尔·马克思、弗里德里希·恩格斯：《共产党宣言》，中共中央马克思恩格斯列宁斯大林著作编译局编译，北京：人民出版社，2014年，第30页。

[③] Juan Williams, "Octavia Butler", in Conseula Francis, ed., *Conversations with Octavia Butler*, p.169.

制的锁链"①。由此看来,美国剥削人的经济制度和压迫人的政治制度相互勾结,或一同刻意忽略或联手肆意褫夺弱势群体权益,致使弱势群体丧失基本权利,也失去了改变自身状况的能力,陷入惶惶不安却又无可奈何的恐惧情感中。

在美国的经济和政治制度对弱势群体合力施暴的同时,科技成为暴力的帮凶,让暴力方式更隐蔽,暴力程度更剧烈。小说中,有人发明了一种被称作"奴隶项圈"的新型电子监控设备,只需轻触按键,就可以惩戒和驯服他人如债奴,使其在电击般的疼痛中丧失意志、奴性缠身,为主人的经济需要和政治需求卖命。但是这个设备不会在受暴方身上留下任何伤痕,也不会使之轻易毙命。因此,最新的科技成果让强势群体的施暴行为越加简便,也更不易留下犯法的证据,而弱势群体遭受的暴力折磨更为痛苦,自身权益却更难得到维护。从某种程度上来说,"奴隶项圈"充满了暴力的隐喻,象征着在美国影响面广、伤害性大、隐蔽性强的系统暴力。弱势群体身处系统暴力的包围中,其基本生活权益和公民权利不断遭到强势群体的侵害,不可能不滋生对个人生存和强权迫害的恐惧。

其次,系统暴力在对弱势群体肆意施暴的过程中形成了对强势群体的反向暴力。美国的系统暴力在将弱势群体逼入绝境的同时,引发弱势群体的暴力反抗,继而危及强势群体的统治,引起强势群体的恐惧。如政治哲学家汉娜·阿伦特(Hannah Arendt, 1906—1975)所观察到的,"暴力行为与一切行为一样,都给世界带来变化,但最有可能的转变是一个更加充满暴力的世界"②。在作品中,实施极权统治的白人十字军曾将劳拉与其他"地球之种"社区成员以及社会上流离失

---

① [德]卡尔·马克思、弗里德里希·恩格斯:《马克思恩格斯全集(第2卷)》,中共中央马克思恩格斯列宁斯大林著作编译局,北京:人民出版社,1957年,第464页。
② [美]汉娜·阿伦特:《暴力与文明:喧嚣时代的独特声音》,王晓娜译,北京:新世界出版社,2013年,第28页。

所的人强行奴役了十七个月。在此期间,十字军强占他们的土地、身体和劳动果实,抢走他们的孩子,强迫他们每天背诵《圣经》。十字军的倒行逆施让受奴役的人们深感作为人的基本尊严丧失殆尽,与其生不如死,不如奋起反抗。于是"地球之种"社区成员埃默里,在十字军杀害她的丈夫、拐走她的儿子之后,率先展开行动。她杀死了两名十字军战士,然后割腕自杀。随后,黑人流浪汉戴维·特纳领导了一场暴动,杀死了不少十字军守卫,但起义以失败告终,戴维本人也被绞死示众。奴隶们接二连三的暴力反抗使得十字军对自己的统治极为恐慌,这从接下来他们对奴隶们穷凶极恶的惩罚手段上可见一斑:毒打、电击、每天连续十六个小时的高强度工作,直到奴隶们发疯。存在主义心理哲学的研究表明:"人无法忍受权力丧失带来的无能感,人们为了躲避无能感,不惜以暴力来证明自身存在。"① 从这个角度来看,系统暴力反向衍生出强势群体的不安全感和无力感,使得强势群体和弱势群体之间始终处于无休止的暴力循环中。

可见,《天赋寓言》中笼罩着人们的恐惧情感与美国根深蒂固的系统暴力息息相关。社会哲学家斯拉沃热·齐泽克(Slavoj Zizek, 1949—)曾一针见血地指出,"资本的自我驱动的形而上舞蹈操纵着系统暴力,它是导致真实生活发展和灾难发生的关键所在"②。换言之,资本乃是孵化系统暴力的温床。因为资本将"价值之不息的增值"③ 奉为唯一目标,缺乏对人类长远和高尚的价值引领,所以异化了人类存在的本质,破坏了人际关系的健康和谐。而在资本至上的美国社会,强势一方为了追逐资本的最大化对弱势一方实施系统暴力,

---

① [美]罗洛·梅:《权力与无知:寻求暴力的根源》,郭本禹、方红译,北京:中国人民大学出版社,2013年,第278页。
② [斯洛文尼亚]斯拉沃热·齐泽克:《暴力:六个侧面的反思》,唐健、张嘉荣译,第12页。
③ [德]卡尔·马克思:《资本论》(第一卷),郭大力、王亚南译,上海:上海三联书店,2009年,第90页。

导致受暴方的剩余价值、生命权利和生活权益被褫夺,活得提心吊胆,产生恐惧情感,而施暴方则因受暴方忍无可忍之时爆发的暴力反抗而担惊受怕,同样难逃恐惧情感的侵袭。

三、恐惧之力:消解系统暴力

恐惧折射出美国系统暴力的危害及其对整个社会情感的形塑。同时,恐惧主体在这一情感的推动下竭力探求出路,恐惧由此成为触发主体能动性的情感驱动力。哲学家朱迪·史珂拉提出有关"恐惧自由主义"的见解,认为恐惧作为普遍存在于人类的身心反应,可以指导人们的政治行为,促使其正视政治范围内的残暴不公,包括强者对权力的滥用和对弱者身心的蓄意伤害及权利的肆意剥夺,进而团结起来瓦解这些社会不公。[①] 在史珂拉看来,恐惧蕴藏着对个体和集体的激励作用,可以凝聚个体、统一行动,使得个体成为情感上的对等者,实现集体的自由民主。可以说,这是一种融约翰·洛克(John Locke, 1632—1704)的"个体自由"和汉娜·阿伦特的"公共自由"理想于一体的自由状态。作品中所刻画的"恐惧"情感恰如其分地践履了史珂拉的论断,显示出恐惧的反向推动力。

首先,恐惧激发了个体的主体性,唤起个人的危机感和行动力,为挑战系统暴力带来新思路。如约翰·洛克所说,"恐惧是有力的当头棒,将我们从迟钝麻木中唤醒"[②],它敦促个体警惕潜在危险、认清自身处境,进而采取应对措施,令其化险为夷,或防患于未然。以处于社会底层的主人公劳拉为例。在系统暴力的蹂躏下,劳拉一次又一

[①] Judith Shklar, "The Liberalism of Fear", in N. L. Rosenblum, ed., *Liberalism and the Moral Life*, Cambridge, MA: Harvard University Press, 1989, pp.21-38.

[②] [挪威]拉斯·史文德森:《恐惧的哲学》,范晶晶译,第93页。

次失去家人、家园、权利和尊严，油然而生对自身生存和外部强权的恐惧。这种强烈的不安感和无力感促使少女时代的劳拉苦思积虑，探寻解救自身和同胞的方案，萌生了以"上帝即改变"（God is Change）为核心的"地球之种"信仰，也鞭策青年时代的她不畏艰险、坚守初心，创建并发展"地球之种"社区。在劳拉构建的信仰体系中，"改变"（Change）才是万物唯一不变的生存法则。这意味着，倘若万物遇到生存的威胁，人们就要审时度势地谋求改变。她创建的"地球之种"社区就是对美国社会系统暴力翻天覆地的改变。与系统暴力通过经济和政治制度合谋侵害弱势群体经济权益和政治权利不同，"地球之种"社区反对无偿占有他人劳动成果、无端剥夺他人政治自由。这里鼓励成员结合自己所长选择"做农活、养动物、做买卖、上课、拾荒或做木工"（171），实现经济上的自立自强，同时提倡成员参与每周召开的社区民主集会，就社区公共事务发表自己的看法或同他人进行辩论，取得政治上的对话共商，从而使每位成员都自由平等地享有生活保障和社会权利。由于"地球之种"社区的经济和政治制度彻底颠覆了受资本支配、人压迫人的系统暴力，因此这里成为劳苦阶层免遭系统暴力侵害的美丽新世界。此外，恐惧还激起了社会上层人士埃尔福德夫妇的危机意识，唤醒了他们的人生追求。"美国一直以来的严重下滑"让他们"担心国家的发展道路"，杰瑞特总统对十字军的支持和发动的战争使他们认清暴力统治"不利于美国宪法，不利于美国大多数人"。（453，443，453）虽然他们生活优渥、知识广博、年富力强，可并不清楚该做点什么，又能做点什么，这加重了他们的恐惧感，也增强了他们寻找对策、付诸行动、突破现状的渴求。接触到"地球之种"信仰之后，埃尔福德夫妇为其通过消灭暴力、建立合作来扎根星际、延续人类生存的宏大使命所打动，觉得这是个"困难但是值得的目标"（453），可以施展个人才能，实现人生价值，并惠及自己的国家，因而正是他们需要和想要的。于是他们尽其所能地提供人力和物力支持这一信仰的传播和实施，推动"地球之种"社区的制度模式在更大范围内实施，从而减少了系统暴力覆盖区域。如此看来，恐惧情感可以促进个体在危难关头保持警醒，积极行动起来，为遏制系统暴力提供新路径。

其次，共同的恐惧感促使弱势群体内部联合起来，冲破系统暴力的牢笼，又在一定程度促成强势和弱势群体树立一致目标，汇成和而不同、休戚与共的命运共同体，在实现共同目标的过程中携手消解系统暴力，走向和谐共生。在劳拉创立"地球之种"信仰之后，众多与她一样深受系统暴力之苦的贫苦民众认同和追随这一信仰，并在她的带领下共同兴建第一个"地球之种"社区，对生存和强权的强烈恐惧将他们凝聚成弱势群体内部的情感共同体。但很快，十字军袭击并奴役了"地球之种"社区，实行了极权统治，致使劳拉和其他社员过着朝不保夕的生活，惶惶不可终日。然而，这份恐惧并没有令他们放弃生的希望，反而触发了他们（尤其是社区中那些原本对"地球之种"信仰将信将疑的人）的集体认同感，增强了他们为重获自由而奋斗的信念，激励他们于危难关头"保持团结，共同努力，相互支持"（230）。恐惧中的他们冒险搜集有关敌人弱点的情报，颓丧伤心时互相打气，抓住各种机会筹划集体越狱，最终齐心协力地粉碎了十字军的法西斯统治。劫后余生的"地球之种"成员对十字军仍心有余悸，害怕再次落入极权统治的魔爪，这种巨大的担忧坚定了他们巩固和发展"地球之种"社区的决心，悉力壮大抵挡系统暴力的共同体力量。此外，恐惧不但汇集同一群体内部的个体力量，更让不同群体求同存异，建立起和而不同的情感共同体。故事结束时，劳拉创建的"地球之种"信仰和社区模式已走出美国，在世界范围内受到人们的普遍欢迎，由初创时劳苦大众的小型避难所发展为吸纳了"律师、医生、记者、科学家、政客"（438）众多精英人士的全球性社区，人类也实现了移居太空、维系地球物种存续的宏伟目标。研究表明："人类开始认识到所有人都害怕同一件事物，他们之间存在共同点，这就是社团的起源。"①作品中，"地球之种""提供全人类生命保险"的长远目标让人们深刻意识到"人类——和每个物种——所面对的分化—扩张—灭亡的进化循环"，同时，如此"庞大、复杂、困难甚至激进的"使命又使得单个群体感到势单力薄。（454，51，413）在这种情况下，对未来人类可能灭绝的畏惧和对自身有限实力的惶然为不同群体的互助合作提供了契机。而要实现互助合作，造成强势群体和弱势群体陷入暴力循环和对立分化的系统暴力就成为众矢之的。于是，为了整个人类长久的生存发展，强势群体放弃了凭借系统暴力实现资本最大化的狭隘目标，纷纷要求加入弱势群体建立的破除了系统暴力的"地球之种"社区，弱势群体也不再囿于抵御暴力、吃饱穿暖的眼前目标，向强势群体敞开"地球之种"社区的大门。在彼此平等共享经济和政治权利的基础上，强势和弱势群体勠力共建跨越阶层、种族、性别和国界的情感共同体来履行使命，这种平等关系和深度合作从根本上杜绝了系统暴力。由此可见，恐惧推动个体汇聚成群体，不同群体构建起多元共生、包容差异的情感共同体，为消除系统暴力融汇新力量。

恐惧的积极动能表明，尽管恐惧会让人忐忑不安和脆弱不堪，但同样激起个人的主体性和群体的团结力。它有如激荡人心的警报，敦促个体直面其在系统暴力压迫之下的危险处境，又如动人心弦的情感集结号，将不同的个体和群体凝聚在同一目标下共同行动，为抗击和消除系统暴力生发新思路、融合新力量。

小结

《天赋寓言》中的故事虽然发生在未来，但巴特勒接受采访时

---

① ［挪威］拉斯·史文德森：《恐惧的哲学》，范晶晶译，第115页。

一再强调,这部作品并非预言书(prophecy),而是个警示性故事(cautionary tale)①,提醒人们不能再对社会痼疾坐视不理、放任不管,也不能墨守成规、不思变革。这部作品让我们看到在貌似强大、富足的美国,其弱势和强势群体都生活在不安全感和脆弱无力感交织的"恐惧"之中,这种"恐惧"源于嵌入美国社会经济和政治秩序结构中的系统暴力。"恐惧"既投射出美国社会的系统暴力直接威胁到个体和群体生存,也反向激发了个人主体性的重获和集体凝聚力的爆发,最终建立起跨越阶层、种族、性别、国界的情感共同体,为抗击和消除系统暴力生发新思路、融合新力量。历史的车轮滚滚向前,其间人类社会发生沧桑巨变,但从美国奴隶制时期到可预见的未来美国社会,非裔生存境遇和负情感状态却仍未得到显著改观,因此非裔文学家对非裔负情感的书写和情感共同体的探索还在继续。

本章结语

综上可见,非裔文学家的作品中对非裔负情感问题和情感共同体的书写跟随社会历史语境的变迁发生嬗变。一方面,非裔突出表现出的负情感的代表性和波及面渐次扩大。美国奴隶制时期,公民权利尽失、自由权利沦丧的黑奴们身份卑微、生活悲惨,无权状态下的他们无力言说心中的苦痛和辛酸,默默承受不断的失去所带来的悲伤,纷纷陷入忧郁情感的包围。南北战争砸碎黑奴身上的枷锁,此后直至民

---

① Juan Williams, "Octavia Butler", in Conseula Francis, ed., *Conversations with Octavia Butler*, p.168.

权运动，获得人身自由和公民权利的非裔，无论跻身中产还是身处底层，均被无处不在、明目张胆的白人种族主义赶入局促有限的黑人聚居区，不得不主动或被动地切断与主流社会的联系和互动，难以抵挡孤独情感的侵袭。民权运动虽部分地改善了非裔整体境遇，但根深蒂固的种族歧视、盘根错节的系统性种族主义已烙进美国的制度精神中，以更隐蔽和更具杀伤力的形式出现，因此民权运动之后非裔仍是刀俎上的鱼肉、社会中的弱势群体。不同以往的是，当下的非裔已不再限于自我内心的忧郁怅惘以及斩断与他人联系的孤独隔离，他们向外爆发出对待生活琐事和家人亲朋的恼怒，以新的方式展开与外界的情感沟通。此外，随着美国社会问题的积重难返和当权者的放任不管，在未来，非裔以及其他与非裔同病相怜的弱势群体会产生对外界危险的不安全感与对自我的不自信感交织在一起的恐惧情感，同时，诸如美国政府的强势群体也会因为自身的实力衰落和统治无能而处于恐惧之中。另一方面，非裔作家想象的情感共同体的广度和深度持续拓展。无论是美国奴隶制时期的"忧郁"、南北战争到民权运动期间的"孤独"，还是民权运动后的"恼怒"和"恐惧"，都映现出宽广的社会图景、复杂的人类问题和驳杂的情感世界。更具启发意义的是，从早期尝试族裔内性别间平等互助、代际间想象中的对话与跨族裔间初步沟通合作，到纵向开展族裔内代际间想象和现实中的交流与横向组建非裔社区支持网络，再到实现族裔内代际深度沟通与跨族裔间深层融合，最终发展为构建跨越阶层、种族、性别、国界的多元共生、包容差异的情感共同体，凡此种种对情感共同体的设计和想象饱含着非裔群体对负情感问题的深刻反思以及解决这一问题的奋力探索，折射出人类对美好生活的不懈追求和对和谐社会的美好愿景。

第三章

当代美国犹太小说中的负情感问题与情感共同体建构

自古以来，犹太民族被视作一个流散的民族，遭遇宗教迫害、种族歧视，长期饱受亡国之苦。然而，美国犹太人却以其独特的方式与美国其他族裔并存，在种族歧视猖獗的美国社会站住脚跟。当前，美国的犹太人有 600 万左右，仅占美国总人口的 1.9%，但就是这样一个少数族裔却操控着华尔街、统治着好莱坞，甚至操纵着全美大部分的新闻媒体，可以说，犹太人是美国政治、经济、科技、文化界的精英分子。美国犹太人当下的成就应当追溯到早期犹太移民对美国这片新土地所抱有的共同体想象与愿景。以祖克曼·迈耶（Nathan Mayer，1838—1912）、玛丽·安亭（Mary Antin，1881—1949）为代表的早期犹太小说家在《不同》(Differences，1867)、《应许之地》(The Promised Land，1912)等作品中寄托了早期犹太移民与美国同呼吸、共命运的共同体想象及将美国视作应许之地的理想。祖克曼·迈耶驳斥了犹太人不能拥有土地的观点，认为犹太人和他们的居住国是同呼吸共命运的，他们可以像本国人民一样捍卫自己的国家，甚至放弃个人自由，而这些观念在其小说中均得到了体现。玛丽·安亭的自传体小说《应许之地》讲述了早期俄裔犹太移民在沙俄时代俄国的遭遇，传达了犹太人对美国这片"应许之地"的无限憧憬。小说从早期犹太移民的视角表达了犹太人对美国这片再生之地的共同体愿景，即无论在情感上还是在道义上都将自己视为美国社会的一分子，将美国视为文化皈依之地。小说写道："不！不是我属于过去，而是过去属于我。美国是最为年轻的国家，继承历史上所有的东西。而且，我是美国最年轻的孩子，传到我手中的是她所有无价的遗产，直到最新的从望远镜中观测到的白星，到最新的伟大哲学思想。"① 需要指出的是，这些早期作品刻意忽略了美国社会对于早期犹太移民的歧视，也淡化了在社会底层打拼的犹太移民的惨痛遭遇，对于犹太人融入美国这一"应许之地"的过程抱以浪漫主义态度。

美国犹太人这一"共同体愿景"的建构经历了万千坎坷与磨难。事实上，在美国现当代社会中，美国犹太人内部、美国犹太人与美国黑人、美国白人之间的种族关系错综复杂。由于美国主流社会的文化同化和渗透、反犹主义风气与麦卡锡主义盛行，早期犹太小说家的共同体愿景几度濒临破碎。在融入美国主流社会的过程中，面对一系列复杂的种族困境与社会关系，美国犹太人的负情感体验颇为深刻。

20 世纪 20 年代起至"二战"期间，美国社会见证了反犹主义的高潮。在 20 年代，美国种族主义团体 3K 党的重建标志着种族主义甚嚣尘上，在此背景下，美国犹太人和其他少数族裔一样，沦为"白人至上主义"的"眼中钉"。在 30 年代经济大萧条的时期，美国官方和主流社会舆论再一次将犹太人推向风口浪尖。在胡佛政府"自由放任"和"国家不干预"政策失效，使得大萧条愈演愈烈的情况下，为了推脱责任，联邦政府和主流媒体大肆宣扬"犹太人攫取美国财富"等反犹言论，把犹太人当成经济衰退的替罪羊。在"二战"期间，深受反犹言论浸染的美国民众对于纳粹德国大肆屠戮犹太人的罪行保持淡漠，一些奉行美国孤立主义的人为了保全自身的利益，甚至公开发表反犹言论，以向纳粹政权示好。不仅如此，长期以来盛行的美国孤

---

① Mary Antin, *The Promised Land*, Boston and New York: Houghton Mifflin Company, 1912, p.364.

立主义和盲目排外情绪波及了美国军方，其中反犹主义在海军陆战队中表现得尤其明显。处于这样严峻的反犹环境中，美国的犹太人不得不掩饰自己的族裔身份和文化标识，乃至曲意逢迎美国的主流意识形态，以避免愈演愈烈的反犹情绪带来的伤害。菲利普·罗斯在小说《美国牧歌》中透过主人公西摩·斯维德的犹太自恨这一隐喻性情感表征，窥探了小罗斯福政府的美国反犹主义问题。本章第一节旨在考察在情感的交互、碰撞与分裂中，《美国牧歌》中犹太人的欲望如何生成强度，构成一股凝聚力与内驱力，形成基于犹太意识建构的犹太社区共同体。

"二战"结束后，美国犹太人基本实现了社会同化，步入了所谓的"后异化"时代，面临着一系列新的社会问题，诸如身份认同、族群历史和种族间关系等。在此过程中，美国社会对于犹太移民的同化教育既有助于犹太人融入主流社会，也冲击着犹太人族裔传统文化的特性。对于移民，美国学校教育的初衷旨在从移民的小孩抓起，通过同化教育与洗脑，吸纳犹太青年的力量，进而动摇其父母所坚守的犹太传统。在文化同化的影响下，第三代美国犹太青年看到了犹太文化本身存在的劣根性，并从美国文化的中心视角对犹太边缘文化进行批判和纠正，由此引发了犹太移民内部的代际冲突。这种代际冲突集中体现在历史、宗教与生活价值观这三重维度上。在大屠杀这一历史事件上，第三代犹太青年与父辈持有截然不同的态度——他们从小接受美国文化教育的滋养与熏陶，享受着美国文化和政治民主带来的安逸与和平，因而选择淡化乃至遗忘屠犹记忆代表的犹太苦难与民族历史，替之以由西部拓荒者开辟的美国犹太"新"历史；在宗教信仰上，遵从无神论的世俗犹太青年对传统的犹太戒律嗤之以鼻；在生活价值观上，犹太青年持有的个人主义、自由等美国化的价值观与犹太传统的集体文化形成了鲜明的对峙。由此，两代人的冲突表征了看似开放的美国文化与保守的犹太文化之间的对立，而犹太青年对犹太母体中的劣根性产生了厌恶与排斥,进而引发父辈对于犹太青年的反向厌恶——从这一点来看,美国文化的同化作用,即在犹太子女和父母之间挑拨离间的目的达成了。本章第二节考察菲利普·罗斯的小说《解剖课》(The Anatomy Lesson, 1983)中犹太青年知识分子对犹太传统文化的反叛和厌恶感,揭示厌恶感作为一种双向的情感动能如何修复破裂的代际纽带,进而推动犹太族裔共同体的建构。

20世纪50年代初期,美国民权运动方兴未艾,犹太人与黑人两大族裔走向联合,而在此之前,黑人反犹主义和犹太人对黑人的种族偏见普遍存在,非裔和犹太裔之间处于一种互相漠视和彼此怀揣敌意的状态,甚至产生了种族之间的歧视与偏执情感。值得注意的是,作为两个同样饱受历史和战争创伤的种族,美国黑人与犹太人都处于被边缘化的位置,也都被牵涉到一段能够互相认同与映照的关系中,而他们在美国民权运动期间所巩固的族裔之间的关系,自然也包含了政治、社会、经济、宗教和心理等各个层面上的联盟。因此,二者既有着相似的遭受主流社会压迫的历史背景,又同属美国多种族社会内部的少数族裔群体,能够在20世纪50年代逐渐走向联合也应是自然且合理的结果。伯纳德·马拉默德(Bernard Malamud, 1914—1986)的短篇故事《天使莱文》("Angel Levine", 1955)写于民权运动初期,讲述一个黑人天使拯救贫苦的犹太教徒的神奇故事。本章第三节尝试探讨《天使莱文》中犹太人和黑人之间的种族偏执,揭示马拉默德对种族主义的批判和超越,揭示犹太人和黑人之间相互帮助、相互救赎,最后走向和谐共生的可能。

20世纪50至60年代,美国麦卡锡主义盛行、冷战思维持续加剧,在此背景下,美国社会的反犹主义情绪再度抬头,犹太人-白人关系日趋紧张。冷战思维影响下的美国社会对国内共产主义团体和个人有着根深蒂固的偏执和敌视,而小说《但以理书》(The Book of Daniel, 1971)中但以理所代表的美国犹太族裔则又因犹太民族身份遭受到政治暴力和种族歧视的双重迫害。美国白人社会将犹太人视为共产主义的同盟，是苏联社会主义政权企图颠覆美国政府的帮凶。《但以理书》再现了这一时期以冷战"被害妄想症"为特征的历史氛围与政治语境，作者在展现冷战思维对族裔双方的消极影响的同时，也为修复族裔关系以及建构犹太人和白人政治联盟共同体提供了一剂治愈良方。

本章从负情感政治的视角对美国犹太文学中自20世纪20年代以来美国重大历史时期犹太人的负情感表征进行梳理，以菲利普·罗斯的《美国牧歌》《解剖课》、马拉默德的《天使莱文》、E. L. 多克托罗（Edgar Lawrence Doctorow，1931—2015）的《但以理书》中分别对应的"自恨""厌恶"与"偏执"为例，聚焦情感背后隐喻的美国反犹主义、白人同化教育、犹太历史语境中非裔犹太人的失语状态及冷战思维等问题，考察负情感的积极美学对犹太身份认同、跨族裔关系修复的积极作用，挖掘其对犹太社区共同体、犹太族裔共同体、犹太人-黑人之间基于文化想象的共同体及犹太人-白人政治联合共同体的建构意义。

第一节
《美国牧歌》中的自恨与犹太社区共同体

20世纪20年代起至"二战"期间，随着美国社会的反犹主义势力抬头、社会经济衰退和犹太人社会地位上升，美国主流社会对犹太人的仇视也逐渐升级。作为菲利普·罗斯最负盛名的"美国三部曲"之一，《美国牧歌》讲述了一个在美国同化教育之下的犹太中产世家的悲剧以及家庭内部的情感裂隙，揭示了白色统治下瑞典佬式的天真实然是一种意识形态的虚构。主人公西摩·斯维德理性、克制与完美的外表之下是一种持续压抑的欲望，流露出潜藏意识深处的犹太自恨情感，隐喻了小罗斯福总统执政时期根深蒂固的美国反犹主义问题。本节以《美国牧歌》中主人公西摩·斯维德的犹太自恨这一隐喻性情感表征为例，窥探小罗斯福时期的美国反犹主义问题，考察在情感的交互、碰撞与分裂中，欲望如何生成强度而构成一股凝聚力与内驱力，形成基于犹太意识建构的犹太社区共同体。

一、压抑的欲望：白色统治下的犹太自恨

作为一种自我摈弃的表现形式，犹太人的自恨情感表现为对犹太传统的特质、习性、家庭、制度、语言以及身份的否定。① 犹太自恨和在主流的强势文化/犹太人的弱势文化的强烈反差下，主体产生的文化自卑及对反犹主义意识形态偏见的内化（internalization）有关。库尔特·勒温认为，"弱势群体（在社会流通的过程中）更易受其归属的边缘群体身份阻碍"②，内化特权阶层的反犹偏见、效仿主流身份是以一种迎合的方式缓解边缘身份的失落感。因此，自恨的犹太主体在试图效仿主流群体的同时，也表现出对与一切犹太关联的特征，包括身份、社会礼仪、语言、文学、文化思想的否定。

犹太自恨的起源最早应追溯到公元132年，反抗罗马统治的犹太战争失败之后，犹太历史正式进入漫长的流散时期。从埃及、欧洲再一路颠沛到美洲新大陆，无家可归的犹太人一直扮演着被东道国排斥

---

① Kurt Lewin, *Resolving Social Conflicts*, Beijing: Communication University of China Press, 2015, pp.186-187.
② Kurt Lewin, *Resolving Social Conflicts*, p.192.

的外来者角色，其边缘身份成为社会流通中的绊脚石。在主流与边缘的二元对立以及排犹政策之下，部分犹太人为融入主流社会，内化甚至合法化主流文化反犹主义意识形态，即在主流文化的视角下对犹太性进行遮蔽甚至否定，产生犹太自恨感，至此，自恨逐渐成为犹太人群体中一个非常突出的情感特征。

菲利普·罗斯小说中书写的美国犹太人的自恨现象，实际映射了反犹主义问题在当下政治格局中的新形势，小说中的犹太自恨与20世纪美国反犹太主义的政治环境密切关联。美国总统罗斯福实施新政以来，美国犹太人在美国社会各领域风生水起；纳粹屠犹事件之后，反犹主义氛围在国际社会得以缓解。尽管如此，从罗斯的小说来看，以此臆断反犹主义在美国公共领域的消失还为时过早。

《美国牧歌》中主人公西摩·斯维德的犹太自恨是小罗斯福执政时期美国反犹主义的情感产物。20世纪20年代美国种族主义团体3K党重建、30年代经济大萧条以及"二战"期间海军陆战队声名狼藉的反犹主义都为美国犹太人的上升空间设置了重重困境。《美国牧歌》虽然见证了斯维德这位受人尊敬的犹太企业家的成功，但其"成功"是以"犹太自恨"为代价的，也正因此导致了其美国牧歌的幻灭。主人公西摩·斯维德拥有"瑞典式的天真"，也被称为"瑞典佬"。于自恨的瑞典佬而言，美国文化是文明、秩序与克制的化身，而原生的犹太文化代表了野蛮、混乱、欲望——"他一直从外面窥视自己的生活。他命里的搏斗就是埋葬这些东西"[①]。瑞典佬意图通过实现去犹太化（de-Judaization），即隐匿自己的犹太特征，并替之以完美的白人形象以成为一个"新美国人"。勒温指出，主流文化和边缘文化分别形成离心力和向心力，对自恨情感主体产生影响，犹太自恨的产生是

---

① [美]菲利普·罗斯：《美国牧歌》，罗小云译，南京：译林出版社，2011年，第61页。本节中，出自同一著作的引文，将随文标出引文出处页码，不再另注。

犹太主体在主流文化与犹太文化力量对比悬殊中选择与主流文化融合并与原生文化分离的结果①，自恨主体与主流文化之间的界限是融合而混沌的状态。瑞典佬与美国文化的融合实质上是莱辛所言的对反犹意识形态偏见的"内化"（internalization），但内化也"剥夺了他的感情"（3），表现为对自身犹太特性、欲望和自我的压抑。

瑞典佬的自恨首先体现为通过效忠美国军事力量宣誓其爱国主义与政治正确，是对反犹主义意识形态的无条件的接受与内化。"二战"期间，国际社会对法西斯的恐惧心理与日俱增，加上美国当时盛行的孤立主义，美国民众对纳粹德国的屠犹举措十分淡漠。一些孤立主义者甚至为了保全自身利益对希特勒示以友好、公开发表反犹主义言论。强烈的孤立主义及排外情绪波及美国的军事力量，海军陆战队中臭名昭著的反犹主义十分盛行。在这样极为不利的排犹环境下，美国犹太人大多隐藏自己的犹太身份，迎合美国政治意识形态，以避开反犹主义事件对既定生活造成的影响。在此背景下，《美国牧歌》中的瑞典佬非但对排犹政策视而不见，反而决心加入反犹主义盛行的海军陆战队，效忠美国国家荣誉。他的行为是对白人至上、反犹主义意识形态的高度内化后的政治实践——"他不可能被人劝阻，而不去接受这种男子汉的爱国主义挑战……既然他高中毕业后国家还在参战，就要争做勇士中最勇敢的人"（9—10）。瑞典佬通过效忠美国以迎合美国社会的期待，其代价却是"激烈的自我压抑"（2）。

其次，瑞典佬通过"金钱漂白"与"婚姻漂白"，企图通过白化（whitening）来遮蔽自己的犹太特性，更好地融入主流社会。20世纪30年代经济大萧条时期，犹太人再次被推向国内舆论的风口浪尖。美国总统胡佛的"自由放任"与"国家不干预"政策使得国内经济萧条愈演愈烈。为摆脱不利局面，美国当局和种族主义团体将犹太人作为

---

① Kurt Lewin, *Resolving Social Conflicts*, p.191.

历史的替罪羊，四处宣扬"犹太银行家制造大萧条""犹太人引起美国经济衰退"和"犹太人攫取美国财富"等污蔑犹太人的谣言，掀起反犹主义高潮。在社会生活的方方面面，犹太人均受到严重歧视，面临失业、落入底层的困境。"经济繁荣在白化过程中扮演着强有力的角色。"① 对于被主流排斥在底层的美国犹太人来说，提升经济地位是恢复话语权、进驻白人社会、实现"美国牧歌"的重要筹码。瑞典佬继承家族企业，成为手套厂的成功老板，获得了白人身份及随之而来的物质特权和社会经济优势。此外，瑞典佬的"婚姻漂白"隶属"金钱漂白"的一部分，他触犯犹太禁忌与天主教徒多恩的联姻实质上是对商品化白人文化进行的"占有性投资"。瑞典佬的爱尔兰妻子不仅是美国新泽西小姐，她"在大西洋城竞选1949美国小姐前还获得联盟县小姐以及乌普萨拉的春天女王等称号"（11—12），这些被主流社会赋予的称号是瑞典佬白化之路上的重要加持。

最后，旧里姆洛克的房子不仅承载了瑞典佬对白色家庭的构想，也是一种证明和保存其白人性的固有资产。"种族，如同性属和性征一样，属地理工程。种族在空间中结构，也在空间中构建。空间也常常通过种族构建。"② 白人统治阶级按照其种族主义意识形态对空间进行分隔，划分等级空间、特权空间，规定犹太人的边缘位置，将其排斥在特权社会空间之外。小罗斯福政府对犹太人的重用招致美国政治逆流中的白人至上主义者及其政治对手共和党的咒骂和攻击。瑞典佬心之向往的旧里姆洛克就是3K党、共和党以及反犹主义人士的聚居之地。钱德勒指出，"住所作为一种统一的象征结构，是人与人物、

---

① Karen Brodkin, *How Jews Became White Folks and What That Says about Race in America*, New Brunswick, N. J.: Rutgers University Press, 1998, p.37.

② Don Mitchell, *Cultural Geography: A Critical Introduction*, Malden, Massachusetts: Blackwell Publishers Inc., 2000, p.230.

人与自身、人与世界关系的界定和表达"①。瑞典佬违背父亲的意愿，拒绝住在犹太人聚集的纽斯特德，而在象征反犹主义、白人至上和共和党的旧里姆洛克买了一所房子，以此划清与犹太社区的界限，宣布其美国白人性。至此，瑞典佬通过房子构建美国的白人空间，建立自我与主流社会空间的关联，实现美国牧歌。

二、欲望的分裂：犹太自恨的反抗力量

美国白人性/犹太性的二元对立一方面体现了种族主义权力关系，另一方面也呈现出一种基本构架：主流社会代表的优势文化表征着理性、秩序、文明，与之相比，犹太文化代表的边缘文化则是感性（欲望）、混乱、野蛮的化身。主体在文化效仿的过程中必定会遭遇"同化阈值"。瑞典佬让一切走上正轨（秩序），其美国梦是对以美国白人性为表征的理性、秩序、冷静的追寻，而去犹太化意味着对主体的欲望、本我和犹太性的压抑，融合过程中面临的同化阈值使得主体体验的"强度"（intensity）——"一种折磨人的、摧毁人的体验，将精神分裂如此带向物质，带向那燃烧的、鲜活的物质中心"②——达到了令人无法忍受的临界点。在躁乱与分裂中，身体器官开始聚集强度和潜能，最终将内化的自我与美国文化分离，获得主体性修复与边缘族裔性的保留。

《美国牧歌》中瑞典佬与梅丽的父女关系是瑞典佬犹太自恨情感发展脉络中的重要拐点。自恨主体内化反犹主义意识形态的结果是瑞典佬的自我分裂。如果说瑞典佬是秩序、模范、克制和压抑的自我的

---

① Marilyn Chandler, *Dwelling in the Text: Houses in American Fiction*, Berkeley: University of California Press, p.3.
② Gilles Deleuze and Felix Guattari, *Anti-Oedipus: Capitalism and Schizophrenia*, Minneapolis: University of Minnesota Press, 1983, p.18.

代名词，那么他的女儿梅丽不仅代表了父亲的对立面——混乱、欲望和自我解放，更是父亲欲望自我的投射。在《美国牧歌》中，人到中年的瑞典佬与青春期的梅丽之间暧昧的关系暗指了女儿作为父亲欲望的化身，瑞典佬对梅丽的克制即他对欲望的压抑。瑞典佬不仅是表征理性与秩序的白人性的追寻者，也是美国文化殖民的帮凶，并通过矫正梅丽的口吃实现欲望的满足和对族裔个性的驯化。口吃表征了梅丽在美国同化过程中的排斥性与不适从——"口吃显示的，与其说是一套口语文法应用的受阻，不如说隐喻了对共同体言说规则的拒绝或不服从"①。梅丽拒绝矫正口吃，实然是对瑞典佬极力掩饰的族裔缺陷、混乱的接受与自我认同："使她扭曲的不是口吃，而是企图改变这种现象的徒劳……她已不关心自己开始口吃时敞开在每个人脚下的深渊；口吃再也不是她存在的中心。"(85)

爆破手梅丽的不定时"炸弹"表征了犹太欲望的分裂，并作为一股内驱力牵拉瑞典佬再度审视被压抑的犹太特性。如果说去犹太化意味着对主体的欲望、本我和犹太性的压抑，梅丽在克服口吃、极力迎合父母期望的过程中面临的不适应性使其体验到"强度"。电视荧幕上印度僧人的自焚画面彻底点燃了她的欲望，使其达到无法忍受的临界点，最终释放压抑的自我："现在她的精力全都冒了出来，毫无遮拦，这抵抗力以前曾被用到其他地方，由于不再关心那种古老的障碍，她第一次享受的不仅是彻底的自由，还有令人振奋的对自己完全把握的力量。一个崭新的梅丽出现了。"(85)德勒兹指出，欲望并不意味着匮乏，而是生产性的，欲望机器不断与外界连接，进行着欲望生产。从一个顺从的女儿到成为父亲的对立面，梅丽拒绝被白色统治收编，以自己的偏激的炸弹和反美的言论对抗父亲的"美国牧歌"，

---

① 李征：《"口吃是一只小鸟"——三岛由纪夫〈金阁寺〉的微精神分析》，《外国文学评论》2011年第3期，第181页。

也正是以这样的方式,女儿梅丽作为瑞典佬欲望的投射,牵拉瑞典佬再度审视被压抑的犹太特性——"女儿强迫父亲看,也许这就是她一直想做的,她赋予他这种视力,让他清楚地看到,有的东西决不可能被拉上正轨,让他看看不能看、看不见、不想看的东西……他发现我们要从一点走到另一点是多么的艰难,我们真的从一点走到另一点,又是多么的不可能"(366)。

瑞典佬通过女儿梅丽认识到"美国梦"的虚伪性在他的白人妻子多恩身上得以印证。一方面,对于爱尔兰裔白人多恩而言,瑞典佬被赋予的金钱和社会地位是其实现自身白人价值的棋子和跳板,一旦瑞典佬失去利用价值,多恩便会背信弃义。女儿梅丽的炸弹事件给这个曾经备受瞩目的家庭带来重创,多恩便执意搬离这个曾经的安身之所,摆脱那幢可怕的房子:"她想走的理由——是因为梅丽还在那里,在每个房间,梅丽一岁时、五岁时、十岁时的情景。"(162)不仅如此,多恩在新泽西小姐选美期间,曾经刻意避开和瑞典佬的接触,以避免因其犹太血统对选举结果造成不利影响。对瑞典佬而言,剔除流淌在血脉中的犹太特性,切断与犹太历史的联系似乎容易实现,但融入美国文化、建立和以新教为基础的美国历史的关联,其可能性却是微乎其微。当多恩的新任情人、纯正的美国白人奥卡特以熟悉邻里为由带领瑞典佬观光他刚刚落户的莫瑞斯镇,炫耀奥卡特家族曾经拥有的土地、矿场、墓地甚至妓院时,瑞典佬才意识到自己对旧里姆洛克房子所在地的历史一无所知。他不得不承认,"论及祖先,我的家族无论如何也无法和奥卡特家族相提并论——我的祖先不过是三言两语的故事而已"(306)。

三、自恨的文化张力:犹太社区共同体建构

马克·塞什纳认为:"梅丽的内心当属艾赛尼派犹太信徒,她的

禁欲意识和对信仰的狂热符合艾塞尼派的风格。准确地说,她不是偏离正轨,她是父亲的犹太意识,她是被父亲压制的犹太传统的回归。"① 为了实现社会同化,瑞典佬否定了自身的犹太性、刻意压制内心的欲望与犹太情感,梅丽作为欲望的化身则是用她颠覆性的能量、以最为猛烈的方式唤醒父亲的犹太意识。

通过癌症手术,瑞典佬剔除了性器官上的"肿瘤",也借此剔除白色文化殖民的痕迹,将犹太特性从压抑的文明中解放出来。历经沧桑的瑞典佬最后罹患前列腺癌,但这并非一种悲剧的信号。瑞典佬在做完癌症手术之后给叙述者"我"写信,意图通过叙述者的作家身份去记录一些东西。两个人见面之后,叙述者这样描写瑞典佬的精神面貌:

> 似乎他已从他的世界剔除一切他不适应的东西:欺骗、暴力、嘲弄和冷酷,还有那些无形中产生的东西,任何的偶然因素,以及恼人的绝望先兆。他对我似乎就像对他自己一样,始终显得朴实和真诚……也许是他的癌症手术触动了什么东西,使其临时穿透了一生舒适的假象,这是百分之百的复原而不是消失。(30)

生殖器与犹太性有着不可割裂的联系。割礼作为打在犹太男性身上独特的民族标记,不仅是犹太人与耶和华订约的标志,也是犹太人种族身份的标志。这个标志的"隐藏"功能映射了希伯来先祖创造并固定一个犹太人的统一标志的历史背景,即基于过去的经验、现时生

---

① Timothy Parrish, ed., *The Cambridge Companion to Philip Roth*, Cambridge: Cambridge University Press, 2007, p.147.

活的动荡，乃至对未来可能复现的情景危机的提防。瑞典佬通过癌症手术去除长在生殖器上的"白色毒瘤"实则宣告了对美国白色殖民的反抗及其修复犹太性、回归犹太共同体的努力。

此外，共同体成员的亲密情感纽带与共识是建构共同体的重要基础。滕尼斯在《共同体与社会》中，将共同体界定为基于情感基础、共通的文化记忆与历史身份认同的群体关系。他指出，共同体"是拥有共同的特质和相同身份与特点的群体关系；是建立在自然基础上的、历史和思想积淀的联合体；是有关人员共同的本能和习惯，或思想的共同记忆；是人们对某种共同关系的心理反应，表现为直接自愿的、和睦共处的、具有重要意义的一种平等互助关系"①。而这与加拿大哲学家查尔斯·泰勒（Charles Taylor，1931—　）对共同体的阐发相吻合，他认为，共同体"是一种依靠习俗、情感维系而非人为建构的意义聚合体。它提供一种支撑认同的道德框架和善的视野……[共同体]是其成员通过互相合作和互惠互利而形成的社会背景，是个体认同的建构者，是一种构成环境、一个有机整体"②。

瑞典佬请求叙事者为已故的父亲写颂词表明瑞典佬对犹太父亲的情感皈依及对犹太传统的共识与认同。如果说女儿梅丽是瑞典佬欲望和犹太情感的镜子，那么他的父亲娄·利沃夫就是瑞典佬寻找犹太意识的起源。虽然娄·利沃夫鼓励瑞典佬融入主流，但也一再告诫自己的儿子不能剔除流淌在血脉中的民族性。一方面，父亲十分强调犹太性当中对现实世界拥有的天然的警惕性。例如当瑞典佬要搬家时，父亲极力劝阻，提醒他这是一个反犹主义盛行的地方，而瑞典佬的态度却是视而不见。另一方面，父亲在宗教问题上执意坚持传统的犹太习

---

① 转引自朱平：《石黑一雄小说的共同体研究》，郑州：河南大学出版社，2017年，第30页。
② 同上，第31页。

惯，而瑞典佬却是一个世俗者，他决意娶信奉天主教的多恩为妻。然而，这种代表美国式宽容的家庭组合只能在感恩节这一天和谐相处，前后持续不过二十四小时，充满了荒诞和虚伪。瑞典佬在完成前列腺癌症手术之后，决心找到叙事者为敬仰的父亲写颂词，以"写下可能忘却的事情"(25)。这"某种突如其来的情感"正是解除压抑之后犹太情感与欲望的释放："忽然被曾给予自己保障、使自己优于他人的美妙的身躯所背叛，他一下失去平衡，从所有人中抓住了我，想替他拉回死去的父亲、重新获取父亲的力量来保护他自己。"(24)

小结

小说中，瑞典佬参加同学聚会的遗愿标志了其强烈的犹太社区集体意识，开启了犹太社区共同体的建构。菲利普·罗斯写道，"所谓社区，就是一个孩子自然会全神贯注的地方，是孩子们透过表象、了解事物本质的畅通渠道……相互之间，我们知道谁的柜子里有什么样的午饭、谁在塞得店里订下哪种热狗；我们了解对方的身体……我们也多少了解了每个家庭因不同情况而面临的人生难题"(34)。也就是说，犹太社区共同体是一个基于一种情感纽带的家园般的"温暖圈子"(warm circle)，是犹太小孩在社区互动之中基于相似的历史文化习俗与身份指认而达成的"自然形成的共同理解"(common understanding coming naturally)。为了实现社会同化，融入美国主流阶层，瑞典佬在青少年时期曾有意疏离自己的同族朋友，不再参加莫瑞斯社区的犹太事务活动，也远离犹太人聚集的夏令营，避免暴露自己的犹太身份。瑞典佬在弥留之际依然想要重新回到久未谋面的同学聚会上去，显示了其觉醒的犹太意识，意图以此弥补青年时期遗留下来的缺憾，建构犹太社区共同体。

第二节
《解剖课》中的厌恶、共情与犹太共同体

如果说 20 世纪 20 年代至"二战"期间的犹太自恨唤醒了情感主体的犹太意识,召唤其回归犹太社区,建构犹太社区共同体,那么后异化时期的犹太厌恶及其情感动能则得以化解族裔内部的矛盾与冲突,巩固犹太族裔共同体的建构。菲利普·罗斯的《解剖课》即反映了"二战"结束后,美国犹太移民与美国主流社会完成同化而步入"后异化"时代,由此面临一系列犹太身份、历史、跨族裔关系等问题。小说标题《解剖课》首先即为整部作品奠定了情感基调——一种伴随身体解剖而来的恶心和厌恶感(disgust)。作品讲述了犹太悖逆之子中年作家祖克曼的故事,他深陷对犹太传统的厌恶并患上了一种无从诊断的疼痛,四处寻医无果后,孤注一掷的祖克曼决定重返大学学医,也由此踏上了一段自我剖析的历程。

罗斯的情感书写一并指向身体和心灵的维度,并具有强烈的政治隐喻性。学者穆雷桑(Laura Muresan)认为,"《解剖课》预见了身体与叙事之间、个人与集体命运之间、个人欲望(情感)与反对它们的外部力量之间的混乱关系"[①];国内亦有学者明确指出,祖克曼是小说主人公兼叙述者,他身体上的病痛与心理上的折磨互为呼应,这"已然成为一种隐喻"[②]。而如果对"厌恶"的政治诊断功能做进一步剖析,并结合负情感的积极美学对个体负情感与美国犹太文化语境之间的互动关系进行考察,我们或许可以窥见这种特殊的情感对于后异化时期

---

① Laura Muresan, "Writ(h)ing Bodies: Literature and Illness in Philip Roth's *Anatomy Lesson(s)*", *Philip Roth Studies*, vol.11, no.1 (Spring 2015), p.78.
② 张生庭、张真:《书写的痛苦与"痛苦"的书写——解读〈解剖课〉》,《外语教学》2015 年第 4 期,第 84 页。

美国犹太情感共同体的建构意义。本节认为，其一，《解剖课》对犹太"厌恶"的书写是当代美国犹太青年身份政治困境的隐喻，它从解剖医学的独特视角呈现了负情感、身体和文化政治之间的形塑关系；其二，犹太"厌恶"除了表征美国犹太青年的身份政治困境，还呈现出一种特殊的负情感张力，它牵引主体未曾丢失的犹太负罪意识，导引修复犹太代际关系，建构出一种基于对话性和文化共生关系的犹太情感共同体。

一、后异化时期的犹太厌恶感

倪迢雁指出，厌恶是一种由某种令人不适或具有侵犯性的对象而引起的强烈反感，这种持续且难以忍受的感受使情感主体对厌恶客体产生远离、对抗甚至攻击，主体与客体之间被划分出明显的界限。①《解剖课》中的犹太知识分子祖克曼代表了悖逆的美国犹太青年一代，他们对保守、压抑以及落后的犹太传统观念产生抵触和厌恶感，表现为对犹太传统观念的纠正与批判。

《解剖课》中祖克曼对犹太传统的厌恶是美国文化同化离间作用的结果。米勒在《厌恶的剖析》中指出，厌恶主体往往把他所厌恶之物和污染、落后、劣等、狭隘等社会文化观念联系起来。② 美国学校教育的初衷，就是从移民的小孩抓起，通过同化教育与洗脑，吸纳犹太青年的力量进而动摇其父母所坚守的犹太传统。祖克曼对犹太母体中的劣根性产生厌恶并与父母引起冲突，实际上是在美国文化同化的影响下看到了犹太文化中的劣根性，再从美国文化的中心视角对犹太

---

① Sianne Ngai, *Ugly Feelings*, pp.334–335.
② William Ian Miller, *The Anatomy of Disgust*, Cambridge, Massachusetts, and London, England: Harvard University Press, 1997, pp.6,8.

边缘文化进行批判和纠正的结果——从这一点来看，美国文化的同化作用，即在犹太子女和父母之间挑拨离间的目的达成了。两代移民的冲突在历史、宗教与生活价值观等三个维度上得以集中体现。在大屠杀这一历史事件上，第三代犹太青年与父辈持有截然不同的态度——他们从小接受美国文化教育的滋养与熏陶，享受着美国同化、民主社会带来的安逸与和平，因而选择淡化、遗忘屠犹记忆代表的犹太苦难与民族历史，替之以作为西部拓荒者开辟的美国犹太"新"历史；在宗教信仰上，遵从无神论的世俗犹太青年对传统的犹太戒律嗤之以鼻；在生活价值观上，祖克曼持有的个人主义、自由等美国化的价值观与犹太传统的集体意识形成鲜明的对峙。总体来说，两代人的冲突表征了开放的美国文化与保守的犹太传统之间的对立。

从犹太人自身的特性来看，犹太民族的"悖逆"特质是祖克曼犹太"厌恶"感产生的重要内因。根据《以赛亚书》的说法，犹太人从出生起就是悖逆的。犹太人的反叛特征是指犹太祖先对上帝意志的背离。事实上，在犹太文化的发展过程中，这种"悖逆"已逐渐成为犹太民族的独特特征之一。对此，刘洪一指出，"犹太文化的成长不是汇聚性地集中于它的文化策源地，而是在与异质文化的种种接触中得以生存和延续，这也从根本上导致了犹太文化本源属性的某种分化和变异，即在异质文化中成长的犹太人往往都不同程度、不同方式地实现了对本源传统的分离，从而也是实现了犹太人之间、犹太民族整体之间在文化品性上的某种悖逆"[1]。也就是说，正是犹太人独特的悖逆品质使得犹太青年在美国同化的作用下，更易对母胎文化产生冲突和厌恶。在小说《解剖课》中，罗斯虚构的犹太知识分子祖克曼把犹太人的丑陋与真实放大到他所创作的小说《高等教育》与《卡诺夫斯基》中，进一步激化了犹太父子之间的矛盾与冲突，但作为第三代犹太移

---

[1] 刘洪一：《犹太文化要义》，北京：商务印书馆，2004年，第408—409页。

民的代言人,这位犹太知识分子也正是以这样爱之深责之切的方式打碎陈旧的忠诚和限制,照亮那些"犹太民族被历史、传统和道德戒律所压抑和僵化了的东西"①。因此,《解剖课》呈现的子代对父辈的厌恶和悖逆现象其实恰好显示出犹太性正在经历的最新的裂变和演进。它不仅意味着与传统、权威的分离取向,也意味着一种具有普遍意义的与母体或本体的分离取向以及一种矛盾的关系状况。由此,犹太青年的"厌恶"与悖逆又是进步且向前发展的。

小说中,祖克曼的犹太厌恶表现为其在文学创作中对犹太家庭成员形象的丑化和扭曲。在美国人文课程的强烈影响之下,作家祖克曼为了追求艺术之独立与自由,不惜以损害犹太集体名誉为代价。丁玫在《论美国犹太裔作家成功的起因》中提出,"如果说美国犹太裔作家的双重文化身份及其与西方社会的文化认同为其在美国文坛上的成功提供了特殊的文化关系机制,那么犹太人自身的历史境遇、思想情感等方面的'标本'意义和典型特征,以及犹太裔作家恰到好处地对此所进行的形而上的升华和运用,则是美国犹太文学获得世界承认和赞赏的内在机理"②。祖克曼不顾家人阻拦,与犹太社区针锋相对,并将犹太劣根性扭曲、放大到其成名之作《卡诺夫斯基》中。这实际上是利用犹太人自身的历史境遇、思想情感等方面的"标本"意义和典型特征,在此基础上进行二次加工,恰到好处地在艺术上进行升华和运用,在完成自身艺术追求的同时也迎合了美国社会对犹太人的偏见。

祖克曼对犹太家庭的无情攻击与反叛,使自己身体与落后、劣等的犹太传统保持距离,在二者之间划出了一条清晰的界限,从这个意义上说,厌恶主体与客体的关系是二元对立的。正如祖克曼弟弟所指

---

① 薛春霞:《反叛背后的真实——从〈再见,哥伦布〉和〈波特诺伊的怨诉〉看罗斯的叛逆》,《当代外国文学》2010年第1期,第157页。
② 丁玫:《论美国犹太裔作家成功的起因》,《东岳论丛》2009年第2期,第79页。

控的那样，祖克曼的作品使得他与兄弟和家人的关系疏远、僵化到冰点，这也是父亲冠心病猝死和他们贤惠的母亲患脑瘤的深层原因。《卡诺夫斯基》的出版确立了祖克曼作为公认作家的地位，然而，主流文化的认可是以强烈的副作用为代价的："只有四十岁才被一种无缘无故、无名氏、不可战胜的幻觉病所征服。不是白血病、狼疮或糖尿病，也不是多发性硬化症、肌营养不良甚至类风湿性关节炎——什么都不是。然而，他正在失去信心、理智和自尊。"①

二、共情：犹太厌恶的动能

事实上，祖克曼所经历的无名疼痛是犹太人负罪意识的投射，而这一负罪意识亦是实现祖克曼犹太"厌恶"美学建构的内推力量。在美国白人文化的同化之下，犹太青年将自身与洁净、神圣等社会观念联系起来，这也阐释了在《解剖课》所呈现的情感机制中祖克曼的犹太厌恶的一个重要表现——厌恶情感主体对持有落后、狭隘犹太思想观念的犹太家人与社区的排斥、远离乃至攻击，由此在厌恶情感主体与厌恶客体之间建构出一种二元对立关系，这正是情感主体维护、巩固自身优等、先进文化地位的直接动因。然而，祖克曼与家人之间的羁绊使得情感主体对其前期的攻击行为产生强烈的负罪感，并欲以某种方式的"赎罪"来抵消"厌恶"带来的"罪"，即接近令人厌恶的对象，甚至试图将其作为身体/自我的一部分。斯宾诺莎在其情动（affect）理论中指出情感与身体的关联，即情感是身体的感触。持续的攻击与冲突会转变为愧疚与迟疑，祖克曼斡旋于进退之间而产生急剧的痛苦，这也是小说开篇用大量笔墨描写祖克曼的痛苦的原因。因

---

① ［美］菲利普·罗斯：《解剖课》，郭国良、高思飞译，上海：上海译文出版社，2013年，第281页。本节中，出自同一著作的引文，将随文标出引文出处页码，不再另注。

此,祖克曼身体上的痛苦与他对犹太家庭的反叛攻击而产生的负罪感有关,他将"痛苦"追溯至"poena"这个拉丁词语中表示惩罚的词汇。由负罪感而来的痛苦成为引导祖克曼正视其根源问题的转折点。

在犹太负罪感的驱动之下,祖克曼去墓地做一个"儿子的替身"是重新打破自身与厌恶客体之间二元对立关系的尝试。在《解剖课》中,祖克曼为解开这个身体"疼痛"的死结,决心回到母校芝加哥大学学医,这也为化解两代父子的矛盾与冲突打开了新的契机。当祖克曼的医生校友鲍比因工作无法陪同自己的犹太父亲在大雪天扫墓而四处求助时,祖克曼欣然伸出了援助之手。至此,祖克曼欲意拉近和修复与保守派犹太父亲们(Jewish fathers)之间的破裂关系以弥补他的亲生父亲留下的遗憾,实际表征了犹太负罪感的驱动之下厌恶情感主体与其厌恶客体之间对立关系的第一次缓和。曾经反叛的祖克曼如今却愿意替代好友鲍比成为一个完美犹太儿子的替身,陪同老做派的犹太父亲前往犹太墓地——一个表征犹太人苦难与历史之地,履行他曾不愿承担的作为一个孝顺犹太儿子的责任,这至少开启了一次回归犹太传统的积极尝试。

需要注意的是,此时祖克曼的自我救赎还只是浮于一种表面的形式,厌恶情感主体与情感客体之间的通道并未在真正意义上打开。实质上,祖克曼对犹太父辈们的妥协并非建立在对犹太传统观念的真正理解和接纳之上,而一旦受到挑衅,二者之间的矛盾就会再次激化。在小说中,鲍比的父亲计划前往的犹太墓地是一个重要的隐喻。由于其特殊的宗教信仰,犹太公墓与其他族裔的墓地划分开来,犹太人也往往在亲人过世之后将世世代代的坟墓集中在一起祭拜,因此,整个犹太墓地象征了后世对犹太先祖苦难与过去的世代承继。鲍比父亲计划前往犹太墓地,此行意味着与犹太苦难与历史的对话,但此时与之同行的祖克曼还并未感知到犹太传统之于犹太民族的重要价值。使情况更为严重的是,鲍比父亲在墓地对自己的叛逆的孙子——一位美国信条的忠实追随者——的怨念与责骂,再次点燃了祖克曼对犹太传统观念的厌恶感。也就是说,在老父亲的言辞中,一个象征犹太精神的典范的优秀儿子鲍比与象征犹太精神的堕落的那位叛逆的孙子格里高利,二者之间形成的巨大反差,这对祖克曼来说无疑成为一个强烈的激化点,因为他在那位叛逆的孙子身上看到了自己的影子——一个所谓的犹太社区的"叛徒"。对此小说是这样描述的:

"我有一个聪明的儿子。可是这所有的聪明只会都被锁在他的基因里了!……而一切我们的反面、一切我们所反对的——为什么这一切都会在格里高利身上体现?……我一定会为他对这个家庭所做的一切拧断他的脖子!我要杀了那个该死的杂种!我一定会杀了他!"(225)

"你那神圣的基因!你在你的脑子里看到了什么?上面绣着'犹太人'三个字的基因?这就是你在你那神经错乱的脑子里看到的全部东西,这完美无瑕的犹太人的天然美德?"(226)

从以上选段可以看出,祖克曼本人作为美国白人性的代表与犹太传统的宣扬者犹太老父亲之间激烈的语言和身体对抗,使原本有所缓和的紧张关系再次升级,这甚至加剧了祖克曼原已不堪的身体疼痛,使他的身体状况和精神状况都来到一个痛苦的临界点:"当轻松愉悦的方式不起作用时——然后他借着背诵高中学过的《坎特伯雷故事集》来让自己分心——他握着自己的手,假装这是别人在握着。"(237)显然,这种惊人的痛苦不知何故建立起了祖克曼与家人的羁绊,通过想象"他的弟弟、他的母亲、他的父亲、他的妻子们——每一个人都轮流坐在他的床边,把他的手握在他们的手心里"(237)来最大程度上减轻痛苦给自身带来的折磨。

三、犹太族裔情感共同体建构

当两代人之间的矛盾与冲突达到顶峰的时刻，我们可能会质疑厌恶情感主体和厌恶客体之间实现任何妥协或谈判的可能。而事实上，此刻祖克曼所历经的极致的痛苦体验是他了解犹太父辈们并缓解其犹太厌恶感的必经途径。在小说中，祖克曼之所以知觉自己无法忍受的疼痛已经达到了顶峰或最崩溃的状态，是因为在这个临界点他几乎完成了"自我"解剖，而这其实从他第一次感受到不寻常的疼痛的那一刻就已经开始了，在此过程中，他喝的烈酒不是预想的解药，实际上是"自我解剖"过程中用以止痛的麻醉剂。换言之，祖克曼对自我的清晰认识是建立在对他的身体进行解剖的基础上的，这是一个解构之后再建构的过程。对此，罗斯在解释祖克曼的外科医生如何习得精湛医术的时候是这样描述的："在猴子身上做实验……用棒球棒猛击他们的脸，然后研究骨折线。"（446）这一诊疗思路与外科医生在祖克曼的骨骼修复手术前所说的话完全吻合："是的，这个断裂确实很干净，但还达不到我所要求的干净程度。"（236）从这个意义上说，祖克曼的骨折手术成为其自我解剖的最后一环。

骨骼修复手术后，难以忍受的身体疼痛促使祖克曼重新检视自己的厌恶情绪。正如祖克曼承认的那样，"他发现了痛苦到底能做什么。他根本不知道"（440）。正是自我解剖所带来的极度身心痛苦，为祖克曼提供了去人格化的体验，使主体意识到世界与自我之间的相互依存关系。当个体处于一种极度痛苦的状态，意识与感觉从痛苦的身体中抽离出来，仿佛置身梦境之中，抑或是以观影的方式，从一个理性的旁观者的视角观摩身体所遭遇的一切。唯有通过这个过程，厌恶情感的主体才得以极其冷静、客观地对自己进行解剖和审视。祖克曼旁观者式的自言自语实现了厌恶情感的主体的自我批评和反思，并最终意识到自己"打开了错误的窗户，关闭了错误的门，并把自己良心的管辖权交给了错误的法庭"(440)。

厌恶情感个体的生理痛感在主体和厌恶对象之间起着情感召唤与共情力的作用。萨拉·艾哈迈德在她的《情感的文化政治》一书中提出了痛感的政治意义,指出"痛苦并不是作为社区的真正负担而唤起或感情用事,而是作为一种持续存在的迹象,是联结个体与他人之间的一条纽带"[1]。此处,艾哈迈德说明了痛苦的身体作为人们之间的桥梁或纽带的政治功能,"这种痛苦的召唤,是一种行动的召唤,是一种集体政治的要求,作为一种政治,它不是基于我们可能和解的可能性,而是基于对我们彼此的了解与共处,即便我们不是一个整体"(440)。《解剖课》中,祖克曼痛苦的身体不仅给自身带来了去人性化的体验,使他能够对自我进行深度解剖,但同时也敦促主体在他自己和他曾经感到厌恶的对象之间建立联系,并最终意识到自己和犹太传统之间相互依存的关系,正如祖克曼最终承认的那样,"没有父亲、母亲和家园,他不再是一个小说家。不再是儿子了。不再是作家了。一切激励他的东西都被熄灭了,没有留下任何明显的他自己的东西,也没有其他人可以要求、开发、扩大和重建"(288)。

正式书信作为日常生活中的一种仪式感,促成参与者共享情感状况,启动相互关注与情感连带机制。柯林斯在《互动仪式链》中指出,仪式在场的个体之间存在一种情感触染,"因为他们都集中关注于同一件事情,并且相互意识到对方的焦点,所以他们开始被彼此的感情所吸引"[2]。祖克曼接受手术之后,收到了曾与其敌对的老弗雷塔的亲笔函,信中是这样表述的:

亲爱的祖克曼:

鲍比跟我说了你双亲亡故的事,这些我都不知道。作为一

---

[1] Sara Ahmed, *The Cultural Politics of Emotion*, p.39.
[2] [美]兰德尔·柯林斯:《互动仪式链》,林聚任、王鹏、宋丽君译,第159页。

个儿子,你的悲痛是对所发生的一切最好的解释,其他的事无须多说。这个世界上你最不该去的地方就是公墓。我只是非常自责之前我竟然什么都不知道。希望我说过的话不会让你感觉更难过。

你这一生已经获得了很大的名气,对你所获得的成就我表示衷心的祝贺。但我希望你知道,对于鲍比的爸爸来说,你仍然是,而且永远都会是那个乔尔·考普曼("小神童")。早日康复。

爱你的弗雷塔一家

哈利,鲍比,还有格里格(442)

这封手写的信件不仅意味着"犹太父亲"对他在墓地时对祖克曼的言语攻击的道歉和妥协,更表征了父辈对子辈遭遇的共情力以及由此构筑的犹太情感共同体。老弗雷塔写道,"作为一个儿子,你的悲痛是对所发生的一切最好的解释,其他的事无须多说"(442),也就是说,老人已经共情到了双亲去世给祖克曼带来的苦痛,而祖克曼所经历的痛苦、内疚和自责,与犹太人意识中的内疚和内省传统有关,已经代表了犹太性中的一个重要内核,因此他本不应该应允他陪同去犹太墓地,再用言语攻击揭开他的陈年伤疤。更重要的是,老弗雷塔对祖克曼的事业成就表示衷心祝贺,这意味着他对受到美国文化影响的子辈的理解与妥协。事实上,艾哈迈德在讨论痛苦的政治时,她不仅呼吁了一种集体的政治,还强调了痛苦的社会性,指出"对疼痛做出的伦理应答包涵个体对不可感知事物的影响所持有的开放状态。从这个意义上讲,这种伦理与痛苦的社会性或其本身的'偶然依恋'息息相关"[①],老弗雷塔的让步是基于对祖克曼痛苦的情感触染,这最终促使他们共享彼此的情感状态。罗斯在小说中将这位老人评价为"最

---

① Sara Ahmed, *The Cultural Politics of Emotion*, p.30.

后的老父亲",而祖克曼被定义为"最后的老儿子",因为这封信函意味着犹太父子不再固执己见,而是学会了妥协,并向彼此迈出了新的一步,从一度相互厌恶到感同身受,建构出表征犹太传统与美国文化的两代犹太人之间相互对话与共生的犹太情感共同体。

第三节
《天使莱文》中的偏执与犹太-黑人共同体

在 20 世纪 50 年代初期,美国民权运动刚刚兴起,犹太族裔问题开始由本族裔内部矛盾转向犹太民族与其他族裔的关系,尤其是美国犹太人与美国黑人的族裔关系成为该时期的一大重要议题。由于两个族裔共同遭受的种族歧视与受难经历,在黑人发起民权运动的时候,犹太人也伸出援助之手,两大族裔凸显出政治结盟的态势。在这一时期,偏执情感及其化解反映了两大族裔携手合作走向犹太-黑人共同体的希冀。犹太裔作家伯纳德·马拉默德的作品较多地探讨了美国犹太人与其他少数族裔,尤其是与非裔族群之间的复杂关系。在接受《巴黎评论》杂志访谈的时候,马拉默德指出自己的写作素材来源于个人经历和书本。在阅读黑人的小说与历史之外,马拉默德少年时代曾居住在黑人街区附近,有过黑人朋友和玩伴,婚后也曾在哈莱姆地区的夜校为黑人学生授课。[1] 这种人生经历和阅读经验都为其书写犹太人和非裔的跨族群关系提供了灵感与素材。[2] 对于美国黑人和犹太

---

[1] 《巴黎评论·作家访谈 5》,王宏图等译,北京:人民文学出版社,2020 年,第 122 页。
[2] Daniel Walden, "The Bitter and the Sweet: 'The Angel Levine' and 'Black is My Favorite Color'", *Studies in American Jewish Literature (1981-)*, no.14 (1995), p.101.

人的关系问题,作家更是坦言:"我们作为一个社会整体,应该去恢复种族间的平衡。"①

马拉默德的短篇小说《天使莱文》以民权运动为背景,讲述了一位穷苦的白人犹太裁缝马尼斯彻维兹与黑人"天使"莱文从相识到相知的一段故事。在这个篇幅不长的寓言式作品内,马尼斯彻维兹对莱文的印象经历了从恐惧、误解再到疑虑、认同的几次波折,并最终转变为信任。也正是经由主人公情感变动发展的这一线索,以两位角色为象征的犹太-黑人情感共同体得以建构,从而传递出身为犹太裔的作者对于不同族裔能够携手合作、走向共赢的一份希冀。本节拟从负情感政治的视角,结合相关的偏执理论,沿着马尼斯彻维兹的情感发展脉络,探究犹太白人与犹太黑人之间化解根深蒂固的种族偏见、构建犹太-黑人情感共同体的可能。

一、偏执情感

在马拉默德颇为细致的描述中,马尼斯彻维兹流露出的偏执情感是其中较醒目的一点。当他最初在起居室见到莱文的时候,这位不速之客的到来令他感到惊诧,但这种惊惧随后就演化为了疑虑:马尼斯彻维兹对莱文"黑人犹太人"的身份表示"迟疑"和"狐疑"②,就算莱文能够流利地用希伯来语交谈,也还是无法令马尼斯彻维兹感到信服。与此同时,宣称自己还是一名"天使"的莱文更是让主人公心存疑虑,对其所持有的怀疑态度也变得愈发明显,以至于马尼斯彻维兹让莱文拿出证据来证明他的身份。当莱文无法显现出身为"犹太天

---

① 《巴黎评论·作家访谈 5》,王宏图等译,第 123 页。
② [美]伯纳德·马拉默德:《天使莱文》,《魔桶——马拉默德短篇小说集》,吕俊、侯向群译,南京:译林出版社,2001 年,第 98 页。本节中,出自同一著作的引文,将随文标出引文出处页码,不再另注。

使"的本来面貌时，马尼斯彻维兹坚决地认为自己"无法摆脱他受愚弄的感觉"（100）。至此，犹太白人的疑惑心理已经达到了偏执与"顽固"的状态，而故事就是在这样一次不愉快的邂逅和交谈中展开的。

作为一种消极负面的情感，偏执（paranoia）在《牛津英语词典》中被定义为："任何无端的、过度的恐惧感，尤其是对他人行为或动机的过分恐惧。"① 这种精神状态通常以被迫害妄想、嫉妒心、自视过高，以及不切实际的幻想作为特征。由此可见，偏执指代一种混乱、失衡的心理状态，它根植于因系统失调而造成的怀疑、焦虑与不信任，而对他人的这些负面看法又往往是没有确切缘由的。偏执者和精神疾病患者在某种程度上显现出相似的癫狂状态，二者都存在着对外界的极度不信任与偏见，时刻认为自己会遭到外部环境的攻击和伤害。

在美国学者倪迢雁看来，偏执并不是一种精神疾病，而应该被定义为一种和恐惧相关的心理状态，这种恐惧"基于对整体的、包罗万象的系统而产生的烦躁和忧虑"② 而出现。在偏执之外，一种"阴谋论"（conspiracy theory）同样被归属于恐惧的情感维度。在比较的过程中，偏执还具备一定的女性主义维度，因为所谓的"系统"和"阴谋论"包含的"理论"都更多涉及父权制、顺从与主体屈服的问题，而这也是与性别研究相关的话题。在拉康等精神分析学家看来，主体自我成长的过程（ego formation）和恐惧密不可分，而主体对自己会遭遇迫害的幻想正印证出偏执这一显著特征。此外，布赖恩·马苏米也指出了这种过度恐惧的情感会导致人们处于自我和他人的双重压迫中。③

---

① *paranoia, n.*, December 2021, OED Online at Oxford University Press. www.oed.com/view/Entry/137550，访问时间：2022年2月26日。

② Sianne Ngai, *Ugly Feelings*, p.299.

③ Ibid., p.302.

论文集《批判性观察：偏执、恐惧和异化》(Critical Insights: Paranoia, Fear and Alienation, 2017)同样提及恐惧和偏执之间的关联及不同：在迫近的危险面前，恐惧能提前预知到这一威胁并让主体产生一种"防御机制"和逃避危机的本能反应，这种情感往往会产生一系列的生理症状，例如心率加快、呼吸急促、流汗、发抖、瞳孔放大等等。① 虽然偏执同样是一种因潜在危险而引发的情感状态，但其主体有着不同的防范对象：德雷克(Kimberly Drake)认为偏执可被分为两种状况，其中一种是"妄想失调"(delusional disorder)，这与上文所述的精神分析式"被迫害妄想"相似，指代主体在潜意识中就存在着一种会被伤害和烦扰的奇怪妄想。另一种则发生在"个性失调"(personality disorder)的情况下，这通常是源于对某一特定的、处于优势地位的个体或族群而产生的不信任感和怀疑态度。②

就如德雷克指出的那样，美国精神医学学会在第五版《精神疾病的诊断和统计手册》(DSM-5)中将少数族裔对于主流文化的"有根据的怀疑"视作文化语境下偏执的例证之一。该手册认为，社会文化情境下的诸多行为都会被误添上偏执的标签，例如，"不同的种族背景"正是偏执这种防御行为可能会被触发的缘由之一。与此同时，语言的障碍、准则与制度知识的匮乏、主流社会带来的忽视和漠视，以及和文化语境相关的举止行为(culturally related behaviors)都可能会被偏执者误读，从而造成这种情感状态的萌生。③ 但不可否认的是，文化环境的差异确实是造成这一由恐惧、怀疑和极端不信任混杂而成的消极情感所出现的重要原因。事实上，在了解与沟通甚少的前提下，不同文化群体间的隔阂与漠视正加重了彼此间的敌意，从而造成了种种

---

① Kimberly Drake, et al. eds., *Critical Insights: Paranoia, Fear and Alienation*, Amenia: Grey House Publishing, Inc., 2017, p.xvi.

② Ibid., pp.xix-xxi.

③ Ibid., pp.xx-xxi.

偏见和误解的产生。

在《天使莱文》中，尽管黑人莱文也会讲希伯来语并与主人公马尼斯彻维兹同样是少数族裔中的一员，但身为白人的马尼斯彻维兹还是对其产生了类似"个性失调"型的偏执情感，并同时因对非裔族群的不甚了解而形成了"妄想失调"式的另一种心理状态，而这很可能就来自不同文化身份背景对其所造成的影响。因此，从他们曾接受过的文化教育，以及所属的不同文化群体和社区的角度来考虑，或许是探寻这种偏执情感以及最终形成的情感共同体的途径之一。

二、非裔犹太人的单向偏执

作为一种曾被误认为属于精神疾病的情感，偏执不仅出现在心理学著作里，也在文学作品中得以阐释。例如，《白鲸》中的亚哈船长和莎士比亚笔下的李尔王都被认作偏执的化身，因为二者都被一种近乎狂热的固执所困扰——"无论展现的是极度恐惧还是极度自信，偏执狂都会显现出极端的自我关注"[1]。这种所谓的"自恋"、自视和自我关注让亚哈船长不顾其他船员的安危，一意孤行，试图捕杀那只象征着神秘与恶意的莫比·迪克。本篇故事中的主人公马尼斯彻维兹虽然没有像上述角色那样疯狂追求自己的执念，却也一度坚决维护最初的印象与看法，这在他对莱文"黑人犹太人"的身份认可方面表现得极为明显。

"偏执狂的想法之所以和'正常'的想法不同，就在于它以令人烦扰的方式，将过度敏感、逐字解读和以自我为中心的特点结合起来。"[2] 偏执固然是对"自我"本身的聚焦，但值得注意的是，"偏执源

---

[1] Kimberly Drake, et al. eds., *Critical Insights: Paranoia, Fear and Alienation*, p.86.

[2] Kenneth Paradis, *Sex, Paranoia, and Modern Masculinity*, Albany: State University of New York Press, 2007, p.27.

自现代主体想要定义自我的内心焦虑,是对这种焦虑的明显曲解",这样的情感却同时是荒唐且扭曲了的。① 正是因为对自己无比肯定且确信,盲目自负的主体才会认为自己的决策是正确的,从而自动忽略其他证据的存在,在行为举止方面显现出独断专行的特征。此外,对于那些非精神错乱的偏执者而言,任何会在日常生活中激起其疑虑的蛛丝马迹都会成为被察觉、认定的"证据",从而在主体的头脑中被放大无数倍,持续不断地引起怀疑与敌意,这是因为偏执所带来的盲目自信和虚幻妄想恰好能够弥补缺失掉的那部分自我②,这种观点同样将情感能够认识、肯定,甚至是恢复自我的能动作用放于中心位置。在本部分的论述中,这种偏执狂式的盲目、固执以及对自我意识的夸大更多地体现为白人裁缝对于莱文的单向偏执。

在《天使莱文》中,马尼斯彻维兹就曾对莱文的真正身份多次质疑,并对自己持有的观点深信不疑,最终造成了偏执心理的产生。尽管"他曾听说过犹太人也有黑人,但可从未见过",这种"不同寻常的感受"令这位白人犹太人满腹狐疑,并在随后的谈话中对自己的立场愈发坚定起来。(98)毕竟,在这位裁缝看来,能够从小在犹太教堂长大,并最终成了能传达上帝旨意的天使不可能是一名黑人。因此,他"绞尽脑汁地想怎样才能使莱文现出本来面目"(99)。在第一次对话中,马尼斯彻维兹始终"没有被说服",认为莱文就是一个"冒牌货"。(100)即使在妻子备受病痛折磨、自己生活困窘的状况下,不断责问上帝的马尼斯彻维兹还是"没有去想亚历山大·莱文先生"(101),这也正是他性情固执,对"犹太黑人"这一群体有所排斥、不愿认同的偏执心理再现。

由此可见,长期遭受白人犹太人忽视的非裔犹太人并不被视为传

---

① Kenneth Paradis, *Sex, Paranoia, and Modern Masculinity*, p.4.
② Kimberly Drake, et al. eds., *Critical Insights: Paranoia, Fear and Alienation*, p.122.

统意义上的犹太人，在外族的歧视之外，他们甚至难以被本族人归属在这一群体之中。这背后所显露出的正是对种族历史问题所应进行的文化教育缺失。也正是因为不相信会有"犹太黑人"群体的出现，才令无知且显得自大的白人裁缝在面对黑人天使的时候，流露出过度的自我中心主义。作为一个多种族的机构，活跃在20世纪60年代的非营利组织 Hatzaad Harishon（意为"The First Step"，"第一步"）试图让非裔犹太人能够在以白人犹太人为主流的犹太社区内得到更多的认可与合法地位。① 虽然这一组织在70年代逐渐衰落，但它曾经的存在也印证出犹太族裔对种族历史本身的认知和反思。作为民权运动初期的作品之一，《天使莱文》所思考的"犹太黑人"问题正彰显出对这一群体需加以了解的必要性与迫切性。

事实上，以摩西、所罗门王和埃塞俄比亚的示巴女王（Queen of Sheba）为代表的圣经人物与非裔犹太群体有着历史、宗教和血缘上的关联，这在犹太律法《托拉》（*Torah*）中有所记述，一部分生活在非洲大陆的犹太人正是古希伯来人或以色列人的后代。而在罗马人"摧毁耶路撒冷的第二圣殿之后，一批后裔流亡到了非洲"，他们也是继承了犹太血统的一支流浪者。还有一些信仰犹太教、遵从犹太教生活习俗的非洲人因罪恶的奴隶贸易而被贩卖到美洲。除此之外，一些犹太裔的奴隶主与加勒比海地区的奴隶结合生子，这些西班牙裔犹太人的后代们常常被称之为塞法迪犹太人（Sephardi），而非黑人犹太人（Black Jews）、有色犹太人（Jews of color）等较多用来称呼非裔犹太人的名称。②

尽管非裔犹太人有着同样悠久的种族历史，但在白人犹太人有着

---

① Janice W. Fernheimer, *Stepping into Zion: Hatzaad Harishon, Black Jews, and the Remaking of Jewish Identity*, Tuscaloosa: The University of Alabama Press, 2014, p.5.

② Ibid., p.10.

绝对话语优势的社会环境之内，黑人犹太人不由得经历着一次文化方面的"失语"问题。在故事主人公马尼斯彻维兹看来，一个犹太黑人，还是个天使，是难以置信的，这种情形自然是与他长期以来所形成的族裔观念相悖的，但在反复的自我盘问之后，难以忍受困苦生活的白人裁缝不得已来到了哈莱姆地区。在这里，他所看见的是"一片空旷，一片漆黑，灯光暗淡，到处是黑影，不断晃动的黑影"(101)。对于这位在公寓楼和街道之间蹒跚行走的白人裁缝而言，看到商店里"个个都是黑人"(101)的场景就足以让他倍感惊奇，可见马尼斯彻维兹和同为少数族裔的黑人之间已经交际甚少，更不必说对本族历史与文化的熟悉程度了。

对于这样一位虔诚的犹太教徒而言，宗教成为化解其盲目自我中心主义的有效途径。尽管马尼斯彻维兹依旧为曾有的无知、固执和偏见所困扰，在睡梦中，他梦见了有着翅膀的莱文，而这一梦境般的预示令他下定决心再去一次哈莱姆。但当他来到上次瞥见莱文的歌舞厅时，却发现商店里陈设的是一座犹太教堂，也正是在这里，他看到"案桌周围坐着四个头戴无檐便帽的黑人，他们的手指都僵直地触摸着案桌和圣卷"(104)。这几个黑人年龄各异，外貌特征也有所差异，但此时此刻，他们都诵着经文，能让白人裁缝听到那"有节奏的乐音"，当"他们的头随着节奏晃动"的时候，马尼斯彻维兹想起来，"他童年和青年时期都为这种景象所感动过，他走了进去，站在后面，静静地，一声不响"(104)。由此，这些犹太黑人不仅活生生地出现在白人裁缝的面前，并且诵读着经文、互相谈论着"灵魂"与"精神"的含义，这似乎唤回了白人犹太人曾经的记忆，也唤起了他内心深处对于黑人同胞的认同感。因此，无论是与莱文的几次会面，还是在犹太教堂的偶然遇见，都潜移默化地让马尼斯彻维兹意识到了黑人犹太人群体的存在，改变了他先前执拗的想法。最终，马尼斯彻维兹不但相信了莱文的黑人天使身份，还在妻子身体状况有所好转后兴奋地告诉她"到处都有犹太人"(108),从而弥补了他一度缺失过的文化教育,并象征性地重建起白人群体对犹太民族内部各人种、肤色的身份认同感。

三、犹太-黑人关系中的双向偏执

承接前文所述,在对自我观点盲目自信的前提下,对他人的无端敌意和成见是偏执情感的另一显著特征。帕拉迪斯提出,偏执者会将现实情况看作一种幻觉或是一场骗局,而"事物的真相是由一股不可见且有敌意的力量所塑造的"①。在《偏执与现代性》(*Paranoia and Modernity*, 2006)一书中,作者指出,偏执狂的思考方式看似与正常人无异,却有着"妄想症式的偏疑",这既指代一种"过度强调自我重要性的偏好",又"会在他人的行为举止中发现恶意的动机"。②在偏执狂看来,周遭的一切事物都和他自身相关,"这个世界没有公然展现出其敌意的现状只是证明了它的表里不一与恶意。友善会使他多疑,敌意则让他确信自己妄想的真实性——就算这会促使他真正产生恐惧"③。对偏执者而言,想象中的敌人可能是任何人,包括那些长期受到社会憎恶的少数族裔群体,而恰恰是自己这些心怀憎恨、疑虑和自负的浮夸行径,令他所恐惧的敌意与嘲弄成为现实。④因此,本部分的论述将聚焦于犹太人和黑人之间的双向偏执:一方面是马尼斯彻维兹对于以莱文为代表的哈莱姆地区的非裔居民的疑惧和敌意,另一方面则论述了其他黑人对这位白人犹太裁缝所产生的仇隙心理。

---

① Kenneth Paradis, *Sex, Paranoia, and Modern Masculinity*, p.1.
② John Farrell, *Paranoia and Modernity: Cervantes to Rousseau*, Ithaca: Cornell University Press, 2006, p.1.
③ Ibid., p.2.
④ Ibid.

《天使莱文》中，在种族主义内化之下，被偏执心理占据着的马尼斯彻维兹在已有的固执己见之外，也生发出一种妄想状态下的恐惧和疑虑，在这看似无根据的敌意背后正充斥着白人裁缝内化了的种族主义（internalized racism）。在与莱文初次相遇的时候，马尼斯彻维兹就对莱文的犹太身份表达了质疑，并对此很是不安，尽管"他一直期待着什么，但并不是这个"（99），这种油然而生的警觉和深深的疑虑感令二人不欢而散。造成他这种直观感受与印象的原因正是莱文的黑肤色，尽管犹太裔和非裔同属少数族裔，但马尼斯彻维兹依旧在无意识之中产生了对黑人的种族成见和深深的不信任感。因此，当白人裁缝"无法摆脱他受愚弄的感觉"之时，这种偏执的情感在"如果上帝给我派来个天使，为什么是个黑人？白人那么多，为什么不派个白人来？"的发问中更为明显，从而让被怀疑的另一方"流露出不满和忧虑"（100），而这自然也是偏执者疑惧的复杂心理活动所造成的后果。

主人公质疑他者并产生"敌意"的另一例证体现在他来到哈莱姆地区之后。哈莱姆的众多黑人让这位白人裁缝倍感新奇，当他走进一家裁缝店的时候，出于对同行娴熟高超的缝纫技巧的注意和羡慕，他向其打听起莱文的情况。然而，裁缝"挠了挠脑袋"的动作却让马尼斯彻维兹"想他似乎带有敌意"。（101）这样的想法无疑与主人公本身的偏见相关：在黑人聚居区向一位黑人店主搭话的做法对于他来说并非一件易事。但当主人公谈起"他大概是个天使"之后，"咯咯地一笑"（102）的裁缝并未显露出任何恶意，可见马尼斯彻维兹先前的臆想其实是无端且毫无必要的。在这次行动无果之后，回到家中的主人公对那位"和蔼"的医生同样是充满敌意的。这位医生原本是他的主顾，"出于同情为她医治"（96），但当医生认为妻子芬妮的病症已无药可医的时候，马尼斯彻维兹却认为医生"是个从不停止伤害别人的人"，并且"他早晚有一天让他进救济院"（103），类似的想法再一次显现出主人公内心的愤恨和怨懑。

但与此同时,身为"偏执者"的马尼斯彻维兹也遭受到了来自"怀疑对象"的嘲讽和戏弄。如前所述,第一次颇有"敌意"的交谈让莱文的眼神充斥着"不满和忧虑",而在白人裁缝第二次来到贝拉歌舞厅的时候,"没有人欢迎他",甚至还听到了其他客人侮辱性的言论。但此时的马尼斯彻维兹没有选择,在众目睽睽之下,面对着诸多黑人所流露出的"敌意",这位曾经的偏执者反而成为被凝视的对象,被眼前这位醉醺醺的黑人天使所审问:"要么现在说,要么永远也不要再说。"(106)就此,年轻时仿佛在教堂中见过的情景在他的脑海中再现,"如果你相信了,那你也就相信了",在曾经被遗忘的景象恢复后,在充满敌意的视角被转换后,囿于贫穷和困苦的马尼斯彻维兹试图说服自己,并最终选择相信莱文的黑人犹太人身份,也相信了他"是上帝派来的天使"。(107)

事实上,《天使莱文》中的白人主人公之所以对莱文等黑人颇有臆测和敌意,正是因为两个种族之间甚少有交流和接触。前文已经提及过,马尼斯彻维兹在年轻时曾为黑人在犹太教堂祈祷诵经的类似情景所感动,但这段记忆已因他对本民族历史文化的生疏而被忘却,同样,对于非裔这一同属少数族裔的族群,他依然知之甚少、缺乏了解,而这也体现出白人犹太人对其他族裔的长期以来的漠视和忽视。初次见到莱文之时,马尼斯彻维兹对这样一位"不速之客"的来临感到"难以安心",而"桌子旁坐着一个黑人"的事实更是令他错愕不已,只能"战战兢兢"地询问其来意。(97)与之相仿,乘地铁来到哈莱姆地区的主人公在面对这个黑人聚居区的时候同样感到茫然无助、不知所措,由此可以看出其和黑人的交际极少,在马尼斯彻维兹寻找莱文的时候,他"穿过红灯映照的大街,几乎被一辆出租车撞倒"(102);另一方面,非裔群体对于这样一位陌生的白人犹太人也显现出不甚了解和不熟悉的态度。当马尼斯彻维兹鼓起勇气在贝拉歌舞厅与莱文进行交谈的时候,周围的黑人却对他流露出一丝敌意,在语言和行为方面都有所奚落;当主人公和莱文离开的时候,更是"谁也没有和他们说再见"(107)。

对于非裔和犹太裔之间互相漠视和彼此有着成见的问题,诸多犹太作家都在小说作品中有所谈及。而包括马拉默德在内的一些犹太作家,如索尔·贝娄(Saul Bellow,1915—2005)和菲利普·罗斯,他们都不愿仅仅被视作"犹太作家",因为这样的称呼会限制了他们的作品所关注的范畴与话题,从而被误认为对某一特定群体过度关注。① 因此,虽然他们常常以犹太白人作为主要角色,但在具体的创作中又不限于这一个主题,而兼有对其他种族关系的探讨。例如,贝娄在《赛姆勒先生的行星》(*Mr. Sammler's Planet*,1970)中就以颇有隐喻色彩的口吻,描写了犹太主人公赛姆勒碰见一名黑人扒手的事件,而他们之间的冲突又暗示了两个族裔间可能存在着的纷争。而另一方面,在《美国牧歌》中,罗斯笔下的白人犹太企业家则努力与工厂中的黑人保持良好和平的关系,在1967年的纽瓦克骚乱中,更是黑人女监工维姬以"这家工厂的大部分员工都是黑人"的告示牌,帮助减少了工厂可能会遭受的损失。② 由此可见,犹太作家对本族裔和非裔群体的关注也是其作品的重要组成部分,而这也可能会被赋予更为深刻的内涵与意义。

作为两个同样经受过历史和战争创伤的种族,黑人与犹太人"都被主流文化所边缘化,都被牵涉到一段能够互相认同与映照的关系中",而他们在美国民权运动期间所巩固的关系,自然也包含了"政治、社会、经济、宗教和心理"等各个层面上的"联盟"。③ 因此,二

---

① Edward A. Abramson, "Bernard Malamud and the Jews: An Ambiguous Relationship", *The Yearbook of English Studies*, no.24 (1994), p.46.

② Philip Roth, *American Pastoral*, London: Penguin Random House, 2016, p.161.

③ Laurie Grobman, "African Americans in Roth's 'Goodbye Columbus,' Bellow's *Mr. Sammler's Planet* and Malamud's *The Natural*", *Studies in American Jewish Literature (1981-)*, no.14 (1995), p.80.

者之间既有着曾受到过压迫的相似历史背景，又同属美国多种族社会内部的少数族裔群体，他们能够在20世纪50年代逐渐走向联合也应是自然且合理的结果。尽管本文中的莱文有着"生来就是，而且至死未变，心甘情愿"（98）的犹太信仰，但他的黑肤色和在哈莱姆的居所也同样彰显出莱文所具有的非裔种族身份。因此，某种程度上来说，马尼斯彻维兹和莱文的最终和解也象征犹太裔和非裔两个族裔能够走向团结与合作的可能。

四、偏执与黑人-犹太人情感共同体的建构

在这个颇具寓言性质的故事中，作为主人公之一的白人裁缝马尼斯彻维兹首先因过度自负与盲目而对黑人天使莱文产生了单向偏执，而在两次前往哈莱姆地区后，他最终打破了和非裔群体之间的双向偏执，转而对莱文产生了身份认同感与信任之情，最终在二者之间建立起了具有象征意味的情感共同体。在此过程中，负情感的流动与变化正是共情产生的前提条件。首先，就如上文所述，马尼斯彻维兹自大、固执的偏执心理实质上是一种白人占据主流优势的犹太文化偏见，这反映出的即是对本族历史文化的无知。面对着莱文带来的这样一份救赎，马尼斯彻维兹最初显现出的却是极度的不解与偏执，一度认为自己受到了嘲弄的主人公呵斥莱文是一个"冒牌货"，以致误解和嫌隙在二者之间产生。在经历了反反复复的情绪变化之后，马尼斯彻维兹试图去哈莱姆寻找莱文，但其迟疑不定的性格依旧使他重返家中。最终，芬妮加重的病情和生活困窘令他再无其他的希望与解决办法。当马尼斯彻维兹在睡梦中梦见天使之后，他把第二次去哈莱姆地区拜访视为最后的途径。也就是在这时，白人裁缝在犹太教堂遇见的几位黑人犹太信徒以颇有隐喻意味的话语打动了主人公："上帝把精神置入万物"，于是"他把精神放进了绿叶，放进了黄花，把金色同

时放进了鱼身上，把蓝色同时置入了天空，对我们人类也是如此"。（105）黑人孩子的解释回答了其他黑人"那我们为什么有颜色呢？"（105）的疑问。作为一种无形的物质力量，最为至高无上的灵魂产生了有形的万物，而万物的思想和精神又是由上帝所注入的。因此，此番对话所暗示的即是在上帝面前，各个种族、各个灵魂以及各个精神都是平等的。无形的思想是平等的，而在上帝的旨意下所生发出的万物实体自然也有着同样的地位和权利。事实上，超越了地域与血统限制的犹太黑人正是犹太人的分支之一，而二者在宗教层面的共同信仰更显示出不同群体间的相似之处。

在《想象的共同体》中，本尼迪克特·安德森指出："民族主义并非要与自持的政治意识形态一同理解，而是要联系起一个更大的文化体系——民族主义正是以先前的文化体系为背景生发出来。"[①] 安德森随后提及的"宗教共同体"和"王朝"就是与文化体系及文化根源相关联的两个例子。但理想中的各民族"想象的共同体"又没有仅仅限于此，印刷资本主义的出现让人们能够以新的方式将自我和其他人联结起来，超越线性时间的限制，以共时的方式达到本雅明式"弥赛亚时间"（Messianic time）的状态，即"过去和未来在当下的瞬间而融汇产生的同时性"[②]，从而实现最初的民族想象。而在此期间，语言所具备的独特力量又再次彰显出来。在安德森看来，正是通过同样的一种语言才让不同的人能够被归并到同一个族群之中。"民族国家是既开放，又封闭的，经由语言，它显现出历史的宿命感和一个想象的共同体。"[③] 可以说，偏执情感的存在推动着马尼斯彻维兹去了解黑白犹太人兼而有之

[①] Benedict Anderson, *Imagined Communities: Reflections on the Origin and Spread of Nationalism*, New York: Verso, 2006, p.12.

[②] Ibid., p.24.

[③] Ibid., p.146.

的宗教文化。对于莱文和马尼斯彻维兹而言，英语和希伯来语既是两位主人公在日常生活中所运用到的语言、同时也成为他们相互沟通、共享彼此所属文化的一种方式，与此同时，他们所信仰的宗教也具有和语言相仿的文化传统，有助于构建起二者具有一致性的文化观和价值观。正是在"犹太黑人"这样一个实际存在的种族背景下，超越了肤色与种族限制的认同感与信任能够被逐步建立起来。

此外，安德森的"想象的共同体"以文字、报纸等印刷媒介为基础，强调了相通的语言文化对塑造不同个体之间共同的意识形态的重要性，在这些阅读、书写和传播方式的推动作用下，一种相仿的认知方式成为"民族"身份出现的原型。值得注意的是，在《天使莱文》这篇短文中，报纸也起到了相似的作用：马尼斯彻维兹的日常爱好就是浏览新闻，作为他的兴趣，"他惊讶地发现他所期待的竟是发现关于他自己的一些东西"(97)。显而易见的是，报纸作为印刷资本主义时代的产品、商品和印刷品，所承担的责任之一即是以通用的印刷语言"将'世俗事件'映射到方言读者能想象得到的一个特殊世界之中"[1]。作为主人公每日的消遣，阅读犹太教的报纸不仅为他带来了与本民族和自己切身相关的信息，也作为一种文化活动而有利于想象中的犹太族裔共同体这一形象在其头脑中的形成。而且，在他和莱文初次相遇之时，莱文"正在读报，为了一只手拿着方便，他把报纸对折了起来"(97)。虽然身为黑人，但莱文阅读报纸、身穿西服、头戴礼帽的形象让马尼斯彻维兹将其误认为是一名社会福利部的调查员，尽管后来他发现莱文的职业并非如此，但莱文读报的举动也无疑为白人裁缝留下了可以向其寻求帮助的最初印象。

宗教文化作为精神层面的认可正是推动偏执情感产生变化的原因

---

[1] Benedict Anderson, *Imagined Communities: Reflections on the Origin and Spread of Nationalism*, p.63.

之一。此外，一贫如洗、物资匮乏且难以谋生的物质需求也促使白人裁缝去向他曾心怀偏见的黑人天使求助，而这也让不同肤色的犹太人能够在其族裔内部建立起一个情感共同体。在犹太教堂所看到的这一幕令马尼斯彻维兹回想起他年轻时所经历过的相仿景象，也让他不自觉地为之动容，从而再次聚集起勇气向莱文寻求最后一次帮助。从最初的那句"我想你是个冒牌货"到让莱文流泪的一句"我想你是上帝派来的天使"，这些话语所表达的不仅仅是马尼斯彻维兹心态和想法的转变，也透露着他的性格与情感所产生的变化。从最开始的困惑质疑与初至哈莱姆的踌躇犹豫，再到回家后的自我怀疑及痛苦挣扎，以至在犹太教堂中交织着感动的回顾与思考，这份偏执在历经怀疑和自我反思后逐渐得到化解，最终演变为真诚和信任的情感。在第三次遇见莱文之后，尽管他"打着哆嗦""脚更是抖得厉害""十分烦恼，真想跑开"，甚至"眼泪遮住了裁缝的眼睛"，但马尼斯彻维兹依旧在不连贯的话语中表达了对黑人天使身份的相信，从而得到了对方的帮助和关照。(106)"当他以话语认同黑人天使的时候，他在努力让自己能够接受他者"，正是这句最终说出的言语表现出二人之间建立起的信任，而马尼斯彻维兹也意识到了"当他对这位黑人他者传递出认可的时候，他也在认可一个新的世界(he is authorizing a new world)"，这正是自我的身份和文学文本所共有的一种力量。①"如果你说了，那就是说出来了。如果你相信，那你就一定说。如果你相信了，那你也就相信了。"(107)

马克思主义理论家雷蒙德·威廉斯的文化共同体思想同样能够为犹太裔与非裔这两个不同族裔间情感共同体的建立提供一定的参

---

① Idit Alphandary, "Wrestling with the Angel and the Law, or the Critique of Identity: The Demjanjuk Trial, *Operation Shylock: A Confession*, and 'Angel Levine'", *Philip Roth Studies*, vol.4, no.1 (2008), p.67.

照价值。威廉斯共同体理论中的重要概念"情感结构"(structure of feeling)所指代的即是"一种文化假说,确切地说是对一代人与一段时期内各种因素及它们之间联系的理解,它总是需要以一种互动的方式被和上述迹象回顾到一起"①。因此,这种"文化假说"可被归纳为一种流动的、交互的,且具有建构性意义的现代经验,它不但能够从个体或社会经验的角度反映出特定时期的文化交流趋势,也能够促进文化与交际关系在实际生活内的形成。此外,反对精英文化的威廉斯认为各个社会成员都拥有平等参与文化活动,并经由日常生活中文化方面的共同特征和经验而最终建立起共同体的权利。②除此之外,"对城市来说,经验和共同体在本质上来说是难以理解的;而在乡村却是清晰可见的"③。在对城市与乡村这两类社群进行比较的过程中,有着更为直接、简单的人际关系的乡村共同体是容易被构建起来的,而对于城镇,尤其是现代都会而言,"日益增长的劳动分工和复杂性;社会阶级间变动且至关重要的关系"都会令一个可被认知的共同体越来越难以维系。④因此,在增加对主体所在地位的认知程度的基础上,感知以"情感结构"为代表的文化观念和身份认同自然是极为必要的,也正是在对当下文化环境的触碰和把握中,才存有实现个体乃至族裔间共同体的可能。

在《天使莱文》中,故事发生的地点就是纽约这样一座现代城市,在此环境下,城市居民之间相互疏远、孤独的心理状态和冷漠的相处方式极为常见,更不必说犹太裔和非裔这两个本就交际不多的少数族

---

① Raymond Williams, *Marxism and Literature*, New York: Oxford University Press, 1977, pp.132-133.
② 盛立民:《雷蒙德·威廉斯文化唯物主义共同文化思想探析》,《内蒙古社会科学》2021年第4期,第70—72页。
③ Raymond Williams, *The Country and the City*, London: Vintage Classics, 2016, p.239.
④ Ibid., pp.239-240.

裔了。故而，文化层面上的共识和认可是促进不同族裔间共同体形成的必要因素。当马尼斯彻维兹第二次来到哈莱姆地区时，贝拉歌舞厅先前所在的位置却变成了一座犹太教堂，也正是在那里白人裁缝原有的认知局限被打破。但与此同时，当他离开那里的时候，贝拉歌舞厅却又再次出现，地理位置的空间变化或许也暗示着多名黑人所一同聊天、聚会的生活场所与代表着犹太信仰的教堂之间并非互相排斥，而是能彼此共存的。尽管这篇寓言式的短篇小说并未对马尼斯彻维兹和其他非裔群体间的交际进行更为细致的描述，但在马拉默德的另一篇短篇小说《黑色是我最喜欢的颜色》("Black is my Favorite Color", 1963)中，在哈莱姆地区经营商店的主人公始终对非裔保持着友好的看法和态度，这正显现出作者对犹太裔与非裔能够积极相处的一份希冀："我一生中的大部分时间是同黑人打交道的。多数情况是出于生意方面的原因，但也有时是出于双方的真诚友谊。我被他们所深深吸引。"[①]

小结

综上所述，偏执情感是发现马尼斯彻维兹其身份和性情变化的一把钥匙，在循着情感的线索追寻白人裁缝和莱文相处方式的过程中，文本揭露的不仅仅是贫苦的白人犹太人所处的生存困境，也展现出非裔群体的敌意和同被边缘化的情感体验。通过对犹太裔自身的文化历史状况以及与其他族裔间关系的梳理总结，本节指出，主人公偏执心理的诊治作用让马尼斯彻维兹为黑人犹太信徒祈祷与对话的一幕所动容，也令他曾经的记忆和认同感被唤醒。随着白人裁缝与黑人天使之间的交流和沟通，犹太人与黑人之间过去的隔阂被打破，两次在哈莱

---

① [美]伯纳德·马拉默德:《魔桶——马拉默德短篇小说集》，吕俊、侯向群译，第249页。

姆地区的所见所闻更是化解了他们之间曾有过的偏执情感，文化与交际层面的裂痕被弥合，最终达成和解，颇具象征意味地在白人犹太人和非裔群体之间构建起基于文化想象的情感共同体。

第四节
《但以理书》中的偏执与犹太-白人共同体

在 20 世纪 60 年代，美国社会盛行麦卡锡主义思潮，冷战思维持续加剧，在此背景下，美国社会的反犹主义情绪再度抬头，犹太-白人关系日趋紧张。美国主流社会开始将犹太人视为国际共产势力的同盟，视为苏联社会主义政权在美国国内的帮凶。在冷战伊始，生活在美国的犹太人面临着美国社会根深蒂固的反犹主义的政治迫害，由此产生了偏执情感。美国犹太裔小说家 E. L. 多克托罗的小说《但以理书》刻画了在政治暴力与种族歧视双重迫害下的美国犹太偏执形象，再现了这一时期以被害妄想症为特征的历史氛围与政治语境。作者在展现冷战思维对各方产生消极影响的同时，也为修复族裔关系以及想象犹太-白人共同体提供了一剂治愈良方。本节以小说中的偏执情感为着眼点，分析小说主人公但以理为代表的美国犹太人的偏执表征，诊断造成这种偏执的社会文化动因，同时借助偏执这一情感的能动性，分析但以理如何化解偏执，在一定程度上想象犹太-白人情感共同体。

一、美国犹太人的偏执表征

根据《牛津英文大辞典》，偏执（paranoia）在医学上起初指一种

"谵妄、痴呆或其他影响心智功能的疾病",其后意义进一步拓展为"以持续性妄想系统为特征的精神疾病,通常以迫害、夸大个人重要性或性幻想或嫉妒为主题,通常作为精神分裂症的表现",在更一般的意义上来说,偏执指"任何无正当理由或过度的恐惧感,特别是对他人的行为或动机的不合理的恐惧"。① 在 20 世纪初,弗洛伊德将精神分析方法运用到妄想症案例分析中,提出病人的被害妄想是由于深藏内心的同性恋情欲被社会禁忌遏制的结果。

以弗洛伊德对偏执的精神分析作为转折,20 世纪中叶以后,不少社会文化学者认为偏执是后现代社会中一个普遍的情感表征。美国历史学家理查德·霍夫施塔特(Richard Hofstadter,1916—1970)在文章《美国政治中的偏执》("The Paranoid Style in American Politics",1964)中提出在偏执中,被迫害的感觉处在中心。② 弗利格(Jerry Aline Flieger)在文章《后现代视角:偏执的眼光》("Postmodern Perspective: The Paranoid Eye",1997)中指出,"很多后现代书写反映出这样一种情感,即处于一种莫名的凝视下的感觉"③。此外,弗利格概述了后现代文本的五条特征,其中之一便是后现代文本"往往反映出一种四处游走的偏执"④。约翰·法雷尔(John Farrell)也强调,"自'二战'以后,美国文学的一个主要的创新动力是置于一个不断扩展的社会状况中的偏执。包罗万象的阴谋论几乎成为表现这一时期美国社会及其机构的常态化方式"⑤。法雷尔指出,偏执者总是倾向于

---

① "Paranoia", *OED Online*, Oxford University Press, December 2021. www.oed.com/view/Entry/137550, 访问时间:2022 年 2 月 22 日。
② Richard Hofstadter, *The Paranoid Style in American Politics and Other Essays*, New York: Alfred A. Knopf, 1965, p.4.
③ Jerry Aline Flieger, "Postmodern Perspective: The Paranoid Eye", *New Literary History*, vol.28, no.1 (1997), p.87.
④ Ibid., p.89.
⑤ John Farrell, *Paranoia and Modernity: Cervantes to Rousseau*, p.3.

过度高估个人的重要性、感到被迫害、病态地沉迷于自主权和控制欲，或者在他人的行为中发现带有敌意的动机。在偏执者看来，"阴谋总是围绕他展开，敌人总会干预他的生活……无关紧要的事实或事件也总另有深意。他常感到自己处于邪恶力量关注的焦点上，这种感觉或许伴随着狂妄自大的幻想，可能被置于一个宏大的阐释的系统中"[①]。学者帕特里克·奥唐纳（Patrick O'Donnell）在《隐藏的命数：文化偏执与当代美国叙事》（*Latent Destinies: Cultural Paranoia and Contemporary U.S. Narrative*，2000）中指出，文化偏执表现出的症状包括"被他者或他者的代理人所激起的被害妄想"和"感到总是处于监视下"[②]。此外，美国文化政治学者倪迢雁在《负情感》中将偏执看作一种负情感，指"基于对整体的，包罗一切的系统的不安疑惧的恐惧心理"[③]。

可见，自20世纪中叶以来，偏执概念已超出了病理学的范畴，具备了指称一般意义上的心理或情感状态的功能，其主要表征包括了被害妄想以及对他人的行为与动机的过度不安和猜忌，可见，偏执可以揭示出当代社会中某些边缘群体所面临的政治、文化、性别、身份方面的问题和困境。

《但以理书》以主人公但以理为第一叙述者，讲述了成年后的但以理为寻找十几年前亲生父母艾萨克森夫妇因间谍罪一案而被政府处以电刑的真相的过程，通篇弥漫着典型的偏执情感。小说以冷战期间著名的罗森堡夫妇间谍案为原型，对这一案件的审判进行了文学想象和重新解读，巧妙结合了真实的历史事件和文学的虚构。在小说中，多克托罗还原了罗森堡间谍案中人物身份及案件经过，从被告人、辩

[①] John Farrell, *Paranoia and Modernity: Cervantes to Rousseau*, p.1.
[②] Patrick O'Donnell, *Latent Destinies: Cultural Paranoia and Contemporary U.S. Narrative*, Durham: Duke University Press, 2000, p.13.
[③] Sianne Ngai, *Ugly Feelings*, p.299.

护律师到法官、诉讼人、主要证人都是犹太人,也许这样的设定反映出多克托罗作为一名美国犹太裔作家,除了想用文学的手法对一段充满争议的历史展开重新讨论外,也有意对犹太民族在当时美国社会下的生存状况和思想状态进行一定的探索和思考。

但以理对所处的社会环境充满不安和猜忌,这种不安与猜忌集中在他对家庭、犹太社区和白人主流社会的态度中。但以理总是在他人的行为中发现带有敌意的动机,具有明显的偏执倾向。作为东欧犹太移民的后代,但以理和妹妹苏珊年幼时因亲生父母被处以电刑而沦落为孤儿,这一惨剧带来的巨大创伤成了他们的一生之痛。从表面上看,但以理同正常人无异,但是读者在阅读但以理的自述时可以明显感觉到这是一位内心痛苦、扭曲、偏执的人。

但以理的偏执首先表现为他对家人的怀疑和不信任。艾萨克森夫妇被美国政府处以电刑这一事件给当时仍处在幼年时期的但以理和苏珊都带来了巨大心理创伤。此后但以理为逃避这一创伤事件,切断自己同外界的社会联系,排斥且反感一切社会政治活动。与但以理疗愈创伤的方式完全不同,苏珊则在读大学期间成了一名热衷政治活动、同艾萨克森夫妇一样激进的"新左派"。长大后的但以理和妹妹苏珊之间的关系更加恶化,他们彼此不再说话,但以理承认在去剑桥读大学的两三年的时间里,苏珊对他来说好像根本不存在似的。兄妹之间最激烈的一次冲突发生在 1966 年平安夜,但以理强烈反对苏珊要创立艾萨克森革命基金会的提议。他十分气恼地质问苏珊:"为什么你要给它打上家庭的标签?为什么你非要去宣传?"① 在这种咄咄逼人的质问中透露出但以理对苏珊有意要使用艾萨克森这一名号进行政治宣传的动机的疑虑。对但以理来说,他排斥一切社会政治活动,将自己

---

① E. L. Doctorow, *The Book of Daniel*, New York: Random House, Inc., 1971, p.93. 本节中,出自同一著作的引文,将随文标出引文出处页码,不再另注。

封闭在象牙塔中是维护自身安全感的一种表现，而苏珊的政治活动让但以理感到自身安全受到了威胁。

同样的怀疑和不信任也体现在但以理对妻子菲利斯的态度上。在一家精神病医院看望自杀未遂的苏珊时，但以理的内心活动暴露出他对妻子的怀疑和猜忌。"我想到她用那种高中女生的恳切怜悯的方式来想象苏珊的不幸就会觉得生气。我强烈怀疑她已经为嫁进了一个声名狼藉的家庭而觉得毛骨悚然了。这件事我还必须要弄清楚。"(36)可以看出，但以理一直以来都对妻子心存怀疑和戒备，他怀疑妻子暗中轻蔑自己，没有将她真正当作家人和爱人。在偏执情感的影响下，但以理对菲利斯不断施加生理和精神上的伤害，让这段夫妻关系时时陷入崩裂的境地。

与此同时，但以理对他的养父母列文夫妇也有类似的怀疑和不信任。但以理斥责父母在苏珊出事后没有第一时间告诉他，这是对他的刻意隐瞒。他为自己的父母在出事后没有联系他而是寻求杜博斯坦医生的帮助而心存不满，"我虽然爱我的养父母，但是在紧急关头他们却选择了杜博斯坦。杜博斯坦才是他们的人"(37)。而但以理独断专行，甚至是乖张怪异的外在形象和表现也让列文夫妇觉得痛苦悲伤。

但以理的被害妄想和对他人的不安与猜忌还体现在他对犹太社区的看法上。艾萨克森家处在角落里的孤零零的房子便标志着艾萨克森一家在犹太社区中的孤立的地位。"大家都认识我父母但都不是我父母的朋友。"(107)每当走过街道时，罗谢尔会"抓紧他的手，推着推车，赶紧走过那些层层叠叠的坟墓构筑起来的房子，那些她看到就会觉得厌恶和害怕的房子"(107)。这种在社区中被孤立给但以理带来的不安和敌意的心理在此可一窥一二。但以理对犹太社区的疑惧尤其集中体现在他对父母的好友塞利格·明迪什的态度身上。"我讨厌明迪什。我觉得他是个虚伪的人。我从不相信他说的任何东西。"(55)此后，随着艾萨克森夫妇接连被捕，但以理明确地感到明迪什可能迫害他的家庭，他甚至怨恨父母为什么要有明迪什这样的朋友。当罗谢尔接到法庭的传唤要去出席大陪审团作证时，但以理阻止她，"然后他们也会把你抓起来的。明迪什医生也会杀了你的"（138—139）。成年后的但以理虽从未找到当年案件的真相，因而无从确定明迪什是否故意出卖自己的父母，却始终对明迪什怀有偏执式的敌意。

此外，但以理身上这种偏执心理尤其体现在他对白人主流社会的态度上。但以理发现在白人社会中，"阴谋总是围绕他展开，敌人总会干预他的生活，他感到自己处于邪恶势力关注的焦点"[①]。保罗被捕后，新闻媒体开始对艾萨克森一家铺天盖地大肆恶意报道，如同但以理所说，"我们散布在各大新闻头条和新闻播报里"（136）。这让但以理从小就感到时刻处在他人目光的注视之下，成为这个充满敌意的社会关注的中心。成年后的但以理对任何生活里的"入侵者"都怀有强烈的疑惧的敌意。他对苏珊的白人心理医生杜博斯坦也是如此，虽然杜博斯坦是来协助处理苏珊的事情，但在但以理眼中，"他只是成千上万的闯入我的生活、我妹妹的生活中的人之一——成千上万的指导者、评论者、建议者、同情者还有持各种观点的人中的一个"（37）。但以理直接恶语相向，辱骂帮助列文夫妇处理苏珊事情的杜博斯坦医生为"蠢货"，并口出狂言："苏珊和我为什么让所有人都觉得有权对我们说三道四。我为什么非得坐在这儿听这个讨人厌说话。谁要他来似的？"（37）但以理对主流白人社会的恐惧与猜忌、排斥和敌意尽显无余。

系统的被害妄想和阴谋论构成了但以理偏执情感的重要部分。在偏执情感中，"被迫害的感觉处在中心，而且通过浮夸的阴谋论得以系统化"[②]。不管是在年幼时还是成年后，但以理一直都在怀疑白人主

[①] John Farrell, *Paranoia and Modernity: Cervantes to Rousseau*, p.1.
[②] Richard Hofstadter, *The Paranoid Style in American Politics and Other Essays*, p.4.

流社会在针对自己的家庭设计阴谋，时刻感觉到自己被白人主流社会迫害，因此恐惧不安的感觉总是挥之不去。这种阴谋论的解释尤其体现在但以理对各种事件之间的过度联系和过度解读上。但以理在收到监狱中罗谢尔的来信后十分惊恐，其后他收到保罗来信时也如此，"什么也没有多说而且十分奇怪"，"听上去都不像他说的话"。（176）之后，但以理和苏珊被送到纽约东布朗克斯儿童福利收容所，一个被他们视作监狱的地方。在这里但以理进一步怀疑，"假如他收到的父母信件都是由FBI模仿他们的笔迹写的。或者再假如FBI强迫他的父母说出他们想把自己的孩子放到收容所……如果确实是FBI把他们弄进来的话，他们也会有这样做的理由。理由就是要让孩子讨厌他们的父母，接着可能就会向他们捏造关于他们父母的谎言"（182）。于是，这种联系就为但以理此前的猜疑找到了解释，在他看来这些信或许根本就不是自己的父母写的，而是FBI制造出来的，为了把他和苏珊送进这个"监狱"，从而进一步迫害他的家庭。

成年后，但以理也始终觉得自己处于白人社会的监视和迫害中，坚信自己制造出的阴谋论。苏克尼克教授认为但以理不去申请国防教育法案研究生奖学金是因为他拒绝在忠诚宣誓书上签名。但在但以理看来，"无论［他］做出什么样的政治或象征意义上的抗议和不服从的行为"都只是让其档案多了一条内容罢了，他"已经被剥夺了反抗政府的机会"（84），而政府早已做好了应对他的任何行为的准备。同时，政府也确保他绝不会牵扯到美国政府的事务中去。可以看出，但以理已经完全被自己阴谋论所说服，他深信政府一直在秘密监视和调查自己。在这种偏执的思维下，但以理已经将自己和国家完全对立起来，正如其所称，"每个人都是他的国家的敌人。每个国家都是它自己人民的敌人"（85）。

但以理的偏执情感笼罩在他所处社会环境的各个层面，表现在他对家人、犹太族裔社区和白人主流社会都持有的不安疑惧的态度中。

这种强烈的偏执情感反映出当时东欧犹太移民的生存困境及美国社会背后出现的问题。

二、犹太偏执的成因

首先需要指出的是，东欧犹太移民在经济生活上的贫困和遭受的剥削成为形成其偏执情感的重要原因之一。19世纪80年代开始，成千上万受到沙俄政府严重迫害、生存空间受到严重挤压的东欧犹太移民带着对自由平等的希望义无反顾投奔美国。但美国并非他们想象中的"应许之地"，他们迫于生计进入"血汗工厂"，劳苦工作却收入微薄。这就是小说中以罗谢尔的母亲为代表的第一代东欧犹太移民真实生活的写照。小说中，祖母悲惨的一生通过第一人称叙述直接讲述出来，"为了几分钱一天要在昏暗的光线下缝上十六个小时，全家住在一间房里，孩子们在厨房里的洗衣槽里洗澡，公共厕所里浮着死老鼠"(77)。在如此艰难的生存环境下，祖母还目睹着身边的亲人一个接一个离去，最大的孩子被马车轧死，两位妹妹死于工厂大火，二儿子死于1918年的大流感，丈夫死于肺结核，最后只剩下她和女儿相依为命。

小说中，这种困顿的处境到艾萨克森夫妇为代表的第二代东欧犹太移民时虽有些好转，却并没有得到很大的改善。与街区里其他居民住的砖砌的联排公寓或独栋住宅不同，艾萨克森一家住在一座由沥青铺就的小木屋里，和其他房子隔开。这座"老旧、渗水、木制的小屋"里是"破烂的救世军家具和被人遗弃的物件"。(127)保罗·艾萨克森以修理收音机为生，但这份工作并不能很好地养活一家人。罗谢尔总担忧没有足够的食物，她自己做窗帘、缝地毯，去救世军找便宜货，修补家里的边边角角。可以说，生活上的窘迫很大程度上促使受过教育的艾萨克森夫妇信仰马克思列宁主义，成为坚定的共产主义者、斯大林主义者。作为弱势的犹太人，他们痛恨资本主义社会里的剥削和不正义，"每一个资本主义美国剥削的例子都使他们发狂"（51）。

此外，20世纪50年代美国社会盛行的麦卡锡主义将美国犹太人置于极端不利的处境。"二战"后，美国实力空前强大，为进一步满足经济发展的要求和维护资本主义制度，美国走上了全球扩张道路。而战后在国际社会上威信得到极大提高的苏联则愈来愈被美国认为是其扩张道路上的最主要障碍。美苏在谋求各自国家利益中迅速走向尖锐的敌对，美国对苏联的外交政策也很快走向全面遏制。1947年，杜鲁门（Harry S. Truman，1884—1972）在咨文中含沙射影地攻击苏联通过直接或间接的方式把极权政制强加给自由民族，破坏了国际和平的基础，因而也破坏了美国的安全。"杜鲁门主义"标志着"美国越来越以两极思维来看待这个世界"[1]。这种两极化的"冷战思维"的具体表现形式是"'国家安全'概念的无限膨胀"，在这种思维的支配下，"美国一方面将自身的'方位'范围在国际上无限扩大；另一方面，又密切环视左右，继续捕捉任何存在的或潜在的'安全威胁'"[2]。于是，在美国国内，这种对国家安全威胁过分夸大让美国社会认为自己面临着被共产主义分子颠覆的严重危机，因此社会上弥漫着一股强烈的反对苏联阵营的氛围。以美国为首的自诩为自由主义的阵营和以苏联为首的共产主义阵营在这种"冷战思维"下走向尖锐的对立。在"冷战思维"的主导下，美国社会很快就被推入反共的巨大浪潮。1947年，杜鲁门签署忠诚调查令，使得美国国内几百万联邦公务员被筛查，成千上万人离职。1950年伊始，麦卡锡主义红极一时，巅峰时期，

---

[1] 徐蓝：《试论冷战的爆发与两极格局的形成》，《首都师范大学学报》（社会科学版）2002年第2期，第90页。

[2] 苏格：《美国与"冷战"的缘起》，《外交学院学报》1996年第4期，第22页。

麦卡锡主义几乎等同于"美国主义"。① 埃德加·胡佛（John Edgar Hoover, 1895—1972）领导的美国联邦调查局（FBI）在冷战期间不断强化对美国国内共产主义组织以及其他秘密组织的监视。美国众议院非美活动调查委员会（HUAC）调查同苏联有联系的大批美国公民和组织。在这一历史时期，美国两党在政治上几乎一致右倾，加强对国内共产主义势力的政治打压和迫害。在这一时期涌现出的大量反苏的影片更是进一步助长了美国社会总体的麦卡锡主义情绪。

"冷战思维"下美国社会的这种政治偏执情绪在小说中也得到了丰富的描写。在祖母的葬礼上，保罗嘲讽国会居然通过了《蒙特-尼克松法案》这样愚蠢的法案，"若共产党不登记则违法，若登记就承认了阴谋颠覆美国的身份"（98）。1949 年，苏联爆炸了一颗原子弹，这一事件加剧了美国政府对苏联势力的恐惧，导致美国针对国内共产主义势力的进一步迫害。"秘密被盗了。FBI 一直在找这些人"，"非美活动委员会对好莱坞作家的调查。司法部长列举的颠覆组织的名单"，"大学里任何政治讨论都已消失"，"教授怕被误解。州立大学一定要签忠诚誓言"。（123）"任何人若是知道谁是共产分子都会觉得受到玷污。任何事情只要和共产分子有联系都会受到污染。"（132—133）在小说中，这种偏执的反共迫害体现在艾萨克森夫妇从被捕到最终处决的全过程。法庭从始至终都没有直接的证据指向艾萨克森夫妇犯下过间谍罪，仅有的证据是明迪什单方面的供词，最后的裁决也完全依赖于陪审团更相信哪方的说辞。在这股冷战思潮下，司法审判已然丧失应有的程序正义和裁判公正。正像艾萨克森夫妇的辩护律师亚设揭示的那样，"艾萨克森夫妇很可能因他们的政治联系被质疑，他们被指控犯罪的动机就能成立"（220）。可见，在冷战思维影响下，美国社

---

① Thomas C. Reeves, "McCarthyism: Interpretations since Hofstadter", *The Wisconsin Magazine of History*, vol.60, no.1 (1976), p.42.

会对异己分子的打击已经狂热到不惜以违背美国宪法精神和抛弃司法公正为代价。

在20世纪50年代，美国偏执的政治环境倾向造成了对异己分子的迫害。对于东欧犹太移民及其后代来说，他们当下面临的不只是政治上的不公正，同时还必须面对美国白人主流社会上始终存在的文化上的歧视和偏见，即反犹主义。自19世纪80年代开始，随着东欧犹太移民大量涌入美国，新一轮反犹主义很快掀起。"一战"时欧洲种族主义理论的传入以及战后美国本土主义的兴起带来的恐犹和反犹之风在很大程度上促成了1924年《美国移民法》的颁布。"该法规定根据地区差异分配南欧和东欧的移民数额。实际上，这主要是针对犹太人和意大利人的。"① 穆勒（Jerry Z. Muller）认为，在20世纪20年代，早期布尔什维克党里因为有很多犹太裔出身的知名的领导者，因此人们很容易将布尔什维主义视为一种"犹太人"的现象。② 同时代里，一本题为《犹太人贤士议定书》的伪书更加助长了反犹主义气焰。从20世纪30年代开始，全球经济大萧条导致美国犹太人本就恶劣的生存环境进一步恶化。正如马库斯（Jacob Rader Marcus，1896—1995）所说，"在1929到1941年这段经济大萧条时期，反犹太人的偏见大行其道。美国需要一只替罪羊，而犹太人几个世纪以来一直被要求扮演这个角色"③。"二战"结束后，虽说在纳粹大屠杀的影响下美国社会上的反犹主义走低，但就像马库斯所言，"至少在一个方面，二战后的十年对美国犹太人而言，是一个糟糕的十年。对共产主义的恐惧……对布尔什维克的恐惧近乎歇斯底里……反犹主义者摆出爱国主义的姿

---

① ［美］大卫·鲁达夫斯基：《近现代犹太宗教运动：解放与调整的历史》，傅有德、李伟、刘平译，济南：山东大学出版社，1996年，第338页。

② Jerry Z. Muller, *Capitalism and the Jews*, Princeton: Princeton University Press, 2010, p.139.

③ ［美］雅各·瑞德·马库斯：《美国犹太人，1585—1990年：一部历史》，杨波、宋立宏、徐娅囡译，上海：上海人民出版社，2004年，第241页。

态质疑犹太人的忠诚,并攻击他们是共产主义者"[①]。在战后的美国社会,犹太人被再次同布尔什维克联系起来。同时,纳粹大屠杀导致"二战"期间以及战后成千上万犹太人逃离欧洲,大批犹太难民进入美国,"犹太文明的主要舞台转移到美国和巴勒斯坦"[②]。这一时期犹太难民的涌入又刺激了白人对犹太人文化传统上的偏见和敌视。

小说中,艾萨克森夫妇在一次演唱会后返程中的遭际正反映出战后美国社会反犹主义势力的猖獗。一个9月的周日,艾萨克森夫妇带着但以理与其他犹太友人一同去皮克斯基尔市听黑人共产主义者和音乐家保罗·罗宾逊的演唱会。在抵达皮克斯基尔时,他们看见路边的人们大喊大叫着,还挥动着拳头。有人朝他们的巴士大喊:"滚回去,犹太佬!"(59)在返程的路上,艾萨克森和同行犹太人乘坐的大巴很快遭到了白人暴徒的袭击。暴徒将一块块石头砸向大巴的车窗和车顶,一些石头甚至和脑袋一般大,车窗玻璃碎得好像音乐声。但以理听到外面的人在一遍遍愤怒地大喊着"犹太佬""共产混蛋""犹太共党""赤色分子""黑鬼情人""犹太杂种"等脏话。"我们会教育你!""你们这些犹太佬杂种!"(61)这些暴徒企图冲上来把车子砸开甚至把车子掀翻。这场暴力冲突后,保罗受伤严重,失去了工作能力,同时也再度加剧了但以理内心的恐惧。

可以说,20世纪四五十年代冷战背景下,经济上的贫穷、政治上的麦卡锡主义迫害以及文化上的反犹主义偏见这三方面相互影响和作用,共同构成了引发当时美国东欧犹太移民偏执情感的社会动因。正如但以理在小说中所说的那样,"如果你是犹太共产者,反法西斯主义者;如果你大喊和平!在美国佬的体育馆里举行的进步主义分子

[①] [美]雅各·瑞德·马库斯:《美国犹太人,1585—1990年:一部历史》,杨波、宋立宏、徐娅图译,第244—245页。

[②] 潘光:《纳粹大屠杀对犹太民族和文明的影响》,潘光、汪舒明、盛文沁编:《纳粹大屠杀的政治和文化影响》,北京:时事出版社,2009年,第4页。

集会上为维托·马坎托尼奥欢呼；如果你贫穷；如果你是所有的这些，你就知道什么即将来临"(145)。

三、犹太偏执的建构力量

小说中，东欧犹太移民后代但以理在冷战背景下经历了亲生父母因间谍罪而被政府处决这一巨大创伤事件后产生了强烈的偏执情感。生活在杀害自己亲生父母的社会中，但以理时刻困在自己即将被迫害的疑惧中。在偏执情感的作用下，但以理出于预防潜在的迫害、维护安全而做出应激反应，这种应激反应首先便表现在他疏远美国社会，离间家人和其他犹太人，尘封往日记忆。但当偏执者感受到的迫害已经超出了其可以忍受的程度后，偏执情感就进一步促使他不得不采取更加主动的行动来应对外来的迫害。在这过程中，作为一种负情感，偏执激发出主体能动性的力量就体现出来。这种能动性让主体主动去面对偏执对象，直视背后的问题，并进一步寻找可能的出路，从而化解偏执。在这一过程中，偏执情感所具有的积极建构意义也不断显现出来。在小说中，偏执情感的一系列积极建构意义就体现在但以理同家人的和解、同犹太人的团结以及同白人主流社会的共情三个方面。

首先在家庭层面，妹妹苏珊自杀一事震动了但以理内心安全感的最后防线，成为激发出但以理行动力的起始点。得知苏珊在自杀后却被送到精神病院，但以理心中幼时在当年艾萨克森间谍案中感受到的强烈被害感再一次涌上来，"哦，苏西，我的苏西安娜，你做了什么？你被国际道德宣传机构给骗了啊！他们把你变成了宣扬道德的怪物了！……看看他们对你做了什么"(20)。这样几句话中不仅传达出但以理对苏珊的痛心和抱怨，也表达出但以理对"他们"的愤怒的指责和敌意。与此同时，这件事引发了但以理对苏珊深深的歉疚，他相信"促使她将刀片割下去的部分力量是由我提供的"(40)。于是，在苏珊出事后,但以理觉得自己仿佛受到了召唤,"如果现在在我们的生命中只有极端和危险的交流才有可能,那么不管怎么样信号已经发出来了"(40)。看着苏珊渐渐走向死亡,但以理感觉到"她发出的信号越弱,我的信号就越强"(225)。但以理将自己的一张海报贴到苏珊一直盯着的墙面上,海报上的但以理看起来邋遢不洁、激进好斗,还用手指做出和平的标志。但以理或许是想用这种方式来安慰苏珊并告诉她自己已经行动起来,主动为社会和平斗争。可以说,苏珊的自杀让但以理意识到自己原生家庭的亲人都行将离去,他不能再躲避一切,而应该主动捍卫自己的家庭。苏珊自杀所引发的家庭危机也让但以理重新认识到家人对他的意义,从而让但以理在偏执激发出的主动行动中一步步重建自己同家人的联结,达成和解。

此外,在主动行动并建立艾萨克森革命基金的过程中,但以理一步步重构他对艾萨克森间谍案的认知,进而使得但以理能够重筑起犹太人之间的情感联系和团结。时隔多年,但以理重新找到当年艾萨克森夫妇的辩护律师雅各·亚设的妻子范妮·亚设询问当年案件的情况。在交谈中,但以理无意间了解到艾萨克森夫妇当年固执地不愿接受其他人为其作证。这种做法被但以理标榜为一种"革命式的自我牺牲"(64)。这一点在但以理对幼时关于父母的回忆中亦有所体现。保罗被捕后,艾萨克森一家生计艰难,门庭清冷。本·科恩作为艾萨克森夫妇的朋友在事故发生后最先来探望。他向痛苦的罗谢尔说自己愿意提供任何帮助并当他们的证人。但罗谢尔拒绝道,保罗"不想连累任何人,他不想我们任何一位朋友卷进来。就目前的情况而言,任何与我们有联系的人都会被怀疑。他说他负不起这样的责任,这会对他来说太沉重了。对我也是"(137)。

范妮提供的信息进一步促使但以理去向养父罗伯特·列文求证。作为法学助理教授的列文多年来一直在追究当年的艾萨克森夫妇间谍案。在列文的指导下，法学生在当年间谍案中找出了不下于十七处可以申请重审的程序失当的做法，而列文一直在想办法推翻案件的裁决。虽然列文对艾萨克森夫妇到底有没有阻拦亚设寻找其他证人一事不甚清楚，但是列文帮助但以理从案件背景、案件起始、辩护逻辑、明迪什供认缘由几个方面重梳了当年间谍案的各方逻辑。至此，但以理结合幼时记忆以及范妮和列文的回答，重新建构出了对于艾萨克森间谍案这一段历史的认知，在"冷战的真实历史：一首拉加曲"中拼凑起了对冷战这段历史真相的阐释。在这一历史"真相"中，以艾萨克森夫妇为代表的信仰共产主义的激进"老"左派实则沦为美国政府和社会制造冷战氛围下的民众恐慌和打击国内共产主义的棋子。同时，但以理也开始意识到他一直仇恨着的明迪什医生也是无辜的，"只是因为在那个时候他本会受更多苦。只是因为自那之后他一直受着更多的苦"（244）。

  但以理对当年案件真相的重新认知消除了其对明迪什多年偏执的仇恨。此后，但以理终于可以坦然地去面对明迪什，去当面询问他当年案件的究竟。但以理甚至想出了"另一对夫妇"理论，这一对夫妇和艾萨克森夫妇的家庭情况相仿，而明迪什当年是为了保护这一对神秘的间谍夫妇逃离而牺牲了艾萨克森夫妇。于是，在圣诞夜前夕，但以理不远万里从纽约飞往加州，最终在迪士尼乐园里见到了衰朽的明迪什。在见到但以理的那一刻，明迪什因惊愕而木然，泪水随之流淌而下。在一阵讶异中，"他抬起了大而笨拙的手摸了摸我的脸颊。他把手伸到我的颈后，把我拉向前，并探过身子来，用他颤抖的嘴唇在我的额头上留下一吻"（309）。明迪什作为仍在世且是案件中最重要的当事人和知情人，其年老糊涂使得当年案件的真相终是随时间沉入历史，无法得知，成了一个永远的谜。尽管但以理再也无法找到当年间谍案的真相，但他在重构对当年案件的认知中破除了其长久抱持的被害妄想的思维，认识到像明迪什一样的犹太人在当时环境下遭受了同样的痛苦，体会到他们同自己一样的情感，从而化解了自己是被害者的仇恨，达到和其他犹太人在情感上的理解和团结。

与此同时，在但以理寻找当年案件真相、重构案件认知的过程中，与白人主流社会的接触和互动还让他产生了与前者的共情，这种共情进一步推动他走进社会，联同白人一起改变美国社会的不公正和不正义，化解美国社会中的偏执，在一定程度上构建出犹太-白人的情感共同体。

杰克·P.费恩是一名记者，他在《泰晤士报》上写过一篇反思当年间谍案的文章。费恩对当年间谍案的审判有着强烈愤慨，"这是场差劲的审判。控诉他们的事实不值一提……政府有的仅仅是明迪什作为共犯的证词……我还是不明白为什么有人一定要这样做。太过分了"(227)。由此可以看出，对当年案件中美国政府和司法部门表现出的不公正和不正义，费恩同犹太受害者一样感到十分义愤和不满，甚至能够体会到但以理深觉父母被美国政府陷害的偏执情感。正像他说的那样，"你的父母是被陷害了，但这不意味着他们就清白无辜。我不相信有什么传递重要国防机密的险恶阴谋，但我也不相信美国的检察官、法官、司法部门和美国总统会合谋害死他们"(229)，在当时"那些人一定得做出判决。那是他们的工作。除非他们觉得你父母做了些什么东西，不然没人会找你父母的麻烦"(230)。这番话一方面是费恩在共情的基础上对但以理作为受害者的宽慰，另一方面也在一定程度上提醒了但以理，美国固然对艾萨克森夫妇的死负有责任，但艾萨克森夫妇并非是美国阴谋针对的对象。

因苏珊的关系，但以理同白人社会中以阿蒂·斯特恩利希特为代表的"新"左派激进分子开始有了交集。20世纪60年代，在冷战思维的影响下，对共产主义威胁的夸大使得美国将越南视为其遏制战略中极其重要的一部分。艾森豪威尔"多米诺骨牌理论"的提出成为美国介入越南战争的理由。20世纪60年代中后期随着美国在越南战争的泥淖中越陷越深,以及战争导致伤亡人数的增加,美国人民对这场战争愈发不满,美国社会各界都开始加入这场轰轰烈烈的反战运动当中。广大青年学生将越南战争视为不正义和非人道的战争,是对民主的践踏,同时对政府继续征兵将青年送往战场的做法大为不满。到1967年下半年,美国国内的学生反战运动达到高潮。

小说中,正是在这样的社会背景和形势下,但以理能和白人社会"新"左派"革命者"产生共情,进而共同致力于反对美国在偏执的冷战思维下造就的一系列不公正和不正义,因为在与共产主义的偏执对立中,受害的早已不只是以艾萨克森一家为代表的美国犹太移民,白人主流社会同样成为美国在追求全球霸权道路上的受害者。斯特恩利希特十分看不起像艾萨克森夫妇这样安于在"体系内"进行抗争的"老"左派。他认为艾萨克森夫妇面对审判十分软弱,因为他们非但没有站起来反抗,反而采用政府的游戏规则。在全社会正在如火如荼地进行反战运动的形势下,斯特恩利希特激情澎湃地呼吁大家参与到反抗政府和社会的革命斗争中来:"让我们干起来。让我们战斗起来。让我们去炸掉五角大楼!"(152)他倡导要联合社会上一切弱势群体,一切受到奴役和压迫的人,黑人、白人辍学学生、社会弃儿、嬉皮士等等,"成为显而易见的危险的存在"(149)。身处在纽约下东区的街区里,但以理不仅被斯特恩利希特激昂的"说唱"式演讲所触动,同时也被周围环境中喧闹旺盛的能量所感染,"这里是个孵化场,一个鱼类和野生动物的渔猎场。这似乎就是为他打造的。对这个世界上所有的穷人,我希望与他们共享我的命运"(154)。在这种共通的情感连接和强烈的情感共鸣中,斯特恩利希特邀请但以理一同加入进军五角大楼的反战游行示威运动当中,"用图像颠覆美国"(155)。

于是,在1967年10月下旬,但以理走上了华盛顿街头参与反越战游行示威，他同白人主流社会之间的共鸣和共情进一步得到了加深。社会学家兰德尔·柯林斯提出互动仪式链理论。在该理论中，柯林斯将情感视为互动仪式中的"核心组成要素和结果"[①]，把情感能量视为人们参与到互动仪式中的重要驱动力。这种来自社会的情感能量"对个体具有一种强有力的激励作用"[②]。互动仪式理论的核心机制是共同在场的群体聚集且群体间在高度的相互关注和情感连带后产生集体兴奋，进而带来群体团结、使个体获得情感能量、创造出社会关系符号以及衍生出道德感。互动仪式可以形成新的社会关系、创造新的符号，强烈的仪式体验"会产生有助于重要社会变革的能量"[③]。

这次声势浩大的反战游行示威便可视作但以理与白人主流社会之间的一次成功的社会互动仪式。参加反战的社会各界人士和但以理都想要去改变且纠正冷战局势下美国出现的问题。于是，在这场示威仪式中，但以理和白人共同在场，彼此间有着高度的相互关注和共享的情感，他们共同的关注焦点就是反对越南战争，共享的强烈情感是对这场战争的不满和抵制，由此能够产生高度的集体兴奋。在这场仪式中，但以理像其他无数反对越战的大学生和群众一样，将征兵卡丢进袋子，通过麦克风当众喊出了自己的原来的名字——但以理·艾萨克森。第二天，数量巨大的群众在林肯纪念堂前集会，基督教徒、退伍老兵、激进分子、教授、吉他手、脸上涂颜色的怪人、潜水员、牧师、组织成员等等，"冷战中所有快活的怪胎都从包车中涌出来，从睡袋中爬出来，所有出名的人，都来向五角大楼进军"（270）。夜里，四处都有焚毁征兵卡的篝火仪式，而和警卫冲突的爆发让这场仪式达

[①] [美]兰德尔·柯林斯：《互动仪式链》，林聚任、王鹏、宋丽君译，北京：商务印书馆，2009年，第153页。
[②] 同上，第76页。
[③] 同上，第80页。

到最高潮。但以理同其他"顽固的贵格会教徒、激进分子、有着新的生活方式的新男孩女孩们"意外地形成了一个"团体"（273），他同其他人手扣着手紧紧地坐成一排，在拼命抵抗警察棍棒和枪托的毒打中头破血流。面对警察的暴力驱赶，但以理和其他白人青年团结一致用身躯抵抗暴力，节奏和身体上的同步性强化了他们彼此之间的情感连带，加强了他们情感上的共情和团结，进一步促使但以理对这样一个"大型的兄弟团体"形成认同。可以说，这场示威运动作为一种互动仪式在一定意义上塑造了但以理和白人主流社会之间一种新的社会关系，这种新的社会关系是建立在共同的情感基础之上的犹太-白人共同体。在小说的第三个结局中，正在哥伦比亚大学图书馆完成书稿的但以理在被反战示威的学生打断后，停止了手头的活动，走到外面想知道发生什么了。这一结局也在很大程度上暗示着以但以理为代表的美国犹太移民将进一步与白人同胞一同致力于美国社会的变革。

小结

《但以理书》描写了一个美国犹太移民家庭在 20 世纪 50 年代的美国社会中经受的苦难及其自我寻找出路的历程，映射出当时众多美国犹太人的心理和思想状态。小说一经发表就立即取得了巨大成功的事实也体现出白人主流社会对小说中描绘的偏执的犹太人的共情和小说背后时代声音的共鸣。在小说中，主人公但以理经历了从偏执到解开偏执的历程。在寻找当年艾萨克森夫妇间谍案真相的过程中，但以理重构起对真相的认知和对冷战历史的阐释，从而最终能消解偏执思维。偏执情感的意义就在于在偏执的能动性下但以理不仅弥合了与家人和族裔间原本破裂的关系，同时也在相当程度上实现了犹太人和白人主流社会族裔关系的修复，并一定意义上建构起美国犹太人和白人主流社会之间的情感共同体。

本章结语

　　早期犹太小说家的共同体想象在《不同》(1867)、《应许之地》(1912)等作品中得以体现，这些作品寄托了早期犹太移民将美国视作应许之地并与美国同呼吸、共命运的理想愿景。但事实上，美国现当代社会犹太人与非犹太人的种族关系错综复杂、矛盾升级，美国同化渗透、反犹风气与麦卡锡主义盛行，这导致早期犹太小说家的共同体愿景一度濒临破碎。不管是菲利普·罗斯的《美国牧歌》《解剖课》，还是马拉默德的《天使莱文》及多克托罗的《但以理书》，这些作品都为我们呈现了从小罗斯福时期到冷战时期美国犹太人所面临的一系列复杂的种族社会问题及其带来的族裔身份、种族关系等文化困境，包括美国反犹主义、白人同化教育、犹太历史语境中非裔犹太人的失语状态及冷战思维等问题，体现为美国犹太人内部的自恨与厌恶，犹太人与黑人、白人之间的偏执。与此同时，情感又为犹太族裔内部及其与其他族裔之间种族关系的修复提供了新的视角与路径。借助负情感的积极情感动能与独特的转换机制，各历史时期的犹太情感主体在断裂的种族关系中重新正视这些复杂的族裔问题，发掘彼此的共通与连接，建构起基于犹太人内部的犹太社区共同体、犹太族裔共同体以及跨族裔联盟，包括犹太人-黑人之间基于文化想象的共同体及犹太人-白人政治联合共同体，彰显出负情感动能对犹太身份认同、跨族裔关系及从犹太族裔内部到跨族裔情感共同体的积极意义。

— 第四章 —

当代美国拉美裔小说中的负情感问题与情感共同体书写

目前，在美国的少数族裔人口中，拉美裔约有六千万，占美国总人口的18%以上，是人口最多、增长最快的族裔分支，因为大部分拉美裔的母语为西班牙语，所以通常也被称为西语裔。[①]拉美裔移民包括古巴裔、多米尼加裔、墨西哥裔、波多黎各裔等多个分支，移民的原因大致分为两类，一类是因为国内政治动荡或发生暴力革命而被迫移民美国的政治流亡者，一类是因为国内经济贫困前往美国打工的劳务移民。移民方式也大致分为合法移民和非法偷渡两类。值得注意的是，由于大多数拉美移民母语为西班牙语且具有相似的文化背景，拉美移民往往在美国形成庞大的拉美裔社区，具有较高的文化凝聚力，较好地保存着自己的传统文化。美国政治哲学家亨廷顿在《我们是谁？美国国家特性面临的挑战》(*Who Are We?: The Challenges to America's National Identity*, 2004)中指出，西班牙语有形成美国第二语言之势，美国社会中出现了拉美裔化的倾向，他将拉美裔视为美国国家特性的挑战之一，并且进一步指出，将来可能"出现一个分成两权的美国，有两种语言，即西班牙语和英语，两种文化，即盎格

[①] 20世纪70年代以前，美国联邦政府使用Hispanic来统计具有相关语言背景的人口，70年代以后，联邦政府开始使用latino/a来统计该族裔人口，目前美国人口调查局官方网站使用的是Hispanic or Latino origin。名称的转变意味着美国政府关注的焦点从语言(文化)转向了地缘政治和身份(移民)。

鲁-新教文化和拉美裔文化"①。不难看出，由于特殊的文化背景，拉美裔在美国的族裔政治中占据了重要位置。

移民的流散经历及其在美国的文化适应是美国拉美裔文学中较为普遍的主题。各个族裔分支移民的情况不同，文学书写的主题也有所变化，如古巴裔作家着重书写古巴流亡者的流亡经历、故国情怀和反革命事业，墨西哥裔作家则聚焦于种族问题、性别问题和边境跨越，多米尼加裔作家关注特鲁希略的独裁统治及其对多米尼加移民造成的历史性创伤。在上述文学主题中，拉美裔移民在流散或流亡以及文化适应过程中不可避免地产生了负情感体验。在这些族裔作品中，族裔主体的流散经历和身份政治问题非常突出，而且引发族裔主体负情感体验的众多因素都与政治博弈和阴谋论有着若隐若现的关系。此外，在拉美裔社区中，来自不同国家和地区的移民基于共通的语言、移民经历和情感，逐渐联结为跨越民族的文化共同体，塑造了新的身份认同。

本章第一节分析古巴裔美国作家奥斯卡·伊西罗斯（Oscar Hijuelos，1951—2013）小说《曼波王们演奏情歌》（*The Mambo Kings Play Songs of Love*，1989）中的怀旧书写，指出小说中两代古巴人对古巴往事和美国往事的怀旧具有空间性、时间性和虚构性特征，小说中的怀旧是一种对连续性身份断裂的适应性补偿机制，也是古巴裔美国人重新想象身份归属的情感策略，与古巴流亡文学中的政治怀旧有着本质区别。通过书写去流亡化的怀旧情感，伊西罗斯打破了古巴流亡文学中固化的刻板印象，探讨了古巴裔美国人的族裔身份，实现了族裔性与文学性的结合，开辟了不同于古巴流亡文学的书写模式。在旅美的古巴人社区中，古巴革命后的政治流亡者占据话语权，流亡话语和流亡模式便成为古巴裔美国小说的主流，刻画了古巴流亡者的刻板印象，

---

① ［美］塞缪尔·亨廷顿：《我们是谁？美国国家特性面临的挑战》，程克雄译，第3页。

即"古巴人的积极形象,过分强调他们的白人、中产阶级背景以及反对革命的政治立场"①。伊西罗斯在《曼波王们演奏情歌》中刻画了两位沉浸在古巴情怀和个人往事中的古巴裔音乐家形象,怀旧是这两位音乐家共通的情感特质,有别于古巴移民小说中的古巴流亡者形象。两兄弟通过撰写和演奏《美丽玛丽亚,我的灵魂》这首成名曲怀恋在古巴的过往;通过不断地重播他们参演的情景剧《我爱露西》和曼波王乐队在美国共同创作的唱片,怀念两人在美国的奋斗历程。此外,伊西罗斯以内斯特的儿子尤金尼奥(第二代古巴裔美国人)作为叙述者回忆兄弟两人在古巴和美国的往事,重述兄弟两人的回忆。通过讲述父辈的怀旧,尤金尼奥得以确认自己的古巴裔美国人身份,这种身份既不同于古巴流亡者,也不同于主流的美国人,而是具有双重边缘性的族裔身份。在此意义上,伊西罗斯完美地结合了族裔身份的探索和文学审美,开创了古巴裔美国文学的另外一个不同于流亡文学的模式。

第二节聚焦于桑德拉·希斯内罗斯的小说《芒果街上的小屋》中奇卡纳女性的孤独情感,考察生成孤独的性别、种族和阶级因素的交叉作用,探讨孤独对奇卡纳女性意识觉醒的促进作用,揭示孤独对情感共同体的形塑。20世纪60年代,大量的墨西哥裔移民出于经济原因涌入美国城市,与其他西语裔移民一道形成了拉美裔生活社区。在种族隔离、阶级歧视和性别压迫的多重困境下,拉美裔移民普遍体验着孤独、失落、绝望等多种负面情感。《芒果街上的小屋》中奇卡纳女性面临的社会困境触发并加剧了孤独感。女性被限制在房子和芒果街上,活动范围受限且处于从属地位,不能发声也不被倾听。孤独中的叙述者通过观察、记录女性的生存危机,揭露出造成这些危机的社会

---

① 转引自朱振武等:《美国小说:本土进程与多元谱系》,上海:上海外语教育出版社,2018年,第367页。

根源,实现了奇卡纳女性意识的觉醒。作为共同的情感体验,孤独助力美国少数族裔人群冲破性别、种族、阶级的多重藩篱,形塑了具有多重内涵的情感共同体,彰显了情感的能动性。作者的文学书写就是搭建属于自己的房子,邀请读者参与其中,呼唤主流社会关注边缘人群的生存状态,营造文本内外的情感共同体。孤独激发拉美裔女性反思情感困境、觉醒女性意识,进而打破种族、阶级和性别的界限,建构了具有深刻内涵的情感共同体。通过书写孤独情感,作者倡导以性别和谐、跨族裔交流、阶级平等为特征的情感共同体,彰显了情感的能动性。

第三节分析朱诺·迪亚斯(Junot Díaz, 1968—)的小说《奥斯卡·瓦奥短暂而奇妙的一生》中多米尼加移民在美国社会暴力下的偏执情感,揭示偏执背后的暴力问题,分析作者以共通的偏执和流散经历为基础想象非暴力共同体的文学愿景。20世纪30年代到60年代,多米尼加共和国处于特鲁希略家族的独裁统治下。特鲁希略家族在政治上实行恐怖统治,建立起遍布全国的特务网,残酷迫害要求民主的进步人士;在经济上大肆垄断国家经济命脉,疯狂敛财。拉斐尔·特鲁希略试图实行愚民政策,神化自己的独裁统治。另外,他生活荒淫无度,设立专门的特务组织到全国各地搜罗美女,许多少女满怀对领袖的崇敬而遭到蹂躏。在特鲁希略家族的独裁统治下,多米尼加人时刻感到大难临头,缺乏政治安全感,想方设法逃避独裁统治,由此移民美国成为多米尼加人为数不多的选择之一。奥斯卡家族三代人以不同的方式深受特鲁希略独裁统治的政治迫害,表明即使在特鲁希略家族垮台后,多米尼加的政治环境也并未改善。迪亚斯将特鲁希略的独裁统治视为萦绕在多米尼加人身上的"诅咒"。即便在贝莉西亚移民美国后,奥斯卡家族依旧备受偏执情感的困扰,在种族歧视和文化冲突之中,缺乏亲密感和安全感。最终奥斯卡为了寻求亲密感和安全感被多米尼加的警察杀害。通过书写奥斯卡家族的历史和刻画三代人的偏执，作者迪亚斯旨在表明，萦绕着多米尼加裔美国人的"诅咒"从哥伦布发现新大陆时代就开始了，从此以后，以暴力和冲突为代表的"诅咒"遍布美洲大地，特鲁希略对多米尼加的独裁统治只是诅咒的具体表现之一。通过书写奥斯卡家族的偏执以及美洲的"诅咒"，迪亚斯将多米尼加裔美国人与生活在多米尼加、海地、美国的其他移民联结起来，想象一种非暴力的情感共同体。

第一节
《曼波王们演奏情歌》中古巴裔的怀旧

在美国拉美裔文学的众多分支中，古巴裔文学获得主流社会的认可最早，在世俗意义上取得的文学成就最高。在 20 世纪 90 年代初，古巴裔美国作家奥斯卡·伊西罗斯凭借小说《曼波王们演奏情歌》斩获普利策奖小说奖，成为首位问鼎该奖的拉美裔作家，标志着拉美裔文学开始进入主流视野。此后，古巴裔作家的作品先后斩获众多文学大奖，如卡洛斯·艾尔（Carlos Eire，1950—　）的回忆录《在哈瓦那等待风雪：古巴男孩的告白》荣获美国国家图书奖（非虚构类），是目前唯一获得该奖项的拉美裔作品；尼罗·克鲁兹（Nilo Cruz，1960—　）的戏剧《热带的安娜》（*Anna in the Tropics*，2002）获得普利策奖剧作奖，是当前唯一获得此奖的拉美裔剧作。可以说，在拉美裔文学各分支中，古巴裔文学率先获得了美国主流社会的高度认可。

本节分析伊西罗斯小说《曼波王们演奏情歌》中两代古巴移民的怀旧情绪，指出小说中古巴移民对古巴往事和美国往事的怀旧是一种对连续性身份断裂的适应性补偿机制，是古巴裔美国人重新想象身份归属的情感策略,与古巴流亡文学中流亡者的政治怀旧有着本质区别。通过书写古巴裔美国人的怀旧,伊西罗斯尝试融合古巴移民的古巴经验和美国经验,建构具有"双重边缘性"的族裔身份,从而打破了古巴流亡文学中固化的流亡者刻板印象,转向了不同于流亡模式的族裔书写模式。

斩获了普利策奖小说奖之后,《曼波王们演奏情歌》引起了主流读者和学界的广泛关注。已故美国密西西比州立大学英语系教授帕特森认为,"小说中,往事(即使想象塑造的往事)与现实不可分割,作为一种联结往事的美学,怀旧丰富着不断变化的现实"①。学者霍恩指出,《曼波王们演奏情歌》挑战了评论家们对移民怀旧情感的一贯看法,这种看法认为怀旧只涉及移民对古巴的怀念,不涉及移民在美国的现实,而小说则表明"怀旧与古巴人在美国的具体生活环境和他们真实或想象的生存空间密切相关"②。小说中的怀旧表现了移民对古巴往事、对美国生活的适应,串联起古巴移民的过去、现在与未来。

尽管《曼波王们演奏情歌》受到美国公众和学界的好评,但在古巴移民社区却备受冷遇。许多古巴裔评论家谴责作家没有如实刻画古巴人和文化,而是迎合美国主流对古巴人的刻板印象,从而获得世俗意义的成功。美国加州大学欧文分校布鲁斯-诺沃亚教授认为,《曼波王们演奏情歌》调用了类型化的古巴文化和残缺的古巴人形象,迎合了美国主流的期许。③ 美国杜克大学费尔马特教授指出,小说没有遵循古巴人的语言习俗,因此"它在很大程度上是一部写给讲英语而非

---

① Richard F. Patteson, "Oscar Hijuelos: 'Eternal Homesickness' and the Music of Memory", *Critique: Studies in Contemporary Fiction*, vol.44, no.1 (2002), p.39.

② Maja Horn, "Messy Moods: Nostalgia and Other Nagging Feelings in Oscar Hijuelos's *The Mambo Kings Play Songs of Love*", *Latino Studies*, no.7 (2009), p.499.

③ See Juan Bruce-Novoa, "Hijuelos' *Mambo Kings*: Reading from Divergent Traditions", *Confluencia*, vol.10, no.2 (1995), p.14.

西班牙语的读者的小说"①。伊西罗斯也倍感苦恼，其多部作品备受主流读者追捧，同时屡遭西语裔读者的拒绝。②作家的妻子替他争辩道："那些大言不惭的拉美裔批评家藐视他文化归属的真实性，质疑他对文化之根的依恋和理解，真让人恼火。有人声称，他不够'古巴味'或者'拉美裔不喜欢他的作品'，这毫无道理。这些学者/批评家希望他服从他们狭隘的种族主义观点。"③在20世纪90年代的古巴移民社区中，古巴流亡者和流亡话语占据了绝对的主流，移民的文学创作也遵从流亡模式，然而，伊西罗斯的族裔身份认同及创作模式都和流亡话语不相符，因此他的作品难以获得古巴移民社区的青睐。

通过分析《曼波王们演奏情歌》中古巴移民的怀旧情感，本文试图指出，古巴裔美国人的怀旧不同于古巴流亡者的政治怀旧，具有去流亡化特征，通过书写这种怀旧，伊西罗斯建构了具有双重边缘性特征的族裔身份而非流亡者身份，突破了古巴移民社区中主导的流亡模式，转向了具有鲜明族裔特征的创作模式。

一、古巴流亡模式中的政治怀旧

在美国拉美裔文学众多分支中，古巴移民文学以独特的流亡主题独树一帜。在美国的古巴移民社区中，古巴革命后被迫移民美国的政治流亡者占绝大多数，他们属于古巴的中上层人士，认同流亡者身份而非美国人身份。"这些古巴人把自己看作'流亡者'而非移民，因

---

① Gustavo Pérez Firmat, "Rum, Rump, and Rumba: Cuban Contexts for *The Mambo Kings Play Songs of Love*", *Dispositio*, vol.16, no.41 (1991), p.62.

② See José Miguel Oviedo, "Six problems for Oscar Hijuelos", *Review: Literature and Arts of the Americas*, vol.34, no.63 (2001), p.75.

③ Lori Marie Carlson, "My Life, My Heart: Oscar Hijuelos", *Review: Literature and Arts of the Americas*, vol.47, no.2 (2014), p.137.

为他们不想重新开始新的人生，不想成为'北美人'，而是期望在古巴政局动荡之后重回古巴。"① 这些古巴流亡者的文学主题多为流亡经历，其代表性的作品如艾尔的回忆录《在哈瓦那等待风雪》（该书荣获美国国家图书奖非虚构类）和克鲁兹的戏剧《热带的安娜》，这些流亡作家和作品在古巴移民社区中形成了占主导地位的流亡模式。

在流亡模式中，流亡者形象表现出强烈的政治怀旧。在这些作品中充斥着流亡的失落感和对革命前的古巴的怀念。作家们美化和歌颂革命前的古巴，妖魔化和丑化古巴革命者和卡斯特罗政权，既抒发对祖国和亲人的思念，也流露出失去特权的哀伤和重返古巴的政治渴望，表达了鲜明的反古巴革命的政治姿态。在古巴革命前，这些流亡者及其家族通常身居高位，是大资产阶级、大种植园主，在政治、经济和文化上享有特权，古巴革命不但剥夺了他们的特权，还迫使他们背井离乡、流亡美国，因此这些流亡者在作品中对革命前的古巴及其特权的怀旧带有鲜明的政治立场。在流亡模式中，主人公多为坚守古巴西语文化、拒绝融入美国主流社会、渴望重返古巴的政治流亡者，叙述结构多采用对称结构（对比革命前后的古巴或者对比流亡前后的生活落差，以抒发流亡者的政治怀旧），创作的目的在于实现流亡话语与流亡者形象的文化生产和再生产。

20 世纪 90 年代，流亡话语在古巴移民社区形成了强大的霸权话语，压制不同的声音。"在旅美古巴人社区中，古巴革命后逃离古巴的流亡者拥有绝对的话语权，流亡模式成为古巴移民和古巴裔美国人中的主流话语模式。"② 流亡模式普遍遵循着"流亡—成功—追溯"③ 的书写范式，强调只有流亡美国，主人公才获得成功的机会，才会思念

---

① Maria Cristina Garcia, *Havana USA: Cuban Exiles and Cuban Americans in South Florida, 1959–1994*, Berkeley: University of California Press, 1996, p.1.
② 朱振武等：《美国小说：本土进程与多元谱系》，第 366 页。
③ 李保杰：《美国西语裔文学史》，济南：山东大学出版社，2020 年，第 367 页。

重归古巴，不论这种回归是现实意义上的还是象征意义上的。基于这种范式，古巴移民作家塑造了流亡者形象，他"具有中产阶级、欧裔白人文化背景，张扬自由和民主的'开明人士'，其流亡立场代表着与古巴社会主义制度的对立，真正的流亡者属于'政治开明分子'"①。

在此背景下，"如果作家未能在作品中充分表达明确的政治立场，没有明确反对古巴政府的话，那么，他们在古巴裔社区中便被视为'异类'，就可能受到流亡话语的限制"②。前述伊西罗斯及其作品在古巴移民社区备受冷遇，很大程度上是因为他的作品没有充分表达明确的政治立场，没有刻画鲜明的流亡者形象。

随着代际的更替，古巴移民对流亡者身份的认同逐渐减弱，对古巴裔美国人这一族裔身份的认同开始增强，其文学主题也逐渐从政治流亡转向族裔身份。在美国的古巴移民作家大致分为三类：古巴革命后因为政治原因被迫流亡的第1代移民作家，他们自认为是流亡者而非美国人；在古巴出生、在美国成长的第1.5代作家，他们的身份认同通常在流亡者和美国古巴人之间摇摆；在美国出生和成长的第2代古巴裔作家，他们通常认同古巴裔美国人的身份。第2代作家像美国其他少数族裔作家一样开始书写古巴人在美国的文化适应，探索古巴裔的身份问题，偏离了既定的流亡模式。美国亚利桑那州立大学萨都韦斯基-史密斯教授指出，许多第2代古巴移民作家在21世纪初尝试族裔模式，实践去流亡化的书写，"第二代古巴裔美国作家在商业上的成功表明，古巴裔美国人正在改变，从强调流亡到强调族裔身份"③。从流亡模式到族裔模式，作家从表达鲜明的政治立场转向探讨

---

① 李保杰：《美国西语裔文学史》，第368页。
② 朱振武等：《美国小说：本土进程与多元谱系》，第367页。
③ Claudia Sadowski-Smith,"'A Homecoming without a Home': Recent U.S. Cuban Writing of Diaspora", in Andrea O'Reilly Herrera, ed., *Cuba: Idea of a Nation Displaced*, Albany: State University of New York Press, 2007, p.267.

古巴人在美国的文化适应,从刻画流亡者形象转向塑造古巴裔美国人身份。

在第 2 代移民作家中,伊西罗斯尤其关注古巴人在美国的身份认同,他在一次访谈中指出在自己多部小说中一以贯之的主题就是探索族裔身份:

> 我认为我的小说——《曼波王们演奏情歌》《埃米利奥·蒙特兹·奥布赖恩的十四姐妹》和《埃弗斯先生的圣诞节》——是围绕着西语裔身份展开的三部曲。我觉得我带着某种使命感创作这些小说。在某种程度上,我想打破对西语裔主体的刻板印象……我认为,我所处的文化边缘性,即处于两种文化之间,赋予了我客观的视角,让我能够从更长远的角度来看待美国的拉美裔社会。①

在《曼波王们演奏情歌》中,伊西罗斯通过书写去流亡化的怀旧,塑造了古巴裔美国人形象。古巴乐手塞萨尔和内斯特·卡斯蒂略两兄弟在 20 世纪 50 年代(古巴革命爆发前十年)移民美国,组建曼波王乐队,凭借在《我爱露西》电视情景剧中演奏原创歌曲《美丽玛丽亚,我的灵魂》一炮而红。然而,忧郁的弟弟内斯特无法忘怀在古巴短暂邂逅的情人玛丽亚,前后创作和修改了多遍《美丽玛丽亚》怀念这段爱情,希望以音乐挽回失去的爱人,但他最终因为无法承受这种失落感在 50 年代葬身车祸。弟弟去世后,一向热情奔放的哥哥塞萨尔陷入忧郁,从此事业一蹶不振,身体每况愈下,生活一日不如一日。到了 20 世纪 80 年代,晚年的塞萨尔独自住在纽约斯普林德酒店怀念他

---

① José Miguel Oviedo, "Six problems for Oscar Hijuelos", *Review: Literature and Arts of the Americas*, vol.34, no.63 (2001), p.77.

和弟弟在50年代的美国奋斗的往事。他回忆年轻时纵情声色的生活、组建乐队和出演《我爱露西》的经历,沉溺在对美国往事的怀旧中,最后在孤独中黯然离世。在萨塞尔去世后,内斯特的儿子尤金尼奥讲述了父亲和伯父的古巴往事和美国往事,在叙述中,父辈的故事是他与古巴仅有的情感联系,成为他想象族裔身份的关键。在进入文本分析之前,有必要就怀旧情感与身份想象之间的关系做一番梳理。

二、怀旧与身份想象

20世纪以来,怀旧在社会学、历史学、哲学、文学等多个学科领域得到充分展现,旨在反思和批判启蒙运动以来的现代性话语和进步观念,日益成为一种威廉斯意义上的"情感结构"。"怀旧问题之所以能从众多的社会文化现象中突显出来,其根本原因就在于随着现代社会的飞速发展,现代人的'家园'日渐失落,那种由'居家'带来的稳定性、确定性、安全感和温暖感愈益消逝。"①德国社会学家滕尼斯在著作《共同体与社会》中将前现代的乡村有机共同体和工业革命后的现代社会对立起来,流露出对共同体生活的留恋:"人们在共同体里与同伙一起,从出生之时起,就休戚与共,同甘共苦。人们走进社会就如同走进他乡异国","共同体是持久的和真正的共同生活,社会只不过是一种暂时的和表面的共同生活"。②英国文化学者威廉斯在《乡村与城市》中同样流露出对乡村共同体的怀念,在他看来,资本主义的日益崛起带来的深刻社会变革,瓦解了乡村共同体,使原本生活在乡村的个体流离失所,普遍体验着异化感和疏离感。哈佛大学教授博伊姆(Svetlana Boym,1966—2015)在《怀旧的未来》(The

---

① 赵静蓉:《怀旧:永恒的文化乡愁》,北京:商务印书馆,2009年,第25页。
② [德]斐迪南·滕尼斯:《共同体与社会》,林荣远译,第52—54页。

Future of Nostalgia，2001)中指出，20世纪以来，怀旧成为一种不可治愈的现代状况和全球流行病，"在一个生活节奏和历史变迁节奏加速的时代里，怀旧不可避免地就会以某种防卫机制的面目再现"[①]。从前现代社会到现代社会，生产和生活方式的快速变革引起认知观念和身份认同的剧烈变化，给人们带来碎片化、不确定的感受，因此，现代人的怀旧实质上可以看作一种对精神家园的探寻。

怀旧(nostalgia)通常也译作乡愁，由两个希腊词汇 nostos 和 algia 合成，nostos 指归家或返乡，algia 指痛苦的状态，怀旧原指背井离乡者因思念故土和亲人而产生的痛苦，是一种在离家和返家过程中产生的情感。瑞士医生侯佛(Johannes Hofer)在17世纪合成了"怀旧"概念("源于返回故乡的欲望的那种愁思"[②])，诊断背井离乡者的病痛，这些人有远赴他乡求学的学生、在外务工的劳动者，也有远征他国的雇佣军。难以排解的思乡之痛导致这些移民身体和心理出现明显的病症，如恶心、反胃、肺病、脑炎、心脏病变、高烧不退、身体虚弱乃至自杀倾向。对一时难以返家的移民而言，离开故土和亲人意味着失去稳定的情感联系，失去界定身份的社会纽带和归属感，因此移民只得在想象的时空中怀念记忆中的家园、亲人和社会关系，排遣思乡之苦。

对移民来说，怀旧是一种想象身份归属的情感策略。在《向往昨日：怀旧的社会学》(*Yearning for Yesterday: A Sociology of Nostalgia*, 1979)中，学者弗雷德·戴维斯(Fred Davis，1925—1993)着重强调了怀旧和身份建构的内在关联。他指出，"怀旧在过渡期和主体的不连续性中发展起来，这种不连续性导致我们对连续性的渴望……在其

[①] [美]斯维特兰娜·博伊姆：《怀旧的未来》，杨德友译，南京：译林出版社，2010年，第3页。

[②] 转引自[美]斯维特兰娜·博伊姆：《怀旧的未来》，杨德友译，第3页。

集体表现形式中，怀旧也在历史造成的粗暴过渡、战争、萧条、内乱和灾难性自然灾害等现象造成的中断和混乱中蓬勃发展"①。不论出于何种原因，移民一旦离开熟悉的家园和生活方式，便处于过渡期和不连续性中，容易产生怀旧，因此怀旧是移民对连续性身体断裂的适应性情感。怀旧还是一种重构连续性身份的情感策略，作为连接过去、现在和未来的独特方式，它"深深地牵连着我们是谁、我们是什么人、我们往哪里去的感觉中。简言之，怀旧是我们在构建、维护和重建身份的永无休止的事业中使用的手段之一"②。戴维斯接着指出，怀旧通过三种方式参与连续性身份的建构：对过去的自己大加赞赏，从记忆中删除不愉快的事物、重新接纳早期自己那些古怪的、不正常的特征。不难看出，移民要重构连续性身份就需要在想象的"时间"和"空间"中重新获得身份"认同"。③

在戴维斯的基础上，国内学者戚涛归纳总结了怀旧缘起、对象、内容和建构机制，指出"怀旧是同时具有回避、亲附倾向的人群，在环境变故令自我连续性受损的情况下，衍生出来的一种适应性机制；其核心是在象征时空建构理想化的社会纽带和归属感，以补偿现实中的缺失，维护自我连续性"④。虽然怀旧的经典表象是"过去、现在、未来；故乡、他乡、乌有乡"⑤等任何可以带来归属感的事物，但是怀旧的终极目的乃是一种"象征性的归属感"。为了获得象征性归属感，怀旧至少在三方面开展建构："理想家园往往具有简单、纯粹、有序、安逸、美丽、和谐的特质，理想的重要他人多为善良、大度、

---

① Fred Davis, *Yearning for Yesterday: A Sociology of Nostalgia*, New York: The Free Press, 1979, p.49.

② Ibid., p.31.

③ Ibid., p.18. 戴维斯认为，时间、空间和认同是怀旧的三个核心维度。

④ 戚涛：《西方文论关键词：怀旧》，《外国文学》2020年第2期，第90页。

⑤ 同上，第91页。

包容、不离不弃之人；而在这样的环境下，理想的怀旧自我则表现出随性、忠诚、安逸的状态。"①

综上所述，怀旧情感是现代人寻找精神家园的情感表征，是一种主体对连续性身份断裂的适应性机制。怀旧主体通过在理想化的时空中建构理想的家园、社会纽带和连续性自我，获得象征性的归属感，因此怀旧是一种建构身份认同的情感策略。此外，怀旧主体通过想象一种理想化的时空（过去），表达对现实（当下）的不满，以期建构更加美好的未来，表达了一种明确的价值观念。

三、《曼波王们演奏情歌》中的怀旧书写与族裔身份

在《曼波王们演奏情歌》中，内斯特、塞萨尔和尤金尼奥三位古巴移民的怀旧情绪构成小说的基本内容，内斯特的怀旧客体是移民前的古巴往事，塞萨尔的怀旧客体是20世纪50年代的美国往事，尤金尼奥的怀旧客体是父辈的故事。小说采用了嵌套结构展现三人的怀旧内容：叙述者尤金尼奥直接讲述的引子（"一个星期六的下午，在拉萨尔街"）和结尾（"当我拨打电话时"）部分构成最外层叙述，由尤金尼奥转述的塞萨尔对美国往事的回忆（"A：斯普林德酒店，1980年"，"B：豪华酒店，晚些时候"和"接近尾声，倾听《美丽玛丽亚，我的灵魂》"）构成叙述的主体部分，塞萨尔回忆中内斯特对古巴往事的怀旧（集中于"A：斯普林德酒店，1980年"）是最内层的叙述。内斯特对古巴往事的怀旧内嵌于塞萨尔对美国往事的怀旧中，而兄弟二人对往事的怀旧则内嵌于尤金尼奥对父辈往事的怀旧中，三人的怀旧一起构成嵌套式叙述结构。以下围绕着三人怀旧的缘起、表征、方式、目的和效果展开，由内而外、逐层分析，揭示伊西罗斯对古巴裔

---

① 戚涛：《西方文论关键词：怀旧》，《外国文学》2020年第2期，第94页。

美国人身份的情感建构。

(一)怀旧与族裔身份的古巴性

自 1949 年离开古巴后,内斯特的内心始终被古巴往事困扰着、折磨着。他沉溺在"永恒的乡愁"①之中,不停地怀念玛丽亚、想念母亲、回忆在古巴成长的岁月。尽管他和哥哥的音乐事业获得了商业成功,他也在美国娶妻生子,但忧郁的他依然感到缺乏归属。他沉浸在对古巴往事的怀旧中无法自拔,难以在美国开始新生活,最终无法承受这种折磨而葬身车祸,给哥哥和儿子留下无法摆脱的内心羁绊。内斯特对古巴往事的怀旧是小说叙述的核心,也构成伊西罗斯所想象的族裔身份的内核。

表面看,内斯特的怀旧对象是他曾在哈瓦那街头短暂邂逅的年轻女郎玛丽亚。他"是一个饱受回忆折磨的人","幻想着写一首关于玛丽亚的情歌,把她带回身边"。(43)他无法忘怀和玛丽亚的短暂邂逅,总在梦中怀念玛丽亚,不停地创作和修改《美丽玛丽亚,我的灵魂》这首歌曲,幻想它可以挽救逝去的爱情,将玛丽亚重新带回他身边,将他重新安放在玛丽亚心头。尽管塞萨尔再三建议他忘掉玛丽亚,开始新生活,但他总是被怀旧拉回这恋情中。"他如此频繁地重温他们的生活,以至于他有时感觉被过去埋葬了,仿佛这段破碎的爱情(以及他生活中的其他不幸)已经变成了石头、杂草和泥土,覆盖到他身上了。"(41)被"破碎的爱情"埋葬的内斯特如行尸走肉,只有通过怀念玛丽亚才能勉强生存,可见,对浪漫爱情的幻想是内斯特获取归属感的重要途径。

"玛丽亚"这个符号具有多重内涵,它不仅是内斯特梦中情人的

---

① Oscar Hijuelos, *The Mambo Kings Play Songs of Love*, Toronto: Collins, 1989, p.93. 本节中,出自同一著作的引文,将随文标出引文出处页码,不再另注。

名字,也是他远在古巴的母亲的名字,还是古巴守护神的名字(即
《圣经》中的圣母玛利亚)[①],所以内斯特对古巴往事的怀旧超越了单纯
的爱情,变得更为深刻和普遍。内斯特写信告诉母亲关于玛丽亚的
事情后,他对后者的浪漫幻想才略显真实,在此他将情人和母亲两
个"玛丽亚"融为一体:"妈妈,我想要玛丽亚,就像我小时候想要你
一样……"(43)内斯特和妻子德洛雷斯做爱时,闭上眼睛想到情人玛
丽亚,他深感愧疚,当他再次闭上眼,在幻想中又将情人和母亲两个
"玛丽亚"融合起来。"然而,当他想到玛丽亚,他想象她在一个房间,
那房间有一个门可以看到他小时候的病床和他自己,他无法移动,大
声叫喊着'妈妈'!"(89)以母亲隐喻古巴是古巴文学的一大传统,
加之古巴守护神也是玛丽亚,因此内斯特怀旧中的古巴往事至少包含
爱情、亲情和古巴情怀这样三重情感联系。因为移民,内斯特几乎失
去了所有这些带给他归属感的情感联系,而他试图通过音乐艺术来怀
念和美化它们,将它们重新"带回"身边。

　　内斯特不断创作和修改《美丽玛丽亚,我的灵魂》,以音乐艺术
建构理想的情感联系,追寻象征性的归属感。根据塞萨尔的回忆,这
首歌内斯特曾经前后创作和修改了40多个版本,使它变成了"超越
一切悲伤和折磨的歌曲"(38)。内斯特试图通过音乐艺术挽救爱情,
相信它可以"传达出纯洁的爱和渴望,以便在远方的玛丽亚能够'听
到'他的歌声,再次神秘地将他放在她的心上"(41)。内斯特在登台
演奏前表示,"写这首歌的目的是让听众回到古巴小镇的广场,回到
哈瓦那,找回过去的爱人、爱情、激情和一种正在消失的生活方式"
(38)。歌名"玛丽亚"既可以指他难以忘怀的情人,也可以指他心心
念念的母亲,还可以指他在古巴成长的经历,因此爱情、亲情和古

[①] 古巴的守护神圣母玛丽亚也被古巴人称为 Cachita,意为慈善女神(Our Lady of Charity),
有圣像矗立在古巴的埃尔科夫雷(El Cobre)。

巴情怀一起构成了"我的灵魂"。值得注意的是，内斯特试图借音乐艺术挽回失去的"玛丽亚"，然而他的艺术创造力恰恰源于这种失去。换言之，只有失去了这些能够标识他连续性身份的情感联系，他才能够以艺术的方式重新想象和美化这些情感。

内斯特在怀旧中理想化了他的古巴往事，删除了不愉快的部分，创造了许多原本没有的美好，重塑了一个比真实的自己更为忧郁的内斯特形象，因此，内斯特始终沉溺在虚构的美好往事中，无法面对现实生活世界。在内斯特的回忆中，他和情人玛丽亚倾心相爱、难分难舍，实际上他与玛丽亚只是在哈瓦那短暂邂逅，他甚至都不了解玛丽亚及其家庭。此外，内斯特无法将他的激情和现实生活联系起来，他整日沉迷于修改《美丽玛丽亚，我的灵魂》中，不停地给情人和母亲这两位"玛丽亚"写信倾诉衷肠，却忽视了他和妻子及孩子的情感联系。怀旧的内斯特是一个活在幻想中的人，在那里他可以一遍又一遍地重温那段从未真实的浪漫爱情。

内斯特沉溺于古巴往事的怀旧中，无法在美国展开新生活，最终葬身车祸。通过内斯特的失败者形象，伊西罗斯打破了流亡模式中的古巴流亡者形象。内斯特的象征性归属在于想象中的古巴和幻想的浪漫爱情，而不在现实中的美国。作者将内斯特的故事置于小说叙述最内层，表明古巴经验是实现古巴移民身份建构的精神内核，是古巴移民难以忘怀的历史。相比于弟弟沉溺于古巴往事，哥哥塞萨尔在20世纪80年代醉心于50年代的美国往事。

（二）怀旧与族裔身份的美国性

在内斯特去世20多年后，塞萨尔和弟弟一样"染上了回忆的魔怔"（43）。在20世纪80年代，年过六旬的塞萨尔独自在纽约一家酒店的房间里度过了人生最后几小时，他一边重播《美丽玛丽亚，我的灵魂》等曼波王乐队制作的老歌，一边回忆兄弟俩在50年代的奋斗经历，特别是一起参演《我爱露西》电视情景剧的往事。小说的主体部分讲述的便是塞萨尔对50年代的美国往事的怀旧。

如果说移民导致内斯特的怀旧，那么引发塞萨尔怀旧的则是弟弟的死亡以及时代的变迁。小说采用了对称的叙述结构和句式来凸显塞萨尔对50年代的美国往事的怀旧，表现了塞萨尔对50年代的理想化和对80年代的不满。"A：斯普林德酒店，1980年"部分讲述的是兄弟俩在50年代组建乐队、创作音乐、参演节目并一炮而红的往事，而"B：豪华酒店，晚些时候"部分讲述哥哥事业萧条、身体每况愈下、生活日渐惨淡的往事，前半部分的成功和后半部分的失败构成强烈的对比。此外，塞萨尔在回忆中经常使用"此时与彼时"（now and then）这样的句式比较50年代和80年代的美国，以怀念美好的50年代，表达对现实的不满。彼时的纽约"一切都不一样"，"第125街到处是俱乐部，没那么多暴力、乞丐，人与人之间相互尊重；他那时去东110街的公园舞厅听马希托或蒂托·普恩特唱歌，在酒吧以音乐会友、追女人、跳舞……那些日子一去不复返了"。(11)显然在塞萨尔的内心深处，象征性归属感既不在古巴也不在80年代的美国，而是那个盛行曼波音乐的50年代。

塞萨尔怀旧的内容主要是50年代兄弟俩在纽约奋斗的往事，特别是两人共同参与《我爱露西》节目录制并凭借《美丽玛丽亚，我的灵魂》这首寓意深刻的原创曼波乐曲获得事业成功的经历。在想象中的50年代，塞萨尔感到亲切，他有无数的音乐家朋友可以结交，事业风头正盛，年富力强充满男性魅力。"他有时会想起他的妻子，心中充满了悲伤，但是没有什么是一杯酒，一个女人，一段恰恰舞不能解决的。"(44)烈酒、性生活和曼波音乐是青年塞萨尔抵御回忆侵袭的重要方式，是他曾经认为的美国梦。作为曼波王乐队的核心成员，他曾经过着美好的生活，会见名人，整夜喝酒和演奏音乐，与数十名女性关系暧昧。职业生涯的巅峰是两兄弟在《我爱露西》中演出，他们因此成名,专辑《曼波王们演奏情歌》获得高销量。相比之下,现实中的塞萨尔在弟弟去世后事业一蹶不振、身体每况愈下,曾经痴迷的烈酒、女人和音乐都一去不返了。塞萨尔经常重看他们参演的那一期《我爱露西》节目,回忆兄弟俩人生的巅峰时刻,找寻当年巅峰的感觉。他听到公寓楼上传来《我爱露西》主题曲,在幻觉中看到两兄弟正准备登台献唱,"当他睁开眼睛时,他发现自己站在内斯特身边,可怜的、紧张的内斯特,他们正准备登上舞台参加演出"(309)。值得注意的是,内斯特怀旧的核心内容是"玛丽亚"这个符号,怀旧的方式是创作和修改与之相关的歌曲;塞萨尔怀旧的核心内容是50年代的自己,怀旧的方式是不断重播那时的音乐、重看那时的节目、重温兄弟俩的光辉岁月。

就怀旧方式而言,老年的塞萨尔通过理想化纽约的50年代和青年时期的自己,试图将自己"带回"那个时代,寻求象征性的归属感。在酒店房间里,塞萨尔重播曼波王乐队制作的歌曲,他在音乐中重构甚至发明了令人愉悦的记忆,"有时当音乐节奏加快,他会感觉像一个孩子一样在古巴圣地亚哥陡峭美丽的楼梯上跑来跑去……深夜,他回到圣地亚哥的一条街道上,他已经多年没有这样的回忆了"(380)。他重播《美丽玛丽亚,我的灵魂》,再次进入幻觉,他"仿佛又是一个孩子,在狂欢节上穿过拉斯皮亚斯的中心,房子的门廊上挂着巨大的灯笼,阳台上装饰着丝带、细带子和鲜花,经过如此多的音乐家,到处都是音乐家"(25)。不难看出,《美丽玛丽亚,我的灵魂》和参演《我爱露西》的经历都是界定塞萨尔身份归属的重要事物,它们超越了时空限制,使临终前的塞萨尔在理想化的时空中重塑理想的自我,重温人生的辉煌时刻。沉浸在怀旧中的塞萨尔手里握着《美丽玛丽亚,我的灵魂》的西语版歌词,在孤独中黯然离世,自始至终他都无法融入美国的现实生活,他永远只属于那个想象中的流金岁月,只有那里才是他的精神家园。

如果说内斯特对古巴往事的怀旧象征着古巴移民身份的精神内核，那么塞萨尔对美国往事的怀旧则代表着古巴移民身份的外壳。应当指出，内斯特的怀旧实际上是塞萨尔怀旧的一部分，弟弟怀念的古巴往事和哥哥怀念的美国往事之间不是对称性关系，而是相互包含的关系。伊西罗斯将内斯特的怀旧置于塞萨尔怀旧的核心位置，试图融合兄弟两人各自象征着的古巴经验和美国经验，探索古巴裔美国人的身份内涵。伊西罗斯让内斯特的儿子尤金尼奥讲述父辈的古巴往事和美国往事，试图融合古巴移民的这两种经验。

（三）怀旧与族裔身份的双重边缘性

尤金尼奥怀旧的对象是父辈的故事，包括父亲内斯特牵肠挂肚的古巴往事和伯父塞萨尔心心念念的美国往事。尤金尼奥出生在20世纪50年代的美国纽约，四岁时失去父亲，少年时离开母亲，跟随伯父在纽约长大，自幼聆听伯父讲述曼波王兄弟在古巴和美国奋斗的往事。"怀旧在过渡期和主体的不连续性中发展起来，这种不连续性导致我们对连续性的渴望。正因为如此，怀旧反应在生命周期中的那些过渡阶段最为明显，这些阶段正是我们对身份改变和适应的最大需求，例如从童年到青春期，从依赖的青少年依赖到独立的成人……"[①] 对尤金尼奥而言，父亲的早逝和母亲的离去引发了身份认同危机，因此对父辈往事的怀旧成为他寻求象征性归属感的重要方式。通过倾听、求证和讲述父辈的故事，尤金尼奥得以在怀旧中融合移民的古巴经验和美国经验，建构具有双重边缘性的族裔身份。

首先，尤金尼奥反复倾听伯父塞萨尔讲述曼波王兄弟二人在古巴和美国奋斗的故事，和塞萨尔一样重复观看《我爱露西》节目的重播，喜欢播放曼波王乐队在50年代录制的唱片，尤其喜欢《美丽玛丽亚，

---

① Fred Davis, *Yearning for Yesterday: A Sociology of Nostalgia*, p.49.

我的灵魂》。通过倾听这些往事、观看电视节目、播放这些歌曲，尤金尼奥试图重回那个时代、重构那段记忆。在引子中，他回忆起某个周六下午，他听到邻居香农太太从窗口高喊塞萨尔的名字，便知道那一集《我爱露西》经典节目又重播了。"当我听到《我爱露西》节目的开场曲，我很兴奋，因为我知道她指的是一个永恒的节目。"（5）当他再一次即将在电视上看到父辈们演奏他们最伟大的歌曲《美丽玛丽亚，我的灵魂》，他似乎打通了过去和现在的时空界限。"对我来说，我父亲温柔地敲着里基·里卡多的门，那是来自远方的召唤。"（5）尤金尼奥这样理解父辈们的倾心之作，它是"一首失去爱情的歌，令人伤心不已；一首欢乐已逝之歌，一首青春之歌，情歌如此深奥，听者难解其意；一首炙热渴望女性之歌，即使面对死亡也不退缩，一首即使被她抛弃也依然要唱响的歌"（140）。不难看出，倾听父辈的往事、观看和收听父辈留下来的音像资料，对于尤金尼奥意味着追寻一种明确的身份归属。

其次，尤金尼奥鼓起勇气前往另外一位古巴音乐家阿纳兹家中求证这些故事的真实性。和父辈们的怀旧不同，尤金尼奥的怀旧没有现实基础，完全基于故事和想象，通过这样的怀旧建立的身份归属带有浓厚的虚构成分。他从未到过古巴，他对曼波音乐盛行的年代也没有深刻记忆，他对父辈往事的怀旧的主要依据是伯父讲述的故事和父辈留下的艺术作品和音像资料。"只要轻轻按下留声机开关，想象中的海浪和在哈瓦那露台或时髦的晚餐俱乐部跳舞的约会就变成了现实。当然，如果你抽不出时间去哈瓦那……这首音乐将使这一切成为可能。"（v）在伯父去世之后，尤金尼奥再三犹豫是否前往阿纳兹家中（在小说中，阿纳兹夫妇是《我爱露西》电视节目的常驻嘉宾拜访，也是曼波王乐队的音乐伯乐），他担心伯父讲述的故事纯属虚构。最终，他鼓起勇气在阿纳兹家中看到父辈们的唱片和留影，从阿纳兹口中印证了父辈故事的真实性。在结尾部分，当阿纳兹开始哼唱《美丽玛丽亚，我的灵魂》，尤金尼奥随着音乐进入幻境中，看到青年时代的父亲和伯父正在准备登台参与《我爱露西》节目演出。"但是在当时它对我来说没什么不同，奇迹已经发生，一个人重生了……从痛苦中解脱，从这个世界的麻烦中解脱。"(8)在此，音乐的力量让虚构与真实融为一体，在艺术创造的世界里，父辈们获得了永远的重生。尤金尼奥通过音乐和记忆将父辈的古巴往事和美国往事内化为自己的记忆，并且以这些记忆作为形塑族裔身份的要素。

最后，尤金尼奥还通过重新讲述父辈的往事来建构理想的代际关系，获得象征性的归属感。实际上，小说自始至终只有尤金尼奥一位叙述者，不论是内斯特对"玛丽亚"的怀念，还是塞萨尔对黄金年代的怀念，都是经过尤金转述而来。换言之，通过重述父辈的往事，尤金尼奥得以在一定程度上进入内斯特和塞萨尔的内心世界，以他们的口吻怀念往事，站在他们的角度来理解古巴移民的古巴经验和美国经验，并且在讲述曼波王兄弟故事的过程中，将这两种经验融合起来。在小说结尾，尤金尼奥听着阿纳兹哼唱《美丽玛丽亚，我的灵魂》，在幻觉中再次看到父辈们参演《我爱露西》节目，在这一场景中，这两个贯穿整部小说的符号串联起古巴移民的过去、现在和未来，同时预示着古巴经验与美国经验的融合。

尤金尼奥通过怀旧想象的古巴裔美国人身份具有双重边缘性特征，既不同于古巴移民社区的流亡者身份，也不同于美国主流社会的身份。"尤金尼奥向往的家园虽然是想象之地，但不完全是虚构出来的，而是他的意识、他的生活和他恰好所在之处的一部分。"[①]从小说的叙述结构来看，内斯特对古巴往事的怀旧处于最内层，构成了族裔身份的精神内核，塞萨尔对美国往事的怀旧处于外层，构成了族裔身

---

① Richard F. Patteson, "Oscar Hijuelos: 'Eternal Homesickness' and the Music of Memory", *Critique: Studies in Contemporary Fiction*, vol.44, no.1 (2002), p.46.

份的外壳,而尤金尼奥对父辈往事的怀旧位于最外层,融合了父辈的古巴经验和美国经验。伊西罗斯如此安排文本结构,实属匠心巧运。从上文对《曼波王们演奏情歌》中古巴移民怀旧情感的细致分析,不难看出,伊西罗斯笔下的古巴裔美国人的怀旧与前文所述古巴流亡者的政治怀旧有着本质区别。

四、伊西罗斯的族裔创作模式

伊西罗斯《曼波王们演奏情歌》中的怀旧书写不同于古巴移民文学中的流亡模式。首先,小说中三位古巴移民怀旧的对象并不涉及古巴革命,也没有借此表达任何反对古巴革命或古巴政府的政治立场,而是通过怀旧来表达对精神家园和象征性归属感的渴望与向往,这一点与古巴流亡文学有所区别。"这部小说不是围绕着渴望'失落的'古巴而构建的:尽管主人公怀旧的目标有时是古巴……主人公塞萨尔怀旧的客体是兄弟俩作为乐手在经济和职业上获得成功的美国……而不是卡斯特罗革命之前的古巴。"[①]其次,通过不同层次的怀旧叙述,《曼波王们演奏情歌》中三位古巴移民建构起古巴裔美国人身份的不同层面,其中移民的古巴经验是不可抛弃的精神内核,移民在美国奋斗的经验是不可忽视的外表,而移民融合两种经验的能力也预示着古巴移民更为美好的未来,这一点与古巴流亡文学中固守古巴传统文化、维持流亡者身份认同的保守态度也有所区别。

伊西罗斯《曼波王们演奏情歌》中的怀旧书写采用了族裔视角,实现了去流亡化的书写。伊西罗斯像尤金尼奥一样出生于20世纪50年代的纽约,在纽约哈莱姆区居住和成长,而当时纽约没有形成诸如

[①] Maja Horn, "Messy Moods: Nostalgia and Other Nagging Feelings in Oscar Hijuelos's *The Mambo Kings Play Songs of Love*", *Latino Studies*, no.7 (2009), p.500.

迈阿密的小哈瓦那那般庞大的古巴移民社区，相对而言，纽约哈莱姆区的古巴移民对古巴革命的政治关注和反应明显更为淡薄。伊西罗斯的父母早在古巴革命之前就移民美国，其家庭背景与古巴革命的政治关联度不高。伊西罗斯在成长中接受的主要是英语教育而非西班牙语教育，即使在家庭生活中，作家也以说英语为主。"这些因素都在不同程度上影响了伊西罗斯对于西语裔文化的认同，影响了他对古巴裔美国身份的认知和阐释。"[1] 作家的身份认同是典型的美国少数族裔，与聚居在南佛罗里达州小哈瓦那的古巴流亡者有着本质上的区别。作者坦言道，"无论如何，我自认为是杂糅身份的作家，我的想象力集中在家庭背景和我在纽约的成长经历。我的作品中的声音和世界观融合了一个古巴人和一个在纽约成长起来的作家，我将这两种声音熔于一炉了。当被要求自我表述，我通常回答：'我是一位在纽约的古巴作家'"[2]。伊西罗斯写作的侧重点是古巴裔美国人的族裔身份，他从"纽约作家"的经验视角出发，想象父母之国的他乡景观，以文学技艺表达对族裔文化传统的敬意。不难理解，《曼波王们演奏情歌》中没有古巴流亡者的政治怀旧，只有古巴裔美国人去流亡化的怀旧。

伊西罗斯的族裔模式采用了嵌套结构书写古巴裔美国人的怀旧，与古巴流亡作家经常采用对称性结构表达政治怀旧具有显著的区别。在流亡模式中，对称结构的两边可以是革命前后流亡者在古巴的生活对比，也可以是移民前后流亡者在古巴和美国的生活对比，流亡作家通常理想化革命前的古巴生活（或移民前的古巴生活），妖魔化和丑化古巴革命后的生活（或表达移民后对政治地位骤降的不适应），这种对比以政治怀旧的方式表现出来。"重返古巴的愿景笼罩着整个社

---

[1] 李保杰：《美国西语裔文学史》，第 350 页。
[2] José Miguel Oviedo, "Six problems for Oscar Hijuelos", *Review: Literature and Arts of the Americas*, vol.34, no.63 (2001), p.76.

区……因此古巴裔美国文学脱胎于流亡模式。这种流亡文学表现为对根的渴望、错置感觉、永远的回忆、重演历史的必要以及对古巴本身的理想化。……古巴永远在彼岸，在别处。"① 《曼波王们演奏情歌》中内斯特、塞萨尔和尤金尼奥的怀旧构成了三层嵌套模式，后面一层都对前面一层进行重新想象和重新叙述，在其中古巴往事与美国往事并未形成鲜明的对比。嵌套结构下的怀旧表达的是古巴移民在理想化的时空中寻求象征性归属感的渴望，而非重返古巴夺取政权的政治姿态。在伊西罗斯的族裔模式里，古巴并不在彼岸，古巴在移民的怀旧中，在他们的现实生活中。

伊西罗斯的族裔模式融合了美国和古巴的文化元素，与流亡模式中片面固守古巴文化元素有所不同。首先，《曼波王们演奏情歌》中内斯特兄弟与马希托、德西·阿纳兹和蒂托·罗德里格斯等古巴音乐家凭借高超的音乐才能在美国流行文化中异军突起。曼波是一种起源于古巴的舞曲，综合了非洲音乐和欧美音乐元素，在20世纪50年代风靡美国，这种音乐形式本身就是两种文化融合的产物。其次，伊西罗斯让曼波王兄弟在电视情景剧《我爱露西》中演奏曼波舞曲《美丽玛丽亚，我的灵魂》，将美国的大众文化和古巴音乐元素进行了融合。最后，小说提供了两个版本的《美丽玛丽亚，我的灵魂》的歌词，一个是兄弟两人登台献唱的英文版本，一个是塞萨尔临终前握在手中的西语版本，虽然语言不同，却是同一个编曲，同样表现了两种文化的融合。学者费尔马特认为，"这两种文化［西语裔文化和欧美英语文化］建立了并置而非对立的关系……并置关系反映了古巴裔美国人参与英美主流文化的性质和历史"②。可见伊西罗斯将两种文化元素融

---

① Qtd. Claudia Sadowski-Smith, "'A Homecoming without a Home': Recent U.S. Cuban Writing of Diaspora", in Andrea O'Reilly Herrera, ed., *Cuba: Idea of a Nation Displaced*, p.281.

② Gustavo Pérez Firmat, "Rum, Rump, and Rumba: Cuban Contexts for *The Mambo Kings Play Songs of Love*", *Dispositio*, vol.16, no.41 (1991), p.68.

合，旨在探索古巴移民融入美国主流社会的可能性。

此外，伊西罗斯的族裔模式具有"虚实结合"的特点，强调了叙述的虚构性和文学性，与一味追求故事真实性的流亡模式不同。在流亡模式中，主人公和作者多为古巴流亡者，强调叙述具有自传性色彩，突出文学故事的真实性，以此形塑流亡者身份，表达鲜明的反古巴革命的政治立场，即便是虚构的部分，只要是迎合了流亡话语，也会蒙上一层真实的面纱，因此流亡模式的一大特点是"虚中求实"。相比之下，《曼波王们演奏情歌》中族裔模式的特点则是"虚中有实、实中有虚"，注重叙述的文学审美特征。首先，小说中的怀旧情感源于伊西罗斯家庭的日常生活，"父亲1940年代中期来到美国做酒店厨师，他非常怀念（nostalgic）古巴，母亲也常向我提及她在奥林特省生活的美好时光"[①]。然而父母这种"深刻烙印的乡愁"（imprinted nostalgia）到了小说中却变得虚幻起来，三位主人公的怀旧都带有明显的幻想特征。其次，小说中援引许多真实生活中的古巴音乐家，如曼波·阿塞斯、马希托、德西·阿纳兹和蒂托·罗德里格斯等，使他们和虚构的主人公一起参与演出、交流音乐，达成了虚实结合的艺术效果。此外《我爱露西》这档情景剧确实曾经在20世纪50年代的美国播出，其常驻嘉宾的真实姓名也是德西·阿纳兹及其妻子。伊西罗斯在虚构的作品中，让虚构人物曼波王兄弟参与出演《我爱露西》，和阿纳兹夫妇同台竞演，带给读者另外一重虚实相合的效果。显然，伊西罗斯的虚实结合没有表达流亡者的政治姿态，而是注重文学艺术作品的审美特性，借此探索古巴裔美国人的身份问题。

借用博伊姆对两种怀旧的划分，或许可以说，流亡模式下的政治怀旧带有"修复型怀旧"的特征，而族裔模式下的怀旧则带有"反思

[①] José Miguel Oviedo, "Six problems for Oscar Hijuelos", *Review: Literature and Arts of the Americas*, vol.34, no.63 (2001), p.74.

型怀旧"的特征:

> 修复型的怀旧强调"怀旧"中的"旧",提出重建失去的家园和弥补记忆中的空缺。反思型的怀旧注重"怀旧"的"怀",亦即怀想与遗失,记忆的不完备的过程。第一类的怀旧者并不认为自己怀旧;他们相信自己的研究所涉及的是真实。……修复型的怀旧表现在对于过去的纪念碑的完整重建;而反思型的怀旧则是在废墟上徘徊,在时间和历史的斑斑锈迹上、在另外的地方和另外的时间的梦境中徘徊。①

最后还应指出,伊西罗斯的族裔模式旨在探索古巴裔美国人的身份建构问题,与流亡模式下强调古巴流亡话语和流亡者形象的塑造不同。作为一个古巴移民后代,古巴元素对于伊西罗斯而言是永远无法抛弃的精神内核;作为一个出生并且成长在纽约的作家,美国元素也是伊西罗斯无法回避的。伊西罗斯为自己也为其他古巴移民建构的古巴裔美国人身份由这两种文化元素融合而成,这种族裔身份既不同于主流的美国公民身份,也不同于古巴流亡者的身份。最后,伊西罗斯1989年出版的小说《曼波王们演奏情歌》已经预示了十多年后古巴移民文学从流亡模式向族裔模式的转变。

小结

《曼波王们演奏情歌》刻画了古巴移民的怀旧情感,探索古巴裔美国人身份的情感建构。内斯特的怀旧维系了古巴移民的古巴经验,是古巴移民族裔身份的精神内核;塞萨尔的怀旧展现了古巴移民的美

---

① [美]斯维特兰娜·博伊姆:《怀旧的未来》,杨德友译,第46—47页。

国经验，构成移民族裔身份的表层；尤金尼奥的怀旧则融合了古巴经验与美国经验，想象具有双重边缘性的族裔身份，它既不同于古巴流亡者身份，也不同于主流美国人身份。伊西罗斯在《曼波王们演奏情歌》中采用了族裔创作视角，背离了流亡者视角，想象了古巴裔美国人身份，打破古巴流亡者的刻板印象，开辟了古巴移民的族裔书写模式。在此意义上，伊西罗斯完美地结合了族裔身份探索和文学审美技艺，开创了古巴裔美国文学的另外一个不同于流亡文学的模式，丰富了古巴移民文学和美国文学的创作实践。正如作者所言，他既在"两种不同的文学的边缘茁壮成长"，同时也希望自己"能够在某种程度上重新定义'美国文学'"。①

第二节
《芒果街上的小屋》中拉美裔女性的孤独②

本节以拉美裔女性的孤独为研究对象，分析孤独的生成因素和情感作用，揭示小说中的情感共同体愿景。拉美裔女性的孤独是性别、种族和阶级多重社会因素交叉作用的产物，又作为共通的情感，联结了女性群体、少数族裔男性和其他边缘人群，形塑了跨越性别和种族藩篱的亚文化共同体，彰显了孤独的能动性。

美国拉美裔作家桑德拉·希斯内罗斯的小说《芒果街上的小屋》

---

① José Miguel Oviedo, "Six problems for Oscar Hijuelos", *Review: Literature and Arts of the Americas*, vol.34, no.63 (2001), p.76.
② 本节内容曾发表于《复旦外国语言文学论丛》2023年第1期，原题为《〈芒果街上的小屋〉中美国拉美裔女性的孤独与情感共同体建构》，本书收录时略作修改。

从少女埃斯佩朗莎的视角展现了20世纪60年代美国拉美裔女性在性别、种族和阶级等多重困境下的孤独感，表达了建构情感共同体的愿景。学者们考察小说对西方女性主义传统的借鉴和补充，指出小说继承弗吉尼亚·伍尔夫的女权主义思想，在反父权制基础上，为拉美裔女性和社区的未来创造新的可能。[①] 此外，学者们还从女性阅读与女性写作[②]、双重语言与多重文化[③]、性别与种族的空间表征[④]等角度探讨族裔女性的身份建构。学者们指出建构族裔女性身份是摆脱情感困境的重要方式，但是忽视了族裔男性和主流社会在女性身份建构中的重要性，因此小说中超越性别、种族和阶级的情感共同体还有待揭示。

一、性别、种族、阶级：孤独的生成

拉美裔女性的孤独是美国社会中的性别压迫、种族主义和阶级歧视多重因素交叉作用的产物。《孤独传》(*A Biography of Loneliness*, 2019)的作者艾伯蒂(Fay Bound Alberti)认为孤独作为一种"现代流

[①] Jacqueline Doyle, "More Room of Her Own: Sandra Cisneros's *The House on Mango Street*", *MELUS*, no.4 (1994), pp.5-35. Kelly Wissman, "'Writing Will Keep You Free': Allusions to and Recreations of the Fairy Tale Heroine in *The House on Mango Street*", *Children's Literature in Education*, no.38 (2007), pp.17-34.

[②] Christina Rose Dubb, "Adolescent Journeys: Finding Female Authority in *The Rain Catchers* and *The House on Mango Street*", *Children's Literature in Education*, no.3 (2007), pp.219-232. Annie O. Eysturoy, "*The House on Mango Street*: A Space of Her Own", in Maria Herrera-Sobek, ed., *Critical Insights: The House on Mango Street*, New York: Salem Press, 2010, pp.239-264.

[③] Regina M. Betz, "Chicana 'Belonging' in Sandra Cisneros' *The House on Mango Street*", *Rocky Mountain Review*, no.66 (2012), pp.18-33. Veras Adriane Ferreira, "Language and Identity in Sandra Cisneros's *The House on Mango Street*", *Antares: Letras e Humanidades*, no.5 (2011), pp.228-242.

[④] 周维贵、赵莉华：《〈芒果街上的小屋〉的空间表征与身份建构》，《当代外国文学》2016年第3期，第37—43页。

行病",混杂了"愤怒、怨恨、悲伤"和"嫉妒、羞耻、自怜"等多种情感,不仅指个体的精神状态,还与"社会、经济和政治危机休戚相关"。[①] 在小说中,拉美裔女性的孤独表现为身体行动受限和情感交流匮乏,她们被禁锢在房子和芒果街这类有限空间,失去行动自由,在家中处从属地位,既无法言说又不被倾听。她们的孤独是由社会因素导致的"强制性的孤独",而非"自愿选择的孤独"[②],使她们处于孤独状态的是"种族主义、贫穷和羞耻的聚合体"[③]。

首先,拉美传统中的性别压迫引发了女性在家的孤独。在崇尚男尊女卑的拉美传统文化中,女性要么是"瓜达卢佩圣母",要么是"妖女玛琳",二者均为男权社会建构的产物,此外别无选择。对女性来说,房子既代表性别压迫的囚笼,又象征亲情、责任和归属感。在小说中,叙述者埃斯佩朗莎敏感地察觉到家庭中的性别分化:"男孩和女孩生活在不同的世界。男孩在他们的天地里,我们在我们的天地里。"[④] 芒果街上受男权传统控制的女性分为三类:被父亲规训的女儿、被丈夫控制的妻子、被家庭束缚的单身母亲。少女萨利酷爱化妆、行为洒脱,屡遭父亲毒打,最终屈从于父亲的控制。父亲担心女儿会失去贞操导致家庭蒙羞,不惜暴力相向,限制女儿的行为,而屡遭家庭暴力的萨利选择以嫁人的方式逃离控制。已婚女性被丈夫限制在房子中无法与外界交流,甚至极少出现在芒果街上。拉菲娜被丈夫锁在房子里,"因为她长得太美,不能被人看到"(110)。"男性对控制女性性行为的要求,或源于恐惧(女性将失去贞操,从而使家庭

---

① [英]费伊·邦德·艾伯蒂:《孤独传:一种现代情感的历史》,张畅译,南京:译林出版社,2021年,第8—9、15页。
② [英]安东尼·斯托尔:《孤独:回归自我》,凌春秀译,北京:人民邮电出版社,2016年,第81页。
③ Veras Adriane Ferreira, "Language and Identity in Sandra Cisneros's *The House on Mango Street*", *Antares: Letras e Humanidades*, no.5 (2011), p.240.
④ [美]桑德拉·希斯内罗斯:《芒果街上的小屋》,潘帕译,南京:译林出版社,2020年,第8页。本节中,出自同一著作的引文,将随文标出引文出处页码,不再另注。

蒙羞）或源于欲望（对女性的性占有），这取决于男性与相关女性的关系。"① 单身母亲被繁重的家庭责任束缚着，惨遭丈夫遗弃的法加斯独自一人照管一大群孩子；丈夫不停地离家出走让年轻的密涅瓦毫无办法。丈夫缺席使家庭重担压到了单身母亲肩上，剥夺了女性向外建立联系的可能。被束缚在房子里的孤独女性，失去行动和表达的自由，缺乏有意义的情感交流。

其次，美国社会对拉美移民的种族歧视加深了拉美裔女性在公共领域的孤独。拉美裔女性要打破孤独处境，须从被男权规训的私领域走向自由的公共空间，与外界建立情感联系，但这种尝试遭到种族歧视的阻碍，加剧了她们的孤独。由于厌恶新搬入的拉美移民，芒果街的白人住户纷纷搬离，使芒果街成为带种族标记的"隔都"。"他们要从芒果街向北搬迁，离开这里一点路，在每次像我们这样的人家搬进来的时候。"（16）在芒果街上"到处都是棕色的人，我们是安全的。可是我们开进另一个肤色的街区时，我们的膝盖就抖呀抖，我们紧紧地摇上车窗，眼睛直直地看着前面"（34）。由此可见，芒果街的拉美裔社区与外部的白人社区俨然是对立的两个世界，白人对拉美裔避之不及，而拉美移民对白人社区同样感到陌生和恐惧。种族歧视不仅存在于成年人的世界，还渗透到青少年的世界。小说借助叙述者和白人女孩凯茜的对话，展现 20 世纪 60 年代种族歧视的严峻程度。叙述者渴望拥有"一个我可以向她吐露秘密的朋友"（9），但凯茜流露出对移民的厌恶，使叙述者结交新朋友的初次尝试无果而终。对彼此的厌恶和恐惧限制了拉美移民向外探索的脚步，拉美裔女性因此愈加孤立无援。同时，阶级分化削弱了叙述者与外界建立联系的意愿，导致她迷失在主流价值中，因失去自我而更加孤立。芒果街上破旧的房子与山上的高档别墅彰显出阶级对立，贫穷的移民社区与富裕的中产阶级社

---

① Michelle Scalise Sugiyama, "Of Woman Bandage: The Eroticism of Feet in *The House on Mango Street*", *The Midwest Quarterly*, no.1(1999), p.184.

区相互隔离。她因自家房子破旧倍感羞愧,渴望拥有"一所可以指给别人看的房子"(5)。"这种理想中的房子体现了美国社会高扬的美国梦神话"①,既表明叙述者不满于现状,也显示出她对主流价值的盲目追随,强化了弱势女性在美国社会的孤独处境。

总之,性别、种族和阶级的交叉作用引发了拉美裔女性的孤独。性别压迫引起在家的孤独,激发拉美裔女性向外建立联系的冲动;主流社会的种族歧视引发拉美裔对外部的恐惧,阶级分化导致移民社区和中产社区相互隔离,加剧了她们的孤独体验。此外,小说采用去中心、碎片化的叙述模式凸显了她们走出家庭和芒果街、与外界建立联系的情感诉求。小说运用大量描述人物情感状态和行为意愿的情感表达,突出情感效果,也让情感作为关键信息承载更为深刻的意义,为女性意识的觉醒和女性间的情感联结打下基础。

二、孤独与女性意识的觉醒

孤独激发叙述者的创造性想象力,使她在观察和讲述拉美裔女性的孤独时,揭示出形塑孤独的社会根源,从而觉醒女性意识。"孤独在某些时候能够促进创造性想象力的生长。创造性想象力的生长往往与主体不满足于现状有关。对现状的不满足是一种适应性行为,激励主体不断地运用想象力来逃避或改变令人不满的现状。"②情感人类学家雷迪以衔情话语指称情感的语言表达,指出衔情话语"既具有记述式话语一样的描述性质,也具有施为式话语一般改变世界的性质"③。情感细腻的叙述者运用"主语+情感词汇"记录女性的情感状态,既

---

① 周维贵、赵莉华:《〈芒果街上的小屋〉的空间表征与身份建构》,《当代外国文学》2016年第3期,第39页。
② [英]安东尼·斯托尔:《孤独:回归自我》,凌春秀译,第107页。
③ [英]威廉·雷迪:《感情研究指南:情感史的框架》,周娜译,第170页。

如实描述她们的情感困境,反映她们对现状的不满,还折射出她们对建立情感联系的期待。

叙述者以"她/她们+情感词汇"记录拉美裔女性的情感状态,既确认了她们的孤独处境,又思考形塑孤独的社会根源。她观察到被限制在房子和社区中的拉美裔女性失去了自我实现的机会。鹭鸶儿多才多艺,但是婚姻和大房子扼杀了她的梦想,"她口哨吹得好,她还很会唱歌和跳舞。她年轻的时候有很多工作机会,可她从来没做过。她结婚了,搬进了城外一所漂亮的大房子里"(95)。芒果街上的少女大多都在步已婚女性的后尘。玛琳幻想嫁给有钱人住进大房子,从此摆脱家庭束缚;萨利为摆脱父亲的控制选择嫁人,但婚后萨利仍然被丈夫束缚在家中。对这些少女来说,逃脱父权压迫的方式是通过结婚拥有自己的房子,然而在男权社会传统中,结婚不是逃脱的有效方式。"她们认为自己正在摆脱父辈的束缚,她们只是在用'一个压抑的父权制监狱去替换另一个',但等她们意识到为时已晚。"[①] 通过观察和思考,叙述者不再认为结婚是摆脱情感困境的有效手段,不愿重复拉美裔女性的生存方式,开始觉醒独立意识。

叙述者将拉美裔女性的生存经验融入自身的成长过程,以"我/我们+情感词汇"表达情感体验,反思自我、家人和社区的关系。衔情话语的表达效果包括在自我探索中确认或否认自身的情感状态,在自我改变中强化或者弱化自身的情感强度。[②] 叙述者探索自己的名字和身份,通过否定名字及其寓意,表达了摆脱族裔传统的性别压迫的渴望。"埃斯佩朗莎"是叙述者从曾祖母那里继承的名字,在英语里意味着"希望",在西班牙语里意味着"哀伤"和"等待",而叙述者对于后面一种含义持否认态度。"埃斯佩朗莎。我继承了她的名字,可我

[①] Michelle Scalise Sugiyama, "Of Woman Bandage: The Eroticism of Feet in *The House on Mango Street*", *The Midwest Quarterly*, no.1 (1999), pp.185-186.

[②] [英]威廉·雷迪:《感情研究指南:情感史的框架》,周娜译,第 126 页。

不想继承她在窗边的位置。"(11)叙述者希望取个像"泽泽 X"的新名字,重塑自我身份,其中变量"X"意味着多重可能。叙述者不愿意像曾祖母那样被束缚在房子里,预示她将走出家庭和芒果街,在家庭之外寻求情感联系。

随着叙述者在孤独驱使下希望改变自我,她理想中的房子也随之变化,凸显了女性意识的觉醒。在第 1 节"芒果街上的小屋"中,叙述者梦想的房子是"一所真正的大屋",表明她将情感困境片面归结为贫富差距。随着叙述者对女性的观察,她意识到房子不能缓解情感的困境。萨利在婚后如愿住进了大房子,但是没有丈夫的允许不敢走出家门,"她看着他们拥有的全部:他们的毛巾、烤面包机、闹钟和窗帘"(138)。叙述者通过观察和讲述这些故事,意识到女性孤独背后的父权压迫,只要房子不属于女性,那么女性就难以突围情感困境。在第 43 节"一所我自己的房子"中,叙述者理想的房子发生本质变化:它"不是小公寓。也不是阴面的大公寓。也不是哪一个男人的房子。也不是爸爸的。是完完全全我自己的"(145)。房子内涵的变化昭示叙述者女性意识的觉醒,她决心离开家庭和社区,从被动的强制孤独转向主动选择的独处。

叙述者决定离开家庭和社区,通过写作实现个体自由、摆脱孤独困境。"有一天我会把一袋袋的书和纸打进包里。有一天我会对芒果说再见。我强大得她没法永远留住我。有一天我会离开。"(150)希斯内罗斯也曾像叙述者那样勇敢地搬出父亲的房子,追寻写作的自由。她回忆道:"我意识到,我搬出父亲的房子,他吓了一跳,我需要自己的房间、自己的空间来重塑自己。……我想我的家人和最亲密的朋友正在理解我的离开,我在学习如何恢复和储存力量,既尽我所能为社区服务,又遵从我的写作本心。"① 作者搬离父亲的房子、叙述者离

---

① Maria-Antónia Oliver-Rotger, "VG Interview: Sandra Cisneros", *Voices from the Gaps*, 2000. Retrieved from the University of Minnesota Digital Conservancy, https://hdl.handle.net/11299/166369,访问时间:2024 年 10 月 31 日。

开芒果街,都是主动选择独处,试图摆脱男权的束缚。主动选择的孤独作为自我和传统间的缓冲,可以"支持创造性的思考和活动","给人提供自我反省和自我认知的空间",促进情感疗愈。① 叙述者的离开不是抛弃家庭和社区,而是在自我与家庭和社区间建立新的更加平等的情感联系。

孤独唤醒了埃斯佩朗莎的女性意识,推动她离开芒果街,摆脱性别、阶级和种族的藩篱,寻求自由表达和情感交流的机会。叙述者得以重新看待自我与家庭的关系,重新审视自我与芒果街无法割裂的情感联系。她渴望以新的身份融入芒果街,摆脱情感困境,为拉美裔女性群体发声,为所有承受强制性孤独的边缘群体发声,讲述她们的故事,呼唤情感共同体。

三、从孤独走向共同体

孤独推动拉美裔女性深究情感困境的社会根源,让她们充满建立情感联系的愿望,从女性个体到群体,到族裔社区,再到跨族裔的亚文化群体,直到建构性别和谐、族裔共处、阶级平等的情感共同体。根据威廉斯的考据,共同体是由"关系"和"情感"组成的,其基础在于共同体成员间共享的情感经验。② 美国非裔文化学者胡克斯指出,共通的情感对建构超越种族、阶级和性别的共同体至关重要。"许多其他族裔群体现在即使没有相同的经历,也和黑人一样处于孤立、绝望和不确定之中,缺乏归属感。激进的后现代主义唤醒人们关注那些超越阶级、性别和种族的共同情感,而这些情感成为构建同理心的沃土——这种联系将促进人们对共同承诺的责任,成为团结和联盟的基

---

① [英]费伊·邦德·艾伯蒂:《孤独传:一种现代情感的历史》,张畅译,第279—280页。
② [英]雷蒙·威廉斯:《关键词:文化与社会的词汇》,刘建基译,第79页。

础。"① 拉美裔女性被限制在房子和社区中，但共通的孤独却在不同的身体中流动，在拉美裔女性、男性和所有边缘人群中流动。"情感本身是流动的，容易从一个身体移动到另一个身体，从一个结构到另一个结构，从一个地方移动到另一个地方。"② 流动的情感打破了阶级、种族和性别的隔阂，成为边缘人群共享的社会经验和共同情感，建构起感同身受的情感共同体。

小说展现了基于孤独的多重共同体：女性共同体，拉美裔共同体，跨族裔的亚文化共同体等。个体对共同体的情感认同表现在叙述者使用的第一人称单数"我"和第一人称复数"我们"的相互关系中。孤独不是"我"/"我们"拥有的东西，而是在流动中形塑了"我"/"我们"的边界。叙事学家布莱恩·理查森（Brian Richardson, 1953—　）指出，在集体叙述中，"叙述者不仅叙述了社区的一般情感，还描绘了其共享的视野，从而提供了不寻常的、引人入胜的集体聚焦"③。在小说中，"我们"不是固定的群体，而是不断变化和流动的群体，呼应着叙述者对多种共同体的情感认同。

孤独情感在拉美裔女性间流动，推动族裔女性共同体的建立。在第3节"男孩和女孩"中，"我们"指拉美裔女孩们，对应的"他们"是男孩们。"男孩在他们的天地里，我们在我们的天地里。"（8）首先，叙述者"我"作为"我们"的一员，和其他女性一样承受着性别、种族和阶级的多重压迫，感受着在家的孤独。"我"像其他女性一样尝试突破孤独困境，抵抗各种束缚。"我"和女孩们在芒果街上共同游戏和成长的经历，为走向女性共同体奠定了基础。其次，"我"作为"我们"

---

① Bell Hooks, *Yearning: Race, Gender and Cultural Politics*, New York: Routledge, 2015, p.27.
② Bede Scott, *Affective Disorders: Emotion in Colonial and Postcolonial Literature*, Liverpool: Liverpool University Press, 2019, p.4.
③ ［美］布莱恩·理查森：《非自然叙事：理论、历史与实践》，舒凌鸿译，北京：北京师范大学出版社，2021年，第144页。

情感困境的见证者和记录者，见证了女性追求自由的努力及其失败，记录了女性的抗争和被规训的过程。此外，"我"的成长得到"我们"的积极帮助。在"我"的女性意识觉醒中，瓜达卢佩婶婶、阿西莉娅、墨西哥神话中的三姐妹起到积极的引导作用。通过"我"的讲述，孤独的"我们"得以联系起来，面对种种困境，孤独成为"我们"共通的情感，建立情感联系是"我们"集体的渴望。叙述者对拉美裔女性共同体的情感认同表明，应对由性别压迫导致的情感困境，需要团结所有少数族裔女性。

孤独笼罩着整个芒果街社区，也开凿出一条条拉美裔内部的情感通道。在第 12 节"那些人不明白"中，"我们"指芒果街的拉美移民（"棕色的人"），而"他们"指芒果街外的白人（"另一个肤色"）。"那些不明白我们的人进到我们的社区会害怕。他们以为我们很危险。"（34）同样，拉美移民进入"另一个肤色的街区"也感到危险和恐惧。由于种族主义甚嚣尘上，拉美裔男性和女性都被限制在芒果街，被主流社会无视。在种族歧视面前，芒果街的移民不知不觉获得了彼此之间的情感联结。在社区中，来自不同地域的拉美移民体验着共通的孤独，抱团取暖成为他们必然的选择。叙述者"我"不仅讲述女性的故事，还讲述被边缘化的男性的故事，如半夜哭泣的爸爸、杂货店的黑人店员、车祸致死的杰拉尔多。"我"讲述"我们"的故事，唤醒主流社会对芒果街族裔群体的关注，"我"既代表"我们"发声，也要求主流社会倾听"我们"的声音。叙述者对于拉美裔社区的情感认同表明，团结所有拉美移民才能共同抵抗主流社会的种族歧视。

此外，孤独还溢出芒果街，联结跨族裔的亚文化共同体。在第 34 节"阁楼上的流浪者"中，"我们"指贫民窟中的弱势群体，而"他们"指高档社区里的资产阶级。"那些住在山上、睡得靠星星如此近的人，他们忘记了我们这些住在地面上的人。他们根本不朝下看，除非为了体会住在山上的心满意足。"（117—118）除了拉美移民，这里的

"我们"还包括了其他弱势群体，甚至是底层白人。他们大多是外来移民，与拉美移民一样，体验着社会底层的孤独。作为共通的情感，孤独为所有弱势群体形成亚文化共同体搭建了桥梁。叙述者"我"梦想中的房子可以提供给任何流浪者居住，给所有无家可归的"我们"居住。"我"讲故事使用的语言主要是英语，夹杂着西班牙语，表明"我"的故事不仅讲给说西班牙语的拉美裔，也讲给其他在社会底层备受孤独煎熬的人。贝茨指出，小说的献词"致女性"采用西班牙语和英语(*A Las Mujeres*; To the Women)，刻意抹去族裔界限，喻示作者想要团结所有的女性。① 小说作者也强调小说具有超越性别和族裔的特征："我的女权主义是人道主义，代表着最弱小的存在，包括许多存在和生命形式，包括某些男性。"② 通过讲述"我们"的故事，作者和叙述者代表边缘群体发声，要求主流社会倾听"我们"的情感诉求，建构超越性别、族裔和阶级的情感共同体。

可见，孤独具有强大的能动性，推动拉美裔女性跨越性别、种族和阶级的多重藩篱，建构基于情感的女性共同体、族裔共同体和亚文化共同体。在这些共同体中，族裔女性的情感困境得以缓解，为自己发声的意愿得以体现，为弱势群体争取自由平等的行动力不断增强。

小结

在芒果街中，性别、种族和阶级的交叉作用导致了拉美裔女性的孤独困境。女性被限制在房子和社区中，既无法言说也不被倾听。孤

---

① Regina M. Betz, "Chicana 'Belonging' in Sandra Cisneros' *The House on Mango Street*", *Rocky Mountain Review*, no.66 (2012), p.31.

② Maria-Antónia Oliver-Rotger, "VG Interview: Sandra Cisneros", *Voices from the Gaps*, 2000. Retrieved from the University of Minnesota Digital Conservancy, https://hdl.handle.net/11299/166369, 访问时间：2024年10月31日。

独的叙述者通过观察、记录、讲述女性的情感困境，揭露出女性孤独的社会根源，实现了女性意识的觉醒。作为共通的情感体验，孤独助力美国少数族裔人群冲破性别、种族、阶级的多重藩篱，构建具有多重内涵的情感共同体，彰显了情感的能动性。在情感共同体中，女性为自己发声的意愿得以实现，为弱势群体争取平等的行动力不断增强。希斯内罗斯尝试建构的跨越性别、种族和阶级的情感共同体表明，美国少数族裔女性要走出社会困境，不仅需要女性个体意识的觉醒，还需要族裔男性以及主流社会的共同参与。

第三节
《奥斯卡·瓦奥短暂而奇妙的一生》中的偏执

本节考察美国多米尼加裔作家朱诺·迪亚斯的小说《奥斯卡·瓦奥短暂而奇妙的一生》中多米尼加移民在美国社会产生的偏执（paranoia）情感，试图说明偏执是移民在多重暴力威胁的长期压迫下生成的被害妄想，这种偏执情感在迫害者／受害者之间流动，打破了对暴力的迫害／受害的简单二分，并且将暴力溯源至欧洲和美洲的殖民冲突，从而揭示出暴力的系统性和殖民文化的延续性。此外，极端的偏执行为使多米尼加移民重审自身与暴力的矛盾关系，转而追寻去殖民化的情感联系，在所有移民共享的流散经验之上建构反暴力的情感共同体。

《奥斯卡·瓦奥短暂而奇妙的一生》出版后好评如潮，受到读者的热烈追捧，斩获普利策小说奖在内的多项文学大奖。学者们从迫害/受害的角度分析作品中的统治暴力、性别暴力和话语暴力，指出小说批判了多米尼加的独裁政治、美国社会的白人优越论和拉美传统的男权思想，挑战了官方历史的叙述权威。小说强调了反独裁的持久性，"因为只要殖民权力及其延续的结构和规范依旧存在，对暴力的拷问就是持续和必要的过程"①，揭露了美国和多米尼加社会中"生产种族化的男性气质、女性气质和性别文化的意识形态"②，质疑官方叙述"最有效的武器——文字——的暴虐力量"③。通过分析暴力，学者们揭示了作者对迫害者残酷行为的批判、对受害者感同身受的道义支持。

值得注意的是，迫害/受害二分视角无法有效解释小说中迫害者也是受害者的特殊现象，在一定程度上遮蔽了迪亚斯对暴力的深刻反思。直接分析暴力容易陷入批判迫害者、同情受害者的简单立场，从而无法全面反思暴力，因此需要"从斜视的角度检视暴力问题"④。本节从奥斯卡家族三代人对暴力的偏执反应切入，考察迪亚斯对美国社会暴力的深刻剖析与批判。多米尼加人的偏执以被害妄想为主要特征，是对暴力威胁的情感反应；偏执情感在受害者和迫害者之间流动，引起"暴力—偏执"循环。同时，偏执作为共通的情感，形塑着多种共同体，表现了作者对未来非暴力社会的想象。

---

① Jennifer Harford Vargas, "Dictating a Zafa: The Power of Narrative Form in Junot Díaz's *The Brief Wondrous Life of Oscar Wao*", *MELUS*, vol.39, no.3 (2014), p.26.
② Melissa Gonzalez, "The Only Way Out Is In: Power, Race, and Sexuality Under Capitalism in *The Brief Wondrous Life of Oscar Wao*", *Critique: Studies in Contemporary Fiction*, vol.57, no.3 (2016), p.279.
③ Anne Garland Mahler, "The Writer as Superhero: Fighting the Colonial Curse in Junot Díaz's *The Brief Wondrous Life of Oscar Wao*", *Journal of Latin American Cultural Studies*, vol.19, no.2 (2010), p.120.
④ ［斯洛文尼亚］斯拉沃热·齐泽克：《暴力：六个侧面的反思》，唐健、张嘉荣译，第3页。

一、多米尼加移民的偏执表征

偏执原指一种个体或集体精神病理学的症状，后来指一种普遍困扰一个国家或民族的政治氛围或情感结构。偏执是古希腊医生希波克拉底创造的词汇 paranous，para 指失控或失常，nous 指精神，paranous 意为精神失控或失常的病理状态。直到 19 世纪，偏执逐渐包含了妄想、疯癫、妄自尊大和谵妄等意义，未超出病理学范畴。弗洛伊德将偏执引入精神分析，强调偏执是社会禁忌压抑同性欲望的结果。"二战"后，偏执在文化政治分析中得到广泛运用。历史学家霍夫施塔特以"偏执风格"指代 19 世纪到冷战时期的美国政治，表示"过度虚张、极端猜忌、阴谋十足"的社会氛围，强调被害妄想是偏执的内核。[①] 冷战形塑的偏执文化没有随着冷战落幕而终结，反而在美国后冷战时代的文化产品中蓬勃发展，成为"后现代语境中民族与身份问题的症候"[②]。以偏执为核心的阴谋论遍布现当代美国文学和文化作品，折射出美国政治生活的侧面。在充满不确定性的后现代社会，阴谋论提供了确定的解释，让所有事物成为"一种符号、一条线索、一个更大的谜题的组成部分"[③]。后现代小说的主人公表现出普遍的偏执，他们"感觉完全被系统所吞噬"，害怕系统在控制他们的生活。[④]倪迢雁指出偏执是个体在宏大且抽象的系统中产生的"焦虑和恐惧心

[①] Richard Hofstadter, "The Paranoid Style in American Politics", *Harper's Magazine*, November 1964. https://harpers.org/archive/1964/11/the-paranoid-style-in-american-politics，访问时间：2021 年 11 月 15 日。

[②] Patrick O'Donnell, *Latent Destinies: Cultural Paranoia and Contemporary U.S. Narrative*, Durham and London: Duke University Press, 2000, p.viii.

[③] Samuel Coale, *Paradigms of Paranoia: The Culture of Conspiracy in Contemporary American Fiction*, Tuscaloosa: University of Alabama Press, 2004, p.4.

[④] Stuart Sim, *The Routledge Companion to Postmodernism*, London and New York: Routledge, 2011, p.176.

理"①，是洞悉美国现当代文学和文化作品的情感探针之一。在超越自身理解和认知能力的系统中，个体怀疑系统或系统中的他人时刻威胁自己思想和行动的自主性，产生了被害妄想。

在小说中，多米尼加人的偏执是对殖民暴力的情感反应，表现为过度的被害妄想。殖民暴力跨越数个世纪，从哥伦布时代到美国占领多米尼加并扶植特鲁希略政权，直至后特鲁希略时代，如同萦绕在多米尼加人心头挥之不去的"诅咒"，形塑了奥斯卡家族数代人的偏执心理。"自从欧洲人踏上伊斯帕尼奥拉岛，诅咒就被释放到这世上，于是我们所有人便在劫难逃。"②人物每次遭遇暴力侵犯，都归因于无法摆脱的宿命：欧洲人对美洲土著的暴力是"美洲的诅咒""新大陆的祸祟和厄运""哥伦布的诅咒"（1）；特鲁希略对多米尼加的独裁统治是国家的诅咒；奥斯卡家三代人的悲惨境遇是家族的诅咒。奥斯卡家族三代人虽然没有直接经历殖民冲突，但是在他们面临的暴力统治、种族歧视和性别暴力中存在类似的"暴力—偏执"循环，因此他们的被害妄想从根本上是殖民暴力的产物。

首先，特鲁希略家族从 20 世纪 30 年代到 60 年代对多米尼加施行暴力统治，引起多米尼加人对政治迫害的偏执。特鲁希略是殖民势力的代理人，是"强加给多米尼加共和国的恶魔之子"③，他"用暴力、威胁、谋杀、强奸、拉拢、恐吓等等（司空见惯的）强力手段，控制了共和国从政治、文化到社会、经济的方方面面；似乎整个国家就是种植园，而他自己是奴隶主"（2）。特鲁希略的暴力手段以遍布全国

---

① Sianne Ngai, *Ugly Feelings*, p.299.
② ［美］朱诺·迪亚斯：《奥斯卡·瓦奥短暂而奇妙的一生》，吴其尧译，南京：译林出版社，2010 年，第 1 页。本节中，出自同一著作的引文，将随文标出引文出处页码，不再另注。
③ Meghan O'Rourke, "Recycled Questions for Junot Díaz", *Slate*, 8 April 2008. https://slate.com/news-and-politics/2008/04/an-interview-with-pulitzer-prize-winning-author-junot-diaz.html，访问时间：2021 年 10 月 5 日。

的秘密警察最为臭名昭著。秘密警察渗透到社会的各个角落，监控民众和舆论，编织起无处不在的暴力之网。在特鲁希略的统治之下，被害妄想充斥着多米尼加人的日常生活。奥斯卡的外祖父阿贝拉德整日担忧女儿会落入特鲁希略的魔爪，将妻女藏匿家中，最终因拒绝带女儿赴宴身陷囹圄、惨遭酷刑、家破人亡。暴力统治还折射出特鲁希略的偏执心理，他恐惧人们的议论、猜忌和影射，更恐惧自己会被颠覆和替代，而偏执促使独裁者加剧他的暴力统治。可见，在暴力独裁中存在类似的"暴力—偏执"循环。在暴力统治下，多米尼加人或成为特鲁希略的爪牙，或逃离多米尼加，或奋起反抗并被镇压，更多人选择默默忍受和刻意遗忘。自幼随父母移民美国的迪亚斯发现特鲁希略始终是家人心中挥之不去的阴影，"你不必提及特鲁希略的名字，他仍然在场……好像特鲁希略成了家里的一部分"①。即便在特鲁希略死后，多米尼加人对他仍讳莫如深，足见特鲁希略对他们心理影响之深。

其次，美国社会根深蒂固的种族歧视导致了多米尼加移民对自我身份的偏执。种族暴力是一种身份政治，在种族社会，主导族群追求语言和民族的纯洁性，从内部标识出种族他者，将其视为污染物，用暴力打压、驱逐甚至消灭之。"把他者排除在外，明确标识为敌人，从另一方面塑造了完整明确的自我认知。敌对形象越鲜明，我自身的形态勾勒得就越清晰。"②主导种族幻想这些他者会污染种族的纯粹性，以暴力压制和排斥他者，而时刻存在的暴力引起了他者的被害妄想。在小说中，特鲁希略政府依据肤色和语言差异将海地人/海地裔多米尼加人标识为他者，展开种族清洗，以暴力手段将多米尼加熔铸

---

① Achy Obejas, "A Conversation with Junot Díaz", *Review: Literature and Arts of the Americas*, vol.42, no.1 (2009), p.44.
② ［德］韩炳哲：《暴力拓扑学》，安尼、马琰译，北京：中信出版集团，2019年，第67页。

成现代民族国家。讽刺的是，虽然特鲁希略给种族屠杀披上了民族主义的外衣，但是他自己也并非所谓的纯种白人。此外，不论在多米尼加还是美国，种族歧视都甚嚣尘上。奥斯卡的母亲贝莉出身名门，但黝黑的肤色仍使她在学校备受排斥，偏执的贝莉选择遗忘家族历史，渴望逃避到浪漫爱情中，然而暴力让她在多米尼加承受了难以治愈的身心创伤，不得不逃离家园。作为非洲移民的后代，迪亚斯认为种族暴力源于占主导地位的种族对于纯粹性的幻想："白人优越论是我们世界中的沉默，我们遭受的大部分痛苦都嵌入这种沉默中。"[1] 在美国，多米尼加移民是被标识出的他者，随时发生的种族暴力引起移民的偏执。如果说贝莉通过遗忘和移民来逃避暴力，那么奥斯卡则徘徊于美国和多米尼加之间无路可走：奥斯卡在美国被视为多米尼加黑人，在多米尼加又被视为美国人，不论身在何处都缺乏归属感。恰如迪亚斯所言，他就像个局外人，既无法实现美国化，又不被看作完整的多米尼加人。[2]

此外，性别暴力扭曲了两性关系，使多米尼加人无法和家人建立亲密关系，加剧了偏执。多米尼加的传统男人被认为要充满男性气质，女人则被要求顺从，任何违反性别规范者都会遭到歧视和排斥。现实生活中，多米尼加男性害怕自己不符合规范而遭歧视，便以暴力证明自己，给女性造成难以治愈的创伤。小说中典型的多米尼加男性如尤尼尔、"匪徒"和特鲁希略都是如此，就连身材臃肿、不善交际、缺乏男性气概的奥斯卡也渴望通过性关系证明自己是真正的男人。缺

---

[1] Paula Moya, "The Search for Decolonial Love: a Conversation between Junot Díaz and Paula M. L. Moya", in Monica Hanna, Jennifer Harford Vargas, and José David Saldívar, eds., *Junot Díaz and the Decolonial Imagination*, Durham and London: Duke University Press, 2016, p.394.

[2] M. Moreno, "'The important things hide in plain sight:' A conversation with Junot Díaz", *Latino Studies*, no.8 (2010).

乏男人味的奥斯卡在求爱道路上屡屡受挫，逃进科幻文学和游戏中，在虚拟世界里想象自己备受异性青睐。小说中奥斯卡因为不够男人而遭到歧视，姐姐洛拉却因身体发育较早在青少年时就遭到强奸，之后她开始剃光头、玩摇滚、练长跑甚至离家出走，以逃离和抵抗暴力，却招来更严重的暴力规训。作为暴力的受害者，多米尼加女性不论顺从或抗拒，都会遭到不同程度的伤害，因此女性的偏执比男性更为强烈。家庭和爱情本是寻找归属感的重要途径，但暴力阻碍家人建立亲密关系，加剧了移民的偏执。迪亚斯指出，在小说中，"家庭的诅咒是强奸，新大陆欧洲殖民者的强奸文化……妨碍了家人建构去殖民化的亲密关系、追求去殖民化的爱"[①]。

偏执成为多米尼加人的情感底色，既是对社会暴力的情感反应，也是预警危险、提示逃离的情感标志，虽然成功逃离的可能性微乎其微。小说中奥斯卡家族三代人的逃离均告失败：外祖父阿贝拉德无法携家人潜逃；移民美国的母亲贝莉难以忘却身心创伤；沉溺在虚拟世界的奥斯卡依然遭受伤害。在逃离无果的情况下，以暴制暴成为多米尼加人迫不得已的选择，反向塑造了对方的偏执，偏执由此在迫害者和受害者间流动，形成"暴力—偏执"循环。

二、"暴力—偏执"循环

奥斯卡家族三代人逃无可逃表明了偏执的预防和投射两种机制的失效。预防机制指偏执者总是怀疑系统或系统中的他人以各种方式伤害自己，提前进行心理和行动准备。投射机制指面对抽象的系统，偏

[①] Paula Moya, "The Search for Decolonial Love: a Conversation between Junot Díaz and Paula M. L. Moya", in Monica Hanna, Jennifer Harford Vargas, and José David Saldívar, eds., *Junot Díaz and the Decolonial Imagination*, p.397.

执者将被害妄想投射到具体个人身上，幻想他人是威胁的来源，通过攻击他人暂时恢复心理秩序。小说中的他者是与偏执者在种族、语言、性别和文化上有差异的人，"所有的身份差异……都揭示了偏执的运行方式，偏执控制着自我和他者间的界限，就像边境巡逻队，边界越容易被跨越和抹除，偏执就越重要"①，因此"对于偏执的持续运作而言，寻找他者作为替罪羊至关重要"②。

在小说中，偏执在迫害者和受害者间流动，形成"暴力—偏执"循环，反映了迪亚斯对暴力的深刻剖析与鞭挞。迪亚斯将移民遭遇的暴力溯源到欧洲人对美洲大陆的殖民，"自从欧洲人踏上伊斯帕尼奥拉岛，诅咒就被释放到这世上，于是我们所有人便在劫难逃"(1)。在法农(Frantz Fanon, 1925—1961)看来，暴力划分了殖民者/被殖民者两股势力，筹划了殖民地世界，殖民者的暴力统治引起被殖民者的偏执，使被殖民者的"肌肉始终在等待"③，时刻准备暴力推翻殖民者，而被殖民者的反抗企图引起了殖民者的偏执，从而强化统治手段。在殖民结构中，被统治者首先将统治者视为敌人，企图暴力推翻和取代之。"我们看到被殖民者始终梦想处于殖民者的位置。不是变成殖民者而是替代他。"④若被统治者的反抗企图难以实现，便会将同类视作敌人，通过相互攻击来恢复心理秩序。"被殖民者在碰到另一被殖民者略微敌视或挑衅的目光就会拔出刀来。因为被殖民者最后一着是对付自己的同属来捍卫自己的人格。"⑤在后殖民时代的多米尼加和美国社会，虽然政治殖民业已结束，但"殖民心态"依然存在，成

---

① Patrick O'Donnell, *Latent Destinies: Cultural Paranoia and Contemporary U.S. Narrative*, p.18.
② Ibid., p.13.
③ [法]弗朗兹·法农：《全世界受苦的人》，万冰译，南京：译林出版社，2005年，第17页。
④ 同上。
⑤ 同上。

为暴力的土壤。暴力统治和暴力反抗两相缠绕，构成"暴力—偏执"的循环。

在小说《奥斯卡·瓦奥短暂而奇妙的一生》中，偏执是导致双向暴力的主要原因，迫害者和受害者角色经常相互转化，而真实和潜在的暴力在此过程中成倍增长。偏执者将自己假定为潜在受害者，采取暴力手段避免伤害，结果导致暴力倍增，而自己也成了实际的迫害者。特鲁希略害怕自己被颠覆，对多米尼加人充满猜疑，以暴力强化统治，导致了多米尼加人的生存危机和偏执反应。多米尼加人多次刺杀特鲁希略，试图以暴力反抗结束他的统治，结果招来更严重的暴力。特鲁希略的暴力引起了多米尼加人的反抗，使自己成为自身暴力的受害者。在种族暴力中，占主导地位的种族在内部识别和排斥他者，在形塑种族纯洁性的同时也削弱了自身的力量。特鲁希略政府将海地裔标识为他者，展开种族清洗，不惜用暴力手段将多米尼加熔铸成一个民族国家，同时给多米尼加人和海地人造成难以估量的伤害。在迪亚斯看来，美国和多米尼加都是移民国家，不存在纯粹的种族起源，因此追求种族纯洁的观点本身是荒谬的。① 在性别暴力中，多米尼加男性粗暴对待女性并歧视所谓缺乏男人味的人，把自己可能不符合性别规范的恐惧投射到这些他者身上。迫害者渴望"通过主动施加暴力来保护自己免遭暴力，为了不被他人所杀而杀人"②。在小说中，迫害者也是受害者，甚至是自身暴行的受害者。偏执导致了暴力的传递，在新的暴力中，曾经的受害者成为新的迫害者，而新的受害者继续遵循偏执机制传递暴力，使暴力得以滋生蔓延。

在小说《奥斯卡·瓦奥短暂而奇妙的一生》中，"暴力—偏执"循环让暴力弥漫在多米尼加和美国社会各个方面，使多米尼加人无法逃

---

① Lu Sun, "'Every Novel is a New Country': A Conversation with Junot Díaz", *Critique: Studies in Contemporary Fiction*, vol.61, no.3 (2020), p.257.

② ［德］韩炳哲：《暴力拓扑学》，安尼、马琰译，第21页。

离"诅咒"。从哥伦布时代直至后特鲁希略时代,暴力如附骨之疽萦绕在多米尼加人心头。奥斯卡家族三代人生活在不同年代,都无法逃避传说中的暴力诅咒,而"甘蔗地"作为暴力发生的场所,重复出现在奥斯卡家族成员的悲惨遭遇中,贯穿起跨越代际的创伤记忆。殖民暴力还超越国界,攫住那些试图通过移民摆脱暴力的人。贝莉移民美国,仍然无法忘却暴力带来的创伤;奥斯卡多次往返美国和多米尼加,相信多米尼加是他的"天堂",却最终为爱殉命故国。迪亚斯自幼随家人移民美国,但暴力始终困扰着家庭生活:"虽然我没有经历过特鲁希略独裁统治,但体验了特鲁希略独裁统治的创伤。……在空气中,在所有的沉默下,它依然鲜活。"① 此外,暴力还打破真实与虚拟的界限,让沉溺在虚拟世界的奥斯卡无所遁逃。虽然奥斯卡在虚拟世界中把自己想象成迫害者,得到了心理补偿,但是虚拟世界同样充斥着暴力。暴力无处不在、无时不在的特征超越了个体的认知和理解能力,虽然奥斯卡家族三代人都尝试逃离,却无法成功逃脱暴力的诅咒。

偏执不仅是多米尼加人对暴力威胁的情感反应,还是导致暴力滋生的心理因素。无法逃离的多米尼加人迫不得已以暴易暴,在新的暴力中迫害者和受害者间的界限逐渐模糊。偏执在迫害者和受害者之间流动,形塑了"暴力—偏执"的循环。正如伯恩斯坦(Richard J. Bernstein, 1932—2022)所说:"任何用来反对暴力的暴力,都会促使暴力循环永无止境。暴力并不具有创造性——它只具有毁灭性。"② 小说中多米尼加人的逃离和以暴易暴都无法实现"解咒",然而相似的生存遭遇和情感反应在多米尼加移民之间构成了联结的力量,促使移民想象一种非暴力的情感关系。

---

① Achy Obejas, "A Conversation with Junot Díaz", *Review: Literature and Arts of the Americas*, vol.42, no.1 (2009), p.44.
② [美]理查德·伯恩斯坦:《暴力:思无所限》,李元来译,南京:译林出版社,2019年,第200页。

三、偏执与情感共同体的想象

在迪亚斯看来，解开暴力之咒的关键是寻找"去殖民化的爱"，在深受殖民结构迫害的个体间搭建去殖民化的情感联系。[①] 去殖民化的爱是一种非暴力的伦理关系，需要摆脱以暴制暴的思维方式，体认和领悟自己与他人共享的"生命的脆弱不安"，进而想象非暴力的未来社会。朱迪斯·巴特勒认为这种非暴力伦理对跳出以暴制暴的循环有建设性意义。人人都可能遭受伤害表明了生命共享的脆弱性质，它为人类提供契机，重新想象非暴力的未来，"我们的生命脆弱不安，我们的肉身易受他人伤害，这事实决定了我们的处境：我们超出了自身所能掌控的范围"[②]。跳出以暴制暴的循环，必须承认生命的脆弱性质及生命之间相互依存的关系，"在寻求承认的过程中，我们并非分离的个体，而是互动过程中的双方，这一互动过程让我们超越了自己的主体地位，也使我们认识到，'社群'本身要求我们承认：人们都以各自方式寻求承认"[③]。这种承认始于人们可能遭受的暴力伤害和共享的情感体验。"这些情感[指激情、痛苦、愤怒]令我们超脱自身，使我们受到他人制约；情感影响我们，令我们情绪起伏，也必然让我们同他人的生命紧密相连。"[④] 人们对暴力伤害相似的情感反应为承认自己和他人共享的脆弱性质提供了可能，在情感共鸣的基础上，人们可以想象新的伦理关系和新的共同体意识。

偏执不仅是一种被害妄想，也是对新秩序的想象，潜藏着重构自

---

① Paula Moya, "The Search for Decolonial Love: a Conversation between Junot Díaz and Paula M. L. Moya", in Monica Hanna, Jennifer Harford Vargas, and José David Saldívar, eds., *Junot Díaz and the Decolonial Imagination*, p.399.

② [美]朱迪斯·巴特勒：《脆弱不安的生命：哀悼与暴力的力量》，何磊、赵英男译，郑州：河南大学出版社，2016年，第37页。

③ 同上，第67—68页。

④ 同上，第37页。

我与他人关系的愿望。弗洛伊德认为偏执可以整合无序的世界:"妄想的形成,虽然被我们当成一种病态的产物,但实际上,它却是一种尝试恢复、重新再造的过程。"① 偏执还是一种补偿机制,"将混乱重新想象为秩序,将偶然性重新排列为确定性"②。偏执者在想象中重构自我与他人的伦理关系,将自身与相似身份的集体(如民族、阶级、性别和人类)联结起来,形塑一种基于情感的共同体。在小说中,基于共通的偏执困扰,多米尼加人试图建构出亲密关系共同体、家族共同体、移民共同体等多种情感关系。

首先,偏执的奥斯卡不懈地追求一种去殖民化的爱情,最终与底层女性伊本一起重塑了亲密关系。多米尼加人渴望真正的爱情和归属感,比如贝莉的三段情史、洛拉和尤尼尔的分分合合、奥斯卡数段不成功的约会等,这些尝试都是建立亲密关系的探索。奥斯卡的自杀是极端的偏执行为,但也让他彻底领悟到自己和他人生命的脆弱,使他摆脱了暴力循环,想象美好的两性关系。濒死的奥斯卡意识到他既是受害者也是迫害者,领悟到他一直渴望的是一种去殖民化的"亲密感"(252)。自杀之前,他在暴力面前懦弱又逃避,在科幻小说和虚拟游戏中寻找避难所;自杀未遂之后,他直面情敌警察上尉的威胁,不惜以死捍卫爱情,在此"他变了。他已经获得了某种自己的力量"(242)。奥斯卡从无法和历任女友分享情感经历,不愿倾听她们内心的声音,到主动向伊本分享自己的过往,聆听她的人生轨迹,在情感共鸣中实现了蜕变,建立了非暴力的亲密关系。小说末尾描绘了唯一一段真正的恋情,寄托了迪亚斯建构亲密关系共同体的愿景。

其次,偏执在奥斯卡家族代际之间流动,传递家族的苦难记忆,

---

① [奥]西格蒙德·弗洛伊德:《史瑞伯:妄想症案例的精神分析》,王声昌译,北京:社会科学文献出版社,2016年,第84页。

② Patrick O'Donnell, *Latent Destinies: Cultural Paranoia and Contemporary U.S. Narrative*, p.11.

联结了家族共同体。在深受暴力折磨的奥斯卡家族中，偏执成为几代人的情感纽带。贝莉的养母拉英卡是家族记忆的传承者和情感疗愈者。在家族因遭遇迫害而支离破碎时，她寻找失散的家人，重聚破碎的家族；她向贝莉讲述家族的光荣历史，向奥斯卡和洛拉讲述祖辈在多米尼加的苦难遭遇，传承家族记忆；在贝莉和奥斯卡身受重伤时，她在神像前虔诚祈祷、悉心照料，使濒死的家人重获新生，彰显了强大的情感能量。拉英卡是家族苦难的见证者、家族记忆的传承人，也是健康伦理关系的实践者。如果说拉英卡传承了家族苦难记忆，那么洛拉的女儿伊西丝（Isis）则凝结了数代人打破诅咒、连接成情感共同体的愿望。伊西丝的名字源于古埃及神话，隐喻着对重组的憧憬。在神话中，丰饶女神伊西丝的兄弟冥王奥西里斯（Osiris）遭遇暴力残害，伊西丝找到散落的碎片重新组装，使奥西里斯重获新生。伊西丝的名字表明，只有去除暴力思维，才能重组破碎，重聚家庭，重拾生命。叙述者尤尼尔对她给予厚望："也许，仅仅是也许，假如她像我所希望的那样聪明、勇敢的话，她会理解我们所做的以及我们所学到的一切，会提高自己的洞察力，然后她让它彻底结束。"（250—251）伊西丝项链上挂着三枚来自长辈（贝莉、奥斯卡、洛拉）的护身符，凝聚家族数代人的记忆，而串起护身符的项链象征着维系家族共同体的纽带。

此外，偏执作为几代人共通的情感，在深受暴力之苦的移民中搭建了情感通道。在迪亚斯看来，包括多米尼加人在内的美洲人都是移民，都遭到各种暴力的侵害，因此也共享了生命的脆弱性和偏执的情感特质。偏执在移民之间流动，形成情感通道，联结成共同体。小说借助"金色的獴"这一形象来象征践行非暴力伦理的移民。每当奥斯卡和母亲贝莉遭遇暴力袭击处于濒死之际，他们总会听到獴的召唤，在它的带领下走出濒死之境。獴是欧洲殖民者为了消灭多米尼加岛上的毒蛇、提高种植园产量而带到该岛的，它就像被贩卖到美洲的黑奴，是殖民暴力的直接受害者。迪亚斯在一次访谈中指出：

> 它们是我们的小移民。对我来说，没有什么动物比獴更能代表加勒比海人的经历了……它被带上岛，囚禁起来，接受任务；它被带到这里来抓蛇捕鼠，然后它叛逃了。……人们看到獴，却没有意识到这些动物在许多方面与被奴役的非洲人有着相同的经历。①

在小说中，獴既没有在沉默中忍受暴力，也没有选择以暴制暴，而是选择了第三条路——帮助人们摆脱诅咒。獴象征着所有遭受暴力侵害的人，同时也寓示了建构非暴力情感关系的可能。在小说描写的中国餐馆里，来自不同族裔的移民相互协作、互帮互助，形成了跨越种族的共同体。

综上所述，小说中的多米尼加人在偏执的推动下建构了亲密关系、家族、移民等多形态的共同体，突显了情感的动能。暴力让人们认识到生命的脆弱和情感联结的必要性，而偏执为人们建构人与人之间新型关系提供了情感纽带。

小结

在小说《奥斯卡·瓦奥短暂而奇妙的一生》中，迪亚斯书写了多米尼加移民的偏执，揭露了暴力的殖民根源，构建出情感共同体。作为对暴力的情感反应，偏执在迫害者和受害者间流动，打破了迫害／受害的二元划分，形成了"暴力—偏执"循环。具有情感动能的偏执

---

① M. Moreno, "'The important things hide in plain sight:' A conversation with Junot Díaz", *Latino Studies*, no.8 (2010), pp.541-542.

也为多米尼加移民提供了重审暴力、重构自我与他人情感关系的契机，促使他们以共通的偏执情感为纽带建构共同体。遗憾的是，小说描写的情感共同体局限于多米尼加移民内部，尚未涉及统治者与被统治者之间，尤其是主流社会与少数移民之间的情感通道。小说的开放式结尾表明了建构情感共同体的可能性，而消解暴力之路道阻且长，还需要以情感连接更多社会力量，在更深更宽的层面上想象人类共同的未来。

本章结语

在《曼波王们演奏情歌》中，古巴裔美国人通过对古巴往事和美国往事的文化怀旧，实现了族裔身份认同，既不同于古巴流亡者也不同于主流美国人，以双重的边缘性建构文化身份。在《芒果街上的小屋》中，拉美裔女性的孤独凝聚了女性共同体、形塑了族裔共同体，联结了边缘人群，超越了性别、种族乃至阶级的藩篱，建构情感共同体。在《奥斯卡·瓦奥短暂而奇妙的一生》中，多米尼加移民的偏执情感是殖民暴力的产物，揭示出暴力的系统性特征，并且基于移民共通的流散经历想象了跨越族裔界限的非暴力共同体。

在美国拉美裔小说中，负情感书写较为普遍，这既与拉美裔移民的流散经验紧密相关，也同美国主流社会对拉美裔移民的排斥与敌视不无关系。拉美裔移民的负情感是在流散经历中生成的，既包括美国主流社会的政策排斥和文化歧视，也有拉美裔对自身文化的坚守和扬弃。在寻求身份认同和文化适应的过程中，拉美裔的负情感同时具有被动性和主动性，他们既被动地遭遇主流社会的排斥和歧视，同时也主动地坚守或扬弃族裔文化。负情感揭示出流散中的拉美裔在美国遭遇的文化歧视和政治压迫，促使拉美裔重新思考自身在身份认同和文化适应中的困境，选择或坚守，或扬弃自身文化，实现个人或群体的文化觉醒。共通的流散经验以及在寻求身份认同和文化适应中遭遇的政策排斥和文化歧视，在拉美裔移民中形塑了相似的负情感，负情感联结起多样的文化共同体，如古巴裔怀旧共同体，孤独联结的跨性别和族裔的亚文化共同体，偏执形塑的非暴力共同体。

第五章
当代美国亚裔小说中的负情感问题与情感共同体书写

近代以来，亚洲人从18世纪早期开始移民美洲大陆，最早到达美国的亚洲人群体包括菲律宾人、华人和南亚人，其中以水手、仆人或奴隶居多。在19世纪，亚洲移民主要是参与修筑美国东西大铁路的华人劳工以及部分亚洲政治难民。在这一时期，由于美国出台了极为严苛的移民政策，亚洲移民人口数量相对较少，不成规模，而且男性比例明显较高。1882年，美国联邦政府出台了首部充满种族主义色彩的移民法案，即臭名昭著的《排华法案》，拒绝亚洲女性移民美国，不仅使得许多置身美国的亚洲男性妻离子散，还导致许多亚洲移民社区成为"光棍社区"。在此背景下，为了能够在美国同亲人团聚，也为了延续种族血脉，亚洲移民采取了许多特殊的方式，例如"战争新娘"和"照片新娘"，规避《排华法案》中的相关规定，实现移民的目的。在早期，亚洲移民在美国生活状况普遍堪忧，事业发展和家庭繁衍都受到严格的限制，不同的亚洲移民群体在地理分布上呈现出分散聚居的状态，在文化交流上也鲜有沟通，在情感上各分支之间也比较疏离，因此难以形成可观的经济和政治力量。

在所有亚裔移民分支中，日裔群体的遭遇最具有代表性。《排华法案》导致美国国内华人劳动力严重不足，为了填补劳动力市场的缺口，大量的日本人开始移民美国。尽管日本移民的辛勤劳作，仍然不能消除美国主流白人对于亚洲面孔的东方想象，种族歧视和排斥仍然甚嚣尘上。日本移民在美国社会遭受的待遇和此前的华人劳工几无二致。在明治维新之后，日本国家日渐昌盛的国力对欧美列强构成了潜在威胁，再次唤醒了白人对亚洲人的"黄祸"（yellow peril）焦虑，同时，在美国国内经济危机发生后，大批失业的白人将亚洲劳工视为替罪羊，以排遣自身失业和经济萧条带来的不满和愤懑。在此背景下，排日浪潮反复迭起，并在 20 世纪 30 年代抵达一个小高潮。系统性的种族歧视将日本移民及其后代孤立隔离在小东京等日裔贫民窟中。珍珠港事件爆发之后，在沸腾的美国民族主义浪潮中，日裔被视为内部敌人，美国社会针对日裔的种族歧视乃至迫害愈演愈烈，不仅如此，美国联邦政府剥夺了日裔美国人的公民权，将西海岸拥有日裔血统的美国人群体强行迁入内陆监视居住。正是在日裔拘留营中，羞耻、恐惧、愤怒、无助、绝望等负情感如潮水般涌现出来，将日本移民及后代吞噬。这些日裔后代在走出拘留营之后，试图遗忘那段屈辱的历史，掩盖遭受的心理创伤，对于拘留营事件绝口不提，因此被称为"沉默一代"。20 世纪 50 年代之后，从拘留营释放出的日裔身心俱损，渴望快速融入美国，获得主流社会的认可，成为百分之百的白人，以洗刷污名、抚慰创伤，凭借着向上的阶级流动成为首批所谓的"模范少数族裔"。可以说，日裔在白人心中的形象从黄祸、仇敌再到"模范少数族裔"的身份转变，代表着亚裔的身份标签的演变，但如此的身份攀升过程也反射着亚裔在美国白人文化霸权之下强烈的身份焦虑。

日裔的负情感表达开始由自我转向外界，也更倾向将负情感从一种身份困境转化为与弱势他者建立共同体的情感资源。随着美国和日本经济、政治及文化的跨国流动越来越频繁，日本文化作为日裔的文化遗产，成为他们参与跨国流动的资本之一。在美国跨国公司企图召唤起美国在日本新殖民主义时期残留的由白人中产代表的美国国家光辉富足形象以获取利润之时，日裔跨国流动主体便反向心生厌恶感，联合那些被跨国公司排斥的"他者",反向曝光跨国公司的一系列操作,瓦解将人等而化之的各种阶序,呼吁族群共居和与弱势他者的伦理联结。日裔作品《食肉之年》书写了美国的跨国资本如何设计污名化亚裔所代表的少数族群,探讨了日裔美国人如何借用"厌恶"的情感动能不断扰乱现行的权力秩序,开启逃逸路线,创造生命互依的族裔内部情感共同体。

从华裔和日裔的交往来看,珍珠港事件以后,"很少有华人参与到 1941 年后的美国反日运动中去,许多华人对二次世界大战后返回西海岸的日裔还尽力施予帮助。早在 20 世纪 20 年代,威廉·史密斯就注意到,第二代亚裔华、日两个群体彼此非常认同。到 20 世纪 60 年代末'美国亚裔'一词出现之前,美国的亚裔移民就彼此认同了"①。民权运动及美国多元文化主张的推动让包括日裔在内的亚裔想象亚裔美国人的身份。在当时纷繁复杂的美国国内环境中,任何族裔都不能独善其身。"美国华裔非常清楚,反日情绪不会为他们带来任何利益,因为一旦国际政治局势或中美关系发生变化,这种敌对情绪便会转移到华人身上。"②

再来看看亚洲其他亚裔文学分支的情况。1975 年越南战争结束,大量越南裔移民涌入美国境内,他们有志于建立类似于"小西贡"的聚居地。越南裔新锐作家阮清越(Viet Thanh Nguyen,1971—)以小说《同情者》、《难民》(*The Refugees*,2017)叙述了越南移民作为战争和政治难民的生存困境。菲律宾裔文学《老爸的笑声》(*The Laughter of My Father*,1944)、《美国在心中》,印度裔作品《疾病解说者》(*Interpreter of Maladies*,1999)等也属于此类作品,它们聚焦

---

① 转引自[美]尹晓煌:《美国华裔文学史》,徐颖果译,天津:南开大学出版社,2006 年,第 147 页。
② 同上。

情感主体在种族、阶级和性别的高压环境下，认同白人社会，又因自身的民族自觉和文化传统，修复自我族裔主体性。

20世纪60年代，美国的移民政策大幅改善，大批亚洲移民得以合法进入美国。根据普利策奖获得者、亚裔新闻记者阿列克斯·提臧（Alex Tizon，1959—2017）的观察，在各族裔内部，"父母辈和祖父母辈只与同胞亲近：越南人和越南人在一起，朝鲜人和朝鲜人在一起，柬埔寨人和柬埔寨人在一起"①。此时的亚裔共同体基本上是以同乡—同胞—同族的方式连接，但是到了80年代以后，情况发生了改观。从居住分布上看，"不同民族来源的亚裔族群搬离了加州伯克利和圣马特奥城内的主要居住地而重新定居郊外，形成了多亚裔族群相对集中的居住模式，甚至在一些地方亚裔还构成人口的多数"②。亚裔各族裔之间出现连接的转折事件是发生于1982年的华裔男青年陈果仁被殴打致死事件③。亚裔共同的身份变成了"黄祸"，"在美国人眼里都是一样的，也许才是最大的凝聚力。是'种族制服'（racial uniform）让他们成了同一种人"④。中国人、日本人、韩国人、越南人、菲律宾人、印度人等遭受到共同的威胁，亚裔身份和面孔的一致性逐渐激发了他们的泛亚意识，形成一些非正式关系，包括简要的协议和社会实体。白人主流社会对模范少数族裔恐惧，从而在职场和社会的方方面面设置了玻璃天花板（glass ceiling）。从日本城或者小东京、韩国城、唐人街和小西贡到90年代的泛亚联盟，依托60年的美

---

① ［美］阿列克斯·提臧：《何以为我》，余莉译，北京：北京联合出版公司，2020年，第60页。
② 董娣：《亚裔美国人运动的缘起与影响》，《南京大学学报》2002年第2期，第78页。
③ 1982年夏天中国洗衣店老板的养子，准新郎陈果仁在底特律派对上被一对白人汽车工人继父子误认为是日本人（受日本进口汽车的冲击，底特律大量汽车行业裁员）而殴打致死。
④ ［美］阿列克斯·提臧：《何以为我》，余莉译，第60页。

国民权运动、妇女运动、反对越战运动和新左派运动,亚裔初步形成了共同体。

本章拟从负情感角度分析美国亚裔文学四部文学作品中的亚裔共同体想象,分别以日裔作家露丝·尾关(Ruth Ozeki,1956—)的《食肉之年》、华裔青年作家伍绮诗(Celeste Ng,1980—)的作品《无声告白》、越南裔作家阮清越的作品《同情者》和印度裔作家裘帕·拉希莉(Jhumpa Lahiri,1967—)的作品《疾病解说者》为例,探讨负情感在诊断美国社会痼疾和反对种族不平等方面的积极力量和情感共同体的建构情况。

第一节 《食肉之年》中日裔的厌恶

一、何谓厌恶?

厌恶是一种"作呕的强烈的身体反应"[1],从词源学上说意指味道糟糕,是一种人为了保护身体免遭腐坏食物的感染受病而将之排斥出去的生命防卫机制。随着人类厌恶情感的发展,除了身体难以接受的食物之外,接触到皮肤的黏稠物,不道德的行为,甚至恼人的想法等都能触发厌恶。厌恶研究的奠基人罗滋(Paul Rozin,1936—)根据厌恶的触发源将厌恶分为了四个等级,第一等级为腐烂食物引发的口腔厌恶;第二等级为排泄物等其他源引发的其他生理厌恶;第三等级为邋遢之人等自我厌恶接触而引发的人际厌恶;第四等级为侵犯社会

---

[1] Sara Ahmed, *The Cultural Politics of Emotion*, p.85.

正统价值观的道德厌恶。① 其中，糟糕食物引发的厌恶为原始或核心厌恶，其他厌恶反应是从原始厌恶拓展或衍生出去的投射厌恶。厌恶作为一种特有的情感类型，其内向和外向作用引导日裔情感共同体的构建。但无论如何将厌恶分类，厌恶总是关乎肮脏。威胁到人的肮脏体便是令人厌恶之物。

在《洁净与危险》(Purity and Danger, 1966)中，道格拉斯(Mary Douglas, 1921—2007)论述道，世上没有绝对的肮脏物，只有当其打乱秩序和规则时才会被归为肮脏物。例如食物放在盘子上不算肮脏，但如果放在地上，即便这地面较盘子更为洁净无菌，也算肮脏厌恶。人体排泄物在体内无恙，但排泄出体外便厌恶不堪。巴特勒也陈述道，"所有社会秩序在其边缘皆脆弱，因此所有边缘都危险，如果人体就是社会秩序本身，或者公开的秩序汇集之处，那么任何一种规制的渗透都是污染和威胁"②。克里斯蒂娃(Julia Kristeva, 1941—   )更是中肯地指出，违反象征秩序的东西便是厌恶之物／贱斥体，它们位于主体和客体之间，却无法归为任何之一。可见，不同于焦虑和恐惧等本能情感，厌恶更具文化建构性，是被意识形态中介过的情感。

为何有些物体会引发人更为强烈的厌恶感？最让人厌恶之物是什么？纳斯鲍姆指出，那些提醒我们自己"动物性、脆弱性和必死性"③之物最为厌恶。正是人类拒绝接受自我脆弱且必死的动物性让我们对那些会污染自我的东西感到厌恶。"这种拒绝……具有紧迫感，导致人们焦虑得将厌恶延展到其他物之中以便让自我更远离初始厌恶之物

---

① Paul Rozin, Jonathan Haidt and Clark R. McCauley, "Disgust", in Michael Lewis, Jeannette M. Haviland-Jones and Lisa Feldman Barrett, eds., *Handbook of Emotions*, New York: The Guilford Press, 2008, p.50.
② Judith Butler, *Gender Trouble: Feminism and Subversion of Identity*, New York: Routledge, 1990, p.132.
③ Martha C. Nussbaum, *Hiding from Humanity: Disgust, Shame and Law*, p.94.

的污染"如腐坏食物、粪便和尸体，途径是"创造一群拥有厌恶特质，如脏乎乎、发臭、受污染的人群，来充当缓冲区，好让优势群体之人能把自己与其觉得困扰的动物性做出区隔"。① 换句话说，纳斯鲍姆认为，主流人群为了逃避自身如动物般的脆弱性和必死性会将厌恶特质投射到"非我"人群之中，尤其是如同性恋、女性、贫弱者那些处于下位者之中，将他们打上肮脏厌恶烙印，如此便区分出了自我与他们这些类动物（quasi-animal）之间的界限，同时自我与动物性之间的距离也被进一步拉大。艾哈迈德敏锐地指出"厌恶是权力关系的关键"②，我们总是对那些低于我们之人感到厌恶，将肮脏特质投射其身并提防他们会污染我们的优势地位。厌恶的典型反应便是本能地抗拒排斥厌恶之物，由此维持了权力的高低界限。

二、厌恶之物

《食肉之年》中的故事发生在 20 世纪 90 年代初，主要围绕着一位日美混血女性简·高木·小接受牛肉出口公司提供的工作，负责去美国内陆寻找家庭主妇拍摄一档名为《我的美国主妇！》的商业纪录片，该纪录片旨在向日本观众宣传美国牛肉的质量。日本人上野诚一供职于一家肉类出口公司赞助的日本广告代理公司，负责拟定该档节目的宗旨，监制节目质量，其妻子上野爱子应丈夫要求，负责在家为夫妇二人按照节目中的菜谱烹饪牛肉。

针对日裔所代表的少数群体的厌恶情感首先体现在上野诚一拟定的节目宗旨中。该节目在日本每周六播放一期，每一期都会邀请一位美国主妇介绍她的家庭与生活，话题的中心是如何烹饪上好的牛肉。

---

① Martha C. Nussbaum, *Hiding from Humanity: Disgust, Shame and Law*, p.97.
② Sara Ahmed, *The Cultural Politics of Emotion*, p.89.

诚一为节目拟定的宗旨如下：

(1) 可取之物

1. 吸引力、健康、性格好
2. 可口的肉品（注：猪肉等是二等肉，所以请记住：可以是猪肉，但牛肉最好！）
3. 有魅力而温和的丈夫
4. 乖巧可爱的孩子
5. 令人向往的健康生活
6. 干净而迷人的房舍
7. 有吸引力的朋友或邻居
8. 好玩的兴趣爱好

(2) 不可取之物

1. 体型不良
2. 肥胖
3. 肮脏
4. 次等族群

*** 最重要的是，价值观须是纯美国式的。①

不难看出，关于选择的主妇、主妇的丈夫、孩子、房屋以及烹饪肉食的指导原则，都清楚地表明了对于节目组而言何为厌恶之不可取之物，何为欲望之可取之物。虽然日本公司补充说明这里的"次等族群"并非指涉有色人种和穷人，但又强调了理想的美国主妇是"有2到3个孩子的中产及以上的美国白人女性"(13)，除此之外的主妇不

---

① Ruth L. Ozeki, *My Year of Meats*, New York: Penguin Books, 1998, pp.11-12. 本节中，出自同一著作的引文，将随文标出引文出处页码，不再另注。

做参选考虑,并且按照上述原则,肉品最好是这类理想人群偏爱食用的牛肉而非"次等族群"会选择的其他食物。对于节目组而言,纯美国式价值观便是所谓的中产白人异性恋的生活方式,其他弱势人群便是令人厌恶之物,扰乱美国价值观的纯正性,没有资格出现在镜头之前,更无法用来代表美国国家形象和纯正的美国价值观。

  日本公司对非白人和他们食用的食物的厌恶态度集中体现在上野诚一身上。当简被提拔为《我的美国主妇》导演后,她相中并准备拍摄一对美国南方黑人贫困夫妻的建议就被诚一厌弃和否决了。诚一被他们的特色食物猪小肠厌恶到了,觉得那都算不上是二等食物。类似的,其他少数群体当然也不被允许出镜。简在该节目的最后一期选择一对跨种族黑白女同性恋作为主角,对此诚一极其厌恶,他表示:"周六早晨看到女同性恋!真是厌恶!我的意思是,很多家庭正看着呢!只要是个日本人就不会喜欢这样的东西。"(194)确实,诚一只欣赏白人中产阶级异性恋者和他们所食用的牛肉。当他的妻子说要领养韩国的小孩或者给他做其他非牛肉食物时,他勃然大怒,认为这些"下等"人和食物玷污了他的身份。

  除了那些种族、阶级、性向和身体机能等方面的考虑,女性也被诚一所代表的节目制作方视为厌恶之物。该节目制作商很清楚,由于重建后的日本经济腾飞,日本人物质产品并不匮乏,要勾起日本人购买牛肉的欲望,便只能赋予美国商品更多文化价值。牛肉作为美国中产阶级常用食物,象征着美国中产阶级的体面身份,但仅凭这一点还无法将牛肉的价值商品化,因此节目制作方要求以白人中产阶级异性恋家庭主妇代表美国国家形象和中产阶级生活方式,以便给牛肉加持可视化的文化价值,使其更好地行销日本。

  问题在于,在利用家庭主妇来代表美国烹饪和兜售牛肉的过程中,女性的主体性被剥夺了,她们被抽象化为一种美国国家符号的象征物,被物化为一种性消费品。麦克林托克(Anne McClintock,

1954—)指出,女性由于她们的繁衍能力,"通常被视为国家的象征,但又无法直接参与国家行动"①。这便是该节目会挑选家庭主妇而非家庭主夫来代表美国价值观、来吸引日本人认同美国价值和购买美国牛肉的原因了。女性容易被物化为男性欲望的投射对象:可欲但也让人暗感厌恶。节目制作方用家庭主妇来代表美国形象,但同时要求所选的主妇"必须吸引人、可口……丰满,醇厚,摸起来手感好,尝起来易消化"(8)。镜头中的女性被性欲化为一块等待被享用的牛肉。劳乐斯(Elaine Lawless,1947—)认为,男性无法控制自己的肮脏欲望,因此为了感受到自己受到净化便会无意识中攻击代表其厌恶欲望的女性,譬如,对她拳脚相加、辱骂她为妓女,脏货,贱人……②所以,在视奸女性身体之时,男性其实也潜在地视女性为厌恶之物。简的助手欧和铃木会在墙上挂上裸女图,一边享用她们的身体一边骂她们是厌恶的妓女。作为一种被动的欲望客体,女性的身体是被厌恶的;作为一种主动的欲望展示者,女性的身体更加被视为厌恶之物。在小说中,上野爱子受丈夫所托去购买避孕套时感到十分尴尬,以至于只好天黑后去自动售货机购买,避免受人非议。

即便是在倡导多元文化主义的20世纪末,在日本与美国的跨国贸易中,美国国家形象依旧被白人中产异性恋者占据,对于那些受美国新殖民主义影响而内化美国文化价值观的日本代理商而言,只有这些光鲜的人群才能代表美国,这种狭隘的美国白人民族主义意识形态被加持到美国商品的文化价值之中,以便促进商品销售。然而,如此的美国形象便将那些种族、阶级、身体机能、性向和性别处于劣势者定位为厌恶之物。他们也因此没有资格走进跨国媒体之中代表地道的美国和美国价值观,在霸权文化与资本的合力中进一步边缘化。

① Qtd. Sara Ahmed, *The Cultural Politics of Emotion*, p.63.
② Ibid., p.245.

三、厌恶的反向滋生与能动性

在晚近的亚裔跨国研究中,不少学者都对亚裔的跨国现象提出了担忧。那些穿梭在亚太地区及跨国集团的亚裔,在一定程度上促进了亚美两地的文化交流和双边政治经济发展与合作。但值得注意的是,在上述交流与合作过程中,亚裔运用他们的文化资本,为美国资本家服务,帮他们进军亚洲市场,强化美国国家意识形态,因此他们的努力也有可能成为美国资本和文化霸权入侵亚洲市场的同谋。

在小说中,简在接管节目制作以后,计划拍摄的节目包括一个赴美生子的底层墨西哥移民家庭、一对美国南方底层黑人夫妇、一对收养了九个亚洲儿童的白人夫妇、一对女儿瘫痪的白人夫妇、一对寻觅精子生女儿的跨种族女同性恋,以及他们各自的非牛肉食物。这些内容确实呈现了一个更为民主、多元、开放而和谐的美国,因此对外国人也更加具有吸引力,也更能强化美国形象,为其文化霸权背书。金(Yoo Kim)也认为简对美国的视觉呈现"同样依赖于本质化的同质假设"[1],与上野诚一传递的美国国家形象并无本质区别。

简的呈现有两个明显缺陷。其一,简利用自身日美混血身份的模糊性获取底层群体的信任和拍摄资源,在此身份杂糅俨然成为简达到目的的手段。当南方黑人海伦根据简的口音和纽约的电话号码误识其为白人而拒绝接受录制节目时,混血的简便说她是黄种人,更伪装成特地为其远道而来的日本人,来获取海伦的信任,以便可以进入排斥白人的黑人教堂拍摄典型的黑人礼拜和食物。在简拍摄芙络丝夫人时,她也曾借用其美国女性的身份获得后者的信任,拍摄完后不顾拍摄期间对其造成的心理伤害而匆忙离去。

其二,在后期的视频剪辑和制作中,简不知不觉地掩饰了美国的

---

[1] Yoo Kim, "Travelling through a 'Hybrid' World: The Politics of Cultural Hybridity in Ruth Ozeki's *My Year of Meats*",《外国文学研究》2010 年第 1 期,第 51 页。

种族和性别问题。就种族而言，她将种族差异简化为单纯的文化和饮食差别，掩盖了少数族裔的生活现状和对美国社会的不满，编织了一幅异样的美国种族图景。在简制作的一期视频中，墨西哥移民波特夫妇不惜断臂抵达美国海岸，实现成为美国人的愿望。在节目末尾，波特夫妇跳着欢快的墨西哥民族舞，儿子麦浪追逐宠物，桌上摆着地道的墨西哥牛肉餐，这种"美国梦"实现的繁荣景象，掩盖了波特夫妇为了顺利抵达美国所经历的苦难以及波特一家在美国惨淡生活的现实。这种叙事将美国国内的种族差异简化为文化差异，后者被资本转变成可以销售的文化价值行销国外，由此简在不经意间强化了美国价值观对于移民的召唤力量。就性别而言，简呈现的美国女性敢于打破传统女性规范实践另类生活，最终吸引爱子奔向美国。这种性别叙事重复了亚裔文学传统中亚洲受压抑女性在白人的启发或救赎下成功踏入美国走向成功的叙事，同样强调了美国对亚洲的优越性。这也恰好说明了在跨国集团中的底层亚裔具备的反抗资源的有限性，她们无法如中上层亚裔那般左右逢源，他们的反击始终无法彻底摆脱霸权的镣铐。

　　寄生于跨国公司中的亚裔并非就此完全失去了能动性。随着民权运动和多元文化的推行，新一代的亚裔逐渐摆脱了对亚洲背景的羞耻，能够较为从容地接受自己的种族背景并形成了较为自信的亚裔美国身份认同。因此，当跨国公司在利用亚裔跨国的文化背景贩卖虚假内容以促进资本增值，又将他们视为厌恶之物之时，亚裔主体便反向滋生出激发自我主体性的强烈厌恶感，并利用厌恶的吸引性和松动权力界限的动能，共建生命互依的共同体。

　　简渴望成为一名世界主义者，她对自己在跨国集团的肮脏位置感到十分厌恶，并调侃自己是一个将美国的巨大幻想贩卖给日本的"文化皮条客"（9）。这种反向滋生的厌恶感促使简"相信我是有使命感的……利用这个窗口进入主流网络电视来教育大众……通过让这些主妇销售肉的方式来传递更大的真相"（27）。她试着摸索怎样呈现那些被排斥的厌恶之物,并逐步突破了美国文化霸权的想象。

简采取的第一个策略便是利用厌恶之物的吸引性重塑跨国集团中的日本代理人形象。在《负情感》中,倪迢雁认为厌恶与欲望并非彼此对立,"厌恶之物具有引诱力,那些被社会禁忌建构出的厌恶之物尤其如此,即便我们有意远离它也会明显意识到自己内心的痴迷"[1]。污秽的厌恶之物是被象征秩序压抑排斥的失序部分,消逝成为一种匮乏符号,一旦逃逸出监控,便会吸引主体回归自我。道格拉斯同样论及污秽与秩序并非完全冲突,尤其是在较远古的文明里,仪式往往体认到"混乱无序的动能"。因为"在心灵的无序、梦中、昏迷或迷乱里,仪式盼望发现透过有意识之途径所无法达到的力量和真相。暂时失去理性控制的人可获致掌控的精力及治愈的特殊力量"[2]。这也说明了一旦逃离象征秩序的把控,主体也会被厌恶之物吸引和启发,从而回归真实自我并重塑秩序。

简在选定南方黑人女性海伦一家为节目主角后,为了劝说上野同意这个被视为"厌恶"的选角,简邀请上野到黑人社区面见这对夫妇,感受黑人文化。简坚信上野会被这里的黑人文化所感染和吸引。在黑人教堂里,黑人的歌唱让教众集体浸入狂乱的舞蹈与释放之中,宿酒并被异质文化强烈冲击到的上野片刻失神,也进入了类似失序的仪式中,情不自禁地抛弃了所有阶级和种族秩序感,莫名地被异文化打动,产生新的感官知觉。他完全敞开了被资本主义社会压抑的自我,和黑人一起舞着唱着,在黑人女性肩膀上啜泣,脸上浮现出幸福安详的感觉:

……在他周围,人们跳着、扭着、唱着,颤抖着,还说着

---

[1] Sianne Ngai, *Ugly Feelings*, p.333.
[2] Ibid., p.95.

方言。其他人则照顾着他们,拉着他们的手,支持着他们的狂热行为。汗水顺着上野的脸流淌下来,闻起来是纯蒸馏酒的味道,他啜泣着。一位穿着一件上面缀有凸起的瑞士波尔卡小圆点海军蓝连衣裙的高大而结实的女人,把他的头像婴儿一样抱在胸前,拍了拍他喘息起伏的后背。他抬起了头来,头还有点摇晃,好像他的脖子还不够结实支撑不了那些重量。他泪流满面,脸上有点浮肿,还印着她衣服上的小圆点印痕。他幸福地对我笑了笑,然后又低下头来抽鼻子……(113—114)

被象征秩序排斥的厌恶之物是实在界的一部分,暗暗吸引主体靠近并突破霸权秩序而重塑真实而完整的自我。上野亲身体会到了不洁他者的修复力量,体认到自我本身那被压抑的自我,体会到文化差异背后的净化力道,最后甚至还愿意耐心地采访黑人夫妻,接近他们的饮食文化。虽然上野对贱斥黑人的吸引与理解也只存在在这一片刻之中,但这一小小的片刻让上野的自我暂时甩开了秩序束缚,与贱斥对话,让本真的自我回归。

艾哈迈德在《情感的文化政治》中指出,虽然厌恶反应在维持界限的同时维持着权力关系,但"也向我们展现区分主客体界限在界限生成的那一刻就已经被瓦解"[1]。艾哈迈德认为,厌恶具有空间特性,我们对那些低于我们之物感到厌恶,但"考虑到被厌恶到的人是感觉到厌恶的人,那么只有牺牲掉某种脆弱性,才能维持其'高等位置',他向那些他感觉到是低等的人所敞开着,被其影响着"[2]。在随后的节目录制中,简运用逐渐厌恶之物,冲击观众的感受力,逐渐通过转移录制的焦点而瓦解跨国机构的霸权叙事,并从霸权文化认知框架中逃

---

[1] Sara Ahmed, *The Cultural Politics of Emotion*, p.83.
[2] Ibid., p.89.

逸出去，形成生命互依的生命共同体。

在接下来一期节目中，简录制了路易斯安那州收养了九个亚洲儿童的白人格雷丝主妇一家。简将视觉呈现的焦点逐渐从白人主妇转移到"厌恶人物"，即那些被收养的亚裔儿童，她们的跨国历程以及成为美国人的不适感，随之引出美国对亚洲的军事介入以及美国种族主义的幽灵。简用大量镜头详细介绍了每一位收养儿的背景，这些亚洲孩童的跨国历程反映了美国在亚洲的新殖民工程。被收养的第一个孩子乔伊与格雷丝的亲生女儿的摩擦揭露出美国亚裔面对白人时无法逃避的生存困境。简敏锐地捕捉到乔伊喜爱逗留之地正是前种植园奴隶生活的小木屋，也不禁让观众感叹美国南部种族主义在亚裔身上借尸还魂。借此镜头，简暗示南部对种族历史并未进行有效反思，甚至保留着对旧日的怀念，所以当简询问格雷丝为何镇里还庆祝内战邦联纪念日，格雷丝会情不自禁地感到失落并回答"我们尽量不去思考"（68）。如果说这一期节目在结构上依旧是利用家庭主妇象征美式家庭和美国国家而延续了美化美国的叙事，但具体的镜头却有意冲破美国国家叙事，暴露出了美国种族问题。节目原本宣传的美国牛肉，在简的镜头下，也被一种厌恶食物葛根所取代。在这一期节目中，跨国资本利用美国霸权文化价值观念加持牛肉的愿望落空了。

在接下来一期节目中，简呈现了被视为厌恶之物的女性。虽然女性是该节目的重点呈现对象，但作为主妇的女性被简化成了男性欲望的承载对象，其身体在被男性消费的同时也被男性厌弃。当女性成为主动表达欲望的主体时，更是成为被社会唾弃的对象。在这一期节目中，简采用不同于传统视觉媒介客体化女性的拍摄手法，大胆挖掘瘫痪少女克里斯汀娜的性欲望，让克里斯汀娜肆意表达自我，甚至允许其卖弄风骚，追求爱人。在这一期中，美国牛肉再一次被羊肉所取代。

随着简深入美国内陆拍摄节目与了解牛肉行业，简发现正是她母亲在怀孕期间服用了白人医生所开的己烯雌酚（DES）——一种合成雌激素——造成了自己的子宫畸形。她意识到当女性与种族身份交叉时，她们不仅容易被种族化、客体化，而且生命更容易受到损害。正如简说道，她母亲的白人医生"习惯给丰乳肥臀、体型庞大的瑞士和丹麦裔看病……但妈妈是日本人。这个医生在我的出生证上把她归为'黄种人'。并且她个子纤细"（156）。白人医生认为简的母亲身体远比白人脆弱，因此给她开了己烯雌酚安胎，这不仅使得她子宫受损难以再次受孕，并且让她未来患病风险骤增。由此，简内心涌起对性别歧视和种族歧视的深恶痛绝和厌恶，决心选择一对跨黑白种族同性恋夫妇作为节目主角，将更为"厌恶"之物呈现出来。在屏幕里，这对恋人大胆表白并展示对彼此的爱意，彻底颠覆了跨国公司对女性性别欲望的监控和对有色人种的排斥。在这一期中，她们食用的食品同样也不是牛肉，而是蔬菜。

在最后一期节目中，简将最为厌恶之物，即畸形的人体、动物的尸体，呈现出来以暴露美国牛肉的不健康，彻底颠覆了具有种族歧视和性别歧视的跨国公司要求用美国文化包装牛肉以促进海外销售的计划。在调查肉牛养殖的过程中，简在邓恩农场发现，农场主为了让牛增肥获取利润，不惜使用雌激素 DES 和生长素等禁止使用的激素，这些激素的使用不仅造成了疯牛病，而且还会给人体带来健康问题。小说中，哈默尼镇的黑人男人出现了女性化特征，如胸部发育、音调变尖，农场主邓恩本人也出现了类似的状况，而其同父异母的妹妹罗斯才五岁就胸部发育成熟，并开始来例假。简的镜头将这些情况记录下来，把这些介于生命与死尸之间的厌恶身体呈现出去。除了这些畸形身体，简同时也将屠宰场宰杀动物的肮脏而血腥场面录了下来。

威廉斯（Laura Williams）提醒我们，即便许多人目睹过屠宰动物的恐怖过程，但依旧选择不为所动，因为"满足食欲的快感总是高于饲养场里看到的可怕现实"[1]。按照传统方式以时间顺序记录动物如何

---

[1] Laura Anh Williams, "Gender, Race, and Epistemology of the Abattoir in *My Year of Meats*", *Feminist Studies*, no.2 (2014), p.251.

被分解成肉片的线性过程无法调动起观众强烈的不适,因此简就发挥了自己制作纪录片常用的技巧,不断倒回快进,突出牛从活物变成尸体,从尸体变成活物的过程,在模糊生死界限的过程之中,调动观者极致的厌恶感。观众也就从被动无感的信息接受方变成了主动的共情者。

简将孩子畸形的身体,牛恐怖的生长以及屠宰过程一一暴露,让观者厌恶的同时体悟到人本身的动物性、脆弱性以及必死性。"厌恶……始于一群核心东西,这些东西之所以被视为肮脏物是因为它们让我们想起了自己的必死性、动物性和脆弱性。"[1] 似生似死的病/尸体会激发出人最强烈的厌恶感,迫使我们直视自身与他人共享的脆弱性和危命状态(Precariousness),从而对他者的苦难共情,形成生命互依的共同体。巴特勒论述道,"自呱呱坠地,我们都是脆弱生命,人与其他生命之间从来不是排除式的等号关系,自我生命早已包含、依靠个体之外的其他人的生命……在这样互相依存的共居世界里,人的能动性则表现在保持彼此最佳生存条件的结盟关系"[2]。生命的脆弱性预设着身体的平等性而非对生命的凌驾,也呼唤着人们逃逸出自我的霸权位置,如此才能看到他者生命的复杂性、创造性以及与自我的共同性,也唯有如此,才能发现我们的情感早已布满政治权力的束缚。简最终的视觉呈现彻底瓦解了跨国公司的霸权文化价值观。

厌恶情感构建的生命共同体并没有停留在虚拟的影像空间,同时也扎根于现实。那些被跨国机构排斥出去的厌恶人物,基于共同的被边缘化的体验,反向滋生厌恶进行无意识的抵抗,并建立起弱势联盟,不断逃逸出权力框架,构建生命互依的共同体。爱子因为被上野视为生育工具而心生厌恶并患上了厌食症,尤其是对上野喜欢的牛肉极其厌恶,每次吃完都犯厌恶,不得不呕吐出来,长此以往,身体无

---

[1] Martha C. Nussbaum, *Hiding from Humanity: Disgust, Shame and Law*, p.93.

[2] Judith Butler, *Notes Toward a Performative Theory of Assembly*, Cambridge, MA: Harvard University Press, 2015, p.44.

法受孕。如果说爱子对牛肉的厌恶是一种对丈夫无意识的抵抗，那么简对厌恶之物的视觉呈现则启发爱子了解自己的需求。克莉丝汀娜的长期昏迷的状态让爱子意识到在与丈夫的婚姻关系中自我生命的萎缩，而女同性恋恋人对男性的排斥让爱子找到语言来表述自我的欲望。同样遭受上野强暴的简对爱子渴望挣脱丈夫束缚的心情感同身受，因此她着手帮助了爱子移民美国。在美国南方，由于对霸权体制的共同抵抗以及对生命脆弱性和互依性的体认，爱子受到了黑人的热情欢迎并最终在女同性恋恋人的帮助下安定下来。

小结

在《食肉之年》中，美国跨国资本和霸权文化价值观念结合起来，将包括亚裔在内的少数族裔群体视为厌恶之物，将其排斥在正统的美国文化和饮食文化之外。作为厌恶之物的群体同时反向滋生出厌恶感，调动了主流社会对厌恶之物的欲望使得被厌恶之物重塑自我，利用了厌恶情感的特性，在体认生命脆弱性的基础上共建生命互依的共同体。

第二节 《无声告白》中华裔的羞耻[①]

新生代华裔美国女作家伍绮诗的处女作《无声告白》出版之后便备受关注，再次引发关于华裔在美国生存状况和身份认同的热议。小

---

① 本节内容曾发表于《当代外国文学》2021年第1期，原题为《羞耻的能动性：〈无声告白〉中的情感书写与华裔主体性建构》，本书收录时略作修改。

说中的故事发生在20世纪70年代的美国,以一个华裔家庭中大女儿溺水身亡事件撕裂了这个家庭的幸福幻影,暴露出华裔在美国社会中积蓄已久的情感危机。本文将以小说中汹涌而出的族裔羞耻感为主线,揭示美国华裔面临的社会排斥,探讨羞耻如何转化为建构华裔主体性的动力,为族裔融合开辟通道,尝试构建跨族裔的情感共同体。

一、白人凝视与族裔羞耻

从词源学上看,羞耻(shame)源于印欧-日耳曼语系中的词根"kam/kem",意指"遮掩"。羞耻始见于《圣经》,描述亚当和夏娃偷食禁果而知身体裸露之耻,便用果叶附体以遮羞的场景。1987年美国心理研究学会召开第一次关于羞耻心理学研讨会议,之后羞耻作为一个心理现象和情感类型被广泛研究。当代社会文化中,羞耻源于"自我被暴露后担心遭贬谪的焦虑感"[1],常为社会弱势群体的负情感体验,与文学文化研究对"他者"的关注共鸣。随着20世纪末情感研究浪潮的兴起,结合羞耻理论的情感文化研究开始凸显,涉及羞耻背后的社会规范,尤其是强势群体将羞耻作为隐形律法管理社会劣势者、强化强势文化的问题。弱势者由于性别、种族、阶级、残障等缘由而遭受贬损排斥,生发羞耻感。羞耻感让弱者自我贬低、自我否定,从而巩固了现有文化秩序,成为维护社会等级秩序的工具。所以亚当慕姆森(Adamson)与克拉克(Clark)在《羞耻场》(*Scenes of Shame*, 1999)中指出,"羞耻与屈从以及被屈从过程(the process of subjection)紧密相关"[2]。

---

[1] Eric Savoy, "*Scenes of Shame: Psychoanalysis, Shame, and Writing* by Joseph Adamson and Hilary Clark (review)", *English Studies in Canada*, vol.27, no.3 (September 2001), p.380.

[2] Joseph Adamson and Hilary Clark, eds., *Scenes of Shame: Psychoanalysis, Shame, and Writing*, Albany: State of New York Press, 1999, p.3.

使羞耻者屈从的重要因素之一是他人的审视与贬低。他人的审视无形之中将社会规范施加于我，我深刻体会自己在他人眼中的不足，导致自我贬低，羞耻感便油然而生。可以说，他人视线牵引着我，我从他人的视线出发观看自我，贬损自我，在羞耻场中失去主动权和掌控力，并因而更加羞耻与窘迫。因此，戈夫曼（Kaufman，1943— ）指出"感到羞耻就是感到被人被急剧贬低地审视"①。在美国社会种族主义背景下，他人的审视可具象化为白人凝视。"凝视"是"一种与眼睛和视觉有关的权力形式"②。白人占据主动地位，是凝视的主体，以君临的姿态、猎奇的心理俯视他者的怪异和神秘，定义他者的劣等属性。处于白人凝视下的族裔人群一旦将自我内化为白人凝视下的他者想象，就会产生羞耻感乃至自恨情结。小说中，具有东方特色的华裔身体是白人凝视猎奇的焦点。屈从于白人权力的华裔接收到白人凝视传达出的东方主义想象，将自我矮化为与白人所谓先进、文明、富裕形象相反的落后、野蛮、贫穷印象，族裔耻感由此而生。更有甚者，感到族裔羞耻的华裔会产生身体焦虑，不自觉地在白人视界中感觉到自己的身体具有"高度可视性"（high visibility），强化了族裔耻感。

在《无声告白》中，华裔詹姆斯身上集中体现了白人凝视下不断滋生的族裔耻感。詹姆斯成长于华裔美国人普遍处于社会底层的年代，是白人眼中一个醒目的他者，不断被打量。詹姆斯第一次上学正式走进白人世界时，便被白人审视到他东方特色的眼睛。很快，詹姆斯就意识到应该为自己异类的眼睛感到羞耻，于是"第二次遇到这种情况时……立刻红了脸"③；当詹姆斯的父亲来学校做维修时，同学们

---

① Gershan Kaufman, *The Psychology of Shame: Theory and Treatment of Shame-Based Syndromes*, New York: Springer Publishing Company, Inc., 1996, p.28.
② 朱晓兰：《文化研究关键词：凝视》，南京：南京大学出版社，2013年，第16页。
③ [美]伍绮诗：《无声告白》，孙璐译，南京：江苏凤凰文艺出版社，2018年，第44页。本节中，出自同一著作的引文，将随文标出引文出处页码，不再另注。

的目光便在他父亲和他之间回荡，此时詹姆斯的"头垂得更低，鼻尖几乎贴到了书页上"(44)。白人凝视使华裔既可见也不可见。他们看见了华裔异质的东方身体，却无视其主体性，透过其身体联想到东方主义形象，将其扁平矮化为贫穷落后的野蛮人。这让詹姆斯对自己的族裔背景倍感羞耻，对白人凝视格外焦虑。他时常会觉得"那些苍白的面孔静静地盯着他"(107)，感觉自己就像供游客围观的"动物园的动物"(192)。他对女儿莉迪亚的蓝眼睛尤其敏感，自以为白人凝视其女儿莉迪亚时会发现其白人特征，不会贬低和矮化她。

事实上，除了蓝眼睛之外，继承了华裔身体特征的莉迪亚也是白人猎奇的焦点。她也时常感到"走廊对面的女孩在看你，药剂师在看你，收银员也在盯着你看"(189)。作为第三代华裔，莉迪亚对自己的华裔身份敏感度稍弱。但凝视决定了被凝视者在文化环境中的位置，莉迪亚依旧无法摆脱白人凝视带来的焦虑。"他们的眼神仿佛带有钩子。每次站在他们的视角看自己，都会……想起自己的与众不同。"(189—190)透过白人凝视，她看见自己在白人心中的华裔刻板形象："扛箱子的中国小工，戴着苦力帽，眼睛歪斜，牙齿突出。"(190)印刻在白人心中的东方主义想象，经过主流媒体的不断渲染，根植在华裔心中，使其自觉"低下"。莉迪亚常常感到不安，试图逃避自己的族裔身份："你低着头，想着学校、太空或未来，试图忘记这件事。"(190)这是莉迪亚在白人凝视下对自己族裔耻感的遮掩与逃避。

除了族裔身体，詹姆斯一家的华裔-白人跨种族婚姻也备受审视。长期以来，美国社会为了保持白人血统的纯正，跨种族婚姻在美国属于违法行为。直到要求族裔平等的民权运动时期，美国最高法院才于1967年宣布跨种族婚姻在联邦各州合法。因此，1958年詹姆斯和玛丽琳结婚时不仅受到白人岳母的反对，也受到陌生白人的瞩目："在电影院里、公园长椅上……和黑头发的詹姆斯坐在一起时，还是会招来别人的注意。"(52)20世纪70年代,跨种族婚姻已较普遍,但由于华裔男子除了受到种族歧视外还受到"性别歧视",华人男性与白人女性组成的婚姻依旧是少数。对于白人而言,华人女性性感神秘,具有异国情调,而华人男性则普遍怯懦拘谨,缺乏男子气概。他们要么"奸诈狡猾、肮脏、作奸犯科",要么"呆头呆脑、不够积极、缺乏活力、毫无性吸引力"。[①] 因此,詹姆斯一家的华人男性-白人女性婚姻在六七十年代依旧是跨种族婚姻中夺目的异类。莉迪亚很小就记得他们一家每到一家餐厅,"女招待都会先盯着她父亲,然后看看她母亲,接着是她、内斯和汉娜"[②]。小说对跨种族的婚姻模式的讨论也是对跨种人群相处模式和种族融合方式的深度思考。

可见,在种族主义话语下的白人-华裔关系中,白人凝视体现的是白人强势文化,华裔在被凝视中对自己的族裔身体和家庭构成感到焦虑和羞耻,试图与外界隔绝,避免被"凝视"所伤。白人凝视生发华裔耻感,而华裔人群"通过对施羞者的认同而将羞耻内化"[③]。华裔认同白人凝视背后的价值观,进行自我审判,强化了羞耻感。如果说第三代华裔对自我东方主义形象的联想是主流媒体渲染的结果,那么第二代华裔詹姆斯的自我矮化则有着更为现实的基础:詹姆斯的父亲是通过"纸儿子"(paper son)非法移民进入美国的,因此备受争议。由于父母工作卑微,詹姆斯自觉比同学低等,成长过程中不断遇到种族歧视:成绩优秀的他本可以留在哈佛任教,却被一位白人代替;执教后,因为其华裔身份,不受学生尊重;结婚之时,又受到白人岳母

[①] William Ming Liu, Derek Kenji Iwamoto and Mark H. Chae, eds., *Culturally Responsive Counselling with Asian American Men*, New York: Routledge, 2011, p.244.

[②] Ibid., p.251.

[③] Joseph Adamson and Hilary Clark, eds., *Scenes of Shame: Psychoanalysis, Shame, and Writing*, p.10.

的坚决反对。在残酷的现实中，詹姆斯自觉低人一等，认同了白人主流价值观，深受羞耻感的困扰。

二、羞耻与华裔自我否定

情感研究先驱汤姆金斯（Silvan Tomkins，1911—1991）认为，羞耻具有自我否定性。"当自我意识到羞耻的当下，那经验如同感受到自我内部的病。"① 族裔羞耻因此成为自我否定的力量，推动其按照白人秩序调整自我位置。

华裔耻感使得詹姆斯竭力消除自己的族裔痕迹，融入白人社会，形成黄白的融合。他不再讲中文，不吃中餐，竭力熟悉美国文化——"听广播、看漫画、省下零花钱看两部连映的电影，了解新棋牌游戏的规则"（45）；大学选课时，他选了牛仔这个最具典型的美国文化课题；而最为典型的是他娶了白人女性玛丽琳，"因为她能够完美地融入人群，因为她看上去是那么的普通和自然"（39）。玛丽琳的白人身份代表主流美国社会，与其结婚也代表着他被主流社会接纳。因此，詹姆斯很乐意在办公桌上展示他的全家福，昭告大家他是个美国人。詹姆斯还将自己融入美国社会的愿望传递给儿子内斯和女儿莉迪亚，尤其对继承了母亲蓝眼睛的女儿莉迪亚寄予厚望。当他发现儿子内斯越来越像小一号的自己，无法合群、常被孤立时，詹姆斯冷落起儿子。对詹姆斯而言，继承其华裔身体特征的儿子和小女儿都是其族裔贱斥体（the abject）的象征，唯有将之弃绝，才能维持稳定的美国身份。"贱斥体内在于主体（无法划为客体）"②，其先天存在于主体的生命

---

① Silvan Tomkins, *Affect, Imagery, Consciousness: The Complete Edition*, New York: Springer, 2008, p.359.
② Elizabeth Gross, "The Body of Signification", in John Fletcher and Andrew Benjamin, eds., *Abjection, Melancholia and Love: The Work of Julia Kristeva*, London: Routledge, 1990, p.87.

性特征决定了主体不可能将之彻底排斥。因此，即便远离族裔文化，詹姆斯也无法改变其华裔属性，无法在种族歧视的环境中彻底摆脱族裔羞耻。但是，不可否认的是，詹姆斯的种族融合尝试非常具有建设性。

此外，羞耻感强化了华裔模范少数族裔的刻板形象。20世纪60年代起，亚裔被塑造为模范少数族裔，"亚裔美国人发现自己陷入了一个后现代的困境当中：在标榜多元文化的氛围中，从前是黄祸，现在则是超级模范"[1]。模范少数族裔虽然强调亚裔在美国的成功，赞美亚裔吃苦耐劳、坚忍不拔等品质，但突出了以白人意识形态为主导的政治话语。刘大伟（David Palumbo-Liu，1951— ）指出，模范少数族裔在美国黑／白两极化的色谱中扮演着"次白人"的模范中介角色："模范亚裔迷思（myth）在美国化的过程中，对其他少数族裔有示范作用，乃是示范如何做个白人的次等模型（secondary modeling system for white）。"[2] 在白人社会中，亚裔只有充当服从白人的模范少数族裔，才能被社会认可接受。有着强烈族裔耻感的亚裔往往渴望融入白人社会，极力漂白自己，这样他们不仅会自我贬抑，还会自动内化主流价值为他们设立的形象，以获得白人的认可和接纳。女儿莉迪亚死后，警察来家里办案，詹姆斯为了保持安分守法的模范公民形象，不敢多问案件的调查进度和内容："当然，警官。谢谢，警官。我们没有别的要求，警官。"（113）当内斯学游泳受到同学戏弄时，詹姆斯没有上去保护儿子，反而美化歧视。詹姆斯的模范少数族裔情结还延伸到了儿女的培养方案上。白人往往认为亚裔体型瘦小，不善运动，都是书呆子。他因此相信"内斯因为'太瘦'不能参加橄榄球队，

---

[1] E. San Juan, "Beyond Identity Politics: The Predicament of the Asian American Writer in Late Capitalism", *American Literary History*, vol.3, no.3 (Fall 1991), p.543.

[2] David Palumbo-Liu, *Asia/America: Historical Crossings of a Racial Frontier*, Stanford, CA: Stanford University Press, 1999, p.167.

'太矮'不能打篮球,'太笨'不能打棒球,只能靠读书、研究地图、望远镜来交朋友"(90)。当儿子输掉运动比赛时,詹姆斯下意识地说了一句:"要是他们比赛读一整天书……"(152)儿子考上哈佛时,他自然地认为女儿莉迪亚也会考上……长此以往,儿子失去了对父亲的信赖,女儿学业压力剧增。其实,将自己打造成模范少数族裔并不能减少族裔耻感。对此,赵健秀和陈耀光论述道,少数族裔迎合模范少数族裔刻板形象是"一种委婉的自轻行为,表明他接受白人的价值标准,并承认这一事实:因为自己不是白人,所以也永远无法达到白人的标准"①。

正是这样被动而卑微的自我否定引发了詹姆斯的婚姻危机和家庭悲剧。20世纪50年代,女性被召唤回归家庭相夫教子,而女性意识已然觉醒的玛丽琳想要实现自我价值,拒绝重复母亲渺小局限的家政生活。婚后的玛丽琳等到儿女都长大一点,便想继续其当医生的梦想。然而,詹姆斯想要在外界树立富裕强大的美国男人形象,而不是"他挣得不够多——他妻子不得不出去找工作"(78)的无能东方男子,于是拒绝让玛丽琳外出工作。母亲去世后,玛丽琳整理遗物时再次生发自我实现的热望,毅然采取激进方式——离家出走,继续学业。当玛丽琳因再次怀孕归来时,詹姆斯并未理解其出走原因,误以为她后悔嫁与华人。詹姆斯的自我否定使得夫妻双方的诉求无法准确传递,加深了误解。玛丽琳的激进行为导致女儿莉迪亚认为只要满足母亲的要求就可以留住母亲,一味迎合玛丽琳想要其学医的要求,迎合父亲想要其融入美国社会的期待。莉迪亚失去了自我,极度压抑之下溺水而亡。

残酷的家庭悲剧让詹姆斯退缩至原点。感到极度羞耻的詹姆斯认

---

① Frank Chin and and Jeffery Paul Chan, "Racist Love", in Richard Kostelanetz, ed., *Seeing through Shuck*, New York: Ballantine Books, 1972, pp.65-79.

为自己一开始就应该好好当个华人，不该想要融入白人社会。极端自我否定的詹姆斯缩回自己的华裔身份：找中国情人路易莎，"一个长得像这样的女人，和他相像的女人"（202）；讲中文，"他已经有40年没讲过中文了，但他的舌头仍然能够卷曲成她熟悉的形状"（201—202）；吃华人小吃叉烧包，他"觉得它的味道就像一个吻，充斥着甜咸交织的温暖"（202）。这样的回缩让詹姆斯暂时忘却羞耻的环境和家庭悲剧，却并未让他真正找回族裔自信。"一天晚上，他走向自己的车，顺手拎起路边的一个空瓶子，朝着路易莎住的公寓楼使劲一扔。"（194）作为小镇唯一两户华裔，詹姆斯即便内心充满对白人歧视的愤怒，却只敢朝着华裔女性发泄。

"羞耻让主体寻求改变的契机。"[①] 族裔羞耻使弱势人群否定自我，疏离族裔特性，借以融入美国社会，却强化了华裔模范少数族裔的刻板印象，影响了跨种族婚姻中的理解与对话，最终导致家庭悲剧。

三、羞耻的能动性与华裔主体性建构

羞耻既蕴含着认同元素，也埋藏着质变（metamorphosis）和转化（transfiguration）的力量。伊芙·赛吉维克（Eve. K. Sedgwick, 1950—2009）认为，羞耻与骄傲、爱现（exhibition）是一体两面，是认同形式过程中重要的残余部分。"羞耻残余可经由重构展演……在被凝视与凝视的回路中回掷羞耻，把挫败感转化为自我肯定和向外抵抗的力量。"[②] 族裔主体终会将令人退缩的羞耻转化为抗拒的动能，反抗白人凝视，重构族裔身份。经历家庭悲剧的詹姆斯逐渐觉醒，将深

---

① Michael L. Morgan, *On Shame*, New York: Routledge, 2008.
② Eve K. Sedgwick, "Affect and Queer Performativity", *Working Papers in Gender/Sexuality Studies*, Nos.3&4 (September, 1998), pp.101-102.

刻的羞耻感转化为超越自我否定、寻求主体能动性的强大力量。

　　羞耻的背后是骄傲与尊严，为羞耻的能动性提供了原动力。在羞耻操演和转化的时刻，主体等待着再次被贬低，但也期望互相凝视、互相沟通的可能，颠倒或柔化自我与他者的关系。① 家庭中亲子关系的冷淡、夫妻关系的破裂以及女儿莉迪亚的死亡让詹姆斯开始正视造成这一切恶果的根源，长期被凝视的羞耻场景被召唤出来——"詹姆斯承受了多年别人不加掩饰的打量，他们似乎把他当成了动物园的动物"(192)。他终于直面族裔羞耻，激发出强烈的愤怒和自觉——他开始用拒绝和厌恶的眼光反抗白人凝视和种族歧视："他听够了路人的窃窃私语——中国佬，滚回家——'与众不同'一直是他脑门上的烙印，在两眼之间闪闪发光，这个词影响了他的一生，它在每件事上都留下了肮脏的手印。"(248)詹姆斯将羞耻感转化为抵抗的动能，奋力建构自己的主体性。内斯观察到父亲不再关注并吸纳他人对自己羞辱的眼光，"某一天，他们的父亲来到一个派对上，他头一次没有先迅速扫一眼房间里的那些金发脑袋"(287)。此外，詹姆斯的主体性还受到处于性别弱势的妻子玛丽琳女性主义意识的感召。詹姆斯一直认为自己"与众不同"的华裔身份是低人一等的象征，却在妻子不断追求的"不同"中找到了认同和自信——她抗拒相夫教子的平庸生活，"她一直追求'不同'：生活与自我的标新立异"。在玛丽琳学生学医时代，她"在一屋子男生面前毫无畏惧"(248)。因为"与众不同在玛丽琳眼中具有不同的含义"(248)，代表着出类拔萃和自我价值——这也是为什么玛丽琳会选择与自己结婚的原因。玛丽琳的女性主体意识赋予詹姆斯强大的动力，去建构自己的华裔主体性。他不再纠结自己的族裔背景，开始用心去疼爱两个完全继承了自己华裔相貌的

---

① Eve K. Sedgwick, "Affect and Queer Performativity", *Working Papers in Gender/Sexuality Studies*, Nos.3&4 (September, 1998), pp.104–108.

儿女。"他抱了汉娜很长时间才放手"(277);"他不记得从什么时候开始,自己和儿子说话时,语气里不再有火药味"(279)。詹姆斯和玛丽琳也学会换位思考,均处弱势的他们更能体谅和理解彼此的无奈,"他们温柔相待,似乎明白彼此的脆弱和不堪一击"(280)。这个跨种族家庭迈出了自信的步伐,为种族融合做好了铺垫。

被赋予能动性的族裔羞耻蕴含着融合种族间关系的潜力。"羞耻,从本质上说,具有传染性。并且,正如羞耻本能地鼓励遮掩,所以审视他人羞耻的观察者也可能远离施羞。"[1] 羞耻默认某些场景为私密的自我空间,拒绝被窥伺和暴露,因此施羞者对羞耻者的审判无异于偷窥,同样也属羞耻行径;此外,他人的羞耻引导自我对他人的怜惜,揭露出自我的残忍。因此羞耻场中的耻感会互相传递,拉近彼此距离,共同避免羞耻场景的再现。小说中,内斯与同伴在游泳池玩游戏时被白人同伴羞辱道:"中国佬找不到中国啦!"(88)这让内斯羞愧难耐,也激发了白人少年杰克对内斯的关爱。杰克为白人的粗暴感到羞耻,他走近内斯与其做伴,成为内斯身边一个友善的存在。而白人警长菲斯克自始至终都在避免羞耻场景的发生。在调查玛丽琳离家出走案件中,菲斯克从未提及让詹姆斯羞耻的种族言论,"他没说'不合群',更没断言这是'种族差异'或者'婚姻不合'的结果"(121)。

此外,莉迪亚的死亡也给予整个白人社区强烈的情感冲击,使白人跳出种族藩篱,体认生命的脆弱,建构与华裔一家的情感联结与伦理关系。巴特勒在《战争的框架》(*Frames of War*, 2009)中提起,"活着是从一开始就过着面临危险的生命,可以非常突然地因外部原因而被丢进危险或是被除掉"[2]。正是基于自我与他者共通的生命脆弱性体验,他者的苦难不断召唤自我跃出原位,以同理心去看待和回应

---

[1] Joseph Adamson and Hilary Clark, eds., *Scenes of Shame: Psychoanalysis, shame, and Writing*, pp.212-213.

[2] Judith Butler, *Frames of War: When Is Life Grievable?*, London: Verso, 2009, p.30.

他者，二者间的二元对立得以消解，达到物我和谐。莉迪亚的死亡也让白人警醒，使其跳脱原本的框架，换位到华裔他者的角度思考生命的脆弱和生活的多舛。于是，小镇里的白人从原先冷眼凝视的位置跳开，开始体会华裔在白人社区生活的坎坷，修正自己的不当行为。因此，内斯去酒店买酒时，白人店员得知他是死者莉迪亚的哥哥时送了他两瓶威士忌；他喝得烂醉如泥时，白人警长菲斯克慈祥地送他安全回家；詹姆斯和内斯的学校得知他们家里的不幸之后，特意让他们在家休息；而在莉迪亚的葬礼中，许多陌生的白人邻居"围住了李家人，抱紧他们的胳膊，说着安慰的话"①。

可见，羞耻蕴含着巨大的能动性，激发华裔自主意识，对白人进行反凝视、反歧视，建构族裔主体性。而族裔之间的互相赋能则提供了主流阐释框架之外的另类模式，帮助族裔主体重建自信。在伍绮诗看来，族裔平等和融合并非只是弱势族裔单向度建立自主意识便可实现，而是需要多方互动努力，实现族裔平等。在文本中，生命本体的脆弱性便是族裔平等的预设。只有以平等为预设，不断去叩问、消解不平等的机制与分配，才能逐渐贴近族裔融合，超越二元对立。

小结

在以白人为主导的美国社会中，对华裔的东方主义想象透过白人凝视传递到华裔内心，使其萌生族裔羞耻。羞耻感既让自我卑微消沉，也可演化为抗拒的动能，激发族裔觉醒，强化主体建构。在《无声告白》中，伍绮诗以华裔家庭一个生命的消损为起点，邀请读者共同关注华裔家庭在美国社会中遭遇的情感困境，催发生命间的情感联系，无限接近理想中的族裔融合，真正形成跨越种族的情感共同体。

---

① Judith Butler, *Frames of War: When Is Life Grievable?*, p.61.

第三节 《同情者》中越南移民的傀化[①]

2016 年，越南裔美籍作家阮清越以小说《同情者》获得该年度的普利策小说奖。普利策奖评审委员会给出的评审词是"一个层次丰富的移民故事，一个双面人的辛辣独白，一个横跨越南、美国两个世界的声音"。与以往的美国流行越战小说不同，《同情者》是越南裔作家书写的越南战争，凸显了"傀化"政治情感。作为一种识别度高的政治情感，"傀化"（animatedness）最早是美国负情感研究专家倪迢雁在《负情感》一书中首次借用的动画行业术语，它指的是动画人物在"主体性缺失"的被控情况下，通过"魔术银幕焕发内部生机"。[②] 她将该术语扩大到情感研究领域，拓宽了傀化情感的政治内涵。被傀化者"过度情绪化的主体在自我构建时受到外部力量的强烈管控"[③]。虽然傀化者可以通过制定话语体系实现对被傀化者的操控与规训，但是被傀化者亦可通过另类抗争方式实现对傀化者的致命反击。[④]

国内有论者已对《同情者》中的情感和情感伦理聚焦：一是聚焦"同情"情感。金衡山、孙璐指出作者阮清越反对"美国梦"这一提法，小说中的主人公在"同情"和"绝情"的回旋往复中幻灭。[⑤] 二是聚焦情感伦理。孙璐运用阿皮亚的世界主义伦理和罗蒂的反讽主义哲学，探讨同情者与被同情者之间的关系，提出超越种族和国家的情感

[①] 本节内容曾发表于《外国语言文学》2022 年第 5 期，原题为《〈同情者〉中的"傀化"情感政治：表征和诊断》，本书收录时略作修改。

[②] Sianne Ngai, *Ugly Feelings*, p.92.

[③] Ibid., p.91.

[④] Xu Qianhui, *Power of Powerlessness: Animatedness in DeLillo's Libra in the Context of Media Culture*, Ph. D. diss., Shanghai: Shanghai International Studies University, 2017, p.7.

[⑤] 金衡山、孙璐：《〈同情者〉描述的被同情者》，《书城》2017 年第 5 期，第 112—117 页。

共同体构想。① 上述观点洞悉了文内和文外综合情感因素，表征了战争中的人类关系，对"种族主义""殖民主义"和"后真相时代"进行了批判性思考。

在谈到在美国少数族裔时，倪迢雁认为美国意识形态国家机器对少数族裔的规训和操控"如鲠在喉"（lump），使得他们"统一化、程式化、可靠化，也因被他人控制话语权而变得难以对付"。② 从某种程度上来说，傀化在种族化生产中占有中心地位，在美国文化中意味着非刻板印象化的种族主义倾向。③《同情者》中的叙述者通过三重身份（北越、美国、南越身份）的傀化政治叙述，试图从叙述话语角度挑战上述三个维度的主流意识形态和国家机器，麻痹傀化者，恢复自我的主体性构建并最终颠覆傀化力量。尤其是战败之后，一度失声的被傀化了的南越声音在小说中再次得到发声。此外，小说中傀化者（北越、美国、南越）与被傀化者的二元对立也是权力规训与颠覆的典型案例。

一、傀化情感表征

傀化是与恐惧、愤怒、仇恨、敌意等典型的宏大的突然性（suddenness）负情感相比，相对微弱、持续并引发疼痛和不舒服的一种负情感类型，属于洪凯茜（Cathy Park Hong，1976— ）提出的"由于美国社会的种族和经济的结构性变革停滞而导致的少数族裔的微弱情感（minor feelings）"④。傀化情感的生发是由"傀化"者对被"傀

---

① 孙璐：《同情的困境：〈同情者〉中的世界主义伦理与反讽主义实践》，《外国文学研究》2017 年第 3 期，第 112—121 页。
② Sianne Ngai, *Ugly Feelings*, p.93.
③ Ibid., p.95.
④ C. P. Hong, *Minor Feelings: An Asian-American Reckoning*, New York: One World, 2020, pp.92–93.

化"者的身心监控产生的,"傀化"监控的手段包含意识形态国家机器的直/间接严密监控和软文化渗透两大方面。监控是"傀化"者对被"傀化"者制造一种有意识的权力话语系统控制,被"傀化"者呈现一系列可见的开放生存状态,从而确保"傀化"情感的生成运作。倪迢雁从源头和学理上探索了"傀化"情感表征中的主体活力和情感自动反应机制的机械化运行动态。被"傀化"者面对可见却又无法确知的强权体制,情感上兴致低迷、毫无生气,采取了"傀儡"般的顺应策略,任由他人随意操控,以放慢节奏、降低效率的方式麻痹对手,赢得最大限度的生存空间和极为有效的反击时间。事实上,"傀化"者的监控激发了被"傀化"者内心强烈的不满、愤恨和怨气。在表面风平浪静的共存状态下,后者正策划着惊人的反击策略。"傀化"情感是一种消极的情感选择,是没有其他务实操作的情感补偿策略。

  小说中,作为弱者的被"傀化"的叙述者在无能为力的情况下以退为进,进行最后的生存策略谋划。反击计划既是秘密进行的,又是卓有成效的。微弱的力量在面对强大的意识形态和国家机器时,不得已而选择了"傀化"情感策略。情感实施的难点在于双方力量悬殊,被"傀化"者的反击未必精准高效。重点在于微小的进阶需要巨大的原始动力,麻痹对方的同时也需要及时自保。"精致、敏感、文明的'傀化'主体在情感运行进展中需要保护自我,以免遭受粗糙、僵化和野蛮元素的侵害。"[1] 被"傀化"者在暗,"傀化"者在明,以暗对明,占有位置上的优势。被"傀化"者在不动声色中筹谋规划,每走一步险棋都可能暴露自己的位置而付出生命的终极代价,每一次微弱情感力量的释放都是深谋远虑、韬光养晦的结果。在个案和微观层面上,情感成效展示在"傀化"者的内部分裂和不信任上,他们互相质疑,

---

[1] Qtd. L. Guilmette, "Expression, Animation, and Intelligibility: Concepts for a Decolonial Feminist Affect Theory", *Journal of Speculative Philosophy*, no.3 (2020), p.317.

采取"除内奸"的策略除去了"自己人",却一直未能查明被"愧化"者的真实身份、地理位置和抵抗目的。而在宏观层面上,因为千万个被"愧化"情感的微弱力量,"愧化"者遭遇离间而分崩离析,政权统治岌岌可危。

为了应对审讯者,叙述者一遍又一遍地写着没完没了的检讨书,总觉得能说清自己的"问题",对"愧化者"产生了斯德哥尔摩症候,"渐渐地,我尤其对指挥官产生了猫一样的情感,既依附又怨恨,甚至开始同情折磨我的人"①。然而,主体遭遇情感上的坚忍难耐,不得不一味顺从,暗中思考"革命"的意义。在精神幻灭后主体对"空"的大彻大悟是愧化情感的转折阶段,也是自主性建立的极致情感体验。以"自我再教育"作为契机,叙述者的自由意志在麻木不仁的掩饰下得到渐渐恢复和重新建构。至此,对叙述者而言,被动听从和机械化行动在以退为进中演变成了主动思考、醒悟和出击。相形之下,美国是手段高级的愧化者,对被愧化者的监控天然隐秘却微妙高效。被愧化者在不知不觉中接受并内化了美国意识形态和文化,暂时情感表现为舒适、感恩甚至崇拜。相反,在遭遇好莱坞强权的压迫和非人待遇后,叙述者作为被愧化者,忍辱负重,冷静思索,主动出手,争取自我利益的最大化。在南越,被愧化者始终维持着与愧化者的表层和睦,积蓄着颠覆的力量,筹谋着报复性计划,寻找着合适的颠覆时机。面对南越的怀疑、将军的猜忌,在揪"内鬼"行动中,叙述者先行一步,运用两次暗杀行动,保全了自我。暗杀的"非正义"行为,正是被愧化者顺势而为的无奈之举。

小说中的愧化者(北越、美国和南越)布控严密,形成了强大的制度化监控和操控网络。公共和私人空间中或明或暗的无处不在的全

---

① [美]阮清越:《同情者》,陈恒仕译,上海:上海译文出版社,2018年,第366页。本节中,出自同一著作的引文,将随文标出引文出处页码,不再另注。

面严密监控让被傀化者时刻暴露在强权面前,毫无还手之力。在遭遇了情绪的压抑和心理的反思之后,被傀化者无奈顺势、伺机而动。叙述者为保全自我而采取的被傀化行为,从细节上观察是非常成功的,双面间谍的身份从未被识破,与三方的关系友好而又微妙。表面顺从并不意味着内心深信不疑,在提线木偶的生存状态中,叙述者试图以过度听话顺从为外表,麻痹傀化者,取得当权者信任,利用内部规则,在微小生存空间的缝隙中积聚力量,恢复自我主体性和能动性的构建,妄图抵抗和颠覆强大的国家机器力量,找寻生存的独立空间和情感归宿。在傀化情感的运作机制中,个人与国家机器力量的博弈已非是常规化较量,胜负也非在于一时之间。被傀化者看似螳臂当车,自不量力。但在精心谋划和伪装之下,被傀化者逐渐恢复自我的能动性。相对较为强烈的情感力量,傀化力量微弱,持续时间却长,积累效应显著,涵盖思考、进阶和颠覆等多重内涵。傀化情感新型反抗主体反过来也对傀化者进行了新型构建,参与并深度推进其多元裂变、进化。北越、美国和南越在个人"小"叙述中被解构,战争也在戏谑化的语言中消解,然而战争留下的情感伤痕却是清晰可见。

二、傀化的情感政治

第一,北越全景敞视监狱式严密监控被"傀化"者,被"傀化"者幡然醒悟。福柯根据边沁的全景敞视建筑创造出全景敞视主义(panopticism),这是一种监狱式的物理上和心理上的监控和教养行为。其基本构造原理是,四周是一座环形建筑,中间是一座瞭望塔。瞭望塔中的人通过逆光效果,观察囚禁者,反过来,他自己不会被对方看到。① 阮清越评价小说的主人公是一名抱有"坚定信仰的理想

---

① [法]福柯:《规训与惩罚》,刘北成、杨远婴译,北京:生活·读书·新知三联书店,1999年,第223—225页。

者"①,从叙事暗线上,他也一直在为自己的信仰辛勤服务。"不信天主只信共产主义"的他收到上级的命令和严密的部署,从不怀疑信仰的真实。(30)他为共产主义信仰在美国腹背受敌,艰难生存,直到离开美洲大陆,也没有对自己的信仰产生丝毫怀疑。北越共产主义政权通过层级领导和负责制,对叙述者进行公开或隐秘的操控,他没有个人的自由意志,如同悬丝傀儡一般僵化地执行上级的指令。

在叙述者到了美国之后,上级敏(盟誓挚友)竟然让他通过用精磨米粉制作的隐形墨水写暗信给敏的巴黎姑妈,辗转汇报军事情报,信件需在水溶解碘的溶液涂抹后才能阅读。频繁的通信和暗中监视使得上级对他的情况了如指掌。相反,叙述者除了知道巴黎这个写信地址以外,对上级一无所知。其实质就是他和他的上级及组织出现了严重的信息不对称。"监视具有了持续的效果,即使监视在实际上断断续续。"②越共的监控与规训无处不在,处于监控之下的人无法摆脱,叙述者只能按照上级交代执行命令,在无奈顺从中验证飘渺的信仰,"一种虚构的关系自动地产生出一种真实的征服"③。叙述者在历尽千辛万苦离开美国回到越南时,越共首先采取的步骤就是对其进行监禁,美其名曰"例行甄别"。监狱生活的叙述贯穿整部小说:集中营、与外隔绝的单人牢房、睡眠剥夺、感官功能剥夺、写到"已无可写"的检讨书、刑讯电击、苛刻的指挥官、没有脸的政委(敏)。"几个看守用绳子绕着胸脯、大腿、手腕、脚踝将我绑缚起来。我就这么四仰八叉地被绑在垫子上,只能稍稍扭动躯干。接着,他们用类似泡沫的东西包住我的手脚,用丝质头套套住我的头。我不再挣扎蠕动,平静下来,好透过头罩呼吸。"(376)在生理的极限处,被"傀化"者堕入

---

① Viet T. Nguyen and Maxine Hong K., "Viet Thanh Nguyen, Conversation", Youtube, 2017. https://www.youtube.com/watch?v=d7kM4uWRMFQ,访问时间:2020年3月3日。
② [法]福柯:《规训与惩罚》,刘北成、杨远婴译,第226页。
③ 同上,第227页。

信仰的圈套，赤裸裸的惨状显现出来。

从信仰危机的产生到生离死别、狱中受刑、写检讨书、被指挥官和政委反复问询，叙述者没有得到任何应有的关怀，相反却饱受折磨，渴求一死。"空"在小说的结尾章节出现频率高达45次之多，叙述者对"空"的顿悟标志着他的政治信仰幻灭。"我悟到了答案'空'，便完成了我的再教育。"（423）傀化者利用陈年龃龉大做文章，封闭的地理空间和社会空间成为考验人性的试验场，终极的正确最终沦为终极的谬误。叙述者摆脱了信仰的牢笼，把这种精神幻灭称为"自我再教育"[①]，即洪堡认为的"获得自我的意志自由才显示了自足的特征"[②]。在此过程中，叙述者在傀化者面前隐藏得较好，以至于自始至终对方没有察觉到他的明显转变。"我们会活着"是所有被傀化者的坚定宣言。（438）然而，"我们"还要发挥拥有主体性的人的作用，即始终不能忘却弱者，"我们的生死经历教会我们永远同情最最被轻贱的人"（437）。

第二，美国以同化教育渗透被傀化者，被傀化者奋起反抗。南越军方授意克劳德（中情局背景）介绍叙述者来到美国学习，成为"名副其实的美国通"（14）。这次学习受惠于美国当年的"肯定性行动"（Affirmative Action）计划[③]，联邦政府在20世纪60年代初期发起"肯定性行动"之后，很多高校在入学问题上设计并实施"肯定性行动"计划，以解决部分少数群体成员在学生群体中的低代表性问题。[④] 叙述者60年代到美国，基本上与上述政策的施政计划和时间节点吻合，

[①] "自我再教育"（Bildung）源于18世纪的德国浪漫主义语境，也称作自我成长，指的是青年人如何在精神和灵魂维度于异化的、碎片化的世界中找到和谐共生之道的心理历程。

[②] 孙胜忠：《论成长小说中的"Bildung"》，《外国语》2010年第4期，第81—87页。

[③] "肯定性行动"计划肇始于20世纪40年代，主要是在教育和就业方面优待美国少数族裔的政策，以不同时期的总统行政命令的颁发为施政文件，以促进文化同化和种族融合。

[④] 王凡妹：《"肯定性行动"——美国族群政策的沿革与政治影响》，北京：社会科学文献出版社，2015年，第288页。

受到美国的大学和教授的援助。作为被同化一方,叙述者欣然接受西方文化教化并引以为傲,这便是傀化者美国与北越相较的高超之处。随南越撤退到美国后,也是美国的大学率先站出来为少数族裔难民解决生存危机:教授担保、老师们捐钱、在东方研究系给叙述者安排职位等等。西方文化的全面教化和熏陶成果显著,叙述者擅长模仿白人精英,主动向在美模范少数族裔学习。

微妙的虚假感情背后的吊诡之处还在于美国是曾经的越南入侵国,叙述者并不想真正服从于侵略者。1975年以后,南越政府虽然垮台,而其党羽的间谍活动从未停止。跟随南越撤退到美国后,叙述者利用自己的秘密身份为南北越提供对方谍报,同时也密切注意美国军方和政界的动向。作为精通英语、熟悉西方文化的间谍人员,"我"承担起获取和交换美国军政机密情报的任务。这一方面增加了"我"在三方"傀化"者之间的角力砝码,另一方面则帮助"我"抵抗或搅浑美国的官方计划。从解构和反抗美国主流社会的角度来看,叙述者跟随好莱坞大导演和剧组来到菲律宾拍摄为美军歌功颂德的越战电影《村庄》的经历是最好的例证。大导演自编的剧本严重失真,"这部讲述越南的影片竟没一个越南人有句听着像说话的台词","剧本擦伤了我敏感的族裔心理"。(152)剧本中,越南人只有被杀害时才有叫声怪异的"台词","我"不顾大导演的不屑,力主修改这种叫声,也因此与大导演产生嫌隙。好莱坞拥有叙述霸权,影片里的越南人集体失声,历史任人书写。事实上,越战是北越取得了最后的胜利,南越瓦解,美国撤军,但是在好莱坞话语体系中越南人最后都被美国人杀死。"把《村庄》拍成一部白种男人如何将善良黄种人从邪恶黄种人手中拯救出来的史诗,把我的同胞只当作史诗所需的粗料。"(159)影片中越南人"不只是没有台词,还将被彻底消灭"(160)。"我"数次挑战大导演的拍摄权威,可被视为被"傀化"者的一次反抗。大导演利用一场战争拍摄场面"事故",将"我"险些炸死。劫后余生,明知大导演有意害我,"我"暗中气愤不已,却没有报复他的能力,只好将计就计以赔偿金筹措所谓"光复运动"的资金来源,补偿"酒仙"少校的遗孀,可被视为被"傀化"者的二次反抗。

第三,南越直接操控被"傀化"者,被"傀化"者谋划颠覆。相对于美国和北越的含蓄操控,南越采取了直接的操纵方式。南越军队对叙述者"我"的全方位领导是小说的明线,军方利用叙述者深谙西方文化的技能和良好的沟通应变能力,在多个层面上为己所用,还在"我"的身边设置了隐秘观察者。"在完美的军营里,一切权力都将通过严格的监视来实施"①,监视者监督"我"的刺杀行动和在美生活,反复验证他人的观察与"我"的汇报相符与否。像许多谍战题材作品一样,南越寻找内奸时有两处精彩的暗杀行动,大量的情感铺陈和心理活动描写使得暗杀一波三折,悬念迭生。在"我"的引导下,南越政府荒唐地下命令暗杀两个军事上无关紧要的人。作为三大"傀化"者中的相对较弱者,南越本就松垮的军事谍战体系,在被"傀化"者的离间下分崩离析、不堪一击,预示着所谓"光复运动"的失败宿命。

将军一家更是擅长家庭亲情对"我"的渗透和控制。在越南的时候,我住在将军家里,将军把"我"当成儿子一样看待,将军夫人擅长做非常地道的越南菜款待将士。到了美国之后,夫人做越南的国粹菜——河粉接待"我"。"'还那么美味'。我嘬了第一口汤,嚼了第一口粉,夸道。"(227)"我"吃着夫人的河粉,想起了母亲做菜的味道。将军用归家的温暖笼络周围人心,吃家乡饭"是一个将军联系'我'的充足理由"。在将军"夫人外交"的"收服肠胃"的外在攻略之外,将军女儿拉娜与叙述者少年时代感情极好。将军一家的做法可谓高超,"我"与其说是对南越忠诚,不如说是对他个人及家庭忠诚,"我"融入他的家庭,造成"我"早就是其中"真正的一员"的假象。"我"在

---

① [法]福柯:《规训与惩罚》,刘北成、杨远婴译,第194页。

精神和意志上与他及他家人对接，很难产生背叛的邪念。某些时刻，伪装的亲情模糊了家的概念，"我"做着一切他们让"我"做的事。

将军一家的亲情渗透目的性很强，就是要被"傀化"者效忠他个人。在碰触其核心利益，即"我"与他大女儿拉娜情感暧昧后，将军和夫人的嘴脸立即改变，他们恼羞成怒，立刻还原回"傀化"者的真面目："你怎么以为，我们会让女儿与你这类人在一起？可你就是，算提醒吧，一个杂种。"(336)"我"底层的地位并没有因为"超凡"的能力而有所改变。"我"克制自己对拉娜的情感，保持一定的必要接触，内心却也憧憬与她未来美好的情感结果。"傀化"者未曾料到被"傀化"者意图跨越阶级这道天然屏障，从内部瓦解敌人，造成亦敌亦友的实质局面。最后，"我"艰难地曲线回国，保住了邦的性命。返家一行彻底颠覆了南越"傀化"者多年的精心培训计划，出逃九死一生，返家也险象环生。在"光复"伪装下的返家行动中，叙述者既要听命南越，从泰国—老挝—柬埔寨一线辗转复国，又要荷枪实弹、以命相搏。被"傀化"者"我"顺应南越的"光复"计划，借用这一良机，筹谋返家和救人计划，永久逃离了南越"傀化"者的控制。

三、傀化的政治能动

小说选择以南越叙述话语作为一条明线索值得玩味。傀化情感突出了作为战场和战争主体之一的南越话语权。"南越反抗分子绝大多数已被遗忘，或者说，根本未为人知。"(72)1975年，北越占领西贡，美军大撤退。南越军方势力被动迁徙美国，各方政治力量登上历史舞台，开展角力。小说主人公作为双面间谍在美国社会背井离乡，混迹底层，受到异国文化冲击，身心俱疲。在多重身份的取舍中，他面对政治操控产生质疑甚至妄图最终颠覆傀化者。叙述者对越南同胞、北越同志、南越士兵、美国社会中的弱势越南难民和其他少数族群都抱有深刻的同情。

2017年3月29日，阮清越受邀参加兰南（Lannan）基金会的系列活动，在朗读会后和他在伯克利的恩师、著名华裔小说家汤婷婷（Maxine Hong Kingston，1940— ）进行了一次对谈。面对恩师的提问，阮清越透露了自己的写作目的："美国人所说的越南战争其实是美国越南战争，我呈现的是尽可能真实的越南战争，我需要诉说的是不被倾听的声音。小说当下的意义不是越南人的政治觉醒，而是情感苏醒。"[1] 阮清越口中的"情感苏醒"践行在他的平民化历史书写中，他认为只有相对弱势和失败的一方或几方掌握一定的叙述话语，战争的全貌才尽可能被描写和还原，战争的创伤才有可能被诉说和疗愈。抛开官方的宏大叙事，朴素而坚毅的社会分子——个体的情感体验才是战争遗留的最宝贵财富。他们拒绝为灾难做任何浪漫的政治讴歌和粉饰，而是发自内心地诉诸"可识别的共同的情感联系"[2]。"可识别"意味着族裔主体能够在族裔同胞内部和不同族裔之间找寻到情感的共通和融合。

作为越南人和法国人混血儿，叙述者受到傀化政治情感的引导，在三方势力纠葛的残酷战争中寻找自我的身份根性和主体意识。由于敌我力量对比悬殊，傀化者三方与被傀化者之间的情势反差形成了强烈的反讽效果。福柯认为话语就是知识与权力的问题，小说通过复调、慢镜头、多面性、不确定性、隐含叙述、视角越界、不可靠叙述等开放的话语实践试图在官方的叙述话语下展现不一样的越南战争，彰显平民叙事的权力。以"视角越界"[3]和"慢镜头"[4]为例，小说中常

---

[1] Viet T. Nguyen and Maxine Hong K., "Viet Thanh Nguyen, Conversation", Youtube, 2017. https://www.youtube.com/watch?v=d7kM4uWRMFQ，访问时间：2020年3月3日。

[2] David W. McMillan and David M. Chavis, "Sense of community: A definition and theory", *Journal of Community Psychology*, no.14 (1986), pp.16–23.

[3] G. Genette, *Narrative Discourse: an Essay in Method*, Ithaca: Cornell University Press, 1980.

[4] 申丹：《叙述学与小说文体学研究》，北京：北京大学出版社，2001年，第174页。

常会出现除了叙述者第一人称视角之外的全知视角，以"一看就知道"之类的语言一言概之，从目击者的视角显示另类的全知视角，甚至是被暗杀者的鬼魂也能幻化成被"愧化"者再次被言说和操纵。"慢镜头"，即拉长"时距"，由话语长度体现出的叙述时间长度明显长于故事时间本身发生的时间。在两次暗杀行动中，从周密计划、踩点、克服心理障碍，到一枪毙命、掩盖、隐藏，无数次想象和回忆杀人的情形和死者的冤魂，繁冗拖沓的情节叙述长度远远长于实际杀人所用时间。在碎片化的后现代叙述中，小说的叙述是"故事"与"话语"重合①，作家张举的是越南人对越战往事的重构意义，以消解北越和美国篡改历史、消声南越的叙事霸权。小说中叙述出来的"愧化"者与被"愧化"者的"言语行为仅在作品中存在，属于类似或模仿性质，读者会非实用性地对待文学中的言语行为，注意它们的暗含意义，使它们能够实现潜在的情感功能"②。"愧化"政治情感从文本出发，紧密联系政治，倡导文化多元主义，呼吁建立公正的记忆伦理。③

在访谈中，阮清越谈到，"所有战争都会打两次，第一次是在战场上，第二次是在记忆里"④，呼吁运用公正的叙述话语构建公正的记忆伦理。列维纳斯（Levinas，1906—1995）认为"语言话语的功效在于压制'他者'，有时候会出现不连续或不理性的话语运用"⑤，他建议面对创伤和情感的疗愈问题时，通过对战争创伤记忆"言说和正在

---

① 申丹：《叙述学与小说文体学研究》，第19页。
② 同上，第125页。
③ Christian G. Appy, "The Ethics of War Memory", *Diplomatic History*, vol.41, no.2 (2017), pp.435-437.
④ 谷雨、阮清越：《所有战争都会打两次，一次在战场上，一次在记忆里》，《谷雨故事》，2017年4月10日，https://site.douban.com/256536/widget/notes/190197660/note/615213272/，访问时间：2020年3月10日。
⑤ Emmanuel Levinas, *Totality and Infinity: An Essay on Exteriority*, trans. Alphonso Lingis, Pittzburgh: Duquesne University Press, 2007, p.77.

言说"实现受难方的自洽和和解,创造性地提出"他者"记忆的观点,即弱者在被强权傀化形成创伤后,记忆如何书写他者印象中的真实与公正。汉娜·阿伦特在论及犹太大屠杀的集体记忆时,亦主张通过说故事、讲述灾难、重塑记忆(remembrance)的模式实现被傀化者与战争创伤的和解。[1] 记忆伦理是一种话语模式,也是一种话语实践,傀化政治情感对公正记忆伦理的诉求具有表征性和指向性。文学作品在时刻"提醒人们,在思考战争时,除了认识官方宏大叙述,更要认识那些个体的创伤与改变——这是与对手、与自己和解的惟一方式。不这样做,战争的真相就不能被铭记,伤口也永远无法愈合"[2]。《同情者》在追寻公正记忆伦理的道路上紧跟历史和时代的步伐,在政治情感的层面上属于重视话语,重新言说,挑战文化霸权的践行者。

从构建越南族裔身份的空间居所角度来看,被傀化者作为个体来到美国后,艰难生存,表面上毫无作为、不成气候,实际上则是在暗中配合"越南行动"的部署。在地理居所上,叙述者和邦租住在逼仄狭小的公寓内。叙述者的人际交往简单,除了工作上与东方文学系的白人打交道外,他多与同撤退而来的难民同胞交往,交女朋友也选择亚裔身份的莫利女士和拉娜。文化上,他阅读越南的诗歌,聆听越南的电台。饮食上,他怀念记忆中母亲的味道,喜欢吃将军夫人做的饭菜。"我吃着夫人的河粉,时不时忍不住停下来,不只是品尝汤的味道,更在回味记忆里牛骨髓的味道。"(161)河粉、鱼露、米酒等真正的家乡味道都在叙述者的梦里出现。被傀化者作为群体也有建立联合体的理想,"如果美国政府许可我们聚在一起,我们可以组建起规

---

[1] Hannah Arendt, *The Origins of Totalitarianism*, New York: Harcourt, Brace, Jovanovich Press, 1973, pp.208, 432.
[2] 谷雨、阮清越:《所有战争都会打两次,一次在战场上,一次在记忆里》,《谷雨故事》,2017年4月10日, https://site.douban.com/256536/widget/notes/190197660/note/615213272/,访问时间:2020年3月10日。

模可观、自给自足的领地。这块领地会成为美国政治生活屁股上的脓包"(81),"我们"发出越南的声音,类似于建立一个如假包换的小西贡。对于情感内敛的越南同胞,"我们只在同胞圈里表露各种感情"(82),"我们"试图建立一个族裔内部的情感共同体。

另外,面对傀化情感宰制,处于从属地位的少数族裔渴望实现和美国白人及其他少数族裔的情感联动和联盟。小说中出现了白人导师对少数族裔学生无微不至的援助和关怀;少数族裔联盟形成的标志是叙述者与模范少数族裔的日裔莫利女士和中-越裔新闻工作者桑尼建立友谊。莫利女士是叙述者办公室的同事,她语言精通、处事得当、工作干净利落。他钦佩她的善良纯真、"同情北越(越共)"(72)的真性情、敢爱敢恨的洒脱。桑尼是位才华横溢的摄影师,"信念强大"(108)、真诚友好、充满正义感。受其人格魅力触动,叙述者对桑尼充满了好感,也想与他多接触。桑尼不忘新闻理想,不畏政治强权,招来杀身之祸,却对个人安危淡漠处之。这深深感化并震慑了叙述者,使得在后续面对三股强权势力时,叙述者能从容淡定,采取过度顺从的态度,积聚正面的能量,坦然面对人性的拷问。无论是白人的同情,还是亚裔内部的情感互助,族裔情感主体已经跨越同胞的情感联合而进入了情感的多族裔"大同"世界。

小结

战争的历史从不是由弱者书写的。关于越战、记忆和遗忘的思考是厚重的,弱者的发声鲜有人问津。历史总是充斥着铺天盖地的胜利者话语和强势视角,《同情者》的价值在于其能够最大程度地还原历史的真实,诉说被消声人的故事。阮清越在揭示生命和人性上另辟蹊径,从微弱的南越被傀化者角度洞悉战争。在他笔下,身为弱者的被傀化者虽然处处受制于傀化者,但是仍能斡旋周遭,恢复自我的自由意志，以此制衡对方。即使是在窘境中，被傀化者仍然抱着对众生万物的大悲悯，闪烁着"同情"的人性光辉。傀化情感相对微弱，能量释放亦是缓慢，但是对于主体能动性的恢复能效却是巨大的。阮清越的碎片化叙述话语蕴含了一种写作态度，即试图通过虚构人物的反抗和斗争间接挑战"教科书"上的"越战史实"。在后记中，他写到"我们的越战永远不会结束"（441），暗示着种族歧视和阶级固化正在以新的、更隐晦的新型"战争"面貌呈现。

在当今美国社会，包括越南裔在内的少数族裔对美国有一定归属感，而美国却并未全方位接纳少数族裔。因此，傀化情感对美国后种族时代的种族、阶级、移民问题具有一定的表征和政治诊断意义。对于个人而言，"战争"的记忆是个人的、具体的；而对于少数族裔群体而言，关于战争的集体记忆是不断被建构和重构的，他们通过诉说掌握叙述话语，言说记忆创伤，消解叙述霸权，这或许将成为新时期美国少数族裔争取生存话语和空间的新路径。记忆伦理工具作为一件利器，在个人身上自足，在种族内部自洽，在处理种族间共存问题上更是具有重要的实践功能。总而言之，在当代美国社会，理想型的种族平等和融洽近似空想，各种形式和意义上的种族平等和互助共进任重道远。情感主体期待在现有的政治气候下，延续优良的合作传统，构建族裔内和族裔间的情感共同体。

第四节 《疾病解说者》中印度裔的孤独

美国印度裔女作家裘帕·拉希莉 1999 年出版的短篇小说集《疾病解说者》包含 9 个短篇故事，笔调清新如玉、温婉动人，隔年即获普利策小说奖。拉希莉运用巧妙的构思、精良的情节设计揭示了两大主题，一是人类共同情感与疾病、离散的相互作用。在她看来，疾病既有身体病患，也有心灵疾痛。如何疗愈现代人的身心健康成为当今人类的主要课题。二是流散、移民人士的情感归属问题。作者的南亚背景使得作者更深刻体会到流散、移民不仅是地理上的异处，更是心灵和情感上的流离失所，而南亚裔相较于其他美国少数族裔，在历史传统、地缘环境、语言习惯、被殖民经验等方面更是尤具独特性。

《疾病解说者》原本是9篇故事中的一篇，作者将其作为书名，颇为值得玩味。疾病在每一个小短篇中均有出现，或身体上的疾病或精神上的疾病，因此疾病成为一种概念隐喻。作者突出人类的病态特质，特别是对现代人情感上的病态描摹是作者承认人类迈入"情感荒原"的宣言书。精神疾病已经取代传统战争（热战）成为人类社会一大杀手。流散、移民和疾病、孤独的关联在小说中逐步显现出来，情感上的孤立无援和无路可循既涵盖了疾病的来源，又寓言了疾病的结果，暗示身体疾病和心理疾患进入了互为因果的死循环论证。疾病和孤独情感相互关联，疾病是一种肢体上的匮乏，孤独是一种情感上的短缺。突破身心疾病，需要将个人设置在集体当中，延展其心理位置，以达到多人共情的作用。

目前国内对该小说的研究主要聚焦独体因身份、文化、性别、地理、政治等因素区隔开来的普遍性离散生命经验和独体体验（自我和他人），例如黄新辉在《〈疾病解说者〉中移民的身份建构——以舌尖上的隐喻解读为视角》认为印度裔移民通过食物获得情感体验和身份认同，反映了其在异域文化中的矛盾和纠结[①]；袁雪生、彭霞从文学伦理学和道德选择的角度，认为肩负起伦理责任是现代人治疗精神疾

---

① 黄新辉：《〈疾病解说者〉中移民的身份建构——以舌尖上的隐喻解读为视角》，《广东外语外贸大学学报》2020年第1期，第51—58、158页。

病的药方①。但是以上论证都没有在家国同构的共体／社区统一的大格局下审视疾病和情感的缘起、发生和走向。

一、疾病中的孤独

小说集以疾病命名,又将疾病作为书写重点,关注人类身体和心灵的健康。其中每一篇小故事都与疾病联系。疾病类型多样,身体上的疾病大致有以下几例:一个未出生即死亡的孩子仿佛是对沉默不可自救的婚姻关系的预示;疾病口译员为医院充当土著语翻译,但他自己的生活却说不清、道不明,难以言说;年轻女孩得癫痫病,家庭把她当作累赘,果断抛弃她;独居孤寡百岁老人病态是人生常态,隐喻人生的终点是疾病和疼痛。心理或精神上的疾病则更为隐蔽,影射亲密关系的不再亲密、现代人的生存困境和等待救赎的情绪。在小说集中,病人的疾痛展现在身体、心灵、社会和精神多重维度上,每一种病痛都需要被看到、被重视、被治疗。

以《停电时分》为例,一对在婚姻中体验着情感孤独的年轻夫妻,因为孩子出生便死亡而心生嫌隙,互相都不原谅对方也不能与自我和解,整日生活在怨恨和痛苦之中,是一对"两个同床异梦、互相躲避、越走越远的年轻夫妇"②。从现代医学的标准看,二人都有抑郁症倾向。在他们冷淡无情的日子里,相互之间的沉默冷战掩盖了爱情和生活的本质,这与年轻夫妻成立家庭的初衷背道而驰。他们的本意不是伤害彼此,但是就是不诉说、不倾吐、不交流,从而让误会愈来愈深。女主人公修芭甚至为了逃避男主人公开始另找房子单独居住,因

---

① 袁雪生、彭霞:《裘帕·拉希莉〈疾病解说者〉的文学伦理学解读》,《江西师范大学学报》(哲学社会科学版)2015年第3期,第68—72页。
② [美]裘帕·拉希莉:《疾病解说者》,卢肖慧、吴冰青译,上海:上海文艺出版社,2005年,第7页。本节中,出自同一著作的引文,将随文标出引文出处页码,不再另注。

为"一起经历的太沉重,需要独处一段时间"(23)。

在《疾病解说者》里,卡帕西先生和达斯太太这两个偶遇的陌生人都在经历婚姻关系的无趣和严重的中年危机。达斯太太孤单异常,她甚至需要通过把孩子非丈夫亲生的秘密告诉陌生人来缓解心中的压抑。卡帕西的职业除了导游之外,还在医院为医生翻译古加拉提语,描摹各种疾病帮助医生和病人进行交流。达斯太太认为口译员这个职业很"浪漫",而卡帕西认为这只是糊口的营生,这一细节侧面说明达斯太太是个追求浪漫爱情的理想主义者,而她丈夫未必懂她的心思,这也成为她婚内出轨的主要诱因。在故事中,二人对各自婚姻的抱怨和不满是同步的,"等到她流露出对婚姻的不满时,他也会讲自己不快乐的婚姻生活。这样他们的友谊就慢慢成长、开花结果"(58)。在此,两个孤独的异性陌生人邂逅,表达孤独和寂寞的情绪,告诉彼此自己是有多么不幸,以获得情感上的共鸣。

在《比比·哈尔达的婚事》中,比比是一位自出生就与癫痫病魔斗争的二十九岁年轻女性,她时常抑郁、忧伤自怜。她发病前一般没有任何征兆,发病极其不规律,"她战栗着、抽搐着,牙齿咬着嘴唇"(171)。对病痛的绝望使得她对生活失去了希望,而兄嫂夫妇想要为她征婚,以便抛弃她这样一个包袱,更是让她倍感孤苦伶仃。大部分时间里,比比"如此的孤寂,我们没有一个人能够真正明了"(170)。"死寂""死""疯"是邻里对比比的惯常印象。比比是身心不健全的极端例子,医学事实和道德伦理双重锁定了她的不幸,因此她很难得到真正意义上的宽慰和拯救。

孤独是一种意识和认知层面的疏离感,是与有意义的他者相隔离的社会分离感。小说中的孤独多源于失根或疾病。印度裔美国人从离根、离散到适应、融合经历着孤独的情感考验。美国犹太裔哲学家汉娜·阿伦特认为"孤独最显著的体现是在集体之中,是一种被他人抛弃的痛苦"[①]。德国哲学家伽达默尔（Hans-Georg Gadamer，1900—2002）认为导致孤独情感的原因是"共同体把某人遗弃在一边"[②]。孤独往往作为一种孤立的情感单独存在。在当今美国高度发达的后工业社会里，伴随着集中爆发的移民、难民以及现代性和后现代性相关问题，人类逐渐失去了对自我和他人的信任而产生了高度的异化，孤独成为一种普遍存在的情感。

信任感消失后，人与人之间出现了不可亲近和不安的感觉。《森太太》中，森太太不听从丈夫的规劝，拒绝融入美国文化，她经常做印度人常吃的鱼以怀念故土，印度文化包裹下的森太太在现代化的美国略显笨拙滑稽。《布莉姨妈》中布莉每天睡在伸缩式的大门后面，因为邻居怀疑她欺骗、偷盗，连楼道都不给她睡了。她孤零零地离去，嘴上只留下一句"相信我，相信我"（58）。一种扑面而来的压迫感逼迫布莉不再担任看门人的职位，她终究索求的只是在楼道的睡觉地方，这点小小的要求竟不得满足。《停电时分》中修芭在面对丈夫苏柯玛对早逝的孩子的"无"反应时，由强烈的不信任到压迫感过渡到紧张、抑郁、痛苦的一度自己消化无法言说的创伤。而实际中，一条常规的途径是孤独感导致的疏远和离别，对外界的不信任感会让主体感受消极、乏味甚至疼痛，更有严重者会因长期紧张而失眠。而另一条更为积极的路径即与外界"连接"。

个体心灵互动在每篇故事中均有显现，在此作者拉希莉间接表达了现代亲密关系必须通过沟通和修复的方式延续。《上帝福佑我们家》中的晶晶和桑吉夫也是一对年轻夫妇，刚刚搬到一所新房子。丈夫桑吉夫年轻有为、事业正盛。作为印度裔，二人因为对基督信仰的

[①] Hannah Arendt, *The Origins of Totalitarianism*, Cleveland, Ohio: Meridan Book, 1962.
[②] ［德］伽达默尔：《赞美理论——伽达默尔选集》，夏镇平译，上海：上海三联书店，1988年，第123页。

问题产生分歧,即对前房主留下的耶稣石膏像的去留问题产生嫌隙。但是小夫妻特别是丈夫非常成熟,看见妻子落泪后,主动道歉,妻子也主动拥抱了丈夫,达成了相互妥协的协议。"石膏像放在靠近房子这边凹进去的地方,过路人不至于一目了然,可来客仍然看得真切"(154),自此,夫妻产生了心灵的连接。当代文化研究学者斯图亚特·霍尔(Stuart Hall,1932—2014)将"连接"(articulation)概念引申为连接、接合。通过连接,独体与独体之间渴望并产生必要的情感交流,随之联结,缔结友谊,逐步连接成具有同理心和共情力的社区和情感共同体。《比比·哈达尔的婚事》极为典型,没有邻居和社群的帮助,生病的比比在遭到家庭遗弃后不可能存活,更不能单独抚养新生儿。比比的邻居注重和比比交流,了解其所需并提供帮助,而比比面对邻居也如实地表达自己的内心世界,诚恳地接受邻居的关怀,和邻居一道搭建共通的渠道。这种双向/多向交流模式对于帮助孤独者走向情感共鸣至关重要。

二、孤独的情感表征

英国诗人约翰·多恩写于500年前的一首布道诗阐述了人类情感的孤独:"没有人是一座孤岛,在大海里独踞;每个人都是大陆的一片,整体的一部分,如果海水冲掉一块,欧洲就减小,如同一个海岬失掉一角。"纵观《疾病解说者》小说集中的各色人物,人人都是一座孤岛。小说中的人物呈现的孤独感(loneliness)包括两种情况,一种是流散、移民的孤独,即离根的寂寞与失落,另一种是现代人的精神荒原的缩影。对于美国的印度裔移民来说,作为离散人士,他们离乡别井来到美国这样一个全然陌生的文化环境之后又难以融入主流价值,不仅在地缘上也在情缘上倍感孤独。对于现代人而言,故事中刻画的印度裔夫妻之间充斥着冷淡、猜忌、怀疑和谎言,他们的婚姻是人类之情感荒漠的模板。小说集中人物的生活在蔓延的疾病和孤独的情感关系中逐渐走向绝望。

现代主义诗人艾略特笔下的《荒原》描写现代"社会犹如一片荒野,人的精神空虚,类似有欲无情的动物……人类文明蒙受灾难的荒凉"①,"人的心灵更加苦旱,人类失去了信仰、理想,精神空穴,生活毫无意义"②。他认为情感宣泄作为现代人精神荒原的救赎之道,以达到病而不危,独而不孤的理想生存状态。③艾略特笔下构建的荒原王国的孤冷在于没有水源和阳光,情感上的温暖就是现代人的水源和阳光。

在《停电时分》里,在早产的孩子死亡后,年轻夫妻经历了生命中不可承受之重,没有感情的夫妻二人产生了"丧"的情绪,他们的婚姻关系岌岌可危。夫妻彼此的小秘密不再与对方倾诉,因此误会逐渐加深。艾略特诗歌里曾感叹微妙的婚姻关系,"假如单身是可怕的,与另一个在一起就是悲惨"④。《柏哲达先生来搭伙》真实记叙了少数族裔生活经历。在故事中,少数族裔交际圈狭窄,甚至通过通讯录找自己国家人的名字来交友,他们对地缘和血缘的认可超越了一切其他因素。《森太太》中,中年森太太和小男孩艾略特的友谊宽慰了彼此孤寂的心灵。一方面,以森太太为代表的印度裔拒绝融入当地生活,拒绝任何改变。她不会开车,丈夫不在的时间,她出行困难,之后发展成了她厌恶出行,结果就是整日在家中,唯一的出行只是为了买之前在印度常吃的鱼。她整日以做印度料理为生活的全部乐趣。另一方面,

---

① [英]T. S. 艾略特:《荒原——艾略特诗选》,赵罗蕤译,北京:人民文学出版社,2016年,第3页。
② 同上,第102页。
③ 郭磊:《荒原问道:T. S. 艾略特诗歌的创伤主题研究》,北京:国家行政学院出版社,2015年,第127页。
④ 同上。

丈夫作为教授逐渐融入了主流社会，夫妻间文化水平和意识形态的不同造成了两人无话可说，好像是同居一室的两个房客一般，而森太太对丈夫的唯一要求是他开车送自己去鱼市。丈夫漠视这一要求点燃了她的所有不满和抑郁，赌气般地与命运抗争（自己开车），却被冷酷的现实（事故）重新打回到了沉默和消极的状态。小男孩艾略特走后，她又整日独守空房，家庭重新回到了从前单调、平淡、绝望的轨道。故事的另一条线，单亲妈妈即艾略特的母亲为了工作和交际基本放弃了对孩子的关爱。这两个缺乏人情味的家庭是一类组合的代表，读来让人心寒。《比比·哈尔达的婚事》中生重病的可怜女孩遭到冷漠家庭遗弃，《第三块大陆，最后的家园》中的独居孤寡老人、独自来到异乡的留学生等人物形象都是既独又孤，渴望联结和关怀。

三、孤独情感的共同体伦理

孤独情感是一种他者概念／相对状态，属于共体伦理范畴。在《共同体的焚毁：奥斯维辛前后的小说》中，希利斯·米勒以文学生动的情感特质诠释了共同体的机制与背反，辨析了让-吕克·南希的共同体和华莱士的共同体，前者是强调独体的共同，后者是作为整体的共同体。[①] 米勒显然认为前者的价值更高、可操作性更强。滕尼斯认为"共同体是古老的，社会是新的"[②]。孤独感受是在总体情况下为我认知的，总体性的概念是具有复杂本质的，总体性内部的各层面之间的关系也是相互交错的，连接是在特定情形下，不同元素的统一，这种连接不是永久性的，而是不断更新的，旧的连接被推翻，新的连接又重新建立起来。此时，在共同体的框架下，孤独情感的对立面就

---

① ［美］希利斯·米勒：《共同体的焚毁：奥斯维辛前后的小说》，陈旭译。
② ［德］斐迪南·滕尼斯：《共同体与社会》，林荣远译，第53页。

是连接。同时，不同实践活动的连接并不代表它们的趋同化，或者一种实践活动融入另外一种。他们彼此保持各自各种不同的决定论和生存状况。连接维持着统一中的差异，它是无必要从属关系的理论。差异和统一之间的连接正是霍尔给出的面对人类重大孤独时刻的出路。它是第三种立场，既不张举社会形态中一个层面必定和另外一个层面相对应，它也不站在其对立面，主张对应的不存在。它以双重连接的概念看待情感和实践的关系，是必要的对应关系。使用"连接"来抗衡孤独来源于先前实践，同时也是新实践的起点，它驱使"共情"主体打破阶层和种族的界限，激起个体对族裔他者、性别他者、阶级他者，乃至动物他者的共情和对生命的敬畏，即生发出情感共同体的可能——"基于自我""爱有等差"的共通人性。

在《柏哲达先生来搭伙》这篇里，一个印度裔人在电话本上找到老乡柏哲达（实际上为巴基斯坦人）。柏哲达思念战火纷飞的家乡和亲人，屡次来家里做客。柏哲达和主人共享一种特殊的饮食文化和地域记忆，给家里的小朋友赠送礼物。他们面对地图，遥望家乡，讨论共同的政治和军事话题。在印巴战争和冲突中，柏哲达的女儿们失踪了。他急切却又回不去，孤身一人的他尝到苦寂和孤独的痛苦。这家的两个女儿非常关心他，大人们也从饮食、聊天等各方面给予他宽慰。"总之我记得他们三个大人行动起来像一个人，分担一种忧虑，一种沉默，同甘苦，共患难。"（43）来自巴基斯坦的柏哲达和这家印度裔是在特殊时期和特殊地理环境形成的短暂共同体，独体依附于其中汲取情感力量，形塑一定的牢固情感连接。

对独体人类来说，实现"独"而不"孤"，情感的连接尤为关键。德里达提出一个不相同的、异类的社区（a community of dissimilars, non-semblables）。这个社区是具有绝对差异的邻居构成的。（193）比比的故事里，社群和邻居更是她生存的坚强后盾。比比生病的29年里，"家人、朋友、和尚、手相家、老处女、宝石命相家、预言家"

(162)等周遭所有人都为治好她的病付出过努力。兄嫂虐待比比，邻居为比比争取受教育机会；兄嫂抛弃比比，周围人便用不去兄店里消费报复他；邻里照顾怀孕的比比，帮她经营商店，教她养育孩子。在比比最需要的地方，永远有帮手的身影。比比被以兄嫂为代表的家庭共同体遗弃，但是社群共同体早就把比比纳入其中，善良的邻居从不歧视她的疾病，帮助她克服生活的种种困难。把身居其中的主体看作先验性的主体（pre-existing subjectives），这些主体的共同利益已经与其他主体捆绑在一起了。他们之间的交往模式可以被称为"互主性"（intersubjectivity，译为"主体间性"）。"这种交流是主体交互的通道……在我的个人性之外，共同的语言让我有可能与邻居交流我的感受和想法，告诉他我之所是、我之所能，因而通过语言和其他符号，我也推定并理解他人的感受和想法，知道他或她之所是。"[①]邻居们之间是有默契和心灵互动的，大家配合起来，集结各方面的力量，帮助比比抗击疾病，走上正常的生活轨道。小说的结尾有了一个完满的结局，比比有了自己的孩子，常年不能治愈的病也好了。

小说中的共同体是一种疾病共同体，即从某一独体或群体的疾病出发，以团结互助为运作方式，将尊重他性和追求和谐视为工作原则，它是主张求同存异，化解独体和族裔差异和潜在冲突的多元异质、和谐共处的联合。其实，共同体一词最早是由德国的斐迪南·滕尼斯提出的，指历史上形成的，由社会联系而结合起来的人民的总合。滕尼斯把共同体分为血缘共同体、地缘共同体和精神共同体，三者之间密切地相互联系着，凡是在人以有机的方式由它们的意志相互结合和相互肯定的地方，总会有这种或那种方式的共同体。[②]根据滕尼斯的分类方法，可将小说集中出现的渐进式共同体分成三类，即

[①] ［美］希利斯·米勒：《共同体的焚毁：奥斯维辛前后的小说》，陈旭译，第17页。
[②] ［德］斐迪南·滕尼斯：《共同体与社会》，张巍卓译，北京：商务印书馆，2019年。

"情缘"共同体、"心缘"共同体和"社区"共同体。

"情缘"共同体的代表是《停电时分》里出现情感危机的年轻夫妻，夫妻感情修复开始于一次心灵碰撞的契机——停电，年轻夫妇采用真心话大冒险的形式在一片漆黑里点起蜡烛，聊彼此的秘密，对逝去小生命的感慨，解开彼此的心结。爱情中的两个人比一个人的时候更孤独，修芭夫妻二人之间的感情修复之旅是通过情感的通道到达灵魂的深处。"他们彼此坦白曾做过的令对方失望、伤害对方的事情"（43），很多细节的描述是彼此之前不敢想象的细致。特别是苏柯玛对于逝去孩子的坦白，原来丈夫是按时到达医院并拥抱小生命的。丈夫平时只是沉默，妻子却误会丈夫对逝去的孩子毫不在乎。黑暗中，丈夫流露出自己的痛不欲生，只是羞于表达。男性面对伤痛更加理性和隐性，而女性则更加感性和显性，男女在婚姻中情感表达的差异使得夫妇二人误会越来越深。夫妻彼此有情才能打破误会的纠葛，无爱是无法坦诚相待的。

小说中"心缘"共同体的例子很多，例如《疾病解说者》中遭到"中年危机"突袭而深感孤独的口译员卡帕西和游客达斯太太，两个毫无交集的人都对婚姻失望，偶遇瞬间形成心灵的通达状态。达斯太太把自己孩子是私生子的秘密告诉卡帕西这个陌生人，卡帕西也在那一刻认为达斯太太对他感兴趣，彼此产生了短暂的美好幻觉。二人的精神幻觉拯救了旅行中的达斯太太，卡帕西是她的"树洞"和避风港，即使时间仅是短短的旅程。卡帕西也产生了错觉，自己很有魅力，有年轻女性觉得自己的职业（口译员）很浪漫。无趣的婚姻生活中的孤独感笼罩着二人，且不论道德伦理的评判如何，心灵的碰撞给了卡帕西和达斯太太一点点人性的陪伴和安慰。不得不承认，有时候人活下去是需要一点来自外界和他人的鼓励和相互的心灵契合的。《第三块大陆，最后的家园》里，脾气古怪的百岁孤寡老人将房子租给了年轻的印度裔小伙，条件却极为苛刻，不允许晚交纳房租，不允许带女朋友回来等等。小伙子在生活细节上精心照顾老人,老人也给予各种住房便利,租金也只是象征性收纳。小伙子格外关心孤立无助的老人的生命安全,仅仅六周的相处时间,他们彼此惺惺相惜,早已成为记忆中最真挚的朋友。老人去世以后,小伙子说"克罗夫特夫人是我在美国第一个哀痛悼念的逝者,她是第一个我仰慕过的生命;她终于离开了这个世界,孤孤单单地成了古人,永远不会再回来了"(201)。老人和小伙跨越种族、年龄、性别的忘年之交是心与心,灵与灵的友谊典范。

"社区"共同体是个体心灵互动发展到社群同理心和共情力兼容的渐进式共同体,依赖全体成员的合力,以滕尼斯所提的血缘共同体、地缘共同体和精神共同体为基础融合而成。在伦理学中,共同体不是那种为了某个特殊目的而按照规则组织起来的团体,相反,它乃是其成员们通过相互合作和互惠互利而联合起来的社会背景。共同体是个人同一性的构建者。① 森太太的美丽"乡愁"遇上了单亲家庭的"孤独"小孩,这一戏剧性的搭配很有画面感。森先生的积极融入姿态使得森太太成了拖后腿的典型,森太太不愿意也不可能成为"美国人",她固守在印度的一切。森先生夫妇矛盾也由此展开,森先生的不理解让太太在异国他乡更加孤独。小男孩艾略特的出现偶然间解决了森太太的"孤单"问题。艾略特的单身母亲因为工作和社交的需求,无心关注儿子的成长,她冷漠无情,机械地抚养儿子成长。这一对配对成照看者和被照看者之后,解决了彼此的实际困难和精神孤独问题,也间接影响了艾略特母亲对儿子的态度和森先生对妻子的认知。如前所述,患病29年的女孩比比得益于社群关怀,共同抚养新生儿。没有这群邻居,比比是很难坚持下去的。比比生活在社区共同

---

① [美]罗纳德·德沃金:《法律帝国》,许杨勇译,上海:上海三联书店,2016年,第219页。

体之中，感受着兄嫂不曾给予的温暖。从这层意义上说，比比是真正的"独"而不"孤"。

辩证地说，小说中还出现了共同体契约背反的机制例证作为警示。让-吕克·南希在《无用的共通体》中用空间的越界概念，讲述契约共体的界限、共享/剥夺、（说出）连接、中止和揭示。① 小说中涉及婚姻关系中的越界现象，作者使用的笔墨最多。一方面，女性作家更为细腻地体察到亲密关系中的双刃剑现象，另一方面，契约共同体的对立面值得人类的关注和思考。《上帝福佑我们家》和《森太太》里的婚姻关系亮出红灯，男女不同步现象突出，男性积极融入美国社会，女性固守家乡的文化习惯。矛盾爆发之前，双方几乎都不替对方考虑，更不存在共同协商的可能性。《停电时分》里的年轻夫妻是典型的同床异梦，互相误解。《疾病解说者》中的两段婚姻几乎到达道德的边缘，试图寻求外界刺激。《性感》里的亲密关系已经涵盖出轨的事实。几乎每个故事里的婚姻关系都不和谐，神圣的婚姻如同儿戏。实际上，婚姻本身就是契约关系，契约的背反意味着共同体的基础破裂，面临修复和解散的选择。《真正的看门人》中布莉姨妈作为看门人住在楼道，尽职尽责。邻居毫无同情之心，讽刺嘲讽不说，还把水盆被盗之事栽赃陷害于她，将她赶出楼道，让一个可怜女性无安身之地。独体遇上独体，以契约为基础建成共同"故事"社区。在南希的无效社区中，没有主体，没有主体之间的交流，没有社区"契约"，也没有集体意识。② 看门行为本身就是契约关系，契约的背反意味着共体的基础破裂，面临修复和解散的选择。具有讽刺意味的是，布莉住在楼道是孤身一人，被赶出仍旧是孤独一人，孤独情感始终贯彻在布莉生活的社区中。与共同体的连接相同，共同体的终止是双向或多

---

① ［美］希利斯·米勒：《共同体的焚毁：奥斯维辛前后的小说》，陈旭译，第23页。
② 同上，第22页。

向的，受到多方因素的控制和制约。同时共同体的连接和终止也是流动变化的，循环式上升和动态发展性也是其一大特征。

小结

孤独情感是一种现代人的生活常态，往往与疾病和离散相关。现代社会中的有机团结能够整合社会分化，加强个体的安全感和归属感。对个体和孤独的讨论离不开对他性和集体的考量，同情心和共情力成为个体连接的重要触发点。国内学者甘文平首次将后现代共同体的一种归纳为"情感共同体"，并认为其具有"不确定性、开放式、同质性和异质性并存"的特点。[①] 通过对个体的脆弱情感的系统描摹，揭示出抵抗疾病和情感孤独问题单凭个体无法解决，必须通过更高级别和维度的情感联合来获得安全感，即构建"情缘""心缘"和"社区"共同体来实现隔绝的、原生的共同体生活。上述情感连接的实践方法对（后）疫情时代的国际社会建设和管理具有一定的启发意义。

本章结语

本章从日裔作品《食肉之年》、华裔作品《无声告白》、越南裔作品《同情者》和印度裔作品《疾病解说者》纵观亚裔在美国社会的共生共融，以厌恶、羞耻、愧化、孤独四种情感类型，揭示不同时期的

---

① 甘文平：《西方"共同体"理论建构的世纪跨越——兼评杰拉德·德兰提的专著〈共同体〉》，《当代外国文学》2020年第2期，第123页。

美国社会痼疾和少数族裔的平权要求。亚裔实现情感共同体的路径如下：首先通过族裔内部的联合形成单个族裔的共同体，再通过单个族裔与外界一到两个族裔的不断交叉和多轮穿插形成多个族裔共同体，最终实现亚裔情感共同体联盟。这一历程时间长久，过程艰辛，始终与民权运动和亚裔美国人运动同频共振。从情感的变化情况看，亚裔情感的强度呈现弱化的趋势，而情感的方向则正在实现负面到近似正面的微妙转化。孤独情感的下一个阶段是包容和爱，世间一切伤痛唯有包容与爱才能治愈。这一变化趋势反映了不同亚裔分支因自身不同的特点在不同历史时期和社会语境下的生存境况的变迁，验证了威廉斯所说的突出历史语境和社会生产方式对于文化再生产的重要作用的"情感结构"理论。

结　语

　　自 20 世纪 90 年代学界出现情感转向以来，文学情感研究逐渐在国内外成为一股强劲的趋势。文学情感研究的文本范围跨越数千年，从古希腊和古罗马时期的戏剧作品到文艺复兴时期的戏剧和散文，再到 21 世纪的"9·11"文学。文学情感研究的对象跨越了多重界限，从宏观的情感断代史（如 18 世纪的情感文学、文艺复兴时期戏剧中的情感、晚期资本主义社会的情感消逝等等）到社会情感结构在特殊类型文本中的再现（如 19 世纪批判现实主义小说的情感结构），再到具体的文学作品中的情感细节（如乡土文学中虚构人物的怀旧情感）。文学情感研究的主题跨越了多重类型的文本，女性主义文学、酷儿文学、现代/后现代主义文学、移民/流散文学、少数族裔文学，等等。文学情感研究的理论视角跨越了多个学科，情感人类学、情感社会学、情感地理学、情感政治学、情感史学、情感哲学，不一而足。文学情感研究的结论和旨归也各有不同，如情感的审美特质、情感的抵抗力量、情感的解构特质、情感的治愈作用、情感的建构意义。可以说，当今国内外跨学科的文学情感研究势头正盛。

　　在此背景下，本书尝试从负情感视角切入当代美国少数族裔小说，搜集这些族裔小说中的负情感碎片，并勾勒族裔小说中的负情感轮廓，分析其中的负情感问题，揭示这些作品中美国少数族裔遭遇的政治困境；考察美国少数族裔作家对美国种族现状的揭露、对官方族裔政策和历史话语的解构与颠覆；归纳少数族裔文学书写推动多元文化下的族裔融合、文化协商和阶级平等的能动性，直至建构情感共同体的情感力量，彰显文学情感书写的政治介入作用。

　　本书选取的当代美国少数族裔小说作品充满了负面情感现象，从虚构人物的负面情感体验，到文本中的词汇、句式和叙述结构的负面情感表达，再到作品整体的负面情感基调。仔细考察这些作品中的负面情感现象，不难发现，它们都和特定少数族裔在美国遭遇的政治困境有着千丝万缕的联系。这些政治困境包括但不限于——由一系列种族政策造成的政治、经济和文化的不平等，由白人优越论引起的种族歧视乃至种族清洗，由文化同化政策引起的族裔传统的丧失，以及由资本主义发展失控带来的相关问题。这些作品中的负情感并不属于某个特殊的虚构人物，也不属于某个特殊的族裔作家，而是超越了时代和个人，始终存在于美国社会种族问题的情感结构中。这些负面情感既和当代美国少数族裔的政治困境相关，也和美国少数族裔数百年来遭遇的政治压迫和文化同化历史有关，因此它们看上去似乎成了美国少数族裔及其文学作品的专属标签。当代美国少数族裔作家或有意或无意地在众多小说作品中书写少数族裔的负情感，在某种程度上揭露和挑战了这些负情感背后的政治困境以及造成这些困境的更深层次的美国社会结构性问题，不仅如此，许多少数族裔作家还匠心独运，采用独特的叙事结构来突出特定的负情感氛围，展现了高超的文学艺术水准，因此这些少数族裔作品中的负情感现象不是简单地复制了现实生活中少数族裔的情感体验，而是对这些情感体验进行了能动的艺术再现。

　　此外，少数族裔作家的文学情感书写还具有介入现实的政治作用。许多美国当代少数族裔小说因为强烈的负情感特征而引发社会大众的情感共鸣，进而斩获多项重要的文学大奖（本书所选的小说大多获得过美国国家图书奖或普利策奖），反过来，一旦这些作品获得了主流社会的认可，便可以收获更多的读者，在更大范围内引起社会大众对少数族裔政治困境的同情和移情，乃至敦促官方采取行动，改善族裔政策、促进族裔平等。事实上，本书选取的许多小说都在出版后引起了社会轰动，敦促了官方的族裔政策改革。综上所述，当代美国少数族裔小说中的负情感不仅具有消极性，还具有政治诊断性和情感能动性。

值得注意的是，本书所选的美国当代少数族裔小说描述的负情感具有流动性和情感联结特征，这些情感并不固定在某个独特的虚构人物身上，而是在人物所处的环境之中、家庭成员之间、家族代际之间、族群社区之间、不同族裔之间，甚至在所有人类之中流动着，在流动的过程中引发情感共鸣，形塑多重多样的共同体感觉。在这些由特定的情感联结而成的共同体当中，少数族裔主体的心理创伤得到一定程度的治愈，其政治困境得到一定程度上的缓解。可以说，当代美国少数族裔作家借助负情感揭露美国种族政策弊病和社会结构问题的同时，也为少数族裔人物治愈创伤、走向未来想象了理想的共同体家园。

鉴于各章节所涉及文本的多样性，以及少数族裔作家们所展现的情感共同体类型的复杂性，本书并未就"情感共同体"这一概念给出唯一的学术定义，而是将其作为一个开放性的文本现象加以归纳。本书中各章节所描述的情感共同体包括以下几个层面：首先，少数族裔小说作品中虚构人物之间经由相似的情感联结而成的共同体，包括爱人共同体、家庭或家族共同体、族群社区共同体、多族群或者人类命运共同体等，在这些共同体当中，备受现实打击的虚构人物得以治愈情感创伤、重归家庭、重新看待族群关系，在一定的意义上实现了政治困境的超克，超越了族裔、性别和阶级这些特殊的藩篱。其次，少数族裔作家以文学艺术的方式再现少数族裔个体/群体的负情感体验和政治困境，这种情感书写在不同的少数族裔作家之间也产生了共鸣，来自不同族裔背景的作家通过情感书写揭示出相通的社会结构性问题，就此而言，本书所选的这些美国少数族裔作家基于类似的情感书写和政治表达，形成了具有族裔背景的文人共同体。最后，读者在阅读这些充满负情感现象的少数族裔作品时，一旦形成情感共鸣，那么读者与作品中的人物之间、与叙述者和作家之间、与其他产生情感共鸣的读者之间，就产生了超越族裔、阶级和性别等藩篱的情感共同体。如果这些读者在同情和移情的基础上付诸实际行动，转变对少数族裔形成的文化偏见，敦促官方开展政策改革，这些少数族裔文学文本便具备了充分的政治介入力量。当然，还应当指出，由于情感总是流动的、漂浮的、即时的，甚至非理性的，基于相似情感形塑的共同体的感觉也总是变动不居、难以捉摸的，而本书所讨论的情感共同体也仅限于所选作家和文本中呈现出来的内容。

  本书是一次大胆的尝试，将情感视角引入当代美国少数族裔文学研究，试图为族裔文学批评探索新的思路，同时以当代美国少数族裔小说中的负情感为例，为国内外文学情感研究增添具体的分析案例。以当代美国少数族裔小说中的负情感问题为线索，我们挖掘了情感理论的内涵、外延和情感能动性，在此意义上可以推动国内情感理论的发展与创新。本书旨在以负情感问题带动美国族裔文学、历史文化和社会政治的综合研究，实现一种政治—社会—历史的跨学科的文学批评路径。此外，本书论证情感促进跨族裔文化理解与融合的能动性，尝试在案例分析的基础上归纳情感共同体理念。

参考文献

Abraham, Nicholas, and Maria Torok. "Mourning *or* Melancholia: Introjection *versus* Incorporation." *The Shell and the Kernel: Renewals of Psychoanalysis*, Vol. I, edited and translated by Nicholas T. Rand. The U of Chicago P, 1994, pp.125–138.

Abramson, Edward A. "Bernard Malamud and the Jews: An Ambiguous Relationship." *The Yearbook of English Studies*, vol.24, 1994, pp.146–156.

Adamson, Joseph and Hilary Clark, editors. *Scenes of Shame: Psychoanalysis, shame, and Writing*. SUNY, 1999.

Aguirre, Adalberto Jr. and Jonathan H. Turner. *American Ethnicity: The Dynamics and Consequences of Discrimination*. McGraw-Hill Higher Education, 2001.

Ahmed, Sara. *The Cultural Politics of Emotions*. Edinburgh UP, 2004.

Alberti, Fay Bound. *A Biography of Loneliness: The History of an Emotion*. Oxford UP, 2019.

Alexie, Sherman. *War Dances*. Grove Press, 2009.

Allardice, Lisa. "Jesmyn Ward: 'Black girls are silenced, misunderstood and underestimated.'" *The Guardian*, 11 May 2018, www.theguardian.com/books/2018/may/11/jesmyn-ward-home-mississippi-living-with-addiction-poverty-racism. Accessed 2 May 2021.

Allen, Chadwick. "N. Scott Momaday: Becoming the Bear." *The Cambridge Companion to Native American Literature*, edited by J. Porter and K. M.

Roemer. Cambridge UP, 2005, pp.207-219.

Alphandary, Idit. "Wrestling with the Angel and the Law, or the Critique of Identity: The Demjanjuk Trial, *Operation Shylock: A Confession*, and 'Angel Levine'." *Philip Roth Studies*, vol.4, no.1, 2008, pp.57-74.

Anderson, Benedict. *Imagined Communities: Reflections on the Origin and Spread of Nationalism*. Verso, 2006.

Antin, Mary. *The Promised Land*. Houghton Mifflin Company, 1912.

Antoszek, Patrycja. "The Neo-Gothic Imaginary and the Rethorica of Loss in Colson Whitehead's The Underground Railroad." *Polish Journal for American Studies*, vol.13, 2019, pp.271-279.

Appy, Christian G. "The Ethics of War Memory." *Diplomatic History*, vol.41, no.2, 2017, pp.435-437.

Arendt, Hannah. *The Origins of Totalitarianism*. Harcourt, Brace, Jovanovich, 1973.

Aristotle. *Nicomachean Ethics*, translated by Terence Irwin. Hackett, 1999.

Asl, Moussa Pourya, et al. "Sexual Politics of the Gaze and Objectification of the (Immigrant) Woman in Jhumpa Lahiri's Interpreter of Maladies." *Americans Studies in Scandinavia*, vol.50, no.2, 2018, pp.89-109.

Ashcroft, Bill, Gareth Griffiths and Helen Tiffin. *Postcolonial Studies: The Key Concepts*, 3rd Edition. Routledge, 2013.

——. *The Empire Writes Back: Theory and Practice in Post-colonial Literatures*, 2nd Edition. Routledge, 2002.

Bartelt, Guillermo. *N. Scott Momaday's Native American Ideology in House Made of Dawn*. The Edwin Mellen, 2010.

——. "American Indian Silence in *House Made of Dawn*." *California Linguistic Notes*, vol.35, no.1, 2010, pp.1-19.

Betz, Regina M. "Chicana 'Belonging' in Sandra Cisneros' *The House on Mango Street*." *Rocky Mountain Review*, vol.66, 2012, pp.18-33.

Bevis, William. "Native American Novels: Homing In." *Native American*

Writing Vol I, edited by A. Robert Lee. Routledge, 2011, pp.103-135.

Bowers, Maggie Ann. "Literary Activism and Violence against Native North American Women." *Wasafiri*, vol.32, no.2, 2017, pp.48-53.

Brockes, Emma. "Jesmyn Ward: 'I wanted to write about the people of the south.'" *The Guardian*, 1 December 2011, www.theguardian.com/books/2011/dec/01/jesmyn-ward-national-book-award. Accessed 2 May 2021.

Brodkin, Karen. *How Jews Became White Folks and What That Says about Race in America*. Rutgers UP, 1998.

Butler, Judith. *Gender Trouble: Feminism and Subversion of Identity*. Routledge, 1990.

——. *Precarious Life: The Powers of Mourning and Violence*. Verso, 2004.

——. *Frames of War: When Is Life Grievable?* Verso, 2009.

——. *Notes Toward a Performative Theory of Assembly*. Harvard UP, 2015.

Butler, Octavia E. "'Devil Girl from Mars': Why I Write Science Fiction." *MIT Media in Transition Project*, 4 October 1998, www.blackhistory.mit.edu/archive/transcript-devil-girl-mars-why-i-write-science-fiction-octavia-butler-1998. Accessed 16 September 2021.

Cacioppo, John, et al. "Evolutionary Mechanisms for Loneliness." *Cognition & Emotion*, vol.28, no.1, 2014, pp.3-21.

Carlson, Lori Marie. "My Life, My Heart: Oscar Hijuelos." *Review: Literature and Arts of the Americas*, vol.47, no.2, 2014, pp.135-138.

Carrasco, Rocío Carrasco and Cinta Mesa González. "The Inscription of Violence on the Culture Body: Junot Diaz's *The Brief Wondrous Life of Oscar Wao*." *ES Revista de Filología Inglesa*, vol.35, 2014, pp.55-70.

Castor, Laura Virginia. "Louise Erdrich's *The Round House*: Restorative Justice in a Coming of Age Thriller." *Nordlit*, no.40, 2018, pp.31-49.

Chandler, Marilyn. *Dwelling in the Text: Houses in American Fiction*. U of Canifornia P, 1991.

Chase, Malcolm and Christopher Shaw. "The Dimensions of Nostalgia."

The Imagined Past: History and Nostalgia, edited by Malcolm Chase and Christopher Shaw. Manchester UP, 1989, pp.1-17.

Cheng, Anne Anlin. *The Melancholy of Race: Psychoanalysis, Assimilation, and Hidden Grief.* Oxford UP, 2001.

Cheyfitz, Eric. "The (Post)Colonial Construction of Indian Country: U.S. American Indian Literatures and Federal Indian Law." *The Columbia Guide to American Indian Literatures of the United States Since 1945*, edited by Eric Cheyfitz. Columbia UP, 2006, pp.1-126.

Chin, Frank and Jeffery Paul Chan. "Racist Love." *Seeing through Shuck*, edited by Richard Kostelanetz. Ballantine Books, 1972, pp.65-79.

Chiu, Tzuhsiu Beryl. "Cultural Translation of a Subject in Transit: A Transcultural Critique of Xiangyin Lai's 'The Translator' and Jhumpa Lahiri's *Interpreter of Maladies.*" *Comparative Literature Studies*, vol.52, no.1, 2015, pp.160-177.

Clough, Patricia Ticineto and Jean Halley, editors. *The Affective Turn: Theorizing the Social.* Duke UP, 2007.

Coale, Samuel. *Paradigms of Paranoia: The Culture of Conspiracy in Contemporary American Fiction.* the U of Alabama P, 2004.

Cornell, Stephen. *The Return of the Native: American Indian Political Resurgence.* Oxford UP, 1988.

Costache, A. "On Solitude and Loneliness In Hermeneutical Philosophy." *Meta*, vol.5, no.1, 2013, pp.130-149.

Coulombe, Joseph. *Reading Native American Literature.* Routledge, 2011.

Crawford, Margo Natalie. "The Twenty-First-Century Black Studies Turn to Melancholy." *American Literary History*, vol.29, no.4, 2017, pp.799-807.

Davis, Fred. *Yearning for Yesterday: A Sociology of Nostalgia.* The Free Press, 1979.

Deleuze, Gilles and Felix Guattari. *Anti-Oedipus: Capitalism and*

Schizophrenia. U of Minnesota P, 1983.

Deloria, Vine Jr. *We Talk, You Listen: New Tribes, New Turf.* Delta, 1972.

——. *Custer Died for Your Sins: An Indian Manifesto*. the U of Oklahoma P, 1988.

Deer, Sarah. "Decolonizing Rape Law: A Native Feminist Synthesis of Safety and Sovereignty." *Wicazo Sa Review*, vol.24, no.2, 2009, pp.149-167.

Dinerstein, Joel. "Music, Memory, and Cultural Identity in the Jazz Age." *American Quarterly*, vol.55, no.2, 2003, pp.303-313.

Doctorow, E. L. *The Book of Daniel*. Random, 1971.

Doyle, Jacqueline. "More Room of Her Own: Sandra Cisneros's *The House on Mango Street*." *MELUS*, vol.19, no.4, 1994, pp.5-35.

Drake, Kimberly, et al., editors. *Critical Insights: Paranoia, Fear and Alienation*. Grey House, 2017.

Dubb, Christina Rose. "Adolescent Journeys: Finding Female Authority in *The Rain Catchers* and *The House on Mango Street*." *Children's Literature in Education*, vol.38, no.3, 2007, pp.219-232.

Eid, Troy A. and Carrie Covington Doyle. "Separate but Unequal: the Federal Criminal Justice System in Indian Country." *University of Colorado Law Review*, vol.81, no.4, 2010, pp.1067-1117.

Empson, William. *Some Versions of Pastoral*. New Directions, 1974.

Erdrich, Louise. "Rape on the Reservation." *The New York Times*, 27 Feb. 2013, www.nytimes.com/2013/02/27/opinion/native-americans-and-the-violence-against-women-act.html. Accessed 31 December 2019.

Evers, Lawrence. "Words and Place: A Reading of *House Made of Dawn*." *Western American Literature*, vol.11, no.4, 1977, pp.297-320.

Eysturoy, Annie. "*The House on Mango Street*: A Space of Her Own." *Critical Insights: The House on Mango Street*, edited by Maria Herrera-Sobek. Salem, 2010, pp.239-264.

Farrell, John. *Paranoia and Modernity: Cervantes to Rousseau*. Cornell UP, 2006.

"Fear." *Oxford English Dictionary*, December 2021, www.oed.com/view/Entry/68773?rskey=3dju4H&result=1&isAdvanced=false#eid. Accessed 18 February 2022.

Fernheimer, Janice. *Stepping into Zion: Hatzaad Harishon, Black Jews, and the Remaking of Jewish Identity*. The U of Alabama P, 2014.

Ferreira, Veras Adriane. "Language and Identity in Sandra Cisneros's *The House on Mango Street*." *Antares: Letras e Humanidades*, no.5, 2011, pp.228–242.

Fiorentino, Daniele and N. Scott Momaday. "The American Indian Writer as a Cultural Broker: An Interview with N. Scott Momaday." *Studies in American Indian Literatures*, vol.8, no.4, 1996, pp.61–72.

Firmat, Gustavo Pérez. "Rum, Rump, and Rumba: Cuban Contexts for *The Mambo Kings Play Songs of Love*." *Dispositio*, vol.16, no.41, 1991, pp.61–69.

Fisher, Philip. *The Vehement Passions*. Princeton UP, 2002.

Flatley, Jonathan. *Affective Mapping: Meloncholia and the Politics of Modernism*. Harvard UP, 2008.

Flieger, Jerry Aline. "Postmodern Perspective: The Paranoid Eye." *New Literary History*, vol.28, no.1, 1997, p.87.

Friedland, Hadley Louise. *The Wetiko (Windigo) Legal Principles: Responding to Harmful People in Cree, Anishinabek and Saulteaux Societies*. the U of Alberta, 2009.

Galtung, Johan. "Violence, Peace, and Peace Research." *Journal of Peace Research*, vol.6, no.3, 1969, pp.167–191.

Gilligan, James. *Violence: Reflections on a National Epidemic*. Jessica Kinsley, 2000.

Givens, Bettye and N. Scott Momaday. "A *Melus* Interview: N. Scott

Momaday, A Slant of Light." *MELUS*, vol.12, no.1, 1985, pp.79-87.

Glickman, Lawrence B. "Rethinking Politics: Consumers and the Public Good during the 'Jazz Age.'" *OAH Magazine of History*, vol.21, no.3, 2007, pp.16-20.

Gonzalez, Melissa. "'The Only Way Out Is In': Power, Race, and Sexuality Under Capitalism in *The Brief Wondrous Life of Oscar Wao*." *Critique: Studies in Contemporary Fiction*, vol.57, no.3, 2016, pp.279-293.

Gonzalez, Christopher. *Reading Junot Díaz*. U of Pittsburgh P, 2015.

Gourley, James. *Terrorism and Temporality in the Works of Thomas Pynchon and Don DeLillo*. Bloomsbury, 2013.

Grobman, Laurie. "African Americans in Roth's 'Goodbye Columbus,' Bellow's *Mr. Sammler's Planet* and Malamud's *The Natural*." *Studies in American Jewish Literature (1981-)*, vol.14, 1995, pp.80-89.

Gross, Elizabeth. "The Body of Signification." *Abjection, Melancholia and Love: The Work of Julia Kristeva*, edited by John Fletcher and Andrew Benjamin. Routledge, 1990, pp.80-103.

Hafen, P. Jane. "Pan-Indianism and Tribal Sovereignties in *House Made of Dawn* and *The Names*." *Western American Literature*, vol.34, no.1, 1999, pp.7-23.

Hartman, Saidiya V. *Scenes of Subjection: Terror, Slavery, and Self-Making in Nineteenth-Century America*. Oxford UP, 1997.

Heart, Maria and Lemyra M. DeBruyn. "The American Indian Holocaust: Healing Historical Unresolved Grief." *American Indian and Alaska Native Mental Health Research*, vol.8, no.2, 1998, pp.60-82.

Hendler, Glenn. *Public Sentiments: Structures of Feeling in Nineteenth-century American Literature*. The U of North Carolina P, 2001.

Hijuelos, Oscar. *The Mambo Kings Play Songs of Love*. Collins, 1989.

——. *Thoughts without Cigarettes: A Memoir*. Gotham Books, 2011.

Hirsch, Bernard A. "Self-Hatred and Spiritual Corruption in *House Made of

Dawn." *Western American Literature*, vol.17, no.4, 1983, pp.307−320.

Hofstadter, Richard. "The Paranoid Style in American Politics." *Harper's Magazine*, November 1964, harpers.org/archive/1964/11/the-paranoid-style-in-american-politics/. Accessed 15, November 2021.

Hogan, Patrick Colm. *The Mind and Its Stories: Narrative Universals and Human Emotion.* Cambridge UP, 2003.

——. *Affective Narratology: the Emotional Structure of Stories.* U of Nebraska P, 2011.

——. *What Literature Teaches Us About Emotion.* Cambridge UP, 2011.

——. "Affect Studies and Literary Criticism." *The Oxford Reseatch Encyclopedia of Literature.* Oxford UP, 2016.

Hooks, Bell. *Yearning: Race, Gender and Cultural Politics.* Routledge, 2015.

Huang, Hsinya. "Disease, Empire, and (Alter)Native Medicine in Louise Erdrich's *Tracks* and Winona LaDuke's *Last Standing Woman*." *Concentric: Literary and Cultural Studies*, vol.30, no.1, 2004, pp.37−64.

——. "(Alter)Native Medicine and Health Sovereignty Disease and Healing in Contemporary Native American Writings." *The Routledge Companion to Native American Literature*, edited by Deborah Madsen. Routledge, 2016, pp.249−259.

Hylton, Marion Willard. "On a Trail of Pollen, Momaday's *House Made of Dawn*." *Critique: Studies in Contemporary Fiction*, vol.14, no.2, 1972, pp.60−69.

Ioanide, Paula. *The Emotional Politics of Racism: How Feelings Trump Facts in an Era of Color Blindness.* Stanford UP, 2015.

"Jesmyn Ward: 'Black Girls are Silenced, Misunderstood and Underestimated.'" *The Phil Lind Initiative*, 10 December 2019, lindinitiative.ubc.ca/2019/12/jesmyn-ward-black-girls-are-silenced-misunderstood-and-underestimated/. Accessed 2 May 2021.

Juan, E. San. "Beyond Identity Politics: The Predicament of the Asian

American Writer in Late Capitalism." *American Literary History*, vol.3, no.3, 1991, pp.542-565.

Kaplan, Brett Ashley. *Jewish Anxiety and the Novels of Philip Roth*. Bloomsbury, 2015.

Kaufman, Gershan. *The Psychology of Shame: Theory and Treatment of Shame-Based Syndromes*. Springer Publishing Company, Inc., 1996.

Keen, Suzanne. *Empathy and the Novel*. Oxford UP, 2007.

Kim Yoo. "Travelling through a 'Hybrid' World: The Politics of Cultural Hybridity in Ruth Ozeki's *My Year of Meats*."《外国文学研究》2010 年第 1 期, pp.44-45.

Krupat, Arnold and M. A. Elliott. "American Indian Fiction and Anticolonial Resistance." *The Columbia Guide to American Indian Literatures of the United States Since 1945*, edited by Eric Cheyfitz. Columbia UP, 2006, pp.127-182.

Kurup, Seema. *Understanding Louise Erdrich*. the U of South Carolina P, 2016.

——. "From Revenge to Restorative Justice in Louise Erdrich's *The Plague of Doves*, *The Round House*, and *LaRose*." *American Revenge Narratives*, edited by Kyle Wiggins. Palgrave Macmillan, 2018, pp.99-117.

Levin, Kurt. "Self-hatred among Jews." *Resolving Social Conflicts*. Communication U of China P, 2015, pp.186-200.

Levinas, Emmanuel. *Totality and Infinity: An Essay on Exteriority*, translated by Alphonso Lingis. Duquesne UP, 2007.

——. *Otherwise than Being or Beyond Essence*, translated by Alphonso Lingis. Duquesne UP, 1998.

Liu, William Ming, Derek Kenji Iwamoto and Mark H. Chae, editors. *Culturally Responsive Counselling with Asian American*. Taylor and Francis Group, 2011.

"Loneliness", *OED Online*, Oxford UP, March 2022, www.oed.com/view/En

try/109969?redirectedFrom=loneliness#eid. Accessed 22 April 2022.

Marshall, Katherine and Deborah Hale. "Isolation and Loneliness." *Home Healthcare Now*, vol.39, no.1, 2021, p.48.

Maze of Injustice. Amnesty International, 2007.

MacArthur Foundation. "About Octavia's Work." 1 January 2006, www.macfound.org/fellows/class-of-1995/octavia-butler. Accessed 8 March 2022.

Mahler, Anne Garland. "The Writer as Superhero: Fighting the Colonial Curse in Junot Díaz's *The Brief Wondrous Life of Oscar Wao*." *Journal of Latin American Cultural Studies*, vol.19, no.2, 2010, pp.119–140.

McMillan, David W. and David M. Chavis. "Sense of community: A definition and theory." *Journal of Community Psychology*, vol.14, no.1, 1986, pp.6–23.

Meyer, Sabine N. "The Marshall Trilogy and Its Legacies." *The Routledge Companion to Native American Literature*, edited by Deborah L. Madsen. Routledge, 2016, pp.139–152.

Miller, Carol. "Indigenous Writers and the Urban Indian Experience." *The Routledge Companion to Native American Literature*, edited by Deborah L. Madsen. Routledge, 2016, pp.74–83.

Miller, William Ian. *The Anatomy of Disgust*. Harvard UP, 1997.

Mitchell, Don. *Cultural Geography: A Critical Introduction*. Blackwell, 2000.

Momaday, N. Scott. "Man Made of Words." *Literature of the American Indians: Views and Interpretations*, edited by Abraham Chapman. Times Mirror, 1975, pp.96–110.

——. "An American Land Ethic." *Mountain Record*, 3 August 2016, https://www.mountainrecord.org/earth-initiative/an-american-land-ethic/. Accessed 20 June 2021.

Moreno, Marisel. "'The important things hide in plain sight:' A conversation with Junot Díaz." *Latino Studies*, vol.8, 2010, pp.532–542.

Morgan, Michael L. *On Shame*. Routledge, 2008.

Moya, Paula. "The Search for Decolonial Love: a Conversation between Junot Díaz and Paula M. L. Moya." *Junot Díaz and the Decolonial Imagination*, edited by Monica Hanna, Jennifer Harford Vargas, and José David Saldívar. Duke UP, 2016, pp.391–401.

Muller, Jerry Z. *Capitalism and the Jews*. Princeton UP, 2010.

Muresan, Laura. "Writ(h)ing Bodies: Literature and Illness in Philip Roth's *Anatomy Lesson(s)*." *Philip Roth Studies*, vol.11, no.1, 2015, pp.75–90.

National Book Foundation. "Judges Citation." 15 November 2017, www.nationalbook.org/books/sing-unburied-sing/. Accessed 2 May 2021.

Nelson, Robert M. "Snake and Eagle: Abel's Disease and the Landscape of *House Made of Dawn*." *Studies in American Indian Literatures*, vol.1, no.2, 1989, pp.iv, 1–20.

Ngai, Sianne. *Ugly Feelings*. Harvard UP, 2005.

——. *Our Aesthetic Categories: Zany, Cute, Interesting*. Harvard UP, 2012.

——. *The Theory of Gimmick: Aesthetic Judgment and Capitalist Form*. Harvard UP, 2020.

Nguyen, Viet T. and Maxine Hong K. "Viet Thanh Nguyen, Conversation." Youtube, 2017, www.youtube.com/watch?v=d7kM4uWRMFQ. Accessed 3 March 2020.

Nussbaum, Martha C. *Hiding from Humanity: Disgust, Shame and the Law*. Princeton UP, 2004.

——. *Political Emotions: Why Love Matters for Justice*. Harvard UP, 2013.

Obejas, Achy. "A Conversation with Junot Díaz." *Review: Literature and Arts of the Americas*, vol.42, no.1, 2009, pp.42–47.

O'Donnell, Patrick. *Latent Destinies: Cultural Paranoia and Contemporary U.S. Narrative*. Duke UP, 2000.

Office of Energy Efficiency and Renewable Energy. "Home Heating Systems." www.energy.gov/energysaver/heat-and-cool/home-heating-systems. Accessed 2 May 2021.

Oliver-Rotger, Maria-Antónia. "VG Interview: Sandra Cisneros." *Voices from the Gaps*, the University of Minnesota Digital Conservancy, 2000, hdl.handle.net/11299/166369. Accessed 20 June 2021.

O'Rourke, Meghan. "Recycled Questions for Junot Díaz: An interview with the Pulitzer Prize-winning author." *Slate*, 8 April 2008, slate.com/news-and-politics/2008/04/an-interview-with-pulitzer-prize-winning-author-junot-diaz.html. Accessed 5 October 2021.

Oviedo, José Miguel. "Six problems for Oscar Hijuelos." *Review: Literature and Arts of theAmericas*, vol.34. no.63, 2001, pp.73−79.

Owens, Jasmine. "'Historic' in a Bad Way: How the Tribal Law and Order Act Continues the American Tradition of Providing Inadequate Protection to American Indian and Alaska Native Rape Victims." *Journal of Criminal Law and Criminology*, vol.102, no.2, 2012, pp.497−524.

Ozeki, Ruth L. *My Year of Meats*. Penguin, 1998.

Palumbo-Liu, David. *Asia/America: Historical Crossings of a Racial Frontier*. Stanford UP, 1999.

Paradis, Kenneth. *Sex, Paranoia, and Modern Masculinity*. SUNY, 2007.

"Paranoia, n.", *OED Online*, Oxford UP, December 2021, www.oed.com/view/Entry/137550. Accessed 26 February 2022.

Parker, Robert. *The Invention of Native American Literature*. Cornell UP, 2003.

Parrish, Timothy. *The Cambridge Companion to Philip Roth*. Cambridge UP, 2007.

Patteson, Richard F. "Oscar Hijuelos: 'Eternal Homesickness' and the Music of Memory." *Critique: Studies in Contemporary Fiction*, vol.44, no.1, 2002, pp.38−47.

Pérez, Teresa Belled. *Abuse, Sexuality and Trauma in the Antebellum South: An Intersectional Approach to Colson Whitehead's The Underground*

Railroad. FFYL, 2020.

Pinch, Adela. *Strange Fits of Passion: Epistemologies of Emotion, Hume to Austen*. Stanford UP, 1996.

Reddy, William. *The Navigation of Feeling: A Framework for the History of Emotions*. Cambridge UP, 2004.

Reeves, Thomas C. "McCarthyism: Interpretations since Hofstadter." *The Wisconsin Magazine of History*, vol.60, no.1, 1976, pp.42–54.

Richard Hofstadter. *The Paranoid Style in American Politics and Other Essays*. Alfred A. Knopf, 1965.

Robinson, Jenefer. *Deeper Than Reason: Emotion and its Role in Literature, Music, and Art*. Oxford UP, 2005.

Rosen, Deborah. *American Indians and State Law: Sovereignty, Race, and Citizenship, 1790–1880*. U of Nebraska P, 2007.

Roth, Philip. *American Pastoral*. Penguin, 2016.

Rozin, Paul, Jonathan Haidt and Clark R. McCauley. "Disgust." *Handbook of Emotions*, edited by Michael Lewis, Jeannette M. Haviland-Jones and Lisa Feldman Barrett. The Guilford Press, 2008.

Ruggiero, Vincenzo. *Visions of Political Violence*. Routledge, 2019.

Ruppert, James. "Fiction: 1968 to the Present." *The Cambridge Companion to Native American Literature*, edited by J. Porter and K. M. Roemer. Cambridge UP, 2005, pp.173–188.

Sadowski-Smith, Claudia. "'A Homecoming without a Home': Recent U.S. Cuban Writing of Diaspora." *Cuba: Idea of a Nation Displaced*, edited by Andrea O'Reilly Herrera. SUNY, 2007, pp.267–284.

Savoy, Eric. "*Scenes of Shame: Psychoanalysis, Shame, and Writing* by Joseph Adamson and Hilary Clark (review)." *English Studies in Canada*, vol.27, no.3, 2001, pp.379–385.

Schweninger, Lee. *Listening to the Land: Native American Literary Responses to the Landscape*. The U of Georgia P, 2008.

Scott, Bede. *Affective Disorders: Emotion in Colonial and Post-colonial Literature*. Liverpool UP, 2019.

Sedgwick, Eve K. "Affect and Queer Performativity." *Working Papers in Gender/Sexuality Studies*, Nos.3&4, 1998, pp.101–102.

See, Lisa. "PW Interviews: Octavia E. Butler." *Conversations with Octavia Butler*, edited by Conseula Francis. UP of Mississippi, 2010, pp.38–42.

Selinger, Bernard. "*House Made of Dawn*: A Positively Ambivalent Bildungsroman." *Modern Fiction Studies*, vol.45, no.1, 1999, pp.38–68.

Shklar, Judith. "The Liberalism of Fear." *Liberalism and the Moral Life*, edited by N. L. Rosenblum. Harvard UP, 1989, pp.21–38.

Sim, Stuart. *The Routledge Companion to Postmodernism*. Routledge, 2011.

Smith, Andrea. *Conquest: Sexual Violence and American Indian Genocide*. Duke UP, 2015.

Sneider, Leah. "Indigenous Feminisms." *The Routledge Companion to Native American Literature*, edited by Deborah L. Madsen. Routledge, 2016, pp.110–123.

Solomon, Robert C. *Not Passion's Slave: Emotions and Choice*. Oxford UP, 2003.

——. *True to Our Feelings*. Oxford UP, 2007.

Sugiyama, Michelle Scalise. "Of Woman Bandage: The Eroticism of Feet in *The House on Mango Street*." *The Midwest Quarterly*, vol.41, no.1, 1999, pp.9–20.

Sun Lu. "'Every Novel is a New Country': A Conversation with Junot Díaz." *Critique: Studies in Contemporary Fiction*, vol.61, no.3, 2020, pp.249–261.

Terada, Rei. *Feeling in Theory: Emotion after the "Death of the Subject"*. Harvard UP, 2001.

Tettenbirn, Éva. "Melancholia as Resistance in Contemporary African American Literature." *Race, Ethnicity, Disability, and Literature*, vol.31, no.3, 2006, pp.101–121.

——. *Empowering the Past: Mourning and Melancholia in Twentieth-Century African American Literature*. Binghamton University, 2002.

Teuton, Sean Kicummah. *Red Land, Red Power: Grounding Knowledge in the American Indian Novel*. Duke UP, 2008.

Tharp, Julie. "Erdrich's Crusade: Sexual Violence in *The Round House*." *Studies in American Indian Literatures*, vol.26, no.3, 2014, pp.25–40.

Thorpe, Vanessa. "Jesmyn Ward: 'So much of life is pain and sorrow and wilful ignorance.'" *The Guardian*, 12 November 2017, www.theguardian.com/books/2017/nov/12/jesmyn-ward-sing-unburied-sing-interview-meet-author. Accessed 2 May 2021.

Tomkins, Silvan. *Affect, Imagery, Consciousness: The Complete Edition*. Springer, 2008.

Toy, Phyllis. "Racing Homeward: Myth and Ritual in *Home Made of Dawn*." *Études Anglaises*, vol.51, no.1, 1998, pp.27–38.

Vargas, Jennifer Harford. "Dictating a Zafa: The Power of Narrative Form in Junot Díaz's *The Brief Wondrous Life of Oscar Wao*." *MELUS*, vol.39, no.3, 2014, pp.8–30.

Walden, Daniel. "The Bitter and the Sweet: 'The Angel Levine' and 'Black is My Favorite Color'." *Studies in American Jewish Literature (1981-)*, vol.14, 1995, pp.101–104.

Walker, Alice. *In Search of Our Mothers' Gardens: Womanist Prose*. Harcourt Brace Jovanovich, 1983.

Washburn, Kevin K. "Federal Criminal Law and Tribal Self-Determination." *North Carolina Law Review*, vol.84, no.3, 2006, pp.779–855.

Ward, Jesmyn. "Cracking the Code." *The Fire, This Time: A New Generation Speaks about Race*, edited by Jesmyn Ward. Scribner, 2017, pp.45–48.

Weaver, Jace. "The Mystery of Language: N. Scott Momaday, An Appreciation." *Studies in American Indian Literatures*, vol.20, no.4, 2008, pp.76–86.

——. *That the People Might Live: Native American Literatures and Native American Community.* Oxford UP, 1997.

Westron, Loree. "War Dances (review)." *Western American Literature*, vol.45, no.1, 2010, pp.82-83.

Weston, Mary Ann. *Native Americans in the News: Images of Indians in the Twentieth Century Press.* Greenwood, 1996.

Wiget, Andrew. *Handbook of Native American Literature.* Routledge, 2012.

Wilhite, Keith. "Blank Spaces: Outdated Maps and Unsettled Subjects in Jhumpa Lahiri's *Interpreter of Maladies.*" *MELUS*, vol.41, no.2, 2016, pp.76-96.

Williams, Laura Anh. "Gender, Race, and Epistemology of the Abattoir in *My Year of Meats.*" *Feminist Studies*, vol.40, no.2, 2014, pp.244-272.

Williams, Juan. "Octavia Butler." *Conversations with Octavia Butler*, edited by Conseula Francis. UP of Mississippi, 2010, pp.161-180.

Williams, Raymond. *Marxism and Literature.* Oxford UP, 1977.

——. *The Country and the City.* Vintage, 2016.

Wissman, Kelly. "'Writing Will Keep You Free:' Allusions to and Recreations of the Fairy Tale Heroine in *The House on Mango Street.*" *Children's Literature in Education*, vol.38, 2007, pp.17-34.

Woodard, Stephanie. "Louise Erdrich's New Novel Is a Gripping Mystery and a Powerful Indictment." *Indian Country Today*, 24 December 2012, ictnews.org/archive/louise-erdrichs-new-novel-is-a-gripping-mystery-and-a-powerful-indictment-of-the-tribal-justice-system. Accessed 31 December 2019.

Wyman, Sarah. "Telling Identities: Sherman Alexie's *War Dances.*" *American Indian Quarterly*, vol.38, no.2, 2014, pp.237-255.

Xu, Qianhui. *Power of Powerlessness: Animatedness in DeLillo's Libra in the Context of Media Culture.* Ph. D. diss., Shanghai International Studies University, 2017.

费伊·邦德·艾伯蒂:《孤独传:一种现代情感的历史》,张畅译,译林出版社,2021年。

汉娜·阿伦特:《暴力与文明:喧嚣时代的独特声音》,王晓娜译,新世界出版社,2013年。

本尼迪克特·安德森:《想象的共同体》,吴叡人译,上海人民出版社,2005年。

理查德·伯恩斯坦:《暴力:思无所限》,李元来译,译林出版社,2019年。

齐格蒙特·鲍曼:《流动的恐惧》,谷蕾、杨超、孙志明、袁飞译,江苏人民出版社,2012年。

斯维特兰娜·博伊姆:《怀旧的未来》,杨德友译,译林出版社,2010年。

以赛亚·伯林:《自由论》,胡传胜译,译林出版社,2003年。

朱迪斯·巴特勒:《脆弱不安的生命:哀悼与暴力的力量》,何磊、赵英男译,河南大学出版社,2016年。

奥克塔维娅·E. 巴特勒:《天赋寓言》,耿辉译,天地出版社,2020年。

陈杰:《美国犹太文学的孤独与创伤研究》,学林出版社,2017年。

陈映芳:《"种族问题"是种族的问题吗?》,《读书》2018年第11期,第60—69页。

兰德尔·柯林斯:《互动仪式链》,林聚任、王鹏、宋丽君译,商务印书馆,2019年。

吉尔·德勒兹,菲利克斯·加塔利:《资本主义与精神分裂(卷2):千高原》,姜宇辉译,上海书店出版社,2010年。

罗纳德·德沃金:《法律帝国》,许杨勇译,上海三联书店,2016年。

朱诺·迪亚斯:《奥斯卡·瓦奥短暂而奇妙的一生》,吴其尧译,译林出版社,2010年。

丁玫:《论美国犹太裔作家成功的起因》,《东岳论丛》2009年第2期,第78—81页。

董娣:《亚裔美国人运动的缘起与影响》,《南京大学学报》2002年第2期,第77—83页。

都岚岚:《错置与失落感:论基兰·德赛〈失落的继承〉中的跨国身份》,《当代外国文学》2015年第1期,第58—64页。

段似膺:《"情感的消逝"与詹姆逊的"情动"观》,《中国图书评论》2018年第5期,第80—90页。

路易斯·厄德里克:《圆屋》,张廷佺、秦方云译,上海译文出版社,2019年。

S. 艾略特:《荒原——艾略特诗选》,赵罗蕤译,人民文学出版社,2016年。

埃里克·方纳:《美国历史:理想与现实》,王希译,商务印书馆,2017年。

弗朗兹·法农:《全世界受苦的人》,万冰译,译林出版社,2005年。

弗兰克·菲雷迪:《恐惧:推动全球运转的隐藏力量》,吴万伟译,北京联合出版社,2019年。

迈克尔·L. 弗雷泽:《同情的启蒙:18世纪与当代的正义和道德情感》,胡靖译,译林出版社,2016年。

米歇尔·福柯:《必须保卫社会》,钱翰译,上海人民出版社,2010年。

弗洛伊德:《史瑞伯:妄想症案例的精神分析》,王声昌译,社会科学文献出版社,2016年。

汉斯·伽达默尔:《赞美理论——伽达默尔选集》,夏镇平译,上海三联书店,1988年。

甘文平:《西方"共同体"理论建构的世纪跨越——兼评杰拉德·德兰提的专著〈共同体〉》,《当代外国文学》2020年第2期,第118—124页。

葛跃:《德勒兹生成文学思想研究》,安徽教育出版社,2014年。

谷雨、阮清越:《所有战争都会打两次,一次在战场上,一次在记忆里》,《谷雨故事》,2017年4月10日,site.douban.com/256536/widget/notes/190197660/note/615213272/,访问时间:2020年3月10日。

郭磊:《荒原问道:T. S. 艾略特诗歌的创伤主题研究》,国家行政学院出版社,2015年。

郭昕:《"作为共同体的歌唱队":论莫里森〈爵士乐〉的古典叙事和城市生存策略》,《外国文学》2019年第4期,第40—49页。

韩炳哲:《暴力拓扑学》,安尼、马琰译,中信出版集团,2019年。

塞缪尔·亨廷顿:《我们是谁? 美国国家特性面临的挑战》,程克雄译,新华出版社,2005年。

桑德拉·希斯内罗斯:《芒果街上的小屋》,潘帕译,译林出版社,2020年。

胡锦山:《20世纪美国黑人城市史》,厦门大学出版社,2015年。

黄新辉:《〈疾病解说者〉中移民的身份建构——以舌尖上的隐喻解读为视角》,《广东外语外贸大学学报》2020年第1期,第51—58页。

阿莉·拉塞尔·霍克希尔德:《心灵的整饰:人类情感的商业化》,成伯清、淡卫军、王佳鹏译,上海三联书店,2020年。

金衡山、孙璐:《〈同情者〉描述的被同情者》,《书城》2017年第5期,第112—117页。

荆兴梅:《移民潮和城市化——莫里森〈爵士乐〉的文化诠释》,《英美文学研究论丛》2016年第1期,第214—225页。

伊瑞妮·卡坎德斯:《今天的反犹主义、新纳粹主义和仇外行径》,陈恒、耿相新编,《新史学:纳粹屠犹:历史与记忆》,大象出版社,2007年,第224—233页。

裘帕·拉希莉:《疾病解说者》,卢肖慧、吴冰青译,上海文艺出版社,2005年。

李保杰:《当代美国拉美裔文学研究》,山东大学出版社,2014年。

李保杰:《美国西语裔文学史》,山东大学出版社,2020年。

李剑鸣:《文化的边疆:美国印第安人与白人文化关系史论》,天津人民出版社,1994年。

李漪莲:《亚裔美国的创生:一部历史》,伍斌译,中信出版集团,2019年。

李征:《"口吃是一只小鸟"——三岛由纪夫〈金阁寺〉的微精神分析》,《外国文学评论》2011年第3期,第180—192页。

刘洪一:《犹太文化要义》,商务印书馆,2004年。

刘克东:《恐惧带来的思考——谢尔曼·阿莱克西的后9·11书写》,《当代外国文学》2012年第2期,第113—121页。

刘露：《当下语境中的历史书写：〈地下铁道〉与新奴隶叙述》，《广东外语外贸大学学报》2019 年第 4 期，第 87—95 页。

刘亚舟：《非裔美国作家科尔森·怀特海德〈地下铁道〉中科拉的身份分析》，武汉理工大学硕士学位论文，2019 年。

雅各·瑞德·马库斯：《美国犹太人，1585—1990：一部历史》，杨波、宋立宏、徐娅囡译，上海人民出版社，2004 年。

卡尔·马克思：《资本论（第一卷）》，郭大力、王亚南译，上海三联书店，2009 年。

卡尔·马克思、弗里德里希·恩格斯：《共产党宣言》，中共中央马克思恩格斯列宁斯大林著作编译局编译，人民出版社，2014 年。

卡尔·马克思、弗里德里希·恩格斯：《马克思恩格斯全集（第 2 卷）》，中共中央马克思恩格斯列宁斯大林著作编译局，人民出版社，1957 年。

伯纳德·马拉默德：《魔桶——马拉默德短篇小说集》，吕俊、侯向群译，译林出版社，2001 年。

马上云：《从孤独走向融合》，上海外国语大学硕士学位论文，2021 年。

罗洛·梅：《权力与无知：寻求暴力的根源》，郭本禹、方红译，中国人民大学出版社，2013 年。

J. 希利斯·米勒：《共同体的焚毁：奥斯维辛前后的小说》，陈旭译，南京大学出版社，2019 年。

纳瓦雷·斯科特·莫马迪：《日诞之地》，张廷佺译，译林出版社，2013 年。

N. 斯科特·莫曼德：《土著人的声音》，袁德成译，埃默里·埃利奥特主编：《哥伦比亚美国文学史》，四川辞书出版社，1994 年，第 5—13 页。

托妮·莫里森：《爵士乐》，潘岳、雷格译，南海出版公司，2013 年。

让-吕克·南希：《无用的共通体》，郭建玲、张建华、夏可君译，河南大学出版社，2016 年。

潘光：《纳粹大屠杀对犹太民族和文明的影响》，潘光等编：《纳粹大屠杀的政治和文化影响》，时事出版社，2009 年，第 3—15 页。

庞好农：《从〈地下铁道〉探析怀特黑德笔下恶的内核与演绎》，《安徽师范大学学报》（社会科学版）2018 年第 5 期，第 140—145 页。

戚涛：《西方文论关键词：怀旧》，《外国文学》2020年第2期，第87—101页。

邱清：《谢尔曼·阿莱克西〈飞逸〉中的反暴力书写》，《社会科学》2016年第11期，第184—191页。

威廉·雷迪：《感情研究指南：情感史的框架》，周娜译，华东师范大学出版社，2020年。

布莱恩·理查森：《非自然叙事：理论、历史与实践》，舒凌鸿译，北京师范大学出版社，2021年。

约翰·罗尔斯：《政治哲学史讲义》，杨通进、李丽、林航译，中国社会科学出版社，2011年。

菲利普·罗斯：《美国牧歌》，罗小云译，译林出版社，2011年。

菲利普·罗斯：《解剖课》，郭国良、高思飞译，上海译文出版社，2013年。

阮清越：《同情者》，陈恒仕译，上海译文出版社，2018年。

大卫·鲁达夫斯基：《近现代犹太宗教运动：解放与调整的历史》，傅有德、李伟、刘平译，山东大学出版社，1996年。

尚必武：《文学叙事中的非自然情感：基本类型与阐释选择》，《上海交通大学学报》(哲学社会科学版)2016年第4期，第5—16页。

申丹：《叙述学与小说文体学研究》，北京大学出版社，2001年。

盛立民：《雷蒙德·威廉斯文化唯物主义共同文化思想探析》，《内蒙古社会科学》2021年第4期，第70—72页。

史鹏路：《历史重构与现代隐喻：怀特黑德的〈地下铁道〉》，《外国文学评论》2020年第2期，第223—238页。

安东尼·斯托尔：《孤独：回归自我》，凌春秀译，人民邮电出版社，2016年。

苏珊·桑塔格：《疾病的隐喻》，程巍译，上海译文出版社，2003年。

宋瑞芝：《外国文化史》，湖北教育出版社，1994年。

拉斯·史文德森：《恐惧的哲学》，范晶晶译，北京大学出版社，2010年。

苏格：《美国与"冷战"的缘起》，《外交学院学报》1996年第4期，第17—24页。

孙璐:《同情的困境:〈同情者〉中的世界主义伦理与反讽主义实践》,《外国文学研究》2017 年第 3 期,第 112—121 页。

孙胜忠:《论成长小说中的"Bildung"》,《外国语》2010 年第 4 期,第 81—87 页。

斐迪南·滕尼斯:《共同体与社会》,林荣远译,商务印书馆,1999 年。

斐迪南·滕尼斯:《共同体与社会》,张巍卓译,商务印书馆,2019 年。

阿列克斯·提臧:《何以为我》,余莉译,北京联合出版公司,2020 年。

基思·特斯特:《后现代性下的生命与多重时间》,李康译,上海文艺出版社,2020 年。

王凡妹:《"肯定性行动"——美国族群政策的沿革与政治影响》,社会科学文献出版社,2015 年。

王坚:《美国印第安人政策史论》,天津人民出版社,2018 年。

王烺烺:《爵士乐声中美国非裔文化置位与身份建构——评托妮·莫里森的小说〈爵士乐〉》,《厦门大学学报》(哲学社会科学版)2019 年第 6 期,第 155—162 页。

汪民安:《何谓情动?》,《外国文学》2017 年第 2 期,第 113—121 页。

汪小玲:《论"美国文学三大奖"获奖小说中的负情感政治》,《英美文学研究论丛》2020 年第 1 期,第 80—90 页。

汪小玲、徐千惠:《种族·性别·后工业:论美国现当代文学中的负情感书写》,《外语教学》2020 年第 1 期,第 104—108 页。

杰丝米妮·瓦德:《唱吧! 未安葬的魂灵》,孙麟译,中信出版集团,2021 年。

雷蒙·威廉斯:《关键词:文化与社会的词汇》,刘建基译,生活·读书·新知三联书店,2005 年。

科尔森·怀特黑德:《地下铁道》,康慨译,上海人民出版社,2017 年。

伍绮诗,《无声告白》,孙璐译,江苏凤凰文艺出版社,2018 年。

威尔科姆·E. 沃什伯恩:《美国印第安人》,陆毅译,商务印书馆,1997 年。

吴秉真:《非洲奴隶贸易四百年始末》,《世界历史》1984 年第 4 期,第

83—88 页。

吴新云：《身份的疆界：当代美国黑人女权主义思想透视》，中国社会科学出版社，2007 年。

《新牛津英汉双解大词典》第 2 版，上海外语教育出版社，2013 年。

徐谙律：《〈日诞之地〉与印第安部落语言历史表征》，《当代外国文学》2013 年第 4 期，第 48—56 页。

徐蓝：《试论冷战的爆发与两极格局的形成》，《首都师范大学学报》（社会科学版）2002 年第 2 期，第 87—95 页。

许婷芳：《乔纳森·弗兰岑小说的后工业不适感》，上海外国语大学博士学位论文，2019 年。

薛春霞：《反叛背后的真实——从〈再见，哥伦布〉和〈波特诺伊的怨诉〉看罗斯的叛逆》，《当代外国文学》2010 年第 1 期，第 152—160 页。

严歌苓：《花儿与少年》，昆仑出版社，2004 年。

杨岚：《人类情感论》，百花文艺出版社，2002 年。

尹晓煌：《美国华裔文学史》，徐颖果译，南开大学出版社，2006 年。

袁雪生、彭霞：《裘帕·拉希莉〈疾病解说者〉的文学伦理学解读》，《江西师范大学学报》（哲学社会科学版）2015 年第 3 期，第 68—72 页。

张龙海、陈建君：《真实与想象的第三空间——论莫马迪〈日诞之地〉中的归家》，《当代外国文学》2019 年第 4 期，第 44—52 页。

张生庭、张真：《书写的痛苦与"痛苦"的书写——解读〈解剖课〉》，《外语教学》2015 年第 4 期，第 81—85 页。

翟乃海：《论怀特黑德〈地下铁道〉中的后种族书写》，《复旦外国语言文学论丛》2019 年春字号，第 70—75 页。

张聚国：《杜波依斯与布克·华盛顿解决黑人问题方案比较》，《南开学报》2000 年第 3 期，第 67—74 页。

赵静蓉：《怀旧：永恒的文化乡愁》，商务印书馆，2009 年。

赵文书、康文凯：《在传统和现代性之间：莫马迪〈日诞之地〉另解》，《社会科学研究》2014 年第 6 期，第 179—185 页。

郑佳：《〈日诞之地〉中的地理景观：人文主义地理学视角》，《外国文学评论》2016 年第 3 期，第 155—168 页。

钟声：《枪击案凸显美国种族问题困境》，《人民日报》2016 年 8 月 9 日第 3 版。

周维贵、赵莉华：《〈芒果街上的小屋〉的空间表征与身份建构》，《当代外国文学》2016 年第 3 期，第 37—43 页。

朱平：《石黑一雄小说的共同体研究》，河南大学出版社，2017 年。

朱晓兰：《文化研究关键词：凝视》，南京大学出版社，2013 年。

朱新福：《托尼·莫里森的族裔文化语境》，《外国文学研究》2004 年第 3 期，第 54—60、171 页。

朱振武等：《美国小说：本土进程与多元谱系》，上海外语教育出版社，2018 年。

斯拉沃热·齐泽克：《暴力：六个侧面的反思》，唐健、张嘉荣译，中国法制出版社，2012 年。

左广明：《伊恩·麦克尤恩的忧郁》，武汉大学博士学位论文，2018 年。

后　记

经过数年研究打磨，《当代美国少数族裔小说中的负情感与情感共同体》终于付梓。

新世纪以来，文学的情感研究日渐成为国内外学界的热点话题，针对美国少数族裔文学的情感批评更是一个崭新课题。希望本书的问世，能够为理解美国少数族裔文学乃至美国文学提供些许启发和思路，为文学的情感批评实践提供一些可资借鉴的案例。诚然，要对整个美国少数族裔文学做出系统且全面的研究，并将纷繁复杂的当代情感理论运用自如，实非易事。作为一次初步尝试，书中难免有诸多不足，敬请细心的读者们批评指正。

书稿由我领衔的"美国少数族裔文学的情感研究"课题组成员共同完成。在书稿撰写和打磨过程中，许多老师和同学收集资料、撰写章节初稿、校对文字，在此表示感谢。课题组成员多为在读研究生，如今他们当中一部分人已经步入高校成为"青椒"，继续从事文学研究和教学工作，与他们一起阅读和讨论的时光让人难忘，也非常欣慰地看到他们在研讨过程中的学术成长。在开展文学情感研究的过程中，我很高兴培养出一批乐于此道的青年学者，这是此项课题最大的收获。课题组成员以及具体分工如下：

汪小玲：全书策划，参与各章撰写并最终定稿

李正财：引言、第一章、第四章和结论，书稿校对

孙麟：第二章第三、四节

徐千惠：第三章第一、二节
李星星：第五章第一、二节
程仲：第五章第三、四节
曹叔荣：第二章第一节
王思佳：第三章第三节
王蓓：第二章第二节
刘蕾琦：第三章第四节

书稿在撰写过程中还获得了以下基金项目资助，在此一并表示感谢：

中央高校基本科研业务费专项，上海外国语大学重大攻关（委托）科研项目"20世纪英语文学中的情感研究"（项目编号23ZD002）

中央高校基本科研业务费专项，上海外国语大学重大项目"种族·性别·后工业——美国现当代文学中的负情感书写与平权文化软实力研究"（项目编号2018114028）

汪小玲